二見文庫

殺し屋ケラーの帰郷

ローレンス・ブロック／田口俊樹＝訳

HIT ME
by
Lawrence Block

目次

登　場　人　物　紹　介

ジョン・ポール・ケラー（ニコラス・エドワーズ）	殺し屋。リフォーム会社を経営。
ドット（ドロシア・ハービソン）	殺し請負いの元締め
ジュリア	ケラーの妻
ジェニー	ケラーの娘
ドニー・ウォーリングズ	リフォーム会社の共同経営者
クローディア	ドニーの妻
ポーシャ・ウォルムズリー	ダラスの高級住宅地に住む夫人
アーヴ・フェルズパー	ニューヨークに住む切手の蒐集家
ポール・ヴィンセント・オハーリヒー	テサロニケ修道会の大修道士
マイケル・アンソニー・カーモディ	ある事件の重要証人
カリーナ	カーモディの妻
ディニア・ソダリング	ワイオミング州シャイアン在住の切手蒐集家の未亡人
マーク	遺産相続人に指名された少年

ケラー・イン・ダラス

KELLER IN DALLAS

1

丸い眼鏡をはずしてもフクロウそっくりにちがいないその若い男は、折りたたんだ紙を広げると、カウンターについて坐っているケラーの眼のまえに置いて言った。「オボックのＪ１の鑑定書です。ブロックとミューラーの署名入りです」

まるでテッド・ウィリアムズ（往年のメジャーリーガー。レッドソックスに在籍し、〝打撃の神さま〟と言われた）の名を引き合いに出すレッドソックス・ファンのような口ぶりだった。が、それもうなずけた。ハーバート・ブロックとエドウィン・ミューラーは伝説の切手蒐集《しゅうしゅう》家だった。そのふたりがこの切手はまさしく『スコット・カタログ』でＪ１という認証が与えられ、オボック（東アフリカのジブチの港町。フランス植民地時代に独自の切手を発行）で最初の不足料切手（不足の郵便料金等を受取人から徴収するための切手）の本物だと認めているのなら、それはあらゆる疑念を払うに充分なものだった。

それでもケラーは念入りに切手を調べた。まずは裸眼で、次に胸のポケットから拡大鏡を取り出してとくと見た。鑑定書にも写真が載っており、ケラーはその写真も裸眼と拡大鏡でよく見た。ブロックとミューラーがこの切手にお墨付きを与えたのは一九六〇年だから、この鑑定書自体充分古くて、蒐集の価値のあるものだった。

とはいえ、専門家といえどもときに注意を怠ることもあれば、たまにまちがうこともある。それに、本物の切手がよく似た偽物とすり替わっていないともかぎらない。ケラーはジャケットの内ポケットから次なる道具を取り出した。長方形のフラットメタルの目打ちゲージで、これを使うと切手の上辺や側辺の一インチあたりの目打ち数を計ることができる。オボックのＪ１には目打ちがないので、そんなものを使ったからといって何かがわかるわけでもないのだが、目打ちゲージは定規としても役に立つ。両側に目盛がついており、片方はインチ、もう片方はミリメートル刻みになっている。ケラーはそれを使って、切手に加刷された部分の幅を測った。

その加刷は、もともとフランス植民地全域用に発行された不足料切手に手でスタンプを押したもので、発行地であるオボックの地名が黒の大文字で押されていた。このオリジナル切手の加刷は縦三・七五ミリ、横十二・五ミリで、ケラーのコレクションに収まっている再版切手の加刷は、縦横ともに〇・五ミリずつ小さかった。

そうして切手の加刷の寸法を測りおえたときには、ケラーもミスター・ブロックとミスター・ミューラーと同じ見解に達していた。これはまぎれもない、正真正銘の本物だった。あとは興味を示したほかの蒐集家たちに競り勝ちさえすれば、これを家に持って帰れる。有り金をはたかなくても、貯金に手をつけなくても、ケラーにはそうすることができた。

ただ、まずは人を殺さなくては。

ダラスに拠点を置く〈ウィスラー&ウェルズ〉社は一年を通して蒐集家好みの切手オークションを開いていた。さまざまな機会にコインや書籍や写真、スポーツ関連の記念品なども競売していたが、もともと切手のディーラーとして出発した会社で、今でも切手が彼らの事業の中核を占めていた。そんな〈ウィスラー&ウェルズ〉社は毎年三月第三週の週末にダラスの〈ロンバルディ・ホテル〉で〝春分セール〟をおこなっており、長年ケラーはそのオークションに出たいと思っていた。彼らのカタログにはここ何年も書き込みをして、郵便による入札も何度かしていたのだが、ずっと不首尾に終わっていたのだ。ある年など、何かで都合が悪くなり、結局、キャンセルせざるをえなかったのだが、ホテルと航空チケットの予約をしたことまであった。

〈ウィスラー&ウェルズ〉社が彼の名を顧客のメーリング・リストに載せたときには、ケラーはまだニューヨークに住んでいた。今はニューオーリンズに住んでいて、そのメーリング・リストに載っている彼の名は地元の墓地の墓石から拝借したものだ。今のケラーはニコラス・エドワーズで、その名がパスポートにも財布の中のカード類すべてにも記載されている。ロウワー・ガーデン地区にある古くて大きな家に住み、妻とまだ幼い娘がおり、投げ売りされる中古物件を買い取って改築することを専門とする建設会社の共同経営者でもあった。

一年前には、〈ウィスラー&ウェルズ〉社のカタログをものほしそうに眺めたものだ。ニューオーリンズはニューヨークよりはるかにダラスに近い。しかし、そのときには彼と共同経営者のドニー・ウォーリングズは、自分たちが手がけている仕事をただ遅らせないために一日十二時間、週に七日も働いていたのだった。

が、それは一年前のこと、サブプライム・ローン市場の崩壊、それに続くもろもろのこと以前のことだ。家がぱたっと売れなくなり、銀行の貸し渋りが始まり、一年前にはさばききれないほどの仕事を抱えていたのが、今はそもそも仕事自体がなくなってしまったのだった。だから、時間はあった。二、三日ダラスで過ごす？　できないわけがない。時間をかけて車で行って帰ってくることもできた。

そのオークションでは、オボックのJ1を欲しいものリストの筆頭に、コレクションに加えたい切手が何枚も売りに出されていた。

ただ、今のケラーにはそれを手に入れるだけの余裕がないのだった。

〈ロンバルディ〉は、近代的なチェーンホテルの世界に生き残りを懸ける地元資本の独立系の老舗《しにせ》ホテルで、さすがに年季というものがあちこちに現われはじめていた。ケラーの部屋の絨毯《じゅうたん》もすり切れてこそいないものの、そろそろ取り替えたほうがよさそうに見えた。ロビーのソファも肘掛けがすり減っており、何台かあるエレヴェーターの一基の中の木の羽目板も手を入れる必要があった。が、ケラーにはそんなことは少しも気にならなかった。かつての栄光が色褪《あ》せかけているところにむしろ安堵を覚えた。いい歳をして、自分たちが生まれるよりずっと以前に手紙を運ぶという仕事を終えたちっぽけな紙切れめあてに競い合う者たちのための会場として、ここ以上にふさわしい場所がどこにある？

〈ウィスラー＆ウェルズ〉は、金曜日の午前九時きっかりに始まる三日間の販売会のために、中二階の大きな会議室を確保していた。ニューオーリンズとダラスのあいだは五百マイルちょっとある。ケラーはその距離の大半を水曜日に走り、インターステートの出口近くにあった〈レッド・ルーフ・イン〉に一泊して、翌日の正午すぎに〈ロンバルディ〉にチェックインしたのだが、一時にはもう、入札者登録名簿に〝ニコラス・エドワーズ〟と記名し、出品された切手が展示してある長テーブルのほうに向かっていた。

二時半には、心惹かれる出品切手をすべて見おえて、オークション・カタログに簡単なメモを書き入れていた。出品切手はすべてカラー写真入りで解説されており、切手を近くで直接見る必要はなかったのだが、ときにカタログの写真からではわからないことがじかに見ることでわかることがある。実際に見ると、向こうから手を差し伸べてきているように感じられる切手もあれば、急に興味が持てなくなる切手もある。これはたぶん理に適ったことではない。しかし、そういうことを言えば、切手の蒐集という趣味自体そもそも狂気じみたことではないか。色つきの小さな紙に一財産を費やす？　ピンセット《トング》で切手をはさみ、ビニールのマウントに入れ、大事にアルバムに保管する？　いったいぜんたいなんのために？

ケラーは、この道楽の本質的な愚かしさとはとうの昔に折り合いをつけていたので、そういうことは少しも気にならなかった。自分は切手蒐集家で、その趣味に大いに満足している。そのことだけわかっていればいい。考えてみれば、人類がおこなっていることはほぼすべて無意味で愚かなことではないか。ゴルフ？　スキー？　セックス？

階上《うえ》の自室に戻ってメモを見直した。最初は購入を考えていたのだが、今回はパスすることに決めた切手もあれば、競り値が妥当なら手に入れてもいいと思える切手、競ってでも落としてやろうと思う切手もいくつかあった。そして、オボックのＪ１。そもそも珍しい切手で、あまり出まわらない代物《しろもの》だが、今回のオークションに出品されているのは周囲の余白《マージン》が四辺ともしっかり残っているなかなかの一品だった。目打ちがされていない切手は鋏《はさみ》や何かで切り離さなければならず、切り離す過程で郵便局員がうっかり切手の一部まで切り取ってしまうことが時々あるのだ。だからといって、そういう切手が貼られた手紙が受取人のもとに届かないわけではないが、蒐集家にしてみれば、それは蒐集価値がいちじるしく損なわれた切手ということになる。

『スコット・カタログ』によれば、オボックのＪ１には七千五百ドルの値がついていた。〈ウィスラー＆ウェルズ〉のカタログはひかえめに六千五百ドルと見積もっていた。実際の値は言うまでもなく競り手によって決まる。競売場にいる者たち、郵便や電話、あるいはインターネットで参加してくる者たちによって。さらに、実際の落札額が決まったからといって、金の話がそこで終わるわけではない。競り落とした競り手は落札額に加えて十五パーセントの口銭《ビダーズ・プレミアム》と、テキサス州が適正と見る売上税がいくらにしろ、税金も払わなければならない。現物を見て、これまでにもましてその切手が欲しくなったケラーは、その切手を手に入れるには一万二千ドルぐらいは出さなければならないかもしれないと思った。それだと、結局、小切手に書き入れる額は一万五千ドル近くになる。それはそうすらすらと気持ちよく書ける額ではない。

ケラーは思った——ほんとうにそんなところまで行くつもりがおれにはあるのか？

そう、だから競売会社はオークションを開くのである。だから競り手はわざわざその場に足を運ぶのである。会場の席に着いたときには、どこまでなら競り合い、どこで降りるかもう決めてある。そこへ待っていためあての品が登場すると、自分がほんとうはその切手のことをどんなふうに思っているのか初めて知ることになるのだ。そのあと、まさに決めてきたとおりの行動を取ることもあれば、取らないこともあるだろう。自分の熱意が思ったほどでもなかったことに気づいて、早々と競りから降りることもあるだろう。逆に、気づいたときにはもう予定限度額のはるかさきを行っており、自分が払える最高限度額をとっくに超えて競っていることもある。

今回はどんなふうになるのか。それは誰にもわからない。今日——木曜日——と明日の金曜日の午前と午後は、合衆国発行の切手に充《あ》てられることになっており、ケラーにはなんの興味もなかった。土曜日の午《ひる》までは競売会場に足を向ける必要もなかった。オボックのＪ１も含めて、フランス植民地時代の切手が出品されるのは土曜日の午後になってからだった。

ケラーは階下《した》に降りて外に出た。ひんやりとしたが、それが気になるほどではなかった。カレンダーが今は三月だと主張していなければ、いわゆる〝フットボール日和〟だ。ひんやりとして清々《すがすが》しい――まさに完璧な十月の日和だった。

ケラーは二ブロックばかり歩いて別のホテルに行った。そのホテルのまえには客待ちのタクシーが並んでいた。ケラーは列の先頭のタクシーのところまで歩いて乗り込むと、後部座席に身を沈めた。そして、空港まで行くよう運転手に告げた。

2

切手の整理をしていると、電話が鳴った。妻のジュリアは娘のジェニーを迎えに保育園に行っていて、家にはケラーしかいなかった。たいていの電話はジュリア宛てなので、ケラーは留守番電話に応答させようと思った。それでも、ドニーがかけてくることもないではない。留守番電話に切り替わる直前、呼び出し音の途中でケラーは受話器を取った。ドットだった。といっても、本人が名乗ったわけではないが。前置きもなく彼女は言った。「あのあなたの携帯電話、覚えてる?」そう言っただけで、彼がひとことも言うまえに電話を切った。

携帯電話のことは覚えていた。発信元が追跡できないプリペイド式で、どこにしまってあるかも覚えていた。靴下を入れている引き出し。とっくに電池が切れていたので充電していると、ジュリアとジェニーが帰ってきた。で、携帯電話を手に書斎に戻ったときには電話があってから優に三十分は経っていた。

ケラーは何年もニューヨークに——国連ビルから数ブロック離れたあたりに——住んでいた。ドットのほうはニューヨーク市の北に位置する、ホワイト・プレーンズ、まわりにポーチのある大きな古い屋敷に住んでいた。その屋敷は全焼し、今はもうない。あの一連の事件のせいでケラーはニューオーリンズに流れ着き、ドットはアリゾナ州セドナに落ち着くことになった。ケラーがニコラス・エドワーズに変わったように、彼女も今はウィルマ・コーダーと名を変えて新しい人生を送っている。ニューヨークに住んでいた当時は、彼女が契約殺人の手配をし、ケラーが実践要員だったわけだが、今となってはそれも昔の話だ。

それでも、ケラーは電話をかけるまえに書斎のドアを閉めた。

「前置き抜きに言うわね」彼女が言った。「仕事に復帰したの」

「仕事というと――」

「なんとかやってる。大儲けはしてないけど、ご臨終からはほど遠い。近頃はほかのどんな業種も青息吐息みたいだけど」

「おれが言いかけたのは――」

「わかってるわよ。わたしがなんの仕事に復帰したのか知りたいんでしょ？　でも、訊く必要なんてある？　まえと同じよ」

「ほう」

「驚いた？　驚いてるのはあなただけじゃないわ。だって、今のわたしは〈アテナ・インターナショナル〉ってところにはいってる人なんだから」

「保険会社みたいに聞こえるけど」

「そう？〈ロータリークラブ〉とか〈キワニスクラブ〉みたいないわゆる社会奉仕団体ね。ただ、女性しか会員になれない」

「〈ロータリークラブ〉には女ははいれない？」

「もちろんはいれるわ。だって、女を閉め出したりしたら性差別になるじゃないの。でも、この〈アテナ〉には女しかはいれない」

「なんか不公平な気がするけど」

「それが気になるなら、ドレスを着て、かつらをつけてくればいい。そうしてくれたら、集まりに引っぱってってあげる。その集まりが終わる頃になってもまだあなたが起きてたら、ハイヒールを買ってあげてもいい」

「でも、きみはその会の活動を愉しんでるわけだ」

「愉しんでるわけがないでしょうが。はいったときにはどう考えても、わたし、きっと脳死状態にあったのね。たとえばわたしたちは月に一回ベルロック（アリゾナ州セドナにある赤い岩山。観光スポット）でゴミ拾いなんかするわけよ。それ自体は悪いことじゃないわ。あのろくでもない岩はわたしの寝室の窓からも見えるんだけど、そりゃそこにビールの空き壜《びん》とかガムの包み紙とか落ちてないほうがいいもの。他人が捨てたゴミを探して炎天下を歩きまわることになんかとても夢中にはなれないけど、それでもたまには行かないでもない。大学に進学する奨学金がもらえて当然の女の子のための学資集めなんかもしてる。わたしはバザーで手づくりのパンとかお菓子とか売ったりはしないし、パンを焼くのもお菓子を焼くのもまっぴらだけど、それでも小切手ぐらい書くわ。でも、月に一度の集会はだいたいパスしてる。わたしってもともと集会大好き人間じゃないし。果てしないおしゃべりのあとにはろくでもない歌まであるんだから」

「歌？」

「アテナの歌。駄目よ、あなたに歌って聞かせてあげるつもりはないから。でも、会の終わりにはその歌を歌うわけ。全員立ち上がって輪になって、胸のまえで腕を交差させて、隣りの人と手を握り合って、このミッキー・マウス・ソングを歌うのよ」

「ミニー・マウスかな」とケラーは言った。

「確かに。ただ問題なのは、メンバーの大半がそれぞれの分野で専門職に就いてる女性で、ただゴミを拾ってるだけじゃないってことね。ネットワークづくりもしてるのよ。つまり、干した洗濯物をお互い取り込み合ったりもしてるわけ」

「えっ？」

「ベスは旅行代理店、アリスンは不動産屋で、リンジーはタッパーウェアを売るホームパーティを開いたりしてるってことよ」

「つまり、きみはタッパーウェアを買わされてるというわけだ」とケラーは言った。「あとは家とか」

「家は買ってないけど。でも、ハワイに一週間、旅行に行ったときにはベスにその手配を頼んだわ」と彼女は言った。「メンバーには弁護士もいて、このさき弁護士が必要になったら、その女性弁護士に頼むことになるんでしょうね。もちろんタッパーウェアも買ったわよ。パーティに行ったら買わないわけにはいかないもの」

「でもって、粉末ジュース《クール・エイド》を飲む（〝クール・エイドを飲む〟で〝集団で盲信する〟の意にもなる）。すまん。続けてくれ」

「いずれにしろ」と彼女は続けた。「みんなちゃんとした仕事を持ってる人たちなわけよ。一方、わたしはと言えば、必要なお金はいくらでもあるのに、どうしてもこんなふうに考えないわけにはいかなかった。時間ばかりが過ぎてるって」

「時間は過ぎるものだよ」

「わかってる。でも、何かをしてるべきだっていう考えがどうしても頭から離れなかった。じゃあ、何をする？　病院でボランティア？　貧しい人たちのための給食施設でお手伝い？」

「きみらしくない」

「で、携帯電話で何カ所かに電話をかけた」

「でも、それってどういうことになるんだ？　つまり、きみは公には死んでるわけだろ？」

「完全にね」と彼女は認めて言った。「銃で頭を撃たれて火事で丸焼けになった。ドロシア・ハービソンをグーグル検索すればそういうことがわかるはずよ。でも、わたしに殺人依頼の電話をしてきていた人たちは、ドロシア・ハービソンなんて名前は聞いたこともないわけ。中にはわたしをドットと呼ぶ人もいたけど、ほとんどの人は通称すら知らない。わたしはただの電話番号で、電話の声で、支払い先の住所だった。誰でもそれだけ知っていれば事足りた」

「きみのほうは彼らのことをどの程度知ってたんだ？」

「顧客情報？　皆無も同然よ。それでも、電話番号はいくつか手元にあった」

それである日、ドットはアリゾナ州フラッグスタッフまで車を走らせると、〈エンバシー・スイーツ・ホテル〉から一ブロック離れたサウス・ミルトン・ロード沿いのフランチャイズ系の店で、私書箱を借り、家に帰る道すがら、追跡不能と思われるプリペイド式の携帯電話を買って、翌日から数日にわたって電話をかけたのだった。「いったいどうしたんだろうって思ってたよ」と最初の男は言った。「あんたの番号にかけても不通になってたから」

「結婚したのよ」と彼女は言った。「でも、おめでとうは言わなくていいわ。うまくいかなかったから」

「それはまた早いね」

「あなたは何も知らないからそういうのよ、たぶん。いずれにしろ、早かったにしろ遅かったにしろ、わたしが必要なときにはまたあなたのお役に立てるようになったわけ。こっちの電話番号を伝えておくわね」

彼女が知っている電話番号はほかにもあった。ケラーがやっていたのと同じことをしている男たちの番号だ。その番号にはもう通じなくなっているものもあったが、それでも何人かコンタクトを回復させることができ、その中のひとりは仕事をとてもやりたがっていた。そのあと彼女はただ坐って何かが起こるのを待った。新しい電話が鳴ることを自分はほんとうに望んでいるのかどうか、はっきりとしないまま。しかし、電話は鳴った。それもその週のうちに。

「でも、面白いのは、ケラー、その電話の主はこっちから電話をした相手でもなければ、これまでに仕事をした相手でもなかったことよ。わたしがまた仕事を始めたことを古い顧客のひとりが誰かに伝えて、この新しい顧客がいきなり電話してきたのよ。偉大なるジョージア州で片づけてほしい仕事があるってことで。で、仕事をすごくやりたがってた人に電話したわけ。その人、わたしがこんなに早く電話してきたことが信じられなかったみたい。それで、そのあとはわたしはただじっと待ってて、お金を受け取ったわけ」

昔のように、とケラーが言うと、彼女は同意して言った。「わたしは今でもわたしのままよ。お金持ちのレディで、見てくれも昔よりずっとよくなったけど。セドナに引っ越したらすぐ体重が落ちはじめたの。セドナってエネルギー渦巻《ヴォーテクシズ》だらけの市《まち》だから。〝ヴォーテクス〟の複数形は〝ヴォーティシズ〟だと思うけど（セドナはいわゆるパワースポットとしてよく知られている）」

「なんなんだね、それは？」

「知るもんですか。でも、何か交差点のようなものみたいね。といっても、交わる道路もあくまで想像上のものだけど。ついでに言っておくと、知り合いの女性には豚みたいに肥ってる人も何人かいる。彼女たちもまたわたしと同じ渦巻の中にいるのに。でも、あなた、信じられる？　わたし、ジムにかよってるのよ」

「まえにも言ってたね」

「しかも個人コーチがついてるの。それも話した？　スコットっていうんだけど、わたし、もしかしてこの人、わたしに気があるんじゃないかって思ったりするんだけど、たぶん気のせいね。それに、わたしが急に男に口笛を吹かせるようないい女《ホイッスル・ベイト》になったわけでもないし。だいたい彼にしたところが、そんなことばを知ってるほどいい歳をした女になんの用があるっていうの？　ホイッスル・ベイトだなんて。まったく」

「確かに最近じゃあんまり言わなくなったな」

「それに男の人もあんまり口笛を吹いたりしなくなった。でも、いい、これはまちがいだった。でしょ？　わたしはあなたに電話なんかかけるべきじゃなかった」

「まあ」

「だってあなたには今の人生があるんだから。きれいな奥さんがいて、すばらしい娘がいて、あなた自身はニューオーリンズの住宅リフォーム王なんだから。だからわたしの新たな事業の幸運を祈ったら電話を切ってちょうだい。もうあなたを煩《わずら》わせたりしないから」

3

飛行場に着くまでのあいだ、ケラーは発することばを「ああ」と「いや」だけに抑えて、運転手へのチップも記憶に残るほどには高くも低くもない額を渡した。そして、出発ロビーへのドアを抜けると、エスカレーターで一階下に降りて、〈ハーツ〉のカウンターに向かった。受付の陽気な女性は彼の予約をすぐに見つけた。彼は運転免許証とクレジットカード——記載されている名前はどちらも同じだが、それはJ・P・ケラーでもなければ、ニコラス・エドワーズでもない——を提示した。ともにグリーンのスバル・ハッチバックのキーを渡してもらえるほどにはよくできており、ケラーは運転席に坐ると、目的地へ向かった。

めざす家はユニヴァーシティ・パーク地区のキャルース・ブールヴァードにあった。インターネットで場所を調べ、地図を印刷しておいたので、難なく見つけることができた。サザン・メソディスト大学のキャンパスからさほど遠くない見事な造成地——広大なスパニッシュ様式の高級住宅が立ち並ぶ一帯——にあった。漆喰《しっくい》彫刻が施された壁、赤いタイルの屋根、母屋に隣接した、車三台ははいるガレージ。ケラーは思った。こういう家にいる家族はさぞや幸せにちがいないと誰もが思うことだろう。が、今このときにかぎると、それはまちがっている。なぜなら、この家は相手が死なないうちはどちらも幸せになれない、チャールズとポーシャのウォルムズリー夫妻のマイホームだからだ。

スピードを落として家のまえを通り過ぎてから、敷地のまわりを一周してもう一度観察した。誰かいるのだろうか？　見たかぎりではなんとも言えなかった。チャールズ・ウォルムズリーのほうは数週間前にもう家を出ており、ポーシャは、今はエルサルバドル人の家政婦と一緒に住んでいた。家政婦の名前は聞かされておらず、ミセス・ウォルムズリーのもとに泊まりがけで足繁くかよう男の客の名前もわからなかったが、男がレクサスSUVに乗っているということは聞いていた。ドライヴウェイにその車は停まっていなかった。が、ガレージの中にないとは言えない。

「その男はSUVに乗ってる」とドットは言っていた。「あと、TCUでフットボールをやってたこともあるみたい。スポーツ用多目的車《SUV》がなんだかは知ってるけど——」

「テキサス・クリスチャン大学《TCU》」とケラーは言った。「フォートワースにある」

「そうじゃないかとは思ったけど。なんかスケべなカエル《ホーニー・フロッグズ》と関係のあるところよね？」

「ツノトカゲ《ホーンド・フロッグズ》。その大学のフットボールチームだ。ホーンド・フロッグズ。SMUの一番のライヴァル」

「SMUというのはサザン・メソディスト大学のことね」

「そう。彼らのほうはマスタングズ」

「トカゲとマスタング。でも、あなた、なんでそういうくだらないことを知ってるの、ケラー？　彼らもまた切手になってるなんて言わないでよ。気にしないで。どうでもいいことだから。どうでもよくないのは、何か永久的なことがミセス・ウォルムズリーに起こることね。彼女のボーイフレンドに何か起こってもそれはまたそれでいいことみたい」

「そうなのかい？」

「ボーナスが出る」

「ボーナス？　どんな？」

「詳細は不明。つまり、どれぐらい期待すればいいのか知るのはむずかしいってことね。そのボーナスがちゃんと手にはいるかどうかはもちろんのこと。でも、ミセス・ウォルムズリー殺しをそのボーイフレンドの仕業に見せかけることができたら、ボーナスが二倍になるみたい。もっとも、はっきりしない数字の二倍と言われてもね。それっていくらになるの？　なんの二倍なの？」

　ケラーはもう一度ウォルムズリー邸のまえを通った。通っても新たにわかったことは何もなかった。地図を見て、帰る道順を確認すると、〈ロンバルディ・ホテル〉から三ブロック離れた屋内駐車場にスバルを停めた。

　ホテルの部屋に戻り、ジュリアにかけようと思って部屋の電話の受話器を取り上げ、そこで思い出した。ホテルの電話料金というのがどういうものかを。チャールズ・ウォルムズリーの支払いは最高クラスに属するものだ。ボーナスが出ようと出まいと。しかし、ホテルの部屋の電話を使うなどというのは、通りで金に火をつけて捨てるようなものだ。かわりにケラーは携帯電話を使った。それが誕生日プレゼントにジュリアが買ってくれたスマートフォンで、ドットにかけるときだけに使うプリペイド式の携帯電話でないことを確かめてから。

部屋は悪くない、と彼はジュリアに言った。さらに、関心のある切手をとくと見ることができ、そういうことがオークションでは常に役立つ、とも言った。ジュリアはジェニーを電話口に出した。ケラーがやさしく語りかけると、娘はバブバブと言った。ケラーは娘に愛していると伝え、ジュリアに代わると彼女にも同じことを伝えた。

ポーシャ・ウォルムズリーには子供はいなかった。彼女の夫にはいた。まえの結婚での子供だが、今は母親と一緒にレッド川を渡ったオクラホマに住んでいた。つまり、キャルース・ブールヴァードの家に子供がいる気づかいはないということだ。

ドットの話では、依頼人はエルサルバドル人のメイドについてはなんの関心も持っていないということだった。メイドのためのボーナスは出ない。それはまちがいなかった。依頼人はメイドが不法滞在者であることを指摘していたが、ケラーは思った。そのことにどんな関係があるのか。

ドットから初めて連絡があった日の夜、ケラーはすぐには折り返しの電話をしなかった。まずジュリアと一緒にジェニーを寝かしつけた。少なくともジェニーが眠ってくれるあいだだけでも。それから、ふたりでキッチンのテーブルについてコーヒーを飲んだ。ケラーはドニーから電話があったことを話した。仕事がはいったわけではなく、魚釣りに行かないかという誘いの電話だったが。

「でも、あなたは気が進まなかった？」

ケラーはうなずいて言った。「ドニーにしてもそれほど行きたいわけじゃなかったんだろう。ただ、電話がしたかったんだろう」

「彼にしてもそうせずにはいられなかった。でしょ？」

「何もしないでいるのに慣れてる男じゃないからね」

「あなたもそうね、近頃は。でも、以前はこんな感じだったんじゃない？　仕事と仕事の合い間にはたっぷり時間があった」

「切手蒐集のおかげで、だらけることはなかったけどね」

「今もそうなんじゃないの」とジュリアは言った。「魚じゃなくて切手ならさばかなくてすむし」

ケラーは階上《うえ》にあがり、切手をまえにしてしばらく坐ってから電話をかけた。「きみは仕事に戻った。でも、おれにはすぐに電話はしないで、今日になってようやくした」

「電話をしたのはまちがいだった」とドットは言った。「謝るわ。でも、仕事に戻ったのにあなたに知らせないなんて、そんなことどうすればわたしにできる？　それもまちがってる気がしたのよ」

「ああ」

「あなたが禁酒中のアルコール依存症患者で、そんなあなたの眼のまえでワインの栓を抜こうとしてるわけでもない。あなたは立派な大人なんだから。興味が持てなかったらそう言うでしょう。そこで話はおしまい。ケラー、聞いてる？」

「聞いてるよ」

「あなたは聞いていて」とドットは言った。「今のところ、興味がないとはまだ言っていない」

彼のまえのテーブルには切手のアルバムのひとつが開かれていた。ケラーはエーゲ海諸島用のイタリアの加刷切手のページを見た。全部はそろっておらず、何枚か抜けていた。決して高価なわけではないのだが、探すのはむずかしいことがすでにわかっている切手だった。

「ケラー？」

「こっちは商売があがったりだ」と彼は言った。「銀行がまるで金を貸さないのさ。家が買えなきゃ家は売れない。改修仕事もない。なぜなら金が出まわってないからだ」

「そう言われても驚かないわ。いずこも同じよ。でも、暮らしていけるお金は充分あるんでしょ？」

「その点は問題ないけど」と彼は言った。「でも、稼いだ金で暮らすことに慣れてるもんでね。今は貯金に手をつけているわけで、それが底をつきそうになってるわけでも、そんなことを心配しなきゃならないわけでもないが、それでも……」

「言いたいことはわかるわ。ケラー、もしその気があるなら、ひとつ仕事がある。その仕事にはひとり充てがったんだけど、そいつが今病院にいることがわかったところなのよ。乗ってた自動車をひっくり返しちゃって、車の中から引っぱり出すには〈ジョーズ・オヴ・デス〉を使わなくちゃならなかったみたい」

「それって〈ジョーズ・オヴ・ライフ（事故車に閉じ込められた人を救出するための装置）〉のことかな？」

「なんであれ。体の骨で折れなかったのは顎《ジョー》だけだったみたいだけど。命には別条はないんだと思う。また歩けるようにさえなるのかもしれない。でも、今月末まではそういうことにはならない。だから、わたしの依頼人を離婚の苦しみから救ってあげることはできない」

「夫婦共有の財産があるという断腸の思いからも」

「そういうことね。いずれにしろ、仕事の期限は四月一日。だから、わたしとしては、その仕事を引き受けられる誰かをほかに探すか、お金を返すかしなくちゃならないわけ。わたしがどれほどお金を返すことが〝好き〟か、それはあなたも覚えてるわよね」

「まざまざとね」

「一度手にしたら」と彼女は言った。「それは自分のお金だって思っちゃうのよ、わたし。それとお別れするなんて、反吐《へど》が出るほど嫌なことよ。で、どうなの？　ここ二週間のうちに何日かそっちを離れられる？」

「こっちの予定はがら空きでね」とケラーは言った。「遠出を考えてるのは切手のオークションぐらいのものだ。行くとしたら、それは再来週の週末だ」

「そのオークションはどこであるの？」

「ダラス」

もの思わしげな沈黙のあとドットがようやく言った。「ケラー、わたしのことを頭のおかしなおばさんと呼んでくれていいわ。でも、今のわたしには正しい仕事をしてる神の手が見えるんだけど」

4

〈ロンバルディ〉ではホテル自慢の朝食をビュッフェスタイルで出していた。朝になると、ケラーはその味を確かめに階下《した》に降りた。ビュッフェの難点は、払った分のもとを取ろうとしてつい食べすぎてしまうことだ。そういうことはしないようにと心に決めて、ケラーはほどよい量のベーコンエッグとトーストしたブランマフィンを皿に取った。食べおえ、コーヒーを飲みながら、さきほど眼にとまったほかの料理のことを思った。それらがどれほど旨そうに見えたか。ケラーはため息をつくと、料理をもう少し取りにいった。

新しい皿を使うようにという掲示に従って皿を手に取った。そして、そこにたまたま居合わせた宿泊客——特大の口ひげをたくわえた大柄な男——に言った。「どうにもわからない。テキサス州はどうして使った同じ皿に料理をよそうのを禁止してるんだろう？」

「衛生上の条例じゃないか？」

「たぶん。でも、どうして？　同じ皿を使ったからってどうなる？　自分で自分の口に黴菌《ばいきん》を運ぶことになる？」

「なるほど」

「これだとよけいに皿をもう一枚洗わなきゃならない」

「一枚とはかぎらない」と男は言った。「得心がいくまで食べようと客が何度も往復すれば。あのスモークサーモンは是非試してみるべきだね。請け合うよ。このヴェネチアの朝食は最高だね。でも、皿を取り換える理由はほかにもあるのかもしれない。古いボトルに新しいワインを入れてはいけない、みたいな」

「それもまえから不思議に思ってたことだ」とケラーは言った。「譬《たと》えであることはわかるよ。だけど、新しいワインでも入れなきゃ、古いボトルはどうすればいいんだね？　ゴミにして捨てるしかないんじゃないか？」

ケラーは席に戻ると、皿に取った料理をたいらげた。さすがに三皿目を取りにいく気はしなかった。かわりに、ウェイトレスにコーヒーを注ぎ足してもらい、伝票にサインするとコーヒーを持って、さきほどの口ひげの紳士がスモークサーモンをほおばっているテーブルまで行った。

空いている椅子の背に手を置くと、男は黙ってうなずいた。椅子に腰をおろしてケラーは言った。「あんたもオークションに参加するために来てるんだね」

「そういう顔をしてるかい？」

ケラーは首を振って言った。「このホテル。あんたはこのホテルのことをヴェネチアと言った」

「そう？　それでばれちゃったのか？　まさに切手蒐集家ならではの言いまちがい《スリップ・オヴ・ザ・タング》だな。あるいは、〝スリップ・オヴ・ザ・トング〟と言うべきか」

切手を集めているケラーは、十九世紀の中頃、イタリア北部にロンバルディア＝ヴェネチア（ロンバルド＝ヴェネト）という王国のあることを知っていた。オーストリア帝国の一部で、オーストリアは一八五〇年からそのロンバルディア＝ヴェネチア王国向けの切手を発行していた。基本的には本国のものと同じ切手だったが、額面はチェンテジモとリラになっていた。一八五八年以降はそれがソルドーとフロリンに変わり、ロンバルディアは一八五九年にサルディニア王国に併合され、その七年後、ヴェネチアはイタリア王国の一部となる。

「切手のことがなければ」と男は言った。「ロンバルディアのこともヴェネチアのことも聞くことさえなかったかもしれない。このふたつが等号で結ばれているなど言うに及ばず」

「私自身はロンバルディア＝ヴェネチアの切手はあんまり集めてなくてね」とケラーは言った。「再版切手がいっぱいあるし、偽物も同じくらいあるからね。面倒だよ。だから、だいたいもっと気楽にほかのものを買うことにしてる」

「それでも、ロンバルディア＝ヴェネチアに関しちゃ、あんたは私よりはるかさきを行っているよ。私はその未開の場所の切手は一枚も集めてない。アメリカ合衆国以外のものは集めてないんだよ。悪いけど」

「それこそ私が集めてないものだな」とケラーは言った。「こっちは一九四〇年までの世界の切手だから」

「それだといつでも買うものがあるね。それっていいことなのか悪いことなのか、見方によってどっちとも言えるけど。こっちは、今は自分の国のものも全部は集めていない。以前は集めてたんだが、一九〇〇年以降のものは全部売ってしまった。今は一八六九年のものだけに絞ってる。それがどういう切手かあんたは知らないかもしれないけど……」

　そのシリーズの切手のことはケラーも知っていた。だから、男の話し相手は充分務められた。テーブルを離れる頃には、ふたりはニコラスとマイケルの仲になって、オークション会場で競り合うことのない仲間同士として気安い会話を愉しむようになっていた。実際、ふたりは会場で同時に居合わせることとさえないだろう。合衆国の切手が競りにかけられるのは今日で、それ以外の国はまだ出番待ちだった。

「午前中が切手で、午後が〝封筒もの《カヴァー》〟なんだけれど」とマイケルは言った。「私が欲しいのはスコットの一一九番――第二種版の十五セント切手のブロック（切手が縦横二枚以上つながった形）でね。それと午後には――まあ、専門に集めているコレクターじゃなければ大して関心はないかもしれないが……」

　ケラーは最後まで話を聞いて、幸運を祈ると言った。

「ああ、でも、幸運とはなんだろうね、ニック？　女の尻を追いかけまわすにはもう歳を取りすぎたけど、まだ女漁りに出かけてた頃には、よく自分に言い聞かせてたもんだ、ひょっとしたらつきに恵まれるかもしれないって。それがいつしか、ひとりで家に帰ることがつきを意味するようになる。なあ、あんたも一八六九年のシリーズが出てくる頃合いを見て、会場に来るべきだよ。結局、損も得もしなくても、ドラマだけは愉しめる。刺激と興奮だけ味わえてリスクはなし——テレビで人が殺されるミステリーを見るようなもんだな」

午前の部が始まってから三十分後、ケラーはあまりめだたないようにしてオークション会場にはいった。初めの二、三十組はひと山いくらの廉価品や寄せ集め品ばかりで、刺激も興奮もなかったが、続いてアメリカの初期地方切手が登場すると、一気に面白くなった。テレビで人が殺されるミステリーを見るようなもの——言われてみると、確かに。

ケラーは予定より長居をして一一九番の大型ブロック切手が出てくるのを待った。出品されると、その競り値はどんどん吊り上がった。ケラーの新しい友はそれでも勇敢に食らいついた。が、競り値が評価額の四倍に達したところで脱落した。結局、その切手は電話での参加者によって落札された。

人が殺されるテレビドラマとはちょっとちがっていた。現実は必ずしもこっちが望むようには終わらない。

会場を出ると、ホテルを出てレンタカーに乗り込んだ。地図を持ってきてはいたが、胸ポケットから出すことはなかった。キャルース・ブールヴァードの家までの道順は苦もなく思い出せた。

家のまえを通り、ちらっと家を見た。どうにかわかったのはその家がまだそこにあるということだけだった。家を見張って、人の出入りを確かめるわけにはいかなかった。この界隈では、車をしばらく駐車させ、その中で人目につかないようにしているだけで誰かが警察にすぐに通報するだろう。といって、数ブロック離れたところに車を停めて、歩いて家に近づくわけにもいかなかった。この界隈のどこにしろ、六歳以上の歩行者が歩いていたとしても、ケラーはそんな姿を一度も見かけなかったからだ。歩いている者など誰ひとりいなかった。最善策は一週間か二週間余裕を持つことだ。ケラーはそう思ってすぐに思い直した。最善策などくそくらえだ。標的は、鼻曲がりのアリゲーターがうようよいる堀と城壁をめぐらせた城の中で、厳重に警護されているマフィアの一員でもなんでもない。夫がどれほど抹殺したがっているかも知らない妻――見知らぬ者が訪ねてきても不審に思わなければならない理由など何ひとつ持たない女ではないか。

ケラーはさきに通り過ぎたショッピング・センターまで戻った。そのショッピング・センターの一方の端にはドラッグストア・チェーンの〈ウォルグリーン〉、もう一方の端には文具店の〈オフィス・デポ〉があった。〈ウォルグリーン〉の近くに車を停めて、〈オフィス・

デポ〉までわざわざ歩く？　いや、とケラーは思った。どうしてそんな手間をかけなければならない？　車のナンバープレートなど誰も見やしない。それに見られたところでそれにどんな意味がある？

　ケラーは〈オフィス・デポ〉のまえに車を停め、店にはいり、現金でクリップボードと黄色い用箋を買うと、十分ほどでまた出てきた。ダクトテープは？　必要ないだろう。ペンも買うつもりだったのだが、自分のが一本あることを途中で思い出した。

　ほかには？　ボックス・カッター？　レター・オープナー？　何か鋭くてとがっているものは要らないだろうか。要らない。彼には手があり、必要とあらば、キッチンには包丁がある。

　ケラーはウォルムズリーの家まで戻ると、家の私道に車を停めた。車自体もナンバープレートも通りを歩く者から丸見えだったが、それは杞憂《きゆう》だと思い、玄関まで歩いてベルを鳴らした。

　なんの応答もなかった。

　メイドが休みの日だろうか。つきがあるとは――とケラーは思った――ベルを鳴らしても応答がないこと。ひとりで家に帰るよりよほどついている……

　足音。玄関のほうに近づいている。ケラーはドアが開くのを待った。開かなかった。もう一度呼び鈴を押した。今度はすぐに開いた。ドアの真向かいにある鏡に自分が映っているのが見えた。面食らった顔をしていたが、見たのはほんの一瞬だった。それから視線を下に向け、エルサルバドル人のメイドを見下ろした。

「おはようございます」と彼は言った。「ミセス・ウォルムズリーは？」

「いない《ノー》」とメイドは答えたが、スペイン語で答えたのか、英語で答えたのか、どちらとも言えなかった。「奥さま、ここ《アキ》、いない」両方混ざっていた。

「ミスター・ウォルムズリーは？」

「旦那さま、ここ《アキ》、住《ビベ》んで、ない」

彼女は首を振った。心の中ではどっちのことばを使ったにしろ、それで充分だった。

「ほかには誰かいませんか？」

彼女はまた首を振った。一番簡単な方法はケラーにもわかっていた。この女を殺してクロゼットに——いや、洗濯籠か大きな帽子の箱に——押し込むことだ。彼女にはなんの罪もない。しかし、それはポーシャ・ウォルムズリーも同じことだ。たぶん。

それにしても、いやはや、なんて小さな女なんだろう。

ケラーはそこで思い出した。この女についてはどっちでもかまわないと依頼人は言っていた。ボーナスは支払われない。この不法移民については——

それだ。

彼はこれ見よがしにクリップボードを示して彼女に見せた。メモ用箋の一枚目に何か書くのを忘れていたが、大したことではない。

「移民帰化局です」と彼は言った。

彼女は無表情だった。しかし、その無表情が雄弁に語っていた。

「グリーンカードを」と彼は言った。

「英語、話せない《ノー・アブロ・イングレス》」

「カルタ・ベルデ」ケラーは精一杯のスペイン語で言った。「ティエネス・ウン・カルタ・ベルデ（グリーンカードは持っていますか）？」

〝ウナ〟だ、と彼は言ってから思った。〝ウン〟ではなく。まったく。〝ウナ〟。移民帰化局の人間なら当然知っているのではないだろうか。それぐらい知らなければニューヨークでは生きていけない。テキサスは言うに及ばず。しかし――

〝ウン〟と〝ウナ〟。いったいどんなちがいがある？　彼女はがっくりと肩を落としていた。なんだか小さな体がさっきよりさらに小さくなっていた。ケラーは気の毒になった。

「あとでまた来ます」と彼は言った。「今から昼食を食べてくるけれど、戻ってきたらグリーンカードを見せてください。あなたのカルタ・ベルデ。コンプルネ・ヴー（わかりましたか）？」

〝コンプルネ・ヴー〟？　これはフランス語だ。まったく。これまたケラーには話せないことばのひとつだった。それでも、彼女がきちんと〝コンプルネ〟したのは明らかだった。

「また来る？」

「一時間したら」と言って彼は背を向けた。彼女の無表情を見ているのはもうそれ以上耐えられなかった。

彼はショッピング・センターまで戻ると、今度は〈ウォルグリーン〉のそばに車を停め、店の入口の脇にあったゴミ入れにクリップボードを捨てた。腹がへっているわけはなかった。買いものも思いつかなかった。彼はまた車に戻って運転席に坐った。何も読むものがなく、ほんとうに何もすることがなく、ただ時間が過ぎるに任せた。ラジオをいじってみた。が、エンジンをかけずにつけるやり方がわからなかった。何かしらやり方はあるはずだった。そういうものは必ずあるはずだ。しかし、自動車会社はどの会社もなんでも自社のやり方でやらなければならないと思っているらしく、レンタカーを借りると、座席の調整のしかたも、ラジオやエアコンのつけ方も、ヘッドライトを下向きにするやり方もわからなくなる。その結果、左折のウィンカーを出したいのに、ワイパーのスウィッチを入れてしまうようなことになってしまうのだ。ハンドル操作はだいたいのところ同じで、それはブレーキも変わらない。これはいいことだ。さもなければ、始終誰もが誰かにぶつかっていることだろう。

ドラッグストアには新聞があるはずだった。雑誌も。もしかしたらペーパーバックも。

いや、そんなものはどうでもいい。

ケラーはエルサルバドル人のメイドに一時間半の余裕を与えてから、ウォルムズリーの家に戻り、また私道に車を停めた。そして、玄関まで歩き、呼び鈴を鳴らして思った。クリップボードを捨ててしまったのはちょっと早計ではなかったか。さっきのメイドが左側にポーシャ・ウォルムズリー、右側に如才のない移民問題専門の弁護士を従えて、ドアを開けたらなんと言う？　ちょっと待っててください。すぐ戻ります。クリップボードを取り戻したらすぐ、とでも？

誰もドアのところまでやってこなかった。もう一度呼び鈴を鳴らして、じっと耳をすました。やはり足音は聞こえなかった。これだと車――レンタカーのスバル――が問題になる。ショッピング・センターに置いてきて、歩いてくればよかったと思った。しかし、誰もが車を運転している界隈で歩くには距離がありすぎた。

車を私道に停めたままにはできない。三台入れられるガレージには余分のスペースがあるはずだった。別居している夫が歩いて家を出ていったはずはないから。しかし、ガレージに車を入れて、ポーシャ・ウォルムズリーが隣りに停まっているケラーの車に気づかないわけがない。そんなことになったら――

彼はバックで私道から出て、通りを五十ヤードほど走って停めると、歩いて戻った。そして、呼び鈴を鳴らし、足音が聞こえないか、耳をすました。ノックして、もう一度耳をすました。ドアノブを試してみた。そう、案外わからないものなのだ。閉まっていた。まったく問題はなかった。

5

ケラーは泥棒をしたことはこれまでに一度もない。押し込み強盗など言うに及ばず。若い頃は、ヨンカーズ（ニューヨーク市郊外の住宅都市）の親爺さんのところに出入りする何人かの若い人間のひとりだった。親爺さんこと、ジョゼッペ・ラゴーニは、タブロイド紙の記者たちの貴重なトピックだった。記事の中では〝ジョーイ・ラグズ〟と呼ばれていたが、ケラーがそんなふうに呼んだことは一度もなかった。そういうことを言えば、ほかのどんな名前で呼んだこともなかった。直接のやりとりで親爺さんを指すことばは必ず〝サー〟だった。それ以外の場では、〝ミスター・R〟と呼んでいたが、心の中ではボスは常に〝親爺さん〟だった。

そんな親爺さんのそばにいるのが好きだった。よくちょっとした仕事を頼まれたものだ。使い走りや、荷物を受け取りにいったり届けたり、メッセージを伝えたりといったことだ。そのうち、親爺さんは誰かを懲《こ》らしめる必要があるときにもケラーを行かせるようになった。そして、ケラーの中に何かを見いだしたのだろう、やがてちょっとしたテストのような仕事を与えるようになった。もっとも、テストだというのはあとから振り返ってわかったことだが。ケラーはそのすべてに見事に合格した。そのときはそうとも知らず。いずれにしろ、親爺さんにわかったのは、引き金を引く必要に迫られてもケラーは尻込みをしないということだった。それぐらいのことは親爺さんにもほぼわかっており、そう思ったうえでのテストだったわけだが。ただ、ケラーには何も知らされていなかっただけで。

そうして彼は使い走りから始末屋になった。初めのうち、片づける相手は、なんらかの理由で親爺さんの〝ヒット・リスト〟に載ってしまった者ばかりだった。が、ほどなく親爺さんは手中の駒がいかにすばらしく、いかに頼りになるかに気づくと、誰かを消したがっている者たちに彼を貸し出すようになった。ケラーの名前を知る者はさほど多くはなかったが、それは親爺さんがそのようにしたからだ。それでも、その存在はしだいに知られるようになった。ジョーイ・ラグズの要望どおりに仕事をする存在として。さらにその凄腕として。それからというもの、ケラーが頼まれるのはその手の仕事ばかりになった。荷物やメッセージを届けることはもうなくなった。使い走りをすることも。

もっと因習的な徒弟制度の中にいたら、ケラーはさまざまな犯罪の企みに関わる知識を蓄え、犯罪のなんでも屋になっていただろう。が、その場その場での対応に迫られ、彼はその場その場で必要なことを学んだ。よく訓練された弟子になるのではなく、本を読んだりビデオを借りたり、あちこちで風変わりな講座を取ったりもして、たいていの武器についてはこの仕事に必要なだけ熟達した。素手の使い方についても。同様に不法侵入もほどほどうまくなった。だから、ウォルムズリーの家に忍び込むのには大して時間はかからなかった。

いかにも防犯アラームが設置されていそうな家だった。一階の窓にそのことを示すステッカーが防犯のアルミテープとともに貼られていた。しかし、メイドがさっきドアを開けたとき、警報は鳴らなかった。もう二度と見ることもない家を飛び出していくまえに、彼女がわざわざアラームをセットしたとは思えない。それも、そもそもウォルムズリー夫妻がメイドにセットのしかたを教えていたらの話だ。

アラームは作動していない。玄関のドアには鍵がかかっていたが、おそらく閉めると自動的にかかる鍵だろう。そこから押し入ることもできなくはなかった。が、ケラーはそうはしなかった。ガレージのドアからも押し入らなかった。家の裏手にまわると、窓枠から窓をひとつはずして中にはいった。

メイドはもう帰ってこない。大きな家で、ケラーは部屋をひとつひとつ調べた。メイドの部屋はすぐにわかった。そこが家の中で一番小さな部屋だった。キッチンのそば、裏の階段の下のスペースに押し込まれたような部屋だった。壁に打たれた釘に、キリストが磔《はりつけ》になった木製の十字架像が吊るされ、一週間遅れのスペイン語の新聞〈エル・ディアリオ〉があった。引き出し付きのベッドを除くと、そこにあるのはそれでほぼ全部だった。それ以外はすべてスーツケースに放り込んで出ていったのだろう。メイドはもう帰ってこない。

十字架像はエルサルバドルに住む母親からの餞別《せんべつ》の品だったにちがいない、とケラーは思った。エルサルバドルは国名で、首都はサンサルバドル。しかし、彼女はおそらく地方の出身だろう。きっとクトゥコだ。エルサルバドルでほかにケラーが知っている市《まち》の名はクトゥコだけだった。一九三五年シリーズの切手の一枚にクトゥコの波止場の風景が印刷されているものがあるのだ。このシリーズの別の切手には火山が印刷されているのもあり、その名前も知っていたはずだが、思い出せなかった。

ケラーはそれがまるで重大事ででもあるかのように考えつづけた。クトゥコに住む母親は十字架像を娘に手渡して、たぶんこう言ったのだろう。決してなくさないように。これは死ぬまでずっとおまえを守ってくれるだろうから、と。娘は律儀にその十字架像を壁に掛けた。それなのに、大慌てで出ていったために置き忘れてしまった。顔の見えない移民帰化局(もっとも、今はケラーの顔が張りついているだろうから、顔が見えないということはないかもしれないが)を恐れるあまり、故郷とそこに住む家族につながる唯一の絆を置き去りにしてしまったのだ。彼女がこれを取りに戻ってくることはまずないだろう。そんな危険を冒しはしないだろう。だから、この十字架像を失ったことをずっと悔やみつづけることだろう――

気にするな――とケラーは自分に言い聞かせた――持っている切手に描かれた市《まち》まで思い浮かべた空想をおれが振り払うより、はるかに気楽に彼女はこの十字架像を置いていったのかもしれないのだから。

　それでも彼は気が晴れなかった。彼女をあんなやり方で脅かしたせいだ。しかし、ほかにどうすればよかった？　ただ邪魔だからというだけで彼女の首の骨をへし折るわけにはいかなかった。彼女は小さかった。箱の上に乗って、ようやく五フィートに届くかどうか。まるで幼い子供を殺すようなものだ。それはケラーがこれまでにやったことのないことのひとつだった。子供を標的とした契約の依頼はこれまでにも何度かあったが、そのことについてはケラーとドットの意見は完全に一致していた。この仕事ではどこかで線引きをしなければいけない。子供を殺すことはまちがいなく境界線の向こう側にあった。

　しかし、それは年齢の問題であり、体の大きさの問題ではない。あの女は――メイドの人生においてこれほどの役割を演じた以上、気づくと、ケラーは彼女の名前ぐらいは知っておきたかったと思っていた――明らかに二十一歳を超えていた。投票もできれば酒も飲める年齢だった……それはつまり殺してもいい年齢ということか。身長を理由に彼女を見逃したのは政治的に正しい《ポリティカリー・コレクト》ことだったのだろうか？　さっきの自分の振る舞いは……そんなことばがあるかどうかはわからないが、そう、大きさ差別主義的だったのだろうか。あるいは高さ差別主義的？　おれは垂直方向にチャレンジしている人に偏見を抱いている？

　ひどい神経症患者のようになっている。それが今の自分の振る舞いだ。ケラーはそう自分に言い聞かせた。誰もいない家に侵入し、誰かが帰ってくるのをただ待つしかほかにやることがないときによくこんなふうになるものだ。ただ、他人の家に侵入して、居住者の帰りを待つというのは以前にもやったことのあることだが、それは以前の生活をしていた頃のことだ。今は妻と娘がいて、ニューオーリンズの大きな家に住み、住まいの修繕やリフォームを仕事にしている。そして、その新しい生活にすっかり馴染んでいる。なのに、と彼は思った。おれはそもそもここでいったい何をしてるんだ？

ケラーは腕時計を見た。ほぼ十分おきにそれを繰り返した。

あらゆる人間の不幸は部屋でじっとしていられないことに根ざしている。ケラーはどこかでそういう文句を読んだことがある。そのことばが頭から離れず、少しまえにグーグルで由来を調べてみたら、パスカルという人物が言ったことばだった。ブレーズ・パスカル。この人物はほかにも興味深いことをたくさん述べていたが、その最初のことば以外はもうすべて忘れてしまった。ところが、ポーシャ・ウォルムズリーが帰ってくるのをメイドの部屋で待っていたら、ふとそのことばが思い出されたのだった。

ポーシャのことも頭に思い描いた。ニューヨークに住んでいた頃なら、ホワイト・プレーンズまで電車で出向き、依頼人が彼の報酬の前金と同じ〈フェデックス〉の小包で送ってくるポーシャの写真をドットから受け取っていたことだろう。が、今回は彼自身パソコンを起動して、グーグルの画像検索をクリックし、〝ポーシャ・ウォルムズリー〟と打ち込み、再度クリックしていた。グーグルはきわめて社交的なミセス・ウォルムズリーの写真を豪華に提供してくれた。ひとりの写真もあれば、何人かと写っているものもあったが、そのどれにも長いブロンドの髪をふくらませて満面に笑みを浮かべた、豊満な体つきの本人が写っていた。〝ペプソデント・スマイル〟という言い方を以前聞いたことがあるが、そんな笑みだ。あるいは〝アイパナ・スマイル〟だったか（ともに昔の歯磨き製品の商標名）。どっちだったか思い出せなかった。どっちでもいい。すぐにそう思い直した。

見捨てられた十字架像と自分の心だけを友に、ただひとり部屋でじっとしているというのは、ケラーにしてもこれまでの人生で体験したもっとも愉しいこととは言えなかった。部屋には読むものもなければ、見るものもなかった。十字架上で苦しむキリストを除くと。それはケラーとしては一番眼を向けたくない対象だった。

眼について言えば、どこに向けようと、だんだん開けているのがむずかしくなってきた。瞼と瞼が何度も勝手にくっつくようになってきた。ケラーは足を蹴って靴を脱ぐと、ベッドに体を横たえて大の字になった。体を少し楽にしようと思っただけで、眠るつもりはなかった。それが――

次に気づいたときには、オークション会場にいた。そこでは彼がビッドしようと手を上げるまえに次々と品目が競り落とされていた。彼の両脇には男と女が坐り、彼には理解できない言語で狂ったようになにやらまくし立てていて、そのため彼はオークションに集中できないのだった。

「あの馬鹿女はどこへ行ったの？　彼女に払ってる額を考えたら、やらなきゃならないことぐらいちゃんとやってくれてるって思って当然でしょ？　マルガリータ！」

「たぶん自分の部屋にいるんだろうよ」

「こんな時間に？」

一気に眼が覚めた。男と女。しかし、今は英語を話している。声は階段から聞こえていた。ケラーは勢いよくベッドから飛び起きるとドアのところまで行き、鍵をかけた。ボルトが受け座に収まるのと彼らがドアのところまで来るのが同時だった。女は出せるかぎりの耳ざわりな大声でメイドの名前――あのメイドはどうやら〝マルガリータ〟という名前だったようだ――を呼んでいた。

「もういいだろうが」と男が言った。「家には誰もいない」

手がドアノブをつかんでまわして押した。それぐらいでは鍵は壊れなかった。

「あの子、中にいるのよ。あのぐうたら女は寝てるのよ」

「おいおい、ポーツィ」ポーツィ？　「こんなに騒ぎ立てられて寝てられる人なんていないよ」

「だったら、どうしてドアに鍵がかかってるの？」

「きみに下着を引っ掻きまわされたくないからだろうよ」

「はいはい」とポーシャは言って、ドアノブをがたがたとやった。「こんなこと、初めてよ。ドアに鍵をかけるなんて。それに鍵は内側からしかかけられない。ボルトを横に動かして小さな穴に挿し込まなくちゃならない。そんなこと、どうやったら外側からできる？」

「もしかしたら、彼女はボーイフレンドと一緒なのかもしれない」

「やめてよ、もう。でも、そうなんだわ。マルガリータ！　この馬鹿女、このくそドアを開けなさい。さもないとクソ移民帰化局に電話するわよ」間《ま》ができた。そのあとなにやらやっている音が聞こえてきた。荒い息づかいも。

「ねえねえ」と女が言った。「いったい何をしてるつもり？　おふざけ？」

「彼女はきみの下着を引っ掻きまわしてるんだよ、ポーツィ」

「ちょっと黙ってくれない？」

「確かに」

「彼女が今ここでどこかの極小サイズのヒスパニック野郎《チョロ》とファックしてるのなら——」

「そんなことはしてないよ。彼女はひとりきりで部屋にいて、そのあとドアに鍵をかけた」

「だったら、今どこにいるのよ？」

「出ていった」

「出ていった？　どうやって部屋から出たの？」

「鍵穴を通り抜けて」

「もうすぐ、それだけわれわれに必要なものじゃない」

「もういいだろうが」と男は言った。「おれは酒を必要としていて、きみも必要としてる。でも、それだけがわれわれに必要なものじゃない」

ケラーは突っ立ったまま、ふたりの足音が遠ざかるのを聞いた。

落ち着いて考えられるようになると、ケラーにも自分がチャンスを逃したことがよくわかった。彼らはそこにいたのに。ターゲットとボーナスまで。彼が待ち構えている部屋にふたりとも今にもはいってきそうだったのに。なのに彼は何をしたのか。ドアに鍵をかけてしまったのだった。まるでプロの殺し屋ではなく、アメリカに居住する権利はなくてもその部屋にいる権利は充分持っていた、おずおずとした小柄なメイドさながら。

彼は半分眠っていて、準備ができていなかった。だから慌ててドアの鍵をかけたのだ。準備万端整えて、彼らが来るのがわかっていたら、ドアを勢いよく開けてふたりを中に引っぱり込んでいただろう。そして、あっというまにこのブロックからもこの界隈からも姿を消し、一方、彼らのほうは自分の体温が室温と同じになる道を歩みはじめていたことだろう。

ケラーには彼らに乱入させるだけの知恵が働かなかった。かくなる上は自分のほうから乱入するしかない。

6

ふたりを見つけるのはむずかしくもなんともなかった。マルガリータの部屋を出た廊下からもうふたりの声が聞こえた――笑い、うなり、音を立てていた。あらゆる点において酔っぱらった恋人たちだった。ケラーは主寝室まで歩いた。ふたりはわざわざドアを閉めようともせず、そこにいて淫らな行為にふけっていた。一目見てそうとわかるなり、ケラーは眼をそらした。

女はポーシャ・ウォルムズリー。ちらりと見ただけにしろ、よけいなところまで見させられ、インターネットの画像と同一人物であることはよくわかった。もっとも、そのことに疑念を持っていたわけではなかったが。彼女の連れが彼女をすでに〝ポーツィ〟などと呼んでいたのだから。理由はわからなかったが、彼女の連れにはどこかしら見覚えがあった。オークション会場で見かけたのだろうか？　まさか、こいつも切手蒐集家？

もう一度見ることもできなくはなかった。が、あまり気乗りはしなかった。ケラーはセックスを〝見るスポーツ〟と考えたことはこれまで一度もなかった。高校生の頃、クラスメートが猥褻な写真を学校に持ってきたとき、彼はそれを見て、確かにエロティックだとは思った。しかし、今はもう高校生ではない。

見なくてもふたりが互いに没頭しているのがよくわかった。だから、中にはいり、やるべきことを遂行しても、大した抵抗にはあわないだろう。ケラーは頭の中でリハーサルをした。はっきり目的を持って部屋にはいり、空手チョップを男の愛人の首根っこに浴びせてお愉しみから引き離し、女をつかんで女の首を折り、そのあと動けなくなっている男にも同じことをする自分を思い描いた。あっというまに終わっているだろう。彼らには何が起きているのかもわからないうちに。ほとんど自分にもわからないうちに。

さあ行け——とケラーは自分に言い聞かせた——こんなところで突っ立ってるんじゃない。やるべきことはわかっているのに、なぜ動こうとしない？

もしかしたら、もっといい方法があるかもしれない。

このまま踏み込んで手早く片づければ、報酬を手にすることができる——ボーイフレンドの分のボーナスまで。しかし同時に、事件は収拾がつかないまま新聞の大見出しを飾り、警察が押し寄せて依頼人の身動きを取れなくするだろう。ウォルムズリーは自分自身でアリバイを用意しなければならない。おそらくその点はうまくやるにしても、すぐに弁護士を立てて口をつぐむだけの分別はあるだろうか？　自分がただひとりの被疑者であることがわかると、平静を失ってしまうのではないか？

それはケラーが心配すべきことではなかった。よけいなことをしゃべって自分が吊るされることになっても、ウォムズリーはほかの人間を巻き添えにできるようなことは何も知らないのだから。

それでも、事件を一瞬で解決できるように、ダラス警察のためにお膳立てをしてやったら？　やりようはあった。同時にダブルボーナスも手にできる方法が。

それには時間が必要だった。彼は待つことに決め、マルガリータの部屋に戻った。

あれはさっきと同じ十字架像だろうか？　いや、誓ってもいい。あんなに大きくはなかった。

ドアは開けたままにしておいた。ふたりの声を聞きたいわけではなかった——じかに眼にするよりはましとはいえ——静かになったときにそうとわかるようにしておきたかったのだ。そうして待つあいだに、修正したシナリオを頭の中で描いてみた。アイディア自体は気に入っていた。うまくいきそうにも思えた。それでも、答の出ない疑問がひとつ残っていた。おれにやれるだろうか？

ここ数年というもの、ケラーはそれまでとはまったく異なる生活を送っており、ふと思ったのだ、その過程でおれは別人に変わってしまっていやしないだろうか、と。今の彼には妻がいて、娘がいて、家があり、事業があった。ときには信号無視をすることもあれば、ドニーとふたりで国税庁の眼をごまかして現金収入を隠したりもしていたが、総じて今は法を遵守《じゅんしゅ》する一個人であり、それなりに良識のある一市民だった。もっとも、市民としての義務を重んじるのは昔からのことだが。召喚されれば陪審員を務め、九・一一テロの直後には被災地での奉仕活動にも参加した。その一方で、彼は常に負の側面ともいうべきものを抱えていた。もうひとつの人生だ。そうした部分はニューオーリンズに落ち着いたときに過去に置いてきた。

だから、とっさに鍵をかけてメイドの部屋に閉じこもることになったのかもしれない。今こうして待っているのも、よりよい機会を待っているのではなく、ただ時間を引き延ばして、この計画そのものから手を引くチャンスをうかがっているだけなのかもしれない。

ケラーはそんなことをあれこれ思い、さまざまな可能性についても考え、いきなり気づいた。そのときにはもう彼らの声がすっかり聞こえなくなっていた。実際、もうだいぶまえからなんの物音もしなくなっていた。

どれくらい経っているのか。彼らはもうとっくに服を着て出ていってしまったのではないだろうか？　そうだとしても——とケラーは思った——どうでもいい。窓から抜け出して、車で走り去るだけのことだ。あとのことは、メイドと家の窓——片や窓枠からはずれ、片や跡形もなく消え失せてしまった——にいったい何が起こったのか、ポーシャ・ウォルムズリーに考えさせればいい。しかし、それだと彼女は生き永らえることになる。少なくとも、夫がほかの誰かを雇うまでは。自分が九死に一生を得たなど知る由もなく。

いや、前言撤回。ポーシャはまだ主寝室にいた。仰向けになって大口を開け、だらしなくいびきをかいていた。その隣りでは、彼女がボーイフレンドに選んだヌケ作が彼女の倍の音量でいびきをかいて寝ていた。やはりどことなく見覚えがある気がした。ケラーはその理由に思いあたった。口ひげのせいだ。男の口ひげの形が朝食の席で一緒だったマイケルのひげにそっくりだったのだ。

ケラーはキッチンへ向かい、戻ったときにはナイフを手にしていた。

7

「ああ、一日のんびりと過ごしたよ」とケラーは言った。「朝食のときには合衆国のコレクターと話したりもした。で、結局、用もないのにオークション会場に行って、そいつがめあての切手を競り落とせるかどうかを見たりもした。ほんとうはもっと早く電話するつもりだったんだ。ジェニーが起きてるうちにおやすみを言いたかったんだ。でも、さすがにもう遅すぎるよね」

ホテルの部屋に戻ってすぐに電話をかけたのだが、最初に手に取ったのは、ドットにかけるときにだけ使う携帯電話のほうだった。が、応答がなかったので、その電話はしまってもう一台のほうを取り出し、ジュリアに電話をかけたのだった。彼女の声を聞いたとたん、安堵がどっと押し寄せた。

そうして通話を終えて——ジュリアからその日の出来事を聞き、彼のほうは一日の出来事を創作して話しおえて——ケラーは思った。これほどの安堵はいったい何によるのか。不安を抱えているなど、彼女の声がその不安を一掃するまで自覚もしていなかったのに。

考えをまとめるのにはしばらく時間がかかったが、ケラーはこう結論づけた。おれは無意識に怖れていたのだ。手にしたはずのまったく新しい人生が消え去ってしまったのではないか、と。キャルース・ブールヴァードにあるあのスパニッシュ様式の家で、わけもなく人生を棒に振ってしまったのではないか、と。だから彼女の声を聞いて安心したのだろう。今はもう自分が何を感じているかもわからなかったが。

ドットにかけ直した。やはり応答はなかった。三十分ほどテレビを見てから、もう一度かけた。同じことだった。そこで何か食べたほうがいいのかどうか考えた。朝食を食べたきり何も口にしていなかった。だから腹はへっているはずだった。が、どうにも食欲がなかった。ルームサーヴィスのメニューを見て、サンドウィッチなら食べられそうだと思ったが、ウェイターが運んできたときにはもう、頼んだことを後悔していた。結局、コーヒーを飲んだだけで、サンドウィッチには手をつけなかった。

一仕事終えたあと頭をからっぽにするやり方は、もう何年もまえに身につけていた。ケラーはじっくり時間をかけて、最後に眼にした光景そのままに、キャルース・ブールヴァードのあの主寝室を脳裏に描き出した。ポーシャ・ウォルムズリーが心臓を刺し貫かれ、仰向けに横たわっていた。その隣りでは名前もわからない愛人の男が酔いつぶれていた。凶器のナイフの柄をしっかり握りしめて。誰もが思わず顔をそむけたくなるような光景だった。関与した当事者であればなおさら。それでも、ケラーはそれをしっかりと脳裏に据えて焦点を合わせた。フルカラーの映像がくっきりと浮かび上がった。

そのあと、以前やっていたようにその映像がどんどん小さくなってぼやけていくよう、頭の中で念じた。望遠鏡の反対側からのぞいたようになるまで小さくちぢめ、鮮明な色を消し去ってモノカラーにし、次いで灰色に薄めていった。細部がぼやけ、顔の判別もつかなくなった。やがて映像がすっかり消えると、事件そのものに対してどんな感慨も湧かなくなった。起こったことに変わりはない。その事実は動かしようがない。が、まるでもうずっと遠い昔に、それも自分以外の誰かに起こったことのように思えた。

ケラーは朝食のビュッフェの列に並んだ。払った分のもとは取ろうと決めていた。昨夜はサンドウィッチを一口も食べることなくルームサーヴィスのトレーをドアの外に出し、すきっ腹で眠ることに不安を覚えながら寝たのだが、気づいたときにはもう朝になっていた。そのときまず頭に浮かんだのが、彼の母親が時折使っていた言いまわしだった――〝咽喉《のど》を掻っ切られた。胃袋はそう思っている〟。それがひげを剃っている最中のことで、ケラーはぎょっとしてもおかしくなかったのだが、そのとき手にしていたのは二枚刃の安全カミソリだった。咽喉を――自分のであれ、誰のであれ――掻き切るのには使えそうにない代物だった。

皿に料理を山盛りにして、空いているテーブルを探した。すると、昨日の朝の友人――口ひげのマイケルが片手にフォークを持ち、もう一方の手で彼を手招きしているのが眼にはいった。ケラーは喜んで彼と同じテーブルについた。

「昨日の午前中、あんたを見かけたよ」とマイケルは言った。「記憶ちがいでなけりゃ、私があのでかいブロックを取り逃がしたとき、あんたも会場にいたね」

「あそこまで値段が吊り上がるとはね。驚いたよ」

「自分の限度をとっくに超えていたから、賢明に手を引くことにしたんだ。そしたらどうなったと思う？」

「あんたはそれ以来手を引いたことをずっと悔やみつづけている」

「そう、悔やんでも悔やみきれないね。降りたのが正しい判断だったことはわかってるんだ。でも、いつまたあんなチャンスにめぐり合える？　あれを買ったクソ野郎のコレクションが競りにかけられるまでは無理だね。おまけにその頃にはもう、昨日の競り値の三倍にも吊り上がってることだろうよ。なあ、ニック、私はもう何年もずっと買うべきじゃないものまで買ってきた。中には金を注ぎ込みすぎたものもあるけど、そういう場合というのは、後悔したとしてもほんの一瞬だ。ほんとうにいたたまれなくなるのは、欲しいものを逃してしまったときのほうだ」

オボックのＪ１、とケラーは思った。

ケラーは朝食を食べつづけ、マイケルは昨日の午後の部のことをケラーに話して聞かせつづけた。逃したブロック切手の埋め合わせをするつもりで、眼をつけていたカヴァーをことごとく競り落としたということだった。そのほとんどを妥当な値段で。「それでもやっぱり、私が欲しかったのはあのブロックなんだよ」とマイケルはケラーに言った。「今でもあきらめきれない。で、あんたはどうなんだ？　今日は何を狙ってるんだね？」

　ケラーはオークション会場の椅子に座ってカタログに眼を通した。そこでドットに電話するのを忘れていたことを思い出した。ジュリアにも電話でおはようを言っていなかった。会場を出てふたりに電話すべきだろうか？　決めかねているうちに、オークションが始まり、最初の競売品《ロット》が読み上げられた。ケラーはそのまま様子を見ることにした。

　フランスとその植民地の切手が登場した頃には、十のロットに入札し、そのうちの六つのロットを落札していた。あとの四つのロットは競り値が予定の限度額を超えた時点で見送った。マイケルが言っていたとおり、手広く集めていると、買うものは常に大量にあり、ケラーは少額を投じて何枚かの切手をコレクションに加えた。それぞれアルバニア、ドミニカ共和国、東ルメリア（オスマン帝国の自治州。一八七八～八五年に現在のブルガリア南部に存在した）それにエクアドルが発行した切手で、どれもせいぜい数百ドル程度のものだった。ケラーのコレクションの中でもっとも充実しているフランスの切手が出てきたのはそのあとだったが、そろえたい切手はより高額で出まわりにくいものだった。彼は静かに椅子に座ったまま、期待と興奮が電流のように体を駆けめぐるのを覚えた。

ケラーの持っている『スコット・カタログ』では、オボックのJ1には七千五百ドルの値がついていた。一方、『イベール・カタログ（フランスの〈イベール・エ・テリエ〉社が発行している世界切手カタログ）』のフランス専門版では、同じ切手にその倍近くの一万二千ユーロという値がついていた。両方のカタログに載っている再版切手の評価額は、『スコット』では二百ドル、『イベール』では三百五十ユーロ。ケラー自身が買ったときの正確な値段は思い出せなかったが、百五十ドル前後だと記憶している。そのオリジナル切手を競り落とすチャンスがやってくるのだ。相当な高値になるだろう。

ニューオーリンズにドットが電話してくる以前から、ケラーはその切手に眼をつけており、そのときには一万ドル出してもいいと思っていたが、それでもそれほどの大金を注ぎ込むことを正当化して自分に言い聞かせるのは、さすがにむずかしいはずだとも思っていた。しかし、キャルース・ブールヴァードでの仕事が成功に終わった今、彼にはつかえる金があり、続けて二枚の切手――ディエゴ・スアレス（マダガスカル北端の都市）の初期の切手と、マルティニーク（西インド諸島東部の島）の逆加刷切手――を競り落とした。そのあとオボックのJ1が登場したときにはもう心の準備ができていた。

実際、その切手はほどなくケラーのものとなった。

カタログに印をつけていた切手はほかにもあったが、ケラーはもうそれらを落札したい気分ではなくなっていた。たった今ボクシングの試合を闘いおえたか、フルマラソンを走りおえたような気分だった。実際には、ただ人差し指を上げ、ほかの競り手がひとり残らず脱落するまで、その指を上げつづけただけのことだが。

落札額は一万六千五百ドルだった。それに加えて十五パーセントのビダーズ・プレミアムと、テキサス州がいくらを適正と見なしているにしろ、消費税を払わなければならない。地味な小さな四角い紙切れに二万ドル近く。しかし、それは今や彼の持ちものだった。所有物だった。保護するために黒いビニールのマウントに入れ、実質的に瓜ふたつの二百ドルの再版切手と並べてアルバムに収められるものとなった。

エレヴェーターの中では、高価なものを衝動買いした消費者の後悔の念に一瞬駆られたりもしたが、それも部屋にはいる頃には消え去り、あとにはしみじみとした達成感が残った。どうにか最後まで踏みとどまった。会場にいたほかの競り手が次々とあきらめて脱落していく中、指をずっと宙に掲げ、そのあと電話での入札者がようやく断念して降りるまで頑張った。なにしろ珍しい切手だから、欲しがる者は何人もいた。が、オークションとはそもそも誰が一番その品を欲しがっているかを決めるためにあるものだ。今回はそれがケラーだったというだけのことだ。

彼はホテルの部屋からジュリアに電話した。「欲しかった切手を手に入れたよ。ほんとうにすばらしい切手なんだ。だけど、予想以上に高くついたんで、午後の部には出ないで早めに発《た》とうと思ってる。途中どこかに泊まらなきゃならないだろうが、明日の午後には帰れるはずだ」

彼女は最近ジェニーが発した微笑ましいことばを彼に聞かせ、近所の古いイギリス風の邸宅に越してきた若いカップルの噂について話した。妻との会話を終えると、ケラーは電話を替えてドットに電話した。今度は彼女が出た。

「昨日も電話したんだが、きみは出なかった」と彼は言った。「で、朝一番にかけ直そうと思ってたのに忘れてしまった。そのあと、切手のオークションで繰り広げられるドラマにすっかり夢中になってしまってね」

「手に汗握る興奮のるつぼに巻き込まれてたってわけね」

「おれが言いたいのは万事うまくいったってことだ。これ以上は望めないほどの形で」

「あら」

「ダブルボーナスだ」と彼は言った。

「そうなの？」

ふたりが使っているのは追跡不能と思われる携帯電話だった。それでも、他人にわからないよう話すに越したことはない。ケラーはそう思って言った。「第一目標は片づいた。第二目標は関与を免れない」

「それはそれは」

彼は眉をひそめて言った。「何か問題でも？」

「ドルとセントの観点からすると」と彼女は言った。「問題があると言わざるをえないわね。ダブルボーナスどころか、単独ボーナスも出やしない」

「いや——」

「実際のところ、基本料の半金のことも忘れたほうがいいかも。わかるでしょ、仕事が完了したときに支払われる分も」

「仕事は完了したのに」

「それはね」

「ドット、どうしたんだ？」

「あなたは今朝起きて、コーヒーを一杯飲んだ——ここまでは合ってる？」

「そう、朝食をとった」とケラーは狐につままれた思いで言った。「それからオークション会場に行った」

「朝食を食べながら新聞を読んだ？」

「いや。同席した相手とずっと話してた」

「切手の話をね。それはまちがいないわね。朝食はおいしかった？」

「ああ、実際旨かったよ。だけど——」

「そのあとオークション会場に行った」

「そのとおり」

「そこで切手を何枚か買った――」

「まあ、そうだ。でも、それが――」

「ダラスの朝刊紙は」とドットは言った。「〈ダラス・モーニング・ニュース〉っていうんだけど、なんでそんな名前をつけたのか、わたしには訊かないでちょうだい。テキサス州民の発想には敵わない。とにかくそれを買いにいきなさい、ケラー。あなたが探すべきことが一面に載ってるから」

8

ケラーは落札した切手を受け取って支払いをすませ、それらをほかの荷物と一緒に小さなスーツケースに入れた。〈ロンバルディ〉をチェックアウトすると、助手席にスーツケースを置いて車を出した。交通量は少なく、道に迷うこともなかった。インターステートに出ると、ニューオーリンズへ向かって車を走らせた。カントリー・ミュージック専門局を見つけたが、三十分後にはラジオそのものを消した。

行きに泊まったのと同じ〈レッド・ルーフ・イン〉に投宿した。クレジットカードも同じものを使った。が、部屋にはいってふと思った。果たしてそれでよかったのだろうか。しかし、これは記録に残ってもかまわない旅だ。そもそも隠そうともしていない。もちろん、ところどころは——レンタカーを借り、キャルース・ブールヴァードへ行ったことは——記録に残らないようにしたが、ダラスに滞在した事実を隠さなければならない理由はどこにもない。手元の切手がそのなによりの証拠だ。

ホテルの隣りにあったファミリー・レストランの〈ボブズ・ビッグボーイ〉で食事をした。

ケラーの眼には店にいる男性客の半分が口ひげを生やしているように映った。切手蒐集家仲間のマイケルと同じように。そして、ケラーがポーシャ・ウォルムズリーのキッチンナイフの柄をしっかりとその手に握らせた男とも同じように。

ケラーは男がまさにその状態で——あのときのまま泥酔し、ナイフを握りしめ、女の死体の横で大の字になっているのを——発見されたことを〈ダラス・モーニング・ニュース〉の第一面で知ったのだった。

なぜあのヌケ作に見覚えがあるような気がしたのか、ケラーは新聞を読んでようやくわかった。以前に見かけたことがあったからだ。オークション会場でなければ、〈ロンバルディ〉の周辺でもない。男を直接見かけたわけではなかった。写真で見たのだ——インターネット上で。ポーシャの画像をグーグルで検索した際、現われた写真のうちの何枚かで。男は彼女と並んで映っていて当然だった。彼こそ彼女の夫だったのだから。

チャールズ・ウォルムズリー。依頼人本人だったのだから。

もとの鞘《さや》ってやつね。ドットはそう言った。チャールズ・ウォルムズリーは妻の家に行った。彼女が棺に納まってしまうまえに、たぶんもう一度だけでも顔を見ておこうと思ったのだろう。ところが、明らかに焼けぼっくいに火がついたのだ。なんだかんだで。で、そうこうしたあと、ウォルムズリーは殺人の依頼を取り消さなければならないことに気がついた。

それで彼はある人物に電話をかけ、それで用は足りたと思った。たった一本の電話で計画が動きだしたのだから、二本目の電話でそれを未然に防げないわけがないと。

確かに。ところが、ウォルムズベリーが電話をかけた相手もまた別の誰かに電話する必要があり、その誰かはドットに電話する必要があった。その新たな指令がそうしたシステムを経るには時間を要し、最終的にドットが伝え聞いたときには、もはや手遅れとなっていたというわけだ。


家に着くと、ケラーは娘を高く抱え上げた。「おなか！」と彼女がせがんだので、彼は娘の腹に唇をあてて思いきり吹き、ぶうぶうと鳴らした。ジェニーは大喜びして笑いながら、もう一度やってとせがんだ。

家にいるのはいい気分だった。

その夜遅く、ケラーは階上《うえ》にあがって切手の整理を始めた。オボックのJ1をマウントに入れる作業がすむと、それを見せるためにジュリアを部屋に呼び入れた。彼女は切手をやたらと誉めた。

「これって、誰かに彼らの赤ん坊を見せられるようなものなんだろうね」とケラーは言った。

「可愛いとしかほかに言いようがない。なぜならほかにどんな言いようがある？」

「どんな赤ちゃんも可愛いものよ」

「どんな切手もね。そういうことになるんだろう。右にあるのがオリジナルで、その横のが再版切手だ。まるで同じに見えるだろ？」

「でも、賭けてもいいわ、母親になら絶対見分けがつくのよ」と彼女は言った。

二日後、ケラーは新しい携帯電話を買ってドットに電話した。「今から言う番号をひかえてくれ」そう言って、新しい番号を読み上げた。彼女は復唱し、まえの番号はどうしたのかと訊いてきた。「あれはもう使えない」と彼は言った。「あの電話は粉々に砕いて、排水溝に捨てた」

「わたしは一度、公衆電話を壊したことがある」と彼女は言った。「わたしの十セント玉をどうしても返してくれなかったときのことだけど。でも、まえの電話の何がそんなに気に入らなかったの？」

「新しい電話に替えたほうが安心だと思ってね」

「そうね、たぶんあなたの言うとおりよ。ねえ、ケラー、大丈夫？　最後に話したときにはちょっと動揺してたみたいだけど」

「大丈夫だ」

「あなたは何もまちがったことはしてないんだからね」

「おれたちの依頼人は女房にまた惚れ直してしまった」と彼は言った。「なのに、おれはその女房を殺し、亭主にその濡れ衣を着せた。あのときどういう状況かわかっていれば、おれももっとちがった対処をしてただろう」

「ケラー、もしわかってたら、あなたはなんの対処もしなかった。切手を何枚か買って家に帰ってた」

「確かに」とケラーは認めて言った。「それはそうだ。それでもやっぱりあのとき電話なんかしなけりゃよかったよ」

「わたしに？」

「警察に。あの家を出たらすぐに電話したんだ。彼が意識を取り戻して、丘に向かって走り出すまえに（〝一目散に逃げる〟の意）警察にあの家に来させたかったからね」

「あの辺じゃ丘はなかなか見つからないと思うけど」と彼女は言った。「とにかく気にすることはないわ。あなたにはわかるはずがなかったんだから。彼が依頼人だったことも、その依頼人が依頼をキャンセルしてたことも。それに、見方を変えれば、彼は運がよかったのよ」

「運がよかった？」

「あなたはダブルボーナスが欲しかった。でしょ？　だから、彼の手にナイフを握らせた」

「だから？」

「そうじゃなければ、ふたりとも殺してた。でも、そうしなかった。それで少なくとも彼は生き残った」

「なんて運のいい男なんだ」

「まあ、よくもあるし、悪くもあるわけだけど。だって、今は罪悪感にとことん苛まれてるでしょうから」

「依頼を取り消すのが遅すぎたから？」

「酒に酔って妻を殺したからよ。実際にやった記憶はなくても、三杯目からはどっちみちほとんど何も覚えてないんだから。そんな状態から意識が戻って、手にはナイフ、隣りには女の死体があったとしたら？　自分がやったと思い込んで、罪を認めるんじゃない？　それでおしまい」

「だけど、これからあとはずっとその罪悪感を抱えて生きていかなきゃならない」

「ケラー」と彼女は言った。「誰だって何かを抱えて生きていかなくちゃならないのよ」

ケラーの帰郷 KELLER'S HOMECOMING

9

スーツケースの荷解きを終えると、ケラーは妙にこのホテルの部屋から出たくなくなっている自分に気づいた。テレビをつけ、チャンネルをあちこちまわしてみた。が、興味をそそれるような番組はやっていなかった。ベッドに寝転がり、すぐまた起き上がった。部屋にあるすべての椅子の坐り心地を確かめもして、最後に自分に言い聞かせた。慣れるんだ、と。いったい何に慣れなければならないのか。それはよくわからなかったが。それでも、その答をホテルの部屋の椅子にじっと坐って見つけるつもりはなかった。あるいはベッドに横になったり、部屋の中を歩きまわったりして見つけるつもりも。

エレヴェーターの中でひとつの答が頭に浮かんだ。ニューヨークとその周辺で長く暮らしていたケラーには、ニューヨークのホテルに泊まる機会などこれまで一度もなかった。そんなことをする理由がどこにある？　彼は一番街四十丁目界隈のすこぶる住み心地のいいアパートメントを何年も所有していた。市《まち》を離れたり、気の合った女性から一夜のベッドに誘われたりしないかぎり、そのアパートメントが彼の寝場所だった。

現在、彼の人生における女性は、気が合うとか合わないとかとは関係なく、妻のジュリアだけだ。今の彼はニューオーリンズのロウワー・ガーデン地区にある彼女の家で暮らしている。ニューオーリンズでの彼の名前は――さらに言えばどこへ行こうと――ニコラス・エドワーズ。仕事は住宅のリフォーム会社の共同経営者。今はハリケーン・カトリーナ後の住宅の修繕やリフォームをやっている。その会社のビジネスパートナーからはニックと呼ばれ、仕事仲間からもそう呼ばれている。ジュリアはニコラスと呼んでいる。ふたりで親密な時間を過ごすとき以外は。そういうときにはたまにケラーと呼ぶことがある。

それも今では少なくなった。いや、親密な時間を過ごすことが少なくなったということではない。そういうときにもニコラスと呼ぶことが多くなったということだ。しかし、そのどこがおかしい？　それが今の彼の名前ではないか。ニコラス・エドワーズ。それがルイジアナ州発行の運転免許証にも、アメリカ合衆国発行のパスポートにも記載されている彼の名前だ。財布にはいっているクレジットカードも身分証明書も全部その名義になっている。なのに、彼がニコラス・エドワーズではないなどとどうして言える？　妻が法的に正しい名前で夫を呼んではならない理由がどこにある？

娘のジェニーからはパパと呼ばれている。

ジェニーとジュリアが恋しかった。そのことに気づき、すぐに馬鹿げたことだと思った。その日の朝、ケラーはふたりに空港まで送ってもらっており、別れてからまだほんの数時間しか経っていないのだから。それに仕事が忙しいときにはもっと長いことふたりに会わないこともある。もっとも、今は景気がこんな状態なので、忙しい平日はめっきり少なくなってしまったが。実際のところ、そのことと今回のニューヨーク訪問とはいくらか関係のあることではある。しかし、それでも……

何を考えてるんだか。彼は自分にそうつぶやくと、頭を振り、ロビーを抜けて通りに出た。

ケラーが宿泊しているホテル〈サヴォヤード〉は六番街と西五十三丁目通りが交差する角にあった。彼はとくと現在位置を確認すると、アップタウンに足を向けた。ホテルから二ブロック歩いたところに〈スターバックス〉があった。カウンターの脇に並んで順番を待っていると、二の腕にヘビを巻きつかせた若い女性——まあ、生きているほんとうの爬虫類ではなくて、ヘビのインク版だが——が自分の注文するラテに何を入れて何を入れないのか、店員《バリスタ》に正確に実に念入りに説明していた。一杯のコーヒーの中身にそれほどまでこだわるというのは、ケラーの理解を超えていた。が、それはタトゥーを入れることについても言えた。だから気にしないことにして、自分の番がまわってくると、ブラック・コーヒーの〝スモール〟を頼んだ。

「〝トール〟でよろしいですね」とバリスタは言った。そのバリスタもこれ見よがしにタトゥーを入れていた。これ見よがしに顔のあちこちに穴もあけていて、ケラーの返事も待たずにコーヒーをいれた。ケラーとしてはそれでよかった。なんと答えればいいのかわからなかったので。テーブル席は全部埋まっていたが、コーヒーが飲みごろになるまで立って待てるカウンター席が空いていた。彼はそこに立ち、コーヒーが飲める温度になると飲み、飲みおえると店を出た。

店を出たときには、ホテルの部屋をなかなか出る気になれなかった理由をもうひとつ思いついていた。ニューヨークでホテルに泊まることに不慣れな彼は、当然この市《まち》のホテルが客に課す宿泊料金にも不慣れだった。〈サヴォヤード〉はなかなかにいいホテルだったけれど、宮殿さながらとまでは言いがたい。にもかかわらず、チェーンホテルの〈デイズ・イン〉と変わらない狭い部屋なのに、五百ドル近くもしたのだ。

それだけの額を払ったら、その分もとを取りたくなるものだ。部屋から一歩も出なければ、一時間あたりの料金はたった四十ドル。一方、寝るかシャワーを浴びるかすることにしか使わなければ……

ケラーは五十六丁目で六番街の西側に渡り、五十七丁目で左に曲がった。ブロックを三分の一ほど行ったところにあった腕時計とイヤリングを売る店のまえで足を止め、ショーウィンドウをのぞいた。以前、テレビショッピング《QVC》で、ある女性が別の女性に〝イヤリングというのはいくら持っていても持ちすぎるということはないのよ〟と言っているのを聞いたことがあったが、ケラーにはそのことばもあらゆる意味においてヘビのタトゥーと同じぐらい不可解だった。

ことさら興味があってイヤリングを眺めていたわけではなかったので、ほどなく振り返ると、今度は五十七丁目通りの向かい側に眼をやった。西五十七丁目一一九番地はちょうど通りをへだてた真向かいだった。ケラーはその場に立ったまま、真向かいのオフィスビルに出入りする人々をとくと眺めた。人が来ては去っていたが、見覚えのある顔はひとつもなかった。もっとも、五十七丁目通りはマンハッタンを横断する広い通りのひとつだから、行き来する人々の顔まではっきり見えていたわけではなかったが。

そのときはたと気づいた。問題はホテルの部屋ではなかった。部屋の料金でも、ニューヨークのホテルにいるという目新しさでもない。部屋から出たくなかったのは、ニューヨークで公の場に出るのが怖かったからだ。

この市《まち》には彼がケラーであることを知っている人々がいるからだった。ほかならぬそのケラーがある日アイオワ州デモインで、大統領選出馬に意欲を見せていた、カリスマ性と人気を備えた中西部《ミッドウエスト》の知事を暗殺したことを知っている人々がいるからだった。

10

もっとも、ケラーはやっていなかったが。まったくの濡れ衣だった。ケラーは無実の罪を着せられ、おかげで快適なニューヨークの暮らしと、それまでずっと使ってきた名前を捨てざるをえなくなったのだ。それでも、いろいろな点で、ケラーはそのことを悔やんではいなかった。今、ニューオーリンズで送っている暮らしのほうが、捨ててきた暮らしよりはるかに満ち足りていた。もちろん、それはケラーを罠にはめた男が思い描いたシナリオではなかった。

ケラーが逮捕され、うまくすればその場で殺される——それが男の描いたシナリオだった。そのシナリオどおりにことが進むのを阻止するには、ケラーとしてもありとあらゆる手だてを講じなければならなかったのだが、そのケラーの奮闘で、シナリオを書いた男はもう死んでいた。その男に手を貸した者も死んでいた。ケラーから見てそれは必要なことだった。誰かがどこかで引き金を引いて、州知事を撃ち殺した。そのことについてはこう思っていた——その顔のない狙撃者もおそらくはもう死んでいるのだろう。とっくに依頼主に殺されているのではないか。ほどけたひもはきちんと結ばれなければならない。殺されていなければ、それならそれでその男の幸運を祈るだけのことだ。そいつにしてみれば仕事をこなしただけのことであり、それ自体はケラーにはよく理解できた。

だったらおれは？　と彼は自問した。新しい名前も新しい暮らしも手に入れた。なのにニューヨークに舞い戻って、いったいおれは何をしているのか？

六番街五十七丁目の角まで戻ると、信号が変わるのを待って通りを渡り、西五十七丁目一一九番地の建物の入口まで歩いた。そこは彼が長年のあいだに十数回、いつも同じ目的でかよった建物だった。その二階に〈スタンパジン〉という切手専門店があり、そこで土曜日、数ヵ月おきにオークションが開かれていたのだ。そのオークションでは常に、値段が手頃で手に入れやすく、興味をそそる切手が競売にかけられており、ケラーはいつも片手にカタログ、もう一方の手にペンを持って木の椅子に坐り、時折人差し指をもたげたりしていた。最高値をつけたことも何度かあって、そういうときにはたいてい六時か六時半に、競り落とした切手を受け取って現金で支払いをすませると、上機嫌で家路についたものだ。

その〈スタンパジン〉はもうなかった。店をたたんだのはニューヨークを離れるまえだったか、あとだったか。ケラーには思い出せなかった。

ロビーにいた制服姿の受付の男には見覚えがあった。「ピーチピット」ケラーがそう言うと、男はわかったというふうにうなずいた。といっても、ケラーのことがわかったのではなく、わかったのはケラーの目的だが。「七階です」と男は言った。ケラーはそのまま奥へ進み、エレヴェーターが来るのを待った。

〈ピーチピット・オークション・ギャラリー〉は〈スタンパジン〉より一段か二段格上の店で、ニューヨークに住んでいた当時、ケラーは一度も来たことがなかった。が、ニューオーリンズに腰を落ち着けたのち、〈リンズ・スタンプ・ニュース〉に掲載された広告で、この切手専門店のウェブサイトを知ったのだった。最初は二点のロットに入札し、そのときは競り負けて買えなかったのだが、店のウェブサイトに登録した関係で、年に数回カタログが送られてくるようになった。カタログは印刷がすばらしく、競売にかけられる切手すべてがカラー写真で掲載されており、いつも豊富な数の競売品から選ぶことができた。

会場でオークションがおこなわれているときには、リアルタイムでインターネットでも競売に参加でき、ケラーもそれを試してみようと思った。が、オークションが開かれる週の半ばはいつも仕事をしていた。が、数ヵ月前のことだ。ケラーは休みを取った。実のところ、それはケラーにとってもドニーにとっても不本意な、一週間まるまるの休みだったのだが。いずれにしろ、そのときケラーは〈ピーチピット〉のオークションのことを思い出し、ログインして競売の参加手続きをした。が、やってみて初めてネット・オークションなるものがいかに神経をすり減らされるものなのか、思い知らされた。そもそもオークションというのは人を不安にさせるものだが、会場に足を運べば、少なくとも何が起きているかがわかる。逆にハンマーを手にした男が競り手を見ていることもわかる。ところが、ネットでは、まあ、そのうちコツもつかめる人もいるのだろうが、ケラーの場合、そうはいかず、もう一度試す気にはなれなかったのだった。

二、三週間前のことだ。ジュリアとジェニーが階上《うえ》にあるケラーの自室――パパの切手部屋――に行くと、彼は背中を丸め、〈ピーチピット・オークション・ギャラリー〉の新しいカタログを眺めて頭を振っていた。どうしたのかとジュリアが尋ねた。

「ああ、これだ」とケラーは言い、カタログを指先で軽く叩いた。「買いたいロットがいくつかある」

「で？」

「ただ、場所がニューヨークなんだ」

「なるほど」とジュリアは言った。

「パパのタンプ」とジェニーが言った。

「そう、パパの切手《スタンプ》だ」ケラーはそう言って、娘を抱き上げると膝にのせた。「いいかい？」カタログの写真――ドイツ皇帝《カイザー》が乗る軍艦《ヨット》〈ホーエンツォレルン〉号が印刷された、ドイツの膠州湾《こうしゅうわん》租借地発行の切手――を指差し、ジェニーに話して聞かせた。「膠州湾租借地は中国北部の二百平方マイルほどの地域でね。ドイツは一八九七年に中国からそこを奪って、そのあと借りるという取り決めをするんだ。まあ、中国としてもしかたなかったんだろう。可愛い切手《プリティ・スタンプ》だろ？」

「残念《ピティ》タンプ」とジェニーが言い、切手の話はそのままになった。

　二日後に電話が鳴るまでは。アリゾナ州セドナにいるドットからの電話だった。開口一番、彼女は電話したことを謝った。

「電話をするのはあなたが元気にしてることを確かめたいだけだって、自分に言い聞かせたんだけど」とドットは言った。「それと、ジェニーの最新キュート語録を知りたいからだって。でも、わかる、ケラー？　今さら自分をごまかしたりするにはわたしはもう歳を取りすぎてる」

　ドットは今でも彼をケラーと呼んだ。それは当然だった。彼女が電話をして話したい相手は〝ケラー〟なのだから。家屋の修繕《フィックス》をしているニック・エドワーズではなくてケラー。語呂を合わせて言えば、人間を消して《フィックス》いるケラーなのだから。

「あなたに電話するなんて」とドットは続けた。「一番してはいけないことなのに。これがまちがいだっていう理由はふたつね。まずひとつ、あなたはもう仕事から足を洗った。一度だけ引き戻したけど。ダラスでの仕事にね。その仕事は完璧とはいかなかったけど、それはあなたのせいじゃない。でも、そもそもあなたはその仕事にそれほど乗り気じゃなかった。だから、わたしたちはイギリス人が言うところの〝ワン・オフ〟ってことで合意したわけよ」

「ワン・オフ？」

「一度きり。だったと思う。でも、それがなんなのよ？　どうでもいいことよ。あなたはダラスに行って、ダラスから戻ってきた。それでおしまい」

しかし、それでおしまいなら、この電話はなんなんだい？　続篇？

「今のが理由のひとつ」とドットは言った。「理由はもうひとつある」

「ほう？」

「それは一語ね。ニューヨーク」

「ほう」

「あなたの故郷みたいな市《まち》で仕事をさせる電話をするなんて、わたしったらいったい何を考えてるの？　あなたがあそこに住んでいた頃には、わたしは一度もニューヨークでの仕事なんかさせなかった。なぜなら、あなたはあそこに住んでたからよ」

「ニューヨークでも仕事は数回したよ」

「ほんの数回だけよ。で、その数回もいわゆる〝問題なし《プロブレム・フリー》〟というわけにはいかなかった。それでも、そのときにはあなたは少なくとも仮面をつけなくても街中を歩きまわることができた。それが今やニューヨークは世界の中で、あなたがあなたでいるのに安全とは言えない唯一の場所になってしまった。コーヒーショップのウェイトレスさえ、あなたのことを二度見してから電話に手を伸ばしかねない場所に。なのに、わたしはニューヨークでの仕事のことで電話なんかしてる。でも、そこまでにしておくわね。もう切るわね」

「ちょっと待ってくれ」とケラーは言った。

ケラーは〈ピーチピット・オークション・ギャラリー〉の受付係に勧められた椅子に坐り、オークションの古いカタログをぺらぺらとめくりながら待った。やがてシャツの袖をまくり、ネクタイをゆるめた猫背の男が現われた。ケラーはその男に案内されて中にはいると、長いテーブルについた。積み重ねできるプラスティックの白い椅子に坐った。調べたい切手のロット番号を書いたメモはすでに用意できていた。その切手が運ばれてくると、とくと見た。ポ

切手は薄いビニールでできた二インチ四方のポケットひとつひとつに収められていた。ポケットはそれぞれ台紙に貼りつけられ、その台紙にはロット番号、評価額、入札開始金額が記入されていた。ケラーは切手用ピンセットを持参してきていた。だから、切手を取り出してさらによく調べることもできた。が、その必要はなく、ピンセットが彼の胸のポケットから出されることはなかった。すでにすべての切手のきれいなカラー写真をカタログで見ていたから、そもそも調べる必要などなかったのだ。それでも、切手を実際に近くで見ると、自

分がどれだけ本気で欲しがっているかがわかる。ケラーは経験からそのことを学んでいた。出してもらったのは十枚ほどのロットで、どれも必要でどれも心底欲しい切手だった。実際に眼にしてみると、さらに欲しくなった。といって、それらをすべて買うつもりはなかったが、それでも安値で推移した場合、さきにとくと見ておけば、どの切手を買えばいいか、より強い執着心を持つに値するのはどの切手か、そうした判断をするのに役立つ。何がなんでも食らいついて手に入れるべきはどの切手かを決めて、さらに――

「やあ！　しばらく見なかったね？」

ケラーはプラスティックの白い椅子の上で凍りついた。

「あの子はあなたが切手の作業をするのを見るのが好きね」とジュリアが言った。「〝パパのタンプ〟なんてね。サ行と夕行がつながると言いにくいみたいだけど」

「〝きってしゅうしゅう〟なんて問題外だな」

「今のところはね。でも、気がついたら、オボックがどこにあるか知ってるのはクラスであの子だけなんてことになってるかも」

「今ちょうど膠州湾のことを教えてたところだ」

「ええ。でも、ほら、わたしだってオボックをどう発音するか知ってるわけよ」

ケラーはいっとき黙り込んでから言った。「話さなきゃならないことがある」

11

コーヒーをまえにしてふたりでキッチンテーブルにつくとケラーは言った。「きみに隠していたことがある。でも、やっぱり隠してはおけない。きみと出会ってから、心にあることはなんでも話せた。それが今はできない。そのできない感じが嫌でならない」

「ダラスで誰かと会ったのね」

ケラーは彼女を見た。

「女の人と」と彼女は言った。

「なんとね」とケラーは言った。「きみが思ってるようなことじゃないよ」

「ちがうの？」

この男を殺《や》らなきゃならないとしたら、どういう手を使う？　歳は六十近く、ヤワな感じで、ずんぐりとした体型をしていた。むずかしい標的とは言えない。今持っているもので一番武器に近いものと言えば、胸のポケットの中の切手用ピンセットだが、これまで彼は何度となく素手ですませてきた。だから——

「私のことがわからないようだね」と男は言った。「もう何年か経つから。それにそのあいだに体重も数ポンドは増えたし。もっとも、目方が増えない年なんてめったにないけど。それと最後に会ったのは階下《した》のフロアだった」

ケラーは男を見た。

「それとも私の勘ちがい？　〈スタンパジン〉で会わなかったっけ？　あそこのオークションは逃したことがなかったんだ。だから、誓ってもいいね、あんたのことは何度か見かけてるはずだよ。話をしたかどうかまではわからないが。名前を聞いたことがあったとしても、忘れているかもしれない。でも、顔を覚えるのは得意なんだよ。顔と切手の透かし模様。このふたつは絶対に忘れない」男は片手を差し出して名乗った。「アーヴ。アーヴ・フェルズパーだ」

「ニコラス・エドワーズ」

「実に残念なことだよ、〈スタンパジン〉がなくなったというのは」とフェルズパーは言った。「バート・タウブはずっと体調が思わしくなくて、それで最後には店をたたんでしまったわけだけど。そのあと、商売が恋しくなって、また復帰したがってるなんて噂を聞いたと思ったらもう死んでた」

「ひどいことだ」そんな答を求められているのだろうと斟酌《しんしゃく》して、ケラーは言った。

「この市《まち》ではほかでも山ほどオークションをやっている」とフェルズパーは言った。「でも、〈スタンパジン〉は気楽に顔を出せたし、競り落とせる安値の品がたくさんあったからね。豪華なカタログもなけりゃ、インターネットや電話による入札もなかったけど。われわれは競り合ったことはないよね？　私はアメリカ合衆国に限定してるんだけど」

「こっちは合衆国以外のものすべてだ」とケラーは言った。「一九四〇年までの世界じゅうの切手」

「ということは、やっぱり競り合ったことはなかったわけだ。そんなあんたがどうして私を覚えてるわけがある？」

「こっちはそれほど頻繁に足を運んだわけでもないからね」とケラーは言った。「住んでるのはニューヨークじゃないんだ。だから——」

「どこだね？　ジャージー？　コネティカット？」

「ニューオーリンズだ。だから——」

「だから、ことさらバートのオークションが目的で来てたわけじゃなかった」

「まあ、そうだね。ちょっと立ち寄るぐらいだった。たまたまこっちに来たときに」

「仕事で？　仕事はどういう関係なんだね？　もし訊いてよければ」

ケラーは、ことばに南部訛りがいくらかはいり込むのに任せて、今はもう引退していることを説明し、ハリケーン・カトリーナに関する避けがたい問いに答えてから、咳払いをして、今はロットを調べるのに集中したいのだが、と言いさした。アーヴ・フェルズパーは即座に謝り、妻にしょっちゅう言われているのに、と弁解した。あなたは人をうんざりさせていてもそれに気づかない、〝空気が読めない症候群患者《アス・バックワード》〟なのだ、と。

ケラーはうなずき、切手に集中した。


ジュリアは言った。「どこかちがうのよ。それはわかっていた。あなたはダラスから帰ってきてからどこかちがってた。でも、どうしてなのかわからないから、ほかに女ができたんじゃないかって思わずにはいられなかった。なんとも厄介なことにあなたは男だし、それに州境の向こう側にいたんだから、そういうこともありうるんじゃないかって。そうだとしてもダラスで始まって、ダラスで終わるものなのだったら、それならわたしも我慢できる。それが今も進行中だったとしても、その人があなたにとって大切な人なら、まあ、我慢できるかもしれない。そう思ったのよ。もしかしたらできないかもしれないけれど」

「そういうことじゃなかった」

「そうじゃなかったの？　ほんとうに？」ジュリアは手を伸ばし、彼の手の上に重ねた。「すごく安心した。わたしの夫はどこかの女と浮気していたわけじゃなかったのね。そうじゃなくて、その女を殺そうとしていた」

「なんと言ったものか」

「わたしたちが初めて出会った夜のことを覚えてる？」

「もちろん」

「あなたはわたしの命を救ってくれた。公園の中を近道して歩いてるときに、レイプされそうになって、殺されそうにもなったわたしをあなたは助けてくれた」

「どうしてそんな気になったのか。それは今でもわからない」

「あなたはわたしを救ってくれた」と彼女は繰り返した。「おまけに眼のまえであの男を殺した。それも素手で。あなたはあの男につかみかかり、首をひねって折った」

「まあね」

「わたしたちはそうやって出会った。ジェニーが大きくなって、ママとパパの恋のなれそめを知りたがるようになったら、手を加えた話をしなくちゃならないわね。でも、それはまださきのことね。で、どうだったの？　ダラスでは？　うまくいったことはわかったけど。あなたが罠にはめた男が結局、罪を認めるなんてね。まるで詩のように美しい結末じゃないの」

「まあ、彼は自分がやったものと思ってるからね」

「実際、ある意味ではそのとおりじゃないの。だって、彼がそもそも電話をかけてこなかったら、あなたがホテルを離れることもなかったんだから」

「ダラスにさえ行かなかっただろう。郵便かメールでオークションに入札するだけですませていたかもしれない」

「だから彼の身に起こったことは自業自得なのよ。それに、ふたりともとびきりすばらしい人ってわけでもなかったみたいだし」

「まあ、家に招いて夕食をごちそうしたくなるような相手じゃなかったな」

「わたしもそう思った。でも、わたしが訊いたのはあなたにとってどうだったのかってこと。あなたはどう思ったの？　そういうことをするのはずいぶん久しぶりだったわけでしょ？」

「数年ぶりだ」

「あなたの人生は以前の人生とはすっかりさま変わりした。だから、あなた自身も変わったかもしれない」

「そういうことはおれも思っていた」

「で？」

ケラーはそのことをしばらく考えてから言った。「それまでと変わりなかった。おれにはやらなければならない仕事があった。だから、どうすればそれを片づけられるのか考えた」

「そして、それをただ実行に移した」

「そうだ」

「そのあとは問題を解決できて達成感を覚えた」

「まあ、そうだね」

「その結果、今のあなたは蓄えを減らすことなく切手が買えるようになった」

「手つけ金しか受け取ってないけど」と彼は言った。「それでも、このあいだ買った切手の代金を全部払ってもお釣りがくる」

「それはいいことよ、でしょ？　さらに、あなたは自分のしたことにも折り合いがつけられた。でしょ？」

「秘密にしておくことに関してはそうでもなかったけど」

「わたしに隠しておくことはできなかったってことね」

「そうだ」

ジュリアはうなずいた。「秘密を抱えるのって、それってあなたにとっても簡単なことじゃなかったと思う。わたしにだってあなたにいちいち話さないことはあるけど。でも、話したくなっても話せないことなんてなんにもない。今はどんな気持ち？」

「よくなった」

「そうみたいね。あなた、さっきと雰囲気ががらりと変わったもの。あなたの話を聞いてわたしがどう思ったのか知りたい？」

「ああ」

「とにかく安心した。それはまちがいないわね。でも、ちょっと困ってもいる。今度はわたしが秘密を抱えることになったみたいだから」

「そうなのか？」

「わたしの秘密を教えましょうか？　でも、それを知ったら、あなたはわたしを軽蔑するかもしれない。それがちょっと気になるところね」ケラーが何か言うよりさきにジュリアは大げさにため息をつき、続けて言った。「やっぱり隠しておけない。あなたはダラスで何があったのか話してくれた、そこで何をしたのか」

「それで？」

「それを聞いてわたし、欲情しちゃった」

「ええ？」

「変でしょ？　もちろんそうよ、かなり変よ。これってあなたにこれまで一度も話してないと思うことだけど、あなたがあのレイプ魔を公園で殺したときも、わたし、興奮したの。あのとき一番思ったのは、わたしはこれでもう安全で、なんの心配もなく守られてるということよ。でも、興奮もしたの。今も熱くなっていて、それをどうすればいいのかわからない」

「ふたりで額を寄せ合えば」と彼は言った。「どうすればいいかわかるかもしれない」

〈サヴォヤード〉の部屋に戻って、ケラーはふと思い出した。アスペルガー症候群――フェルズパーの病気。少なくとも、彼の妻が言っていたのはそれだ。

〝空気が読めない《アス・バックワード》症候群〟も悪くなかったが。

「こういうことになるのがわかっていたら」とケラーは言った。「すぐにきみに話していただろうな」

「でも、話さなかった」

「ああ。たぶん怖かったんだと思う。話してしまったら、おれたちふたりの仲が駄目になるんじゃないかと」

「だから何も言わなかった」

「ああ」

「でも、話した」

「そうだ」

ジュリアは何も言わなかった。が、ケラーは彼女の思いに取り囲まれているような気がした。実際には何も言われなくても質問攻めにあっているような気がした。「仕事を終えたらもう二度とそんなことはやらないと思った。なのに、どうしてわざわざ話したりしなければならない？　ただ口を閉ざし、起こったことにはシールを貼って、少しずつ過去の中に消えていくままにすればいいと思った」

「あなたが頭の中で描く顔のように」

「まあ、そうだ」

「でも、また電話があった」

「今日の午後にね」

「何かがちがってるのに気づいたのよ」とジュリアは言った。「ジェニーと砂場遊びから帰ってきたときに。ドットは元気なの？」

「元気だ」ケラーはそう言ってから咳払いをして続けた。「いずれにしろ、おれはダラスの一件のあと言ったことをもう一度繰り返した。ああいったことはもうやりたくないって」

「それでも、彼女は電話をしてきた」

「それが」とケラーは言った。「込み入った話でね」

12

ケラーはついさっきまでホテルの部屋を出る気がしなかった。なのに今は気づくと、片時を過ごすことさえありえないように思われた。シャワーを浴び、服を着て、テレビをつけてすぐに消すと、部屋を出た。

ニューオーリンズでは、仕事に行くときにはピックアップトラックを運転し、それ以外のときにはジュリアの車を使っている。北に数ブロック歩けば、セント・チャールズ・アヴェニューを走る路面電車に乗ることもできた。バスの交通網もまずまずで、タクシーをつかまえるのも少しもむずかしくない。

そうしたさまざまな選択肢があるにもかかわらず、ケラーはよく歩いた。アメリカでは珍しいことだが、ニューオーリンズは歩行者にやさしい市《まち》だ。歩きまわれば、見て面白いものを発見できるだけではない。ニューオーリンズの人々は——赤の他人同士でも——すれちがうと笑みを浮かべ、温かみのあることばを交わし合う。ハリケーン・カトリーナ以降は路上犯罪が明らかに問題になっており、笑みを浮かべたり温かみのあることばを口にしたりしない輩《やから》が、銃を持ったホールドアップ強盗に変身することも少なくなかったが、それでも大半は遵法精神豊かな市民だ。レヴェルの高い礼儀正しさと本物の思いやりに出くわすことのほうがはるかに多い――「すばらしい朝ですね」「ほんとうに！　こんな素敵な日、みなさんはどうやって過ごされるの？」

ニューヨークも少なくとも同じくらい散歩にはもってこいの市《まち》だ。だから、ニューヨークに住みながら、どうして車を持たなければならないなどと思っている人たちがいるのか、ケラーには理解できなかった。ニューヨークを歩いても、ニューオーリンズの古趣豊かな親しみは感じられないかもしれない。つまるところ、次のような台詞《せりふ》がうけるのには理由がある――「エンパイア・ステート・ビルディングへはどうやって行けばいいか教えてもらえます？　それとも、とっとと消えたほうがいいのかな？」それでも、ニューヨークは歩行者の市《まち》だ。それについては考えるまでもない。ケラーはホテルを出て歩きはじめた。

シャワーを浴びて、ケラーはひげを剃るべきかどうか鏡でチェックして、朝まで待てると判断したのだが、そのあとしばらくアーヴ・フェルズパーに気づかれた自分の顔を眺めた。フェルズパー（あるいは、ニューヨークのほかの誰にしろ）が最後に見て以来、ケラーの外見はいくぶん変わっているはずだった。昔の髪はほとんど黒に近いダークブラウンで、額に長くかかっていた。新聞やテレビに――もちろん郵便局の壁にも――顔を出されながら、ニューオーリンズにたどり着いたときにはいつも野球帽をかぶっていた。また、どうすれば髪をグレーに染められるかなどと考えたりもした。

そんな髪をジュリアに染めてもらったわけだが、色はグレーではなく、彼女がくすんだ《マウス》・茶色《ブラウン》と呼ぶ褐色がかった色だった。ジュリアはそのとき彼の髪を短くカットもして、生えぎわも剃って後退させたので、その頃は生えぎわにまた伸びてくる髪を剃らなくてはならなかった。今はもうそんな必要もなくなった。時間が魔法の散髪をしてくれていたので。髪の色はジュリアが今も定期的にグレーに染めていたが、これまで明るくしなければならなかった黒っぽい根元の部分も今ではグレーに変わり、逆に白髪染めをしなければならなくなっていた。

ジュリアと歳月によるそうした変化にもかかわらず、まったく思い出せなかった男にすぐに気づかれてしまった。もちろん、気づかれたのは場所のせいだ。切手オークションで知り合い、また別の切手オークションで出会ったからだ。地下鉄のプラットフォームですれちがっていたら、フェルズパーはケラーのことなど振り向きもしなかっただろう。

振り向かれていたら、走っている列車のまえに突き落とすこともできたかもしれないが。

「あの事件のことはあなたも新聞で読んでるかもしれない」とドットは言った。「あるいは、テレビの夜のニュースで見てるかもしれない。ニュージャージー州の北部であった政界の汚職事件」

「いまだにショックを受けている」とケラーは言った。

「そうよね。信じがたいことよね。選挙で選ばれて、公職にある人間が賄賂《わいろ》をもらって、資金を洗浄して、腎臓を売るなんて——」

「腎臓を売る？」

「そういう話だったと思うけど。もっとも、誰が政治家の腎臓なんか買いたがるのかって訊かれたら、わたしも答に困っちゃうけど。あなたも新聞やテレビで見てるはずよ」

「ニューオーリンズにいたら」と彼は電話の向こうのドットに言った。「遠く離れた場所の政界汚職事件なんてあまり気にならないものだよ」

「南部人は地元の料理を食べるのが好きってこと？」

「そういうこと」とケラーは言った。

「逮捕者が大勢出たのよ、ケラー。辞職に追い込まれた人も何人かいたけど。でも、ほとんどは保釈されて、今も市や町からお給料をもらってる。それでも、いずれは全員が公職を退かなくちゃならなくなりそうね。大修道院長《アボット》もたぶん辞任に追い込まれるでしょうね——」

「大修道院長？」

「まあ、このさきも彼が修道院の長を務められるとは思えないけど」

「修道院の長を務める大修道院長？」

「ケラー、それが彼らの仕事でしょうが。アボットだからって、みんながみんなコステロとお笑いコンビを組めるわけじゃないのよ」ドットはそこでことばを切った。ケラーが笑うのを待って。しかし、彼が笑わないとわかると続けた。「こういうことはよく知らないけど、聖職を剝奪されないかぎり、修道士でいることはできるんでしょうね。ほかの修道士も、まあ、今やってることを続けていくんでしょう。そう言えば、修道士っていつも何をしてるの？」

「まずお祈りだろうな」とケラーは言った。「それからパンを焼く。リキュールをつくる」

「リキュール？」

「ベネディクティンとか、シャルトルーズとか（いずれも修道院発祥のリキュール）？」

「修道士がつくってるの？〈シーグラム〉の銘柄だと思ってた」

「初めてつくったのは修道士だ。たぶん事業を売却したんだろう。いずれにしろ、修道士の仕事は基本的には祈ることだよ。あとは菜園《ガーデン》で農作業なんかもしてるんだろう」

「ごく普通《ガーデン・ヴァラエティ》の修道士はガーデンで働いてるかもしれないけど」と彼女は言った。「洗浄《ランドリー・》担当《ヴァラエティ》の修道士はお金と腎臓のことでいつも忙しくしてるのよ。いい、大修道院長は政治家全員とグルだったのよ」

「極悪修道士《フェロニアス・モンク》（ジャズ・ピアニスト、セロニアス・モンクにかけた駄洒落）」とケラーは言った。「ドット？　面白くなかった？」

「少しは笑ったけど」と彼女は言った。「初めて聞いたときにはね」

「今思いついたんだけど」

「あなただけじゃなくて、国じゅうのニュースキャスターが思いついてるのよ」

「ああ」

「長い話を短くすると——これが長くて短い話だけど——大修道院長は腎臓の提供先を全部知ってる人物ってわけ。彼がしゃべると、みんなただじゃすまなくなる。ケラー？　どんな仕事になりそうか、もうわかってきた？」

〝修道院〟ということばを聞いて、ケラーは壁に取り囲まれた中世の建物を思い浮かべた。人里離れた、社会とは隔絶された場所に孤立して建つ、ロマネスク様式の大聖堂と要塞化された城の要素を兼ね備えた造りの建物だ。城壁には、そのあいだから矢を射るための細い狭《はざ》間《ま》が穿たれている。そんな狭間胸壁——正確なところ、それがどんなものであれ——には坐る場所がある。坐ったまま、城壁を登ってこようとする敵に煮えたぎる油を浴びせるのだ。さらに修道院と言えば、地下牢や小さな修道士がひとりずつ眠る小さな個室もあるはずだ。祈りを捧げるとき、その上に膝をつくための米粒も散らばっていることだろう。

それに歌。たくさんの歌。ほとんどはグレゴリオ聖歌《チャント》だろうが、ひょっとしたら水夫のはやし歌《チャンティ》も歌われていたのかもしれない。ケラーは聖歌《チャント》とはやし歌《チャンティ》の区別がついたためしがなかった。別なものであることは知っているのだが、どうしても混同してしまうのだ。

修道院を探す場所として、ニューヨークの東三十丁目界隈の閑静な住宅街はまず候補には挙がらない。マリー・ヒルにある、石灰岩のファサードを持つ五階建ての連棟住宅に修道会が入居しているなど誰も考えすらしないだろう。

が、現にそれはそこにあった。

パーク・アヴェニューとマディソン・アヴェニューとのあいだ、東三十六丁目通りのダウンタウン側に建っていた。似たような建物に両隣りをはさまれていて、小さな真鍮《しんちゆう》の銘板から、そのうちの一軒はチャド共和国の大使館だとわかったが、反対側のもう一軒はこのあたり一帯のすべての家がかつてはそうであったもの――エレガントな私邸――のようだった。そのあいだの建物の銘板には、〈テサロニケ館〉とだけ刻まれていたが、両隣り同様、その建物も修道院らしくは見えなかった。

ドットはテサロニケ修道士の長、ポール・ヴィンセント・オハーリヒーのことをいかにもアイルランド人らしい男だと言っていた。陽気な歌を歌うようなしゃべり方をする押し出しのいい男だと。グーグルで画像検索をしてみると、ケラーにもそのわけがわかった。大修道院長は背が高くて肩幅が広く、がっしりとしていても肥っているわけではなく、ライオンのような頭に生えるふさふさとした白髪は、まさしくたてがみを彷彿とさせた。それに、いかにも誠実そうで、人に信頼感を抱かせる顔をしていた。人の顔に裏切られるというのはよくあることだが。それでも、修道士になることが決まっていたにしろ何にしろ、この男はいかにも〝長〟になりそうな男だった。ケラーにはそのことがすぐにわかった。この外見でこの押し出しなら、市警察本部長にも、ウォール街にある会社の取締役会長にも、生命保険会社の最高経営者にもなれただろう。腐敗した民主党の政治団体〈タマニー協会〉がニューヨークの市政を牛耳っていた時代なら、市長にだってなっていたかもしれない。

オハーリヒーは大食漢にちがいない。検索をして、その立派な体軀とぴったりとしたジャケット姿からケラーはそう思ったのだが、思うなり、中年のアイルランド人女性の声が頭の中から聞こえた——「ああ、でも、体型はちゃんと維持してるじゃないですか？」酒も好きにちがいない。血色のいい顔、頰と鼻の毛細血管が切れていることに気づいて、ケラーはそうも思った——「ああ、確かにね。でも、そういうのを強い男の弱点っていうんじゃありません？」

押し出しのいい男、オハーリヒー。今、そこにいるはずだった。連邦捜査官の一団が玄関までやってきて、呼び鈴を鳴らしたときもそこにいた（呼び鈴があれば。ケラーはドアの真ん中に大きな真鍮製のドアノッカーが取り付けられているのに気づいた。たぶん捜査官たちはそれを使って自分たちが来たことを知らせたのだろう）。

ドアノッカーを使う捜査官。ケラーはそれが気に入った。麻薬の売人を検挙するときにはたいてい破城槌を使ってドアを打ち破る。少なくとも、テレビではそうしている。なんとも派手に。しかし、相手が神に仕える者となると、呼び鈴で静寂を破る必要すらない。慎み深いノックで事足りる。

だから捜査官はノックした。ケラーはそう結論づけた。それに、オハーリヒー神父にとって、その捜査は青天の霹靂《へきれき》でもなんでもなかった。警察からは事前に電話で連絡があった。だから彼はまえもって〝武装〟していた。ドアが開けられたときには弁護士が横についていた。

署まで連行するあいだ、警察は神父に手錠をかけたのだろうか？　普通なら選択の余地はない。それでも、警察も神父の尊厳を損なわないよう気をつかったかもしれない。実際、ケラーも手錠をかけられた聖職者の姿を報道写真で見た記憶がなかった。もし見ていたら、そういう姿は人の記憶に残りやすいはずだ。

ケラーは角まで歩いて通りを渡ると、振り返ってさっきまでいたところを見た。すでに保釈金が支払われ、オハーリヒー神父はどこでも好きなところへ行くことができる。しかし、とケラーは思った。賭けてもいい。神父は自主的に自宅監禁状態を選び、〈テサロニケ館〉に引きこもって暮らしているはずだ。そこでくつろいでいるはずだ。四方を囲む壁によって、レポーターやカメラマン、ほかにも煩わしい輩から守られて。

もちろんケラーからも。

ただ歩いていって、真鍮のノッカーでドアを叩いたらどうだろう？　誰かがドアを開けるだろう。それが神父その人ではないと誰に言える？

仕事にはたいていい時間をかけるのがケラーのやり方だった。一度だけ急いですませたこともあったが。アルバカーキでのことだ。あのときには指定されたターゲットの自宅にまっすぐ向かうと、レンタカーを降りて玄関のドアまで歩いて呼び鈴を鳴らした。ドアを開けたのは送られてきた写真の男だった。ケラーはそいつをさっさと殺して、その家をあとにした。「もうお戻りですか？　何か不具合でもあったんですか？」と訊いてきた〈ハーツ〉のカウンターの女性には、ちょっと予定が変更になったと答えて、飛行機でそのままニューヨークに戻ったのだった。

これがもっと普通の状況であったとしても、大修道院長が玄関のドアを開ける仕事を任されているとは思えない。ということは、誰が玄関に出てくるにしろ、その相手をしなければならない。オハーリヒーにたどり着くまでには、ほかにも対処をしなければならない人間がいることだろう。

彼は修道院に背を向けると、歩きはじめた。

ケラーは長いあいだ、一番街四十丁目界隈に建つアールデコ風のアパートメント・ハウスで暮らしていた。最初は賃貸だったのだが、協同組合所有方式に変わったときに買ったのだ。その後、そのアパートメントの資産価値は驚くほど上がった。もっとも、今はこのところの景気後退でかなり下がっているだろうが。

どうでもいいことだ。今はもう彼のものではないのだから。それはケラーとしてもそう思わざるをえなかった。どうして所有者でいられる？　世界がひっくり返り、一目散に逃げ出して以来、管理費は一セントも払っていないのだから。協同組合が理事会を開き、どう対処すべきか話し合うのには時間がかかったかもしれない。が、その答もとっくに出て、今では誰か別の人間が住んでいることだろう。

あそこまで歩いていくなど馬鹿げている、と彼は思った。昔住んでいた地域に顔を出すなど。しかし、どうにも自分を抑えられそうになかった。心があちこちをさまよっていた——オハーリヒーのこと、切手のこと、ジュリアとジェニーのことを考えた。が、そのあいだも彼の足は以前住んでいたブロックに彼の体を運ぼうと強く主張していた。で、気づいたときにはもう通りをへだてた真向かいの建物の入口に立っていた。

彼のアパートメントの窓には明かりがともっていた。

なんとも妙な気持ちだった。もう何年もまえのことになるが、子供の頃に住んでいた郊外の通りを歩いたことがあった。そのときにはもう彼と母親がそこに住まなくなってずいぶん時間が経っていた。そこに戻りたいという衝動に駆られたことなどそれまで一度もなかった。だからたまたまそこを訪ねてもこれといった感慨はなかった。家の壁の色は塗り替えられていたが、子供の頃にあったバスケットボールのバックボードはまだガレージに取り付けられていた。そういったことに気づいた程度だった。生け垣がどこか変わっているようにも見えたが、どこがどう変わっているのかと訊かれてもきっと答えられなかっただろう。

その家に背を向けたあとはもう、その家のことは二度と思い返すこともなかった。が、今はそのときとはどこかちがう。彼はこのアパートメントを引き払ったわけではなかった。ある日までそこにいて、ある日からいなくなった。その後、真夜中にこっそり戻ってきて、ドアマンにいくらか金を握らせてよそを向かせ、階上《うえ》に行って切手のコレクションを回収しようとしたことが一度あったが。もっとも、そのときには回収するにはもう遅すぎたのだが……

そのあとはもう離れたまま一度も戻らなかった。今までは。急にニューヨークに戻ることになるまでは。彼はもうケラーではないし、ここにはもう住んでいない。そもそも——と彼は思った——おれはこんなところでいったい何をしているのか？

ドアマンの姿が見えるところまで通りを半分渡った。ドアマンは彼ら全員が着ている制服——全体がえんじ色で縁取りが金色の服を着ていた。が、見るかぎり、それ以外にその男に見覚えはなかった。あれから何年か経っており、スタッフの入れ替わりも当然あったはずだ。こっちに見覚えがなくて、どうして向こうにおれがわかる？

ドアマンはおそらく気づかないだろう。ケラーはそう思った。だからといって、そのことはドアマンの横をそのまま通り過ぎることを必ずしも意味しないが。とはいえ、少なくとも近づくことはできそうだった。相手の体に手をかけられるほど近くまで行くことは。ロビーのすぐそばに荷物置き場がある。荷物置き場に押し込めば、あの男は朝まで見つからないだろう。

そうすれば、あとは階上《うえ》に行ってドアベルを押しさえすればいい――ケラーのアパートメントのドアにノッカーはなかった。もちろん、新しい住人がつけていなければの話だが。〝すみません。階下《した》の者なんですけど、邪魔して悪いんですけど、うちのバスルームの天井から水が垂れてきてるんですけど――〟。

ドアが開くと、そこには男か女が立っている――あるいは男と女か、あるいはふたりの男か、ふたりの女が。まあ、どちらにしろ、大したことではない。武器は持ってきていなかったが、それでも彼には両手があった。それだけあれば事足りる。

ケラーは渡りかけたところからまた通りの反対側に引き返し、暗がりにはいると、建物のレンガの壁に背中をぴたりとくっつけて佇《たたず》んだ。通りの向こう側では、ドアマンが煙草を一服するために通りに出てきていた。改めて見てもまったく見覚えのない男だった。気づくと、ケラーは思っていた。そんな男の首をへし折って荷物置き場に押し込もうだなどとどうして思ったりしたのか。

それも階上《うえ》に行って、これといった理由もなく、赤の他人を殺すだけのために。

衝動――あるいは妄想。なんとでも――はもう消えていた。ホテルに帰るんだ。ケラーは自分に厳しくそう言い聞かせた。

歩道のへりまで行って、タクシーを止めようと手を上げた。屋根のランプを点灯させた一台が彼のほうに向かってきた。が、ケラーはすぐに首を振り、さらに手を振って、そのタクシーを追い払った。運転手が顔に浮かべた表情は見えなかったが、容易に想像できた。

彼は歩きはじめた。

ホテルまでずっと歩いた。たっぷり時間をかけて歩いた。途中、ピザを食べるのに店に寄り、カウンターに立って一切れ食べ、いつも朝食をとっていた安食堂でコーヒーを飲んだ。デリカテッセンで新聞を買ったものの、次に眼にしたゴミの缶に読まずに捨てた。

そのあいだずっと、いったい自分は何をしているのか考えていた。

知っている人間はいるのかどうか。それは彼にもはっきりしなかった。見覚えのある顔はいくつか見かけたが、安食堂のウェイトレスはあの頃よく朝食を出してくれていたウェイトレスとは別の女だった。それに昔のそのウェイトレスがまだその店にいたとしても、彼女のシフトはもう何時間もまえに終わっているはずだ。

その界隈にも変化はあった。まえにはなかった銀行をさっき見かけていた。チェーン店のドラッグストアもできていた。なくなっているのは？　中華料理店がなくなっているような気がした。それにドライクリーニング店も。あの靴の修理屋はどうしたのだろう？　それともあの修理屋がいたのは次のブロックだったか？

ホテルに戻ったときには疲れ果てていた。彼はシャワーを浴び、ミニバーからボトル入りの水を出して飲んだ。そして、ベッドにはいった。

13

朝食はホテルの中でとるつもりだった。立派なビュッフェがあった。が、料金が三十五ドルもした。三十五ドル分の食べものを胃袋に詰め込んで一日を始めるというのはケラーには考えられないことだった。彼は通りを渡ってフレンチビストロを真似た店にはいった。髪をおさげにしたアジア系の若い女がクロックマダムを運んできた。要するにハムとチーズのグリルサンドウィッチに目玉焼きをのせたものを。ケラーはオレンジジュースとつけ合わせのジャガイモのソテーも頼んだ。食後にはカップ二杯分のドリップコーヒー。勘定は三十一ドル二十五セント、それにチップ。

それでも有益な出費だったとケラーは思った。朝食のあとでは気分がよくなっていたから。ひと晩ぐっすり眠って、ゆうべの気分はあらかた消えていたが、まだ残っていたゆうべの気分もなくなっていた。その店の朝食がそういう仕事をしてくれていた。

仕事と言えば、そろそろ取りかからなければ。

オハーリヒー大修道院長――ポール・ヴィンセント・オハーリヒーはマリー・ヒルの〈テ

サロニケ館〉に身をひそめている。ケラーが思いつくかぎり、務めを果たす方法はふたつしかなかった。相手を建物の外に出させるか、なんとかこっちから忍び込むか。

前者のほうがいいとケラーは思った。うまいやり方さえ見つかれば。後者だと、仕事はふたつに分かれる。はいり込むことと抜け出すことに。問題が生じる可能性はその両方にある。オハーリヒーを隠れ家から引っぱり出すのがたやすいわけではないが、やりようはあるだろう。

今は火曜日の朝。腕時計を見ると、ほぼ十時十五分前。〈ピーチピット〉のオークションは、水曜日と木曜日、午前・午後の二部構成でおこなわれることになっている。水曜日はまるまる外国切手全般に充《あ》てられており、午前の部ではイギリス連邦のもの、午後の部ではそれ以外の地域のものが扱われる。木曜日の午前に出品されるのはもっぱら合衆国発行の切手で、最終日となる木曜日の午後の部は、ドイツの植民地が発行した切手の見事なコレクション――ケラーが娘に教えてやったあの膠州湾の切手も含めて――に充てられる。

だから、火曜日は丸一日、水曜日は夜、木曜日は午前が空いていることになる。やむをえない場合には、水曜日のオークションのどちらか、あるいは両方とも見送ってもいい。しかし、ドイツのコレクションが売りに出される木曜日の午後は会場にいたい。

さらに、その日の夜にはニューオーリンズへの帰路についていたい。最終便はジェットブルー航空の八時五十九分発で、うまくいけばそれに間に合うはずだった。

ケラーはそのまま修道院まで歩いた。〈テサロニケ館〉の様子に前日と異なるところはまったくなかった。真鍮のノッカーは相変わらず誘《いざな》うかのようだったし、重たげなドアは相変わらず人を拒むかのようだった。ケラーは通りのアップタウン側から見やり、ほとんど歩をゆるめることなく通り過ぎた。

三十六丁目通りとパーク・アヴェニューの交差点付近には公衆電話は見あたらず、もう一ブロック先のレキシントン・アヴェニューまで歩いた。そこにもなかった。そこからアップタウン方向に一ブロック歩いてようやく見つかった。が、故障していた。ポケットにはプリペイド式の携帯電話がはいっていた。ジュリアにかけるのに使おうと思い、ニューオーリンズの空港で買ったものだった。が、どうやらその電話は一回しか使えないようだった。

なんとも腹立たしいことに。

九一一番にかけ、手短に話してすぐに切った。そして歩道のへりまで出て、捨てなくてもいい携帯電話を雨水排水口の隙間から下に落とした。

来た道をゆっくりと戻った。南に三十六丁目まで進み、そこで西に折れて、また〈テサロニケ館〉へ向かった。パーク・アヴェニューまで半分ほど歩いたところで最初のサイレンが聞こえてきたが、歩く速さは変えなかった。現場にたどり着いたときにはもう市の車両が三台――ニューヨーク市警のパトカーが二台とニューヨーク消防局のはしご車が一台――到着していた。

案の定、人だかりができていて、ふたりの制服警官が野次馬を通りのアップタウン側へ追いやり、消防隊員が修道院の両側の歩道を遮断するためのバリケードを並べていた。

ケラーは警官のひとりを選んで、何があったのか尋ねた。警官は答えなかったが、野次馬のひとりが横からさえずった。「押し入ったやつがいるのさ。尼《ナン》さんをふたり撃ち殺して、残りの尼さんを人質に取ってるんだ」

ドアが開いて、修道院から人が出てきはじめた。法衣をまとった男やビジネススーツ姿の男が歩道にあふれた。今しがたしゃべった男が、尼さんの件はまちがっていたかもしれないと言い、そもそも修道院に尼さんがいるわけがないと女が言うと、また別の男が言った。「金曜日に司祭が食べてもいい肉《ミート》は？　答はナン（〝ミート〟には肉欲の対象の意があり、〝ナン〟は何もないの意にもなる）。わかった？」

ケラーはいち早く爆発物処理車に気づいた。が、そのことを口にするのはほかの誰かに任せた。その車は警備輸送会社の〈ブリンクス〉が大量の現金を輸送するのに使っている装甲車両に似ていたが、その車の側面には人の注意を惹くのに充分大きな文字で〝爆発物処理班〟と書かれていた。「そうか、爆弾が仕掛けられたんだ」と誰かが言うと、誰もが慌てて通りから一歩あとずさった。

ケラーもそうした。爆発から一フィート離れたところでどれだけ身を守れるものなのか、思い描くことすらできなかったが。いずれにしろ、爆弾などないことは初めからわかっていた。警察に通報したのはほかでもないケラーだったのだから。

警官がもうひとり、最初に声をかけた警官より若くて大柄な警官が離れたところに立っていた。その警官は煙草を吸っていた。ケラーは、そんなことをするのは服務規定違反なのではないかと思ったが、その警官はそんなことなどまるで気にしていないようだった。

ケラーはそっちの警官にあまり近づきすぎない程度に近づき、通りの向かいの建物はテサロニケ修道院かと尋ねた。

警官は苛立たしげに言った。「だとしたら?」

「いや」とケラーは言った。「ただ、学校の同級生だったやつなんだけど、実際の話、そいつとは仲よしだったんだけど、そいつがテサロニケ修道会にはいるみたいなことを言ってたんだ」

「へえ、そうなんだ」

「この修道会にとことん心酔しててね」とケラーは続けた。「でも、まあ、よくある話だけど、そいつともいつのまにか疎遠になってしまって、結局、入信したのかどうかはわからずじまいなんだけど、ひょっとして――」

「オハーリヒー神父も」と警官は言った。「まあ、暇を持て余して《オン・ヒズ・プレート》ただろうからね。爆弾で脅迫されるなんて。なによりこういうことを待ってたんじゃないか」

その問題の男は、自分の皿《オン・ヒズ・プレート》にのっているものはどんなものもすぐにたいらげてしまうような男に見えた。大きな顔にがっしりとした顎が印象的で、法衣に隠れていても逞しい体軀の持ち主であることは容易に知れた。茶色の法衣は簡素なものだった。が、どこかしら、ほかの修道士たちが着ている法衣よりは華美で、色合いも薄かった。それでも、彼がほかの修道士たちを指揮しているのは明らかだった。何を言っているのか、ケラーには聞き取れなかったが、ほかの修道士たちが彼のことばに従って、落ち着きを取り戻しているのは見てわかった。

「見ろよ、〈アイウィットネス・ニュース〉が来た」と警官が苦々しげに言った。「そりゃマスコミのクソどもは放っておかないよな。ニュージャージーの汚職のレヴェルは確かに相当なもんだよ。だけど、司祭だろうが田舎の実業家だろうが、人間、生きていくにはどっかで折り合いをつけなきゃならない。あんたの考えはちがうかもしれないけど」

「いや、同じだよ」とケラーは言った。

「なのに、こういうことに聖職者がからんできて、そいつがたまたまカソリックだったりすると、クソ新聞がやたらと書き立てる。きょうび、教会を叩くのがみんなの好きな娯楽みたいになってる。これがちょっとまえなら、隠されたまんま公にされることもなかっただろうに」

「まったくだ」とケラーは言った。

「いったいあの男が何をしたっていうんだ？　侍者の男の子とのいかがわしい噂を聞いたわけでもない。ああ、そりゃ腎臓なんか売ったりすりゃ、そりゃ世間の関心を集めるだろうよ。それは認めるよ。だからといって、そんなことがオハーリリヒー神父みたいにこの世で善行を施してる人間の顔に泥を塗るほどの理由になるのかね、ええ？」

ケラーが同意を示そうとすると、そばにいた誰かが言った。「おい、見ろ、犬だ」確かに爆発物処理班の制服を着た男が、興奮しきったビーグル犬の首輪に引き綱をつけていた。

「おいおいおい」とまた誰かが言った。「このうえドラッグを売ってたなんて言わないでくれよな」

「馬鹿。あれは爆弾を探す犬だよ」とほかの誰かが言った。

「どうでもいいけど、可愛いわね、あの犬」と女が言った。

「子供の頃、あれとまったくおんなじような犬を飼ってたんだ」と男が言った。「すっごく馬鹿な犬でさ。皿の中の餌さえ見つけられないんだ」

犬が建物の中にはいると、野次馬はほかの話題を探した。大修道院長は修道士たちのあいだを動きつづけ、こちらでひとりの背中を叩き、あちらで別のひとりの肩を叩いていた。部隊を鼓舞する将校さながら。

「おい、オハーリリヒー」と誰かが呼ばわった。「今週は腎臓の特売セールをやってるんだって！」

野次馬はそれまで思い思いの会話をしていたが、誰かにプラグを抜かれでもしたかのようにぴたりと話をやめた。みんなが身構えたのがケラーにはわかった。みんな今のことばに驚きはしたものの、そういう野次を飛ばしてもいいことにはたと気づいたのだろう。しかし、声をあげた者の野次は明らかに一線を超えてきた。だから、ほかの者たちはその野次に異を唱えたものか調子を合わせたものか、そのことを考えているのだ。ここで何か言うか黙っているかは、言わずにはいられないほど気の利《き》いたことを思いつくかどうかにかかっている。

ケラーはそう思った。

大修道院長のほうが彼らのかわりに判断をくだした。それまでの修道士とのやりとりをいきなりやめると、左のほうを向いて歩道のへりまでゆっくりと歩いた。そして、そこで背すじを目一杯伸ばすと、ひと睨《にら》みで野次馬を黙らせて言った。

「帰りなさい。あなたたち全員。ほかにすることはないんですか？　自分のやるべきことに精を出すか、家に帰るかしなさい。ここでは誰もあなたたちを必要としていないんだから」

なんと野次馬はみなそのことばに従った。ケラーも彼らに倣《なら》った。

14

「実に堂々としてた」とケラーはドットに言った。「要するに野次馬の指揮まで執ったというわけだ」

「そういうことに慣れてるのよ、仕事柄。そうは思わない？」

「たぶん。でも、生まれてからずっとあんなふうだったという気もしたな。十歳の彼が校庭に立って、キックベースボールの試合中に起きた喧嘩を仲裁している姿が眼に浮かぶよ」

「わたし、キックベースボールをやりたいっていつも思ってた」とドットは言った。「でも、うちの学校じゃ男の子しかやらなかったのよ。きっと今はちがうわね」

ケラーは新しいプリペイド式の携帯電話を買っていた。その携帯電話のチップで百分通話をするか、あるいは九一一に一度だけかけるかはどちらをさきにするかで決まる。ケラーが最初に電話をかけたのはジュリアだった。ニューヨークにいるのはどんな気分かとか、オークションはどんな具合に進行しているかとか、そんな話をした。ジュリアのほうはジェニーの一日を詳しくケラーに伝えた。同じ通りの二軒隣りに住むカップルの噂話もした。ケラーは自分の仕事に関して具体的な話はいっさい彼女にしたことはなく、そのときもしなかった。

ドットにはこう言った。「電話をかけたことに何か意味があったとは言いにくい」

「あら、そうかしら、ケラー。大修道院長を見ることはできたんでしょ？」

「彼の写真はもう充分見てた。見てなかったとは言えないよ」

「それでも、じかに見るというのは少しはちがうものよ。その人物の雰囲気みたいなものがわかるでしょ？」

「まあね」

「それに、これで大修道院長が中にいることがはっきり確かめられたじゃないの。それはあなたの想像どおりだったわけだけど、今は事実としてそのことがわかってる」

「それはそうだが」

「納得してないような口ぶりね、ケラー。何が問題なの？」

「電話だ」

「どうして捨ててしまったの？　九一一にかけた記録が残るのはわかる。でも、あなたのは追跡できない電話だったんでしょ？」

「電話とおれとを結びつけることはできない」とケラーは言った。「それでも、あの電話でかけた番号は知られてしまう。向こうにしてみれば、あとはその番号からかけたさきをたどればいい」

「セドナまで」とドットは言った。「それからニューオーリンズまで。あなたとしてはそんなことはさせたくなかった。でも、だからって何が問題なの？　使い捨ての携帯電話を買って、使い捨てにしただけのことでしょうが」

「あの電話には七十ドル払ったんだが」とケラーは言った。「無意味な電話を一度かけただけで、今はニューヨークの下水に浮かんでる」

「浮かんでないと思うけど、ケラー。石みたいに沈んだはずよ」

「まあね」

「そして水底まで落ちた」とドットは言った。「途中でアリゲーターに食べられたりしなかったらの話だけど。チクタク言ってた〝時計ワニ《テイック・トック・ザ・アリゲーター》〟って覚えてる？　『ピーターパン』の？」

「あれはクロコダイルじゃなかったっけ？」

「ケラー、アリゲーターとクロコダイルのちがいくらいわたしも知ってるわよ。でも、それって今、わたしたちが心配しなくちゃいけないこと？　その時計ワニってまえに時計を呑み込んじゃったのよね。それでそのワニが近づいてくるとわかっちゃうわけ」

「ひょっとしたらだけど、それでそういう名前がついたんじゃないだろうか」

「それは大いに考えられる。でも、まえから不思議に思ってたんだけど、どうしてその時計は止まったりしないのかしら。自動巻きみたいなやつだったの？　だから泳ぎまわってさえいれば、時計はずっと止まらないってこと？」

「ドット——」

「あなたの電話だけど」とドットは続けた。「アリゲーターが電話を呑み込んじゃったとしたら、誰かがあなたに電話をかけたらどうなるの？」

どうしてこんな話になったのか。「誰も番号を知らない」とケラーは言った。

「ほんとうに？」

「それに電話をかけたあと電源を切ったから、電話が鳴ることもない」

「それは賢明だったわね、ケラー。だって、もし切ってなかったら、警察は下水に住んでいて、お腹の中で電話が鳴ってるアリゲーターさえ探せばよかったんだから」

「どっちみちつくり話だ。ニューヨークの下水にほんとにアリゲーターが住んでるわけじゃない」

ドットは大きなため息をついて言った。「ケラー、自分がどういう人間かわかってる？筋金入りの興ざまし男。たとえサンタクロースに関するマル秘情報をつかんでても、お願いだから胸にしまっておいてね。それからわたしなら七十ドルのことなんかあんまり気にしないと思うけど。それぐらいのことで切手を買えなくなるわけでもあるまいし。でしょ？」

「ああ」

「そうでしょうが。で、ニューヨークはどうなの？」

「悪くない」

「くつろげてる？」

「だいたいのところは。最初は誰かに気づかれるんじゃないかと心配してたんだけれど、誰にも気づかれなかった。だから心配するのはやめた」

「そう思った。だって警官と実際に話までしちゃったんだから」

「今このときまで」とケラーは言った。「危険なことをしてたなんて思いもしなかったな」

「実際、危険なことなんかしてなかったのよ、ケラー。世間なんて忘れっぽいものよ。でも、忘れっぽくていいんだってことも言っておかないとね。いい、あなたは仕事をやり遂げる方法をきっと見つける。いつだってあなたはそうしてきたんだから」


昼食はタイ料理にした。ニューオーリンズでも完璧なタイ料理が食べられる。ほかの料理もたいてい旨い。が、ケラーには、お気に入りのタイ料理店が昔住んでいたアパートメントから二ブロックのところにあった。その店まで歩いた。店の女主人は、入口と厨房の真ん中あたり、左の壁沿いのふたり掛けの席に彼を案内した。

メニューに眼を通していると、ケラーが頼むまえからウェイトレスがタイ風アイスティを持ってきた。どうしてわかったのだろう？　ケラーがグラスに手を伸ばすと、ウェイトレスは言った。「パパイヤサラダ？　エビ入り焼きそば《パッタイ》、激辛？」

この若い女は超能力者なのか？　とケラーは思った。いや、もちろんちがう。おれのことを覚えていたのだ。

それに女主人も。なぜなら、彼もそこで気づいたのだ。彼が坐っているのは何年もまえに彼がいつも坐っていた席だった。そして、ウェイトレスが言った料理は彼がほとんど毎回頼んでいたものだった。

さて、どうする？　ケラーは思った——支払いはいつも現金だった。だから、名前は知られてはいないだろう。それでも、まずまちがいなく新聞やテレビのニュースでおれの写真は見ているはずだ。それでも、そう、その写真と店の客とを結びつけることはなかったのではないか。

いや、それより肝心なのはこれからどうすべきかということだ。立ち上がって、とっとと逃げ出す？　それとも、もう少し慎重に、もっともらしい口実——「しまった、財布を忘れた。すぐに戻る」——をこしらえるか。それでもうふたりとは二度と会わない。

一方、それはまだ生まれてもいない疑念をこっちから生むことにはならないだろうか？　そんな行動を取ったら、そのことが彼女たちに、いったいどうしたんだろうと訝《いぶか》しむ理由を与えることにならないだろうか。訝しんだふたりのうちのどちらかが、この古い常連客と記憶の中におぼろげに残る写真とを結びつけるかもしれない。で、ふたりは九一一に通報する。その電話代には七十ドルもかからない。

もっとも、その頃には逃げおおせていられるわけだが。

しかし、その通報で警察は、結局のところケラーは死んではいなかったのだと考える根拠を持つことになる。殺し屋ケラーは雇い主に消されたということで、その件はもう何年もまえに一件落着していたのに。その結果、捜索網が張られ、メディアの注目を集めることになる。そんなことになったら、ニューオーリンズでの暮らしはどうなる？

パパイヤサラダが運ばれてきた。疑念を消したければ、やましいことなど何ひとつない人間のように振舞うべきだ。ケラーはそう思い、フォークを手に取り、食べはじめた。

覚えていたとおりの味だった。

パッタイも同様だった。ライスヌードルが舌の上でつるりとすべり、エビは軟らかくて風味豊かで、すべてが強烈に辛かった。食べはじめるなり、気づかれたとわかったとたんになくした食欲が完全に復活し、ケラーは二皿ともきれいにたいらげた。デザートを頼んでもよかったかもしれない。メニューには以前好きだったベイクト・ココナッツ・ライスプディングが載っていた。が、そこまではやめておいた。

ケラーが宙に文字を書く身振りで合図を送ると、女主人が伝票を持ってきて、現金を受け取り、そのあとおつりを持ってきた。記憶に残らない程度に気前のいい額のチップを置いて店を出ようとしたところで、女主人が言った。「長いこと見かけなかったわね」

「引っ越したんだ」

「ああ、やっぱり！　もうこの店に飽きたんだろうって言う人もいたけど、わたしは引っ越しだって言ったのよ。今どこに？　アッパー・ウェストサイド？」

「モンタナだ」

「ええ、そんなに遠くに！　モンタナのどこ？」

最初に頭に浮かんだのはシャイアンだったが、シャイアンはワイオミングだ。「ビリングス」と彼は答えた。ビリングスならモンタナでまちがいない。

「あたしの兄さんもモンタナのヘレナにいるんだけど」と女主人は言った。「あそこの人たちにタイ料理を食べてもらうのはすごく大変だったんで、兄さんはメニューにスシを載せたのよ。スシはヘレナでもとっても人気だから」

「ビリングスでもそうだ」

「お客はスシをめあてに店に来て、ついでにほかの料理も何か頼むかもしれない。頭がいいね、あたしの兄さん。もう少しで店をたたまなきゃならないところだったのに、スシを思いついたおかげで、今ではいっぱい稼いでる」

「そりゃよかった」

「ヘレナに行ったら〈タイ・パゴダ〉にも行ってみて。いい店よ」そこで女主人はいかにもうんざりしたように顔をしかめた。「賃貸料も安いし、ここととちがって。ニューヨークに来たらまた来てね。いい？」

「そうするよ」

「でも、かっこよくなったわね。いくらか痩せたでしょ！」

「何ポンドか」

「もう少しで気づかないところだったけど、でも、思い出したわ。七番テーブル！　タイ風アイスティ！　パパイヤサラダ！　エビ入りパッタイ！」

「そう、それがおれだ」

「それに激辛！　絶対激辛！」


ケラーはホテルの部屋に戻ると、テレビのまえに坐り、ローカルニュースを二十四時間放送しているＮＹ１《ニューヨーク・ワン》を見た。意味のないことだとはわかっていた。たとえ〈タイ・ガーデン〉の誰かがケラーの正体に気づき、義務感に駆られて警察に通報していたとしても、テレビでそのことが放送されるまでには少なくとも二、三時間はかかるだろう。それでも、彼は三十分ほどテレビのまえに坐り、繰り返し流される〈テサロニケ館〉の爆弾騒ぎのニュースに加え、スポーツや天候に関する必要以上の知識を得た。そして、野次馬に向かって帰れと命じている大修道院長の怒りの声をもう一度聞き、そのことばに従って帰ろうとしている自分の姿さえ見つけた。

思わずぎょっとしたものの、すぐに思い直した。今の映像からおれの正体を見抜ける者などいやしない。彼は遠くから映された野次馬のひとりであり、しかもカメラに背を向けていた。自分がそこにいると知らなかったら、ケラー自身、自分を確認できたかどうかもあやしかった。

もちろん、爆弾は発見されなかった。ビーグル犬の名前がエイジャックスだとわかり、犬にしてはなんとも洒落た名前にケラーには思えた（アイアス。ギリシア神話に出てくる英雄の名）。そいつが爆発物なんかのにおいを嗅いでいようとなかろうと。エイジャックスの訓練士がインタヴューに短く答えている場面があり、ニュースの中の肩の凝らないそのシーンがケラーにはなかなか面白かった。が、そのあとアナウンサーは深刻な口調になり、爆破予告という犯罪のひとつの側面について話しはじめた。警察は爆破予告すべてに対応しなければならず、その対応にかかるコストの高さについて。

「爆弾についての通報はすべて記録されています。だから通報者の身元はすべて明らかになります」とその女のアナウンサーは言った。「だから虚偽の通報をした場合、法の長い手が伸びて、その通報者を捕まえるのはもう時間の問題なのです」

いや、そうとも言いきれない、とケラーは思った。法の長い手が下水の底まで伸びて、アリゲーターの腹から携帯電話を引っぱり出さないかぎり。

ケラーはホテル内のビジネスエリアへ出向き、〈ピーチピット〉のウェブサイトにログインして、興味のある競売品《ロット》の現在の値段をチェックした。ひとつふたつの例外を除いて、ロットの入札開始金額はだいたい変わっていなかった。変更されたロットの金額をカタログに書き込み、部屋に戻ろうとして、ふと思いついた。

グーグル。グーグルなしの暮らしなど今や誰に想像できる？

ケラーはさらに十五分ほどパソコンに向かい、いくつかメモを取った。それから履歴を開いて、その日の検索項目を消した。彼が検索したものもほかの誰かが検索したものも。

そうして部屋に戻った。

15

「オハーリヒー大修道院長につないでもらいたいんだけど」とケラーは言った。声がいつもより高くなっていた。意識してそうしたわけではなく、ただ、自然と高い声になっていた。

「ポール大修道院長ですね」と電話に出た修道士は言った。「申しわけありませんが、院長はどの電話もお受けになりません」

「この電話を受けるのは彼にしても悪い考えじゃないと思うけどね」とケラーは言った。彼としては、自分の声が不穏な声に聞こえていることを願うしかなかった。

相手が考え込んだような間ができた。そのあと相手は言った。「院長にどういうご用向きなのか、伺えますか？」

「三十年ほどまえになるけど」とケラーは言った。「当時、彼はまだポール大修道院長じゃなかった。コールド・スプリング・ハーバーにある教会のオハーリヒー神父だった。その頃、私はティミー・ハナンというまだ十歳の子供だったのに。だったのに――だったのに――」

「そのままお待ちください」と修道士は言った。そして、カチッという機械音がして、そのあとたっぷり五分、ケラーはグレゴリオ聖歌を聞かされた。

聖歌に聞き入りそうになったちょうどそのとき、歌詞の途中で歌がふつりと切れた。かわりに聞こえてきた声は、さっき応対した物腰の柔らかな修道士の声とはまるでちがっていた。独特の声の質、威厳のある口調、それにほんのかすかながら、まぎれもないアイルランド訛り。誰の声か、ケラーにはすぐにわかった。

「誰だね？」

「コールド・スプリング・ハーバーのあんたを知ってた誰かだ」

「名前を言いなさい」〝あなたの名前は？〟ではなく〝名前を言いなさい〟。この男は祈りを捧げるときにもたぶん神さまに命令しているのだろう。

「ティモシー・マイケル・ハナンだよ、神父さん。あんたはおれのことをティミーって呼んでた」

「私が？　それはいったいいつのことだ？」

「三十年近くまえのことだ。あんたは……いけないことをした」

「いけないこと……」

「おれはずっと忘れてたんだよ！　何もかも記憶からシャットアウトしてたんだ。それが先週、テレビであんたを見て、あんたの声を聞いて、そしたら――」

「そうしたらすべてが甦《よみがえ》ってきた。そういうことかな？」

相手を一気に守勢に追い込むこのクソ野郎の手並みの鮮やかさ。甲高いティミー・ハナン少年を演じていたケラーは、危うくひるみそうにさえなった。

すばやくひとつ息を吸って、ケラーは言った。「神父さん、みんなにはマスコミに行けとか、地方検事のところへ行けとか、教区事務所へ行けとか言われてる。だけど、おれがまずしたかったのは——」

「なんだね?」

「あんたと会って話をすることだ。今日の午後とか、でなけりゃ今日の夜とか、ほんの数分でいい。あんたとふたりだけで会えさえすりゃ——」

「ふたりだけで数分か」

「自分でもよくわからないんだよ。もしかしたら記憶ちがいってこともある。いや、そうであってほしいと願ってる。ほんとうに。だから、直接ふたりだけで会えさえできりゃ——」

「明日だ」

「いや、今日じゅうに時間が合えばと思ったんだがね」

「明日の朝」と大修道院長は言った。「九時四十五分に私を迎えに車が来る。行先は〈ニューヨーク・アスレティック・クラブ〉だ。場所はわかるか?」

「見つけられると思う」

「見つけられるとも。私はそこの会員でね。私のゲストとして中にはいれるように手配しておこう。名前の綴りを言いなさい」

「T・I・M――」

「苗字のほうだ。馬鹿かね、きみは」

〝HANNAN〟なのかHANNONなのか。〝ハナン〟の綴《つづ》りをどちらにしたらいいかはっきりしなかったが、どちらでも問題はない気がした。ケラーはAがふたつあるほうの綴りを答えた。

「十時十五分にクラブに来なさい。それより早くても遅くてもいけない。係の者が入館証とロッカーの鍵をきみに渡して、スチームサウナへの行き方を教えてくれる。裸になって、脱いだ服はロッカーに入れて、ロッカーの鍵は手首にはめなさい。タオルは自由に使ってかまわない。私はマッサージのまえにスチームサウナにはいるから、そこに来なさい。そうすれば〝ふたりだけの時間〟が持てるだろう」

ケラーはどう返事をしたらいいのかわからなかった。返事を思案しているうちに電話は切れた。


まったく。

〈ピーチピット〉でおこなわれる水曜日午前の部のオークションには、イギリスおよびイギリス連邦の切手が出品される。その中には入札したいものがいくつかあった。オークションの開始時刻は十時。なのに、ケラーはたった今、十時十五分に〈ニューヨーク・アスレティック・クラブ〉に行くことに同意してしまったのだ。

いや、そもそも同意したのだろうか？　同意するもしないも、ティミー・ハナン少年を演じていたケラーに選択の機会はほとんど与えられなかった。彼はただ指示をされたのだ。一言一句従わざるをえない、揺るがしがたい事実のような指示を。時刻まで。十時十五分というのは、〈ピーチピット〉でイギリスの切手の競りが始まってからちょうど十五分後ということだ。

オークションが進むペースを予測するのは不可能だ。競りが白熱すればするだけ時間はよけいにかかる。が、どう考えたところで、オハーリヒーとの会合を果たすには、ケラーとしても午前の部の前半をあきらめないわけにはいかなかった。アルファベット順という絶対的権力のせいで、イギリス領東アフリカ《ブリティッシュ・イースト・アフリカ》はまさにその時間帯にあたっていた。

イギリス領東アフリカは、切手蒐集家のあいだでは〝デッド・カントリー〟と呼ばれている。初めてそのことばを耳にして、ケラーの頭に浮かんだのは不毛の荒地だった。あちこちに牛の頭蓋骨が散らばり、瘴気《しょうき》を立ち昇らせる水源が点在するようなところだ。が、そのうち彼も知った。それは単に、切手の発行国や地域が今ではもう同じ名前では機能していない場合、その国や地域を指す用語だった。

そもそもケラーは、コレクションを一九四〇年までと決めていたのだが、切りのいいジョージ六世統治の最後の年、一九五二年に発行されたイギリス連邦の切手もコレクションに加えるためにその縛りをゆるめていた。さらに最近では、イギリス以外の国についても縛りをゆるめて、第二次世界大戦時に発行された切手も加えていた。ただその結果、彼のコレクションには多くのデッド・カントリーが際限なく名を連ねることになり、そのリストは今も増えつづけていた。今やチェコスロヴァキアでさえデッド・カントリーなのだから。チェコとスロヴァキアという別個の共和国に分離してしまったのだから。

イギリス領東アフリカが郵趣の世界に初めて登場するのは一八九〇年のことだ。その年、三種類のインドの切手が〈イギリス東アフリカ会社〉によって、イギリス統治下の領土で使用するために加刷された。その後八年のあいだに、イギリス領東アフリカの切手は百種類あまり発行され、それらの切手には独自に創案されたものもあれば、インドやザンジバルの切手に加刷されたものもあった。イギリス領東アフリカは、その後〈東アフリカ及びウガンダ保護領〉に組み込まれ、続いて〈ケニア植民地〉に吸収され、さらに切手蒐集家のあいだでは〈K・U・T〉として知られる〈ケニア・ウガンダ・タンガニーカ〉へと名称を変える。ケラーはよく思った。これは今はなき〈アッチソン・トピカ・アンド・サンタフェ鉄道〉のアフリカ版だと。

そのどれもがデッド・カントリーだ。

イギリス領東アフリカは、一八九〇年から、光と自由の象徴とされる王冠を戴《いただ》く太陽を図案化した十七種類の切手を発行する。が、翌年にはいくつかの額面の切手が足りなくなり、郵政当局はハンドスタンプを押すか、ペンとインクで額面を書き換えることで、別の額面の切手を発行することになる。その課程で蒐集に値する八つの切手が生まれ、その中のひとつに、『スコット・カタログ』で三十三番の番号が振られている切手があった。朱色の二アナ（インドの旧通貨単位。一六分の一ルピー）切手に、手書きで１／２アナという文字が加えられ、さらにアーチボルト・ブラウンのイニシャル、Ａ・Ｂと書かれたものだ。

ケラーはアーチボルト・ブラウンが誰なのか知らなかったが、それが誰でもかまわなかった。ただ、その切手が欲しかった。発行時の糊がまだかすかに残る未使用の切手で、センターの状態は非の打ちどころがないほど完璧とは言えないものの、色は鮮やかで褪色は見られなかった。本物で瑕疵《かし》がないことを証すセルジオ・シスモンドの鑑定書もついていた。『スコット・カタログ』では六千ドルの値がついていた。〈ピーチピット〉があらかじめ設定した見積もり価格は三千五百ドル。すでに郵便かインターネットによる参加者が二千七百五十ドルの開始価格に入札しており、ケラーが最後にチェックしたときには、まだ誰もそれを上まわる値はつけていなかった。しかし、何が起こるかわからない。競りが始まってみないことには。

どれほどそれが欲しいのか？　どこまで追いかけるつもりか？　ケラーは自問してみた。そう、ひとつ言えるのは、オークション会場の椅子に坐ってみて、初めてその答が出るということだ。いくらまでなら出せるのかあらかじめ心に決めていても、いざとなると、ほんとうはそれほど欲しいわけでもないことに気づくかもしれない。あるいは、予定限度額を超えてもさらに追いかけてしまうかもしれない。

そもそも間に合うだろうか？　いや、無理だろう。イギリス領東アフリカ三十三番のロット番号は七十七。きっとオークションが始まって最初の一時間で売れてしまうだろう。十時十五分に〈ニューヨーク・アスレティック・クラブ〉に行ったとして、実際にサウナにはいる頃には十時半になっているだろう。ポール・ヴィンセント・オハーリヒーを殺して、服を着て、十一時までに〈ピーチピット〉のオークション会場に着くなど、そんなシナリオは思い描くことすらできそうにない。

眼を覚ますんだ。ケラーは自分に言い聞かせた。たかが趣味じゃないか。

たかが趣味だったし、切手は単に切手だった。だからといって、それは切手を頭の中から締め出せることを意味しなかった。夕食はデリカテッセンでとった。その店は食べきれないほどの量を出すことで有名で、その評判どおりだった。ケラーは馬鹿でかいサンドウィッチの半分を食べ残した。それを持ち帰ろうとしないでいると、ウェイターに驚かれた。ウェイターは少しばかりむっとしているようにも見えた。「そっくりそのまま捨てようというんですね」とウェイターは言った。「アフリカでは飢えに苦しんでる人がいるとお母さんから言われませんでした？」

そう言われて、ケラーの心は、イギリス領東アフリカの荒涼とした景色に一気に舞い戻った。長い角を生やした牛の頭蓋骨と有毒な水たまりのある景色の中に。親切なクソ野郎のおかげで、今はその景色に栄養失調《クワシオルコル》で腹のふくらんだ、黒人の幼い子供たちの姿も加わった。子供たちの悲しげな眼のまわりをハエが飛んでいた。このイメージを振り払うのはむずかしく、また切手のことを考えるしかほかに解決策がなかった。

だから、その夜はずっと切手に思いをめぐらした。スチームサウナでどうするか考えることを自分に強いたとき以外は。オハーリヒーが話し合いの場所としてサウナを選んだ理由は容易に察しがついた。都合がよくて安全だからだ。どのみちオハーリヒーはマッサージの予約があるわけで、そこに行く。だから、理由もなく修道院を離れることにはならない。さらに、タオルしか体を隠せるものがないわけで、ティミー・ハナンにしても盗聴器をつけてサウナにはいることはできない。

盗聴器をつけるなどケラーは考えてもいなかったが。ことのなりゆきを録音するなどなにより避けたいことだ。それでも、武器は持ってはいりたかった。

たとえば拳銃。拳銃はケラーの大のお気に入りというわけではない。サイレンサーを使わなければ大きな音がするし、手袋をはめていなければ硝酸塩の粒子が手に残る。銃というのは、たまに弾丸《たま》が詰まることもあれば、不発になることもある。ターゲットにかなり接近しないと、的をはずす危険も常にある。逆に、弾丸《たま》をはずさない距離まで近づくことができるなら、拳銃などなくても仕事ができるのではないだろうか。

そうはいっても、オハーリヒーは並はずれた大男だ。実際、図体が大きいこと自体が彼を堂々と見せるひとつの要素になっている。その大半が脂肪だとしても、あれだけの体重を常に支えているだけでも、男は強くなるのではないだろうか。だから、彼から二歩、いや、三歩か四歩離れたところから銃を向け、意志の力だけで銃弾を止めることが彼にできるかどうか、それを試してみることには心惹かれるものが確かにないわけではないが。

いや、忘れるんだ。〈ニューヨーク・アスレティック・クラブ〉にはいるのに、金属探知ゲートを通ることはないだろうが、ロッカールームには人がいるだろう。おそらくスチームサウナにも。二枚目のタオルを取って拳銃をくるんだとして――いや、考えるだけ無駄だ。銃を持って中にはいるのは無理だ。

そもそも銃を持っているわけでもなければ、どこで手にはいるかすぐに思いつくわけでもないのだから。

だったら何か。ナイフ？　どんなナイフであれ、仕事に充分使えるくらいの大きさともなると隠し持つのがむずかしい。

この問題をあれこれ考えながら歩きまわっていると、大昔に見たテレビ番組を思い出した。氷柱《つらら》が凶器に使用されていて、その当時は気が利いていると思ったものだ。記憶が正しければ、密室殺人だった。犯人と被害者が同じ部屋で発見され、被害者は刺殺されていたのだが、凶器は見つからなかった。溶けてしまったわけだ。

警察はこの謎を解いたのだったか。傷口に水滴がついているのを発見して、正しい推理をしたのだったか。それとも犯人は逃げおおせた？　ケラーには思い出せなかった。どうでもいいことだ。そもそもこの季節にどこで氷柱を見つければいいのか。それをスチームサウナに持ち込むなど言うに及ばず。

大修道院長と明日会って何かを期待できるとすれば、もっと見込みのある場所でまた会うための地均《なら》しをすることくらいだろう。で、そのあとどうする？　木曜日の午後にまた会う約束をして、ドイツの植民地コレクションをみすみす逃す？

ケラーはチェーン店のドラッグストアで二十分ほど過ごしてから、〈サヴォヤード〉の部屋に戻り、ベッドにはいった。

16

眼を開けると七時十五分だった。なんとか眼を覚まし、一日を始めることができて、ケラーはほっとした。枕元のアラームはあらかじめ八時にセットし、念のため八時十五分のモーニングコールも頼んでおいたのだが。アラームを切り、モーニングコールをキャンセルして、シャワーを浴びた。水しぶきに夢の残滓《ざんし》が洗い流されることを期待しながら。

もちろん切手の夢を見たのだが、それがへまなことに、これまでの人生の大半で――それもいろいろなパターンで――見ている夢になってしまったのだ。公共の場で裸になっているというおなじみの場面が出てくる夢に。そうした場面はニューオーリンズに腰を落ち着けてからほとんど見なくなっていたのに、それがまた現われたのだ。ケラーは〈ピーチピット〉のオークションルームに坐っていて、はっと気づくとTシャツ以外何も身につけていなかった。

一晩じゅう、何度も夢だと気づいては寝返りを打ってまた眠りに落ち、同じ夢の中に戻り、その都度なんとか夢を修正する方法を見つけようとした。それでも、買いたかったロットを買いそこね、勘ちがいをして、欲しくもなければ必要もない切手を買ってしまい、その間ずっとズボンも何も穿き忘れていることを人に気づかれないように祈っていたのだった。

たかが夢だ。ケラーはそう自分に言い聞かせた。たかが夢、たかが趣味、たかが切手じゃないか。

くそ。

階下《した》に降りてビジネスエリアに向かい、ケラーは例の切手の現在の値段を確かめた。相変らず二千七百五十ドルのままだった。出せるのは四千五百ドルまでと決めていた。ホームページにログインして入札額を入力し、一、二分間待ってページを更新すると、開始価格は三千ドルになっていた。ケラーが最高入札者であり、誰かがさらに千七百五十ドル上げないかぎり、ケラーの予定限度額を超えられない。

そろそろオハーリヒーに会いにいく時間だろうか？　いや、まだかなり余裕があった。朝食をとる時間も充分あった。が、切手一枚に最大で四千五百ドル注ぎ込むことを自分に誓ったばかりだった。それに、競り落としたらそれ以上の額を負担することになる。オークション・ギャラリーは落札者の手数料として二十パーセントを上乗せする。そこにニューヨーク州の消費税が加わる。だから、四千五百ドル出してロットを落札すると、支払い額は五千八百ドルをいくぶん上まわることになる。『スコット・カタログ』の評価価格六千ドルと大して変わらない額になる。

　朝食に三十五ドル出すのがいい考えに思えたことは一度もないが、さきほどの入札のあとなのでその魅力は一層薄れた。ホテルのビュッフェもビストロもどきも素通りし、脇道で食べもの屋の屋台を見つけて、クロワッサンとコーヒーを買った。それで充分だった。おそらくデッド・カントリー出身の移民だろう、きらきらした眼をした男は五ドル渡したケラーに釣り銭を寄こした。

　クロワッサンは悪くなかった。コーヒーも悪くなかった。タイムズスクウェアはケラーがよそへ越したあと歩行者天国になっており、ちっちゃな椅子をちっちゃなテーブルのところまで引いていき、そこで食べることができた。まあ、静かで落ち着いた雰囲気とはいかない。それでも充分快適だった。

　食べおえると、ケラーは腕時計に眼をやった。時間はまだあったが、のんびりともしていられなかった。

　足早にホテルへ戻ると、ビジネスエリアには四人の先客がいた。が、ありがたいことに、コンピューターは五台あった。

〈ニューヨーク・アスレティック・クラブ〉は七番街とセントラルパーク・サウス・ストリートの角にあった。〈サヴォヤード〉からさほど遠くはなく、五十七丁目通りにあるピーチピット社のオフィスからはもっと近かった。建物の正面、誰も停めない消火栓のそばに黒のリムジンが停まっており、運転手がハンズフリーの携帯電話でおしゃべりをしていた。大修道院長を修道院へ送り届けるのに待機しているのだろう。

ケラーはスーツにネクタイ姿だった。クラブにはきっとドレスコードがあるはずだと考えてそうしたのだが、歳を食ったプレッピーのふたりづれがトレーニング・ウェアで脇を通り過ぎたのを見て、自分の愚かさに気がついた。それでも、スーツ姿は受付係にいい印象を与えるかもしれない。ケラーが近づくと、係の男は顔を上げた。「ハナンだ」とケラーは言った。「ポール・オハーリヒー神父に招待されてきたんだけれど」

「身分証をお持ちですか?」

スチームバスにはいるために? 身分証明書は売るほどあったが、ティモシー・ハナンであることを示すものは何もなかった。

ケラーはポケットをあちこち叩いて言った。「まさかそんなものが必要になるとは思わなかったんでね。札入れをロッカーに置きっ放しにもしたくなかったし」

受付係——こいつとこいつの一族が崇拝している動物は明らかにイタチだ——はゲストには全員に身分証の提示を求めているのだと言った。「申しわけありませんが、例外をつくるわけにはまいりませんので」

いや、まいるとも、とケラーは思った。が、「それならけっこう」と答えてドアのほうを向いた。「大修道院長には、受付係が少しばかり仕事に熱心すぎる男だったんで、とでも言っておくよ」

そう言って、ケラーは三歩ほど歩いた。が、彼が四歩目を踏み出すまえに、イタチも想像したにちがいない。このあとオハーリヒー神父と交わすことになるやりとりを。大修道院長のお立場と、と彼は切り出した。ミスター・ハナンが通常の手続きをご存知なかったことを考えると、今回は特別な例ということになるのかもしれません、どうぞ、ロッカーの鍵です。ロッカールームにいらっしゃるには……

さて、とケラーは思った。ここからが本番だ。

階段で地下に降りると、ロッカールームには男がふたりいた。いずれも五十代で、ビジネススーツに着替えながら、企業合併のオファーについて話し合っていた。「こういうことにはいつもおそろしく時間がかかる」とひとりが言っていた。「もっとも、近頃はなんでもそうだが。このまえもガールフレンドと一緒にいて気づいたんだ、自分が関係を終わらせたくてしかたなくなってることに。愉しみが欲しかったわけじゃなくて、愉しい思い出が欲しかったことに」

もうひとりもうなずいて言った。「私もこんなふうに思うことがある。自分が望んでるのは、人生のあらゆることを未決箱から既決箱に移し替えることだけなんじゃないかって」

ケラーはタオルを手に取り、自分のロッカーを見つけると、服を脱いでロッカーに入れた。木のハンガーがジャケット用に一本、シャツ用にもう一本あった。手製の武器はズボンを脱ぐまえにポケットから取り出してあった。昨夜、ドラッグストアで買ったものだ。壁に額を吊るすためのワイヤを数ヤード。それをホテルの部屋で何度も折り曲げて二フィートに切断し、両端を輪にすれば、それで申し分のない絞殺具になった。ケラーはそのワイヤを左の手首に巻きつけた。

それでブレスレットみたいに見えた。どこかの発達障害者のための施設でつくられた工芸品のように。さらにロッカーの鍵のついた伸縮性のバンドをはめると、それとうまくなじんだ。これで瞬時に手首からはずして両端の輪を手で持つことができる。夜のあいだに三十分かけて試してみて、完璧とは言えないまでも、少なくともすばやく正確な動きができるようにはなっていた。

ケラーは腰にタオルを巻きつけ、スチームサウナに向かった。

そして、もやの塊の中に足を踏み入れた。実際に眼にしてみると、プールの水同様、スチームサウナにあって当然のものに思えたものの、ケラーはなぜか蒸気の存在を考えに入れていなかった。熱い蒸気がまともに顔にあたった。ほとんど何も見えなかった。色のないもやの中にぼんやりと色のない形が浮かんでいるだけだった。

自分にはよく見えなくても、自分が相手に見えていないというわけではなさそうだった。

聞き覚えのある声がして、そのことがわかった。「ハナンだね？　こっちだ」

ケラーは眼をしばたたいて、声のするほうに向かった。蒸気が薄くなったのか、あるいは眼が慣れてきたせいか、多少見えるようになってきた。男が七人――まあ、男だろうと見当をつけただけだが――部屋の三方に設《しつら》えられたベンチに腰かけていた。〈テサロニケ館〉の大修道院長は奥の壁の右端にひとりで坐っていた。

「横にかけなさい、ハナン。ちがう、もっとそばに。きみの脚が私の脚に触れない程度に。きみはそういうのが好みかもしれないが、私にはそういう趣味はないんでね」

ケラーは、自分の脚とオハーリヒーの脚とのあいだに、たっぷり六インチは間隔があくようにして坐った。ワイヤを巻きつけた手首がオハーリヒーの視界にはいらないよう反対側に坐りたかったが、そっちには壁があった。

「まずタオルをはずして」

なんとなんと。

「きみがワイヤをつけていないかどうか確かめるためだ。タオルの下にどんなお粗末な代物があろうと興味はないよ」

実際、ケラーはワイヤをつけていた。が、すぐに気づいた。神父がケラーに言ったのは、ケラーが神父の太い首に巻きつけようとしているものではなく、盗聴器《ワイヤ》のことであることに。ケラーはタオルを持ち上げた。神父は見るなり眼をそらした。それがあまりにすばやかったので、気づくとケラーはわけもなく自分に引け目を感じていた。

「さて、これで話ができるな、ハナン。このぐらいの声で話せば、ほかの者に聞かれることもない。スチームが声をさえぎってくれる。それに、おそらくきみがこの会話を録音する妨げにもなる。たとえきみが私の気づかない新式の装置を身につけていたとしても」

「そんなものはつけてない」

「まあ、きみのことばは充分信用に値するものだろうが」

そのあてこすりは剃刀の刃のように鋭く辛辣だった。そして、オハーリヒーの毛穴から吹き出す、昨日のアルコールの饐《す》えたにおいに包まれていた。スチームサウナに来る目的はこれか、とケラーは思った。昨日の毒を排出して、今日の分を取り入れる余地をつくるのだ。

実際、その余地は必要そうだった。オハーリヒーの息にはそれとは異なるにおいもあった。その巨体がまだ分解処理できていないアルコールのにおい。今日という日を始めるのに、すでに一杯飲んでいるのだろう。においからすると、ウィスキーか何かに思えた。

そう、強い男の弱点。

「私から話すから」とオハーリヒーはウィスキーくさい息を吐きながら言った。「聞きなさい。きみが半年前に電話をしてきて、同じ情けない話をしていたら、私はとっとと失せろと言っていただろう。そして、受話器を叩きつけ、以降、きみからの電話には応えなかっただろう。どうしてかわかるか？」

ケラーは首を振った。

「なぜなら、私はホモではないからだ」とオハーリヒーは言った。「そう証言してくれる女性も何人かいる。コールド・スプリング・ハーバーでもほかの教区でも、ある女性が身のまわりの世話をしてくれてたんだが、テサロニケ修道会にはいってからも彼女とは会っている。そう頻繁にではないが。私も歳を取ったし、情熱を感じることも減ってきたからね。彼女のほうも歳を取ったが、まだまだ魅力的だ。しかし、それはきみには関係のない魅力だ。ちがうかね？　きみはゲイなんだろう？　ちがうかね？」

「いや、私は――」

「もちろん、きみはゲイだ。だから、その自分の情けないありようの責任を私になすりつけようとしてるんだよ。これが半年前ならマスコミもきみになど見向きもしなかっただろう。きみならなんの心配もしなくてすむ〝女性〟の噂なら――今言った女性や、ほかにもひとりかふたりの女性の噂なら――耳を傾けたかもしれないが、きみの薄汚い話など端《はな》から受けつけなかっただろう。しかし今、私は世間の眼にさらされている。きみの戯れ言がでたらめだと証明できるものがほかになくて、そのために彼女が引きずり出されるようなことになったら……そんなことは私としてはとても容認できない。わかるかな、お若いの？」

「神父さん、私はどうやら勘ちがいをしていたようだ」

「そのとおりだ。私から金を絞り取ろうなどというのは勘ちがいもはなはだしい」

「それはちがう」とケラーは言った。「ほんとうに思ったんだ――神父さん、私には記憶がある。だけど、それは真実ではありえない。そういうことなんだろう」

間ができた。スチームサウナのドアが開いた。ひとりが出て、ふたりがはいってきた。

「きみの記憶もまちがってはいないのかもしれない」とオハーリヒーは渋い顔をして言った。「同じ教区に司祭がもうひとりいた。私はその頃からずんぐりしていたが、彼は細かった。私の肌の色が白いのに対して、彼は色が濃かった。名前はピーター・マレイン神父。少年に眼がなかった。それで――」

「ピーター神父」とケラーは差し出された藁を喜んでつかんで言った。

「思い出したかね、若いの？」

「すっかり忘れていたよ。だけど、その名前を聞いたら、姿まで思い出せた。とても痩せていて、髪は黒くて――なんてこった、顔まで見える！」

「しかし、まあ、彼のことは探すには及ばない。その哀れな男はもう二十年もまえに死んでいる。自ら命を絶ったのではなかったかな？　だから、彼がどんな苦しみをきみにもたらしたにしろ、その何倍もの報いを受けていることだろう。自殺という行為のために。永遠に地獄の業火に焼かれていることだろう。われわれがきみに教えたたわごとをきみが今でも信じているなら」

スコッチだ、とケラーは思った。今のところ大修道院長の息から一番強くにおってくるのは。ケラーは言った。「神父さん、なんと言ったらいいか。とんでもないまちがいを犯してしまった」

「そのようだね。とはいえ、せめてきみの告白を聞くという仕事は勘弁してもらいたいね」大修道院長はそう言ってため息をついた。「まあ、警察――あのくそったれども――はこの私の〝告白〟を聞くことになるわけだが。その結果、不運な男たちがニュージャージーに何人か生まれることになる。しかし、それはしかたのないことだ」そう言って自嘲するように鼻を鳴らし、そこですぐそばに人がいることを思い出したようだった。「きみには関係のないことだ。もう行きなさい。お互い顔を合わせる必要はもうないだろう」

ケラーは手首を見た。絞殺具が待っていた、手首からほどかれ、仕事に取りかかるのを待っていた。蒸気が立ち込め、目撃者が何人もいる暑い部屋で、ケラーの手からワイヤを取り上げ、そのワイヤでケラーを縛りつけるかもしれない、体格がケラーの倍ほどもある男に向かっていくのを。

まさに。

17

「まるで虫けらになった気分だった」とケラーはドットに言った。「あの男のせいでそんな卑屈な気分になったんだと思う。よくはわからないが」

「そんなあなたって、わたし、想像できないんだけど、ケラー。あなた、カソリックの学校にかよってたの?」

「いや。ボーイ・スカウトにはいってて、そのボーイ・スカウトはカソリック教会の教区ホールによく集まってたけど。でも、隊長は聖職者じゃなかった」

「ということは、その団長さんはあの馬鹿げた可愛い軍服を着てたのね」

「ボーイ・スカウトの制服だ」とケラーは言った。「それに、あの制服が馬鹿げてるなんて思ったことは一度もなかったけど、もしかしたら最近はそうなのかもしれない。いずれにしろ、おれがそんな卑屈な気分になったのは宗教とはなんの関係もないことだ。とにもかくにもあの場を支配してたのが、あの男だったということなんだろう」

「そういうことに慣れてるのよ」

「昨日は法衣と何か関係があるのかもしれないと思った。でも、今日身につけていたのは腰に掛けたタオルだけだ。ドット、あの男は汗をかいて昨日のスコッチを抜きながら、今日の酒ですでにいいスタートを切っていた。鼻は真っ赤で、顔も毛細血管が切れてるけれど、だからといって、依頼人は彼が肝硬変であの世へ逝くまで待ってはくれない。残念ながら」

「肝硬変じゃお金はもらえない」と彼女は言った。「オハーリヒーがもう証言することに決めてたら、依頼人はなおさら待てない。でも、正直なところ、どうやればあなたは彼に接近できるのかわたしにもわからない。彼がもう一回会ってくれる可能性はないんでしょ？」

「ないね。チャンスはあったんだが。一歩踏み出して、思いきってやってたら――」

「あなたは死んでいた」と彼女は言った。「あるいは、刑務所送りになってた。だいたいやってのけていたとして、そのあとは？　五、六人の目撃者のいるサウナ室を飛び出して、自分のロッカーのところまでやってきて、ロッカーを開けて、スーツを着て、ネクタイをしめて――」

「わざわざネクタイはしめなかったと思う」

「そうか、そこまでは気がつかなかったわ、ケラー。それで全然ちがってくるものね。わかった。いずれにしろ、服を着て、あらゆる人のそばを駆け抜けて、エレヴェーターのボタンを押して――」

「階段を使ったと思う。でも、言いたいことはよくわかるよ、ドット。きみが正しいことを言ってることも。ただ、何かできたんじゃないかという気はするんだよな」

「問題は」と彼女は言った。「今、あなたに何ができるかということよ。でも、何もできないというのがどうやら答みたいね。サウナとマッサージに関しては、彼は毎日同じスケジュールを守っていたとする。修道院の玄関からリムジンまで、まあ、十歩から十二歩は歩く？でも、護衛の人がいなくても、少なくともリムジンのドアを開けて立ってる運転手がいる」

「そんなのはうまくいかないよ」

「ええ、もちろん無理よ。でも、修道院の中にはいれる可能性は？」

「おれの見るかぎりゼロだな」

「だったら、ケラー、ほかにどんな道が残されてる？」彼女は返事を待たなかった。「ねえ、お金のことを別にすれば、ニュージャージーの人の何人かが当然の報いをちょっぴり受けたからって、そんなことはわたしたちにはどうでもいいことよ。お金は返す。それって簡単なことよ」

「きみは金を返すのが大嫌いだけど」

「そうよ」と彼女は言った。「だって一度手に入れてしまえば、それはもう自分のお金なんだもの。返しちゃうとなんだかお金をつかっちゃったみたいな気になる。でも、それで何が手にはいる？　そう、今回のケースでは、わたしたちにはそれで心の平和が得られて、その心の平和は他人のお金で手にはいると言えなくもないけど」

「金はまだ返さないでくれ」と彼は言った。「何か思いつくかもしれない」

〈ニューヨーク・アスレティック・クラブ〉を出たとき、オークション会場に急ごうかという考えが一瞬ケラーの頭をよぎった。が、それは馬鹿げた考えだった。時刻はすでに十一時を過ぎており、たとえあの有名なフェラーリ・コレクションの競売以降もっとも白熱した入札の応酬があったとしても、イギリス領東アフリカ三十三番の競りがまだ続いているとはとても考えられなかった。それに入札はすでにすませていた。かなりの高額で。クロワッサンとコーヒーという朝食をすませたあと、考え直して金額を上げておいたのだ。

朝食を終えると、大急ぎでホテルのコンピューターのまえまで戻り、入札価格を四千五百ドルから六千ドルに積み増ししたのだ。が、そうしたそばから後悔していた。その額で落札したら、税金やら落札手数料やらで総額は七千七百ドルほどになる。その額は彼が考えるその切手の価値をはるかに上まわっていた。

もうやってしまったことだ。ケラーはそう思った。しかし、さっきまでは切手を手に入れそこなうことを心配していたのに、今では落札したときのことを心配しているとは。どちらがよりひどい事態なのかはなんとも言えなかった。世の中はなるようにしかならない。そう思い直して、切手のことは頭から追いはらい、気を取り直してテサロニケ修道会の大修道院長との待ち合わせに向かったのだった。

が、そっちのほうもまるでうまくいかなかった。

で、ケラーは顔を赤くして——サウナとそこで味わった屈辱のせいだ——〈サヴォヤード〉に戻ったのだった。そして、ビジネスエリアには寄らずに部屋に直行してドットと電話で話すと、もう一度ビジネスエリアの横を素通りして、アップタウン方向に四ブロック歩きつづけた。午後の部が始まるまで優に三十分あり、アシスタントのひとりが喜んでロット番号七十七の結果を調べてくれた。

「八千五百ドルまで上がりました」とその女性アシスタントは言った。「イギリス領東アフリカはすべて予想落札額をはるかに超えました。どれも最高の品だったということですね。ええ、これぞオークションの醍醐味です。やってみないとわからない」

「まさに人生さながら」とケラーは言った。

「まあ、わたしの人生では」と彼女は言った。「やってみなくてもわかっちゃうことが時々ありますけど。でも、オークションの場合は、同じものをどうしても手に入れたいと思う入札者がふたりいればいいんです。今回の場合はただの切手ですけど、これが郵便史コレクションになると、どんなカヴァーも基本的にはこの世にふたつと同じものがないわけだから、こっちはもうほんとうに予測がつきません。想定額の十倍、二十倍もの高値がつくこともあれば、入札がまったくないことだってある。ほんとうにやってみないとわからないんですよね」

そう言って、彼女は軽食を並べたテーブルへケラーを案内した。そこには先客がふたりいて、コーヒーを飲みながら大皿に盛ったサンドウィッチをつまんでいた。ケラーも同じことをして、ひとりの男がもうひとりを相手に、自分が息子に切手への興味を持たせるのにいかに失敗したか、にもかかわらず、孫息子がいかに熱心な郵趣家に育ちつつあるか語るのに耳を傾けた。

「孫の目下のお気に入りは初日カヴァー（郵便切手の発行初日にその発行日当日の消印が押された封筒類）でね」とその男は言っていた。「あの子の年齢なら、それも悪くない。で、展示会へ連れていくと、腰を据えて何箱ものカヴァーをつぶさにチェックするんだ。想像力がふくらんでいくのが傍で見ててもわかる」

「つまり、郵趣というのは隔世遺伝するわけだ」ともうひとりは言った。

「まさに。まあ、こういうことは言わないほうがいいのかもしれないが、親父より祖父《じい》さんに似た方がいい面もあるということだな」

「そのくらいにしておこう。私まで言わずもがなを言い出すまえにやめておこう」

ふたりは笑いながら立ち去った。ケラーはサンドウィッチを食べおえると、コーヒーを手にオークション会場にはいった。そして、座席につくとカタログをぱらぱらとめくり、場の雰囲気に溶け込もうとした。

それがどうもうまくいかなかった。オークションは定刻どおりに始まったが、ケラーはロット番号七十七の切手のことをまだ頭から振り払えずにいた。入札した以上、支払う覚悟でいた六千ドルプラスアルファを払う必要がなくなって安堵すると同時に、入手しそこねてやはり落胆してもいたのだ。あんな高値で入札したのは馬鹿げたことだった。一方、最高額の入札者は明らかにケラーには見いだせなかった何かをあの切手に見いだしたわけだ。ケラーは思った、そいつは何かを知っていたのだろう、たぶん。やはり自分も最初から会場にいるべきだったのだ、たぶん。

そう思って彼は気づいた。自分がまだ〝たら――れば――ねば〟症候群を患っていることに。その病《やまい》はまだまだ峠を越えてくれそうになかった。こうやって坐り心地のいい椅子に腰を落ち着け、世界じゅうの切手が売りに出されるこの場所で午後いっぱいを過ごそうというのに、数時間前にすでに起きてしまったことを書き直そうとして、現在進行中のことに集中できずにいるのだから。

ケラーが丸で印をつけた最初のロットは、一九一九年発行のアルバニアの加刷切手のセットだった。カタログでは五百ドルをわずかに下まわる値がついており、設定された見積もり価格は三百五十ドルだった。ケラーはあらかじめ現物を確認しており、三百七十五ドルから四百ドルぐらいは出すつもりでいた。競りは二百ドルで始まったが、オンライン参加者からの入札はなく、電話を受け持つふたりの女性からも入札の報告はなかった。ケラーのように実際に会場に来ているのはほんの十数人だったが、来場者の中にもアルバニアのセットに興味を示す者はひとりもなかった。

ケラーも含めて。ミイラと化したかのように彼がじっと坐ったままでいるうちに、そのセットは二百ドルで事前入札者に売り渡された。

すばらしい。これでまた新たな後悔の種ができた。


ケラーが払うつもりでいた額より安値でインターネットの参加者に競り落とされ、エジプトのロットも買い逃したあと、今何をなすべきかがわかった。仕事による精神的ダメージを被るのを防ぐために編み出したエクササイズだ。それが死んだ人間について効き目があるなら、死んだ国《デッド・カントリー》にも効かないわけがない。

ケラーはまずカタログでロット番号七十七の写真を探して、食い入るように見つめた。それから眼を閉じて、頭の中にイメージを保持した――鮮明な色、デザインの細部、ハンドスタンプによる加刷、手書きのイニシャル。そのイメージを引き寄せ、実際のサイズより大きくした。

それを今度は脳内の〈フォトショップ〉に取り込み、色をくすませた。まず朱色が褪せ、黒の加刷がぼやけて灰色に変わった。そこで切手を押しやって、彼方に遠ざかっていくに任せた。切手は頭の中で徐々に小さくなり、やがて色のない遠いしみと化し、なおも小さくなって、ついにはすっかり消えた。

フランスとその植民地のロットが登場する頃には、ケラーはちゃんとゲームに戻れていた。

18

ホテルに戻り、ケラーはイギリス領東アフリカの切手を買い逃したことをよしとすべき理由がほかにもあることに気づいた。このぶんだとどうも仕事をやり遂げることはできそうにない。となると、ドットは前払い金を返さざるをえず、報酬は受け取れない。はいってくるものが何もないなら、支出には気をつけなければならない。海外の銀行の蓄えはまだかなりあったが、リフォームした住宅を転売するビジネスが景気の悪化で冷え込んでからというもの、現在の家計を維持するだけのために、その蓄えに手をつけていた。切手を買うだけの余裕はまだあるものの、資本より利潤からのほうが金は気楽につかえるものだ。

ケラーは買ったばかりの切手をしまった。その中には長年入手できずにいたガボンの逸品もあった。それらが手にはいったことはやはり嬉しかった。それでも、と彼は思った。アルバニアとエジプトの切手は買い逃してかえってよかったのだろう、たぶん。

明日の午後の部では、ドイツの植民地で発行されたすばらしい切手がすべて出品される。とはいえやはり見送るべきなのだろう、たぶん。出発時刻も早めるべきなのだろう、たぶん。今ならまだ今夜の八時五十九分発ニューオーリンズ行きのフライトの席が取れるかもしれない。チェックアウトの時間はもうとっくに過ぎているので、ホテル代は節約できないが、それでも一日早く家に帰ることができる。それは価値のあることだ。

ドットに電話して、やはり依頼人に金を返すしかなさそうだと言おう。

くそ。それでも、やはり最後にもう一度修道院を見るべきなのだろう、たぶん。彼はそう思った。

そこは相変わらず難攻不落に見えた。

いや、ただはいるだけならできなくもない。ドアノッカーでドアを叩きさえすれば、簡素な茶色の法衣を着た誰かがドアを開けてくれるだろう。しかし、それはオハーリヒーではない。大修道院長の仕事は訪問者のために玄関のドアを開けることではない。大修道院長というのは、するべきことを自分以外の全員に指示するのに忙しくしている人のことだ。あるいは自分の部屋でスコッチを飲むのに忙しくしているか。

いや、修道士に個室はあるのだろうか？　本を読むかぎりではありそうだった。しかし、本の中の修道士はマリー・ヒルにある連棟住宅にいるわけではない。ケラーが読んだ小説に出てきたような修道院で隠遁生活を送っているわけではない。それでも、オハーリヒーには設備の整った寝室があることは容易に想像できた。その寝室をひとり占めしていることも。

彼が自慢していた女たちのひとりをこっそり連れ込んだときは別にして。

その寝室は通りに面しているだろうか？　もしかしたら今このときにも窓辺に立って、通りを歩く人を眺めているとか？　外の男を、ティモシー・ハナンなる男を、見下ろしているとか？

ケラーは通りの北側に立っていたのだが、あとずさりして物陰に移動した。

どれがオハーリヒーの部屋なのかわかったとして――それが三十六丁目通り側だったとして――それでどうする？

爆弾？　建物全体を破壊するほど大きなものではなく、むしろ手榴弾のようなものでいい。それを夜半すぎから夜明けまえの時間帯に窓から投げ入れる。その頃にはオハーリヒーはスコッチを飲んで意識を失っていることだろう。そして、ドカン！　彼は自分の身に何が起きたのかさえ気づきもしないだろう。

もちろん、どれが彼の部屋の窓なのかは事前に知っておく必要がある。それに、どこへ行けば手榴弾を入手できるかも。

ふうむ。ほかの出入口が見つかればいいのだが。たとえば裏口とか。そうすれば、当直を残して修道士全員も大修道院長も眠りについた頃に、なんとか建物の中にはいることができるはずだ。そうしてニンジャのように音もなく廊下を進み、オハーリヒーの寝室を探し出す。酔いつぶれて、いびきをかく彼からは人を萎縮させる威厳もかなり薄れているはずだ。武器は好きなものをなんでも持ち込めるだろうが、武器がなくても同じくらい簡単に素手で始末できるかもしれない。

ケラーは右を向くと、歩数を数えながら歩き、マディソン・アヴェニューを左に曲がって南に一ブロック進んだ。三十五丁目通りでまた左に曲がり、そこからまた歩数を数えて、さっき数えた歩数分だけ歩いて止まった。何かへまをしていないかぎり、〈テサロニケ館〉の真裏の建物のまえに立っているはずだった。

見事な建物だった。四階建てで、石灰岩のファサードとギリシア復興様式の柱を備えていた。〈テサロニケ館〉同様、かつては私邸だったのが今はほかの目的で使われているようだった。ドアのそばに真鍮の銘板があった。が、ケラーにはなんと書かれているのか――

「エドワード！」

なじみのある声だった。その名前になじみはなくても。声のしたほうを向くと、歩道にアーヴ・フェルズパーが立っていた。ケラーが数年前に〈スタンパジン〉にいたことを覚えていた男だ。チェックのシャツとツイードのジャケットを着て、満面に笑みを浮かべ、速足になってケラーのほうにやってきた。

そして、息を切らしながら言った。「やあ、エドワード・ニコラス。すぐにあんただってわかったよ。でも、あんたもメンバーだったとは知らなかったな。住んでる場所のせいだ。ニュー・メキシコだったよね？」

「ニューオーリンズだ」

「ううん、惜しかったな、私。もちろん、ニューヨーク市外に住んでるメンバーは大勢いるけど。でも、そういうメンバーとはあまり顔を合わせることがないからね。あんたも講演を聞きにきたのかい？」

「ただ、通りを歩いてただけだ」とケラーは答えた。「それに、悪いが、私はなんのメンバーでもないよ、ミスター・フェルズパー」

「アーヴと呼んでくれ。あんたはどっちがいい、エド？　エドワード？」

「いや、私は――」

「それともエディとか。もしかして」

「いや」とケラーは言った。「私の名前はニコラスだ。だから――」

「ううん、惜しかったな、私。それじゃ、ニック？　ニコラス？」

「どちらでも、アーヴ」

「いずれにしろ、あんたは〈コノッサーズ〉のメンバーじゃないんだね？　ただ足の向くままに歩いてたらここに来た？　ううん、実に利口な足だね。私としてはそう言わざるをえないね。会のメンバーは毎月第一と第三水曜日に集まるんだ。一時間ほど何か飲んだり、ちょっとつまんだりしてから発表の時間が一時間あって、七時半すぎにはお開きになる。今夜の話し手はミルウォーキーからのゲストで、南北戦争時代の切手蒐集の専門家だ。さあ、行こう」

フェルズパーはもう彼の腕をつかんでいた。ドアのほうに連れていこうとしていた。ケラーは会員ではないと繰り返し言ったが、それはどうでもいいことのようだった。「私があんたを招待するよ」とフェルズパーは言った。「食べるものも飲みものもあるし、切手に関する貴重な資料も見られるし、ためになる話も聞ける。それにすばらしい仲間にも会える。フランクリン・ローズヴェルトもこのクラブの会員だったんだ。F D R《フランクリン・デラノ・ローズヴェルト》本人がだ。さあ、来いよ、ニック。こんな機会を逃したくはないだろう」

「なかなか興味深いところだったよ」と彼はジュリアに言った。「まさに大邸宅と呼べるところで、今はクラブが所有しててね。百年前に誰かがクラブに譲ったんだそうだ。抵当にも入れられてなくて、営利が目的ではない団体だから税金を払う必要もない。でもって、会合のまえには毎回料理と飲みものがテーブルにふんだんに並んで、それが全部ただなんだ」

「で、そこにいた人たちもいい人たちだった」

「みんな感じのいい人たちで、女性もふたりいた。アーヴが次から次に会員におれを紹介して、何度か名前をまちがえた。でも、みんなそんなことには慣れっこになるほど、彼のことをよく知ってるみたいだった」

「〝空気が読めない《アス・バックワード》症候群患者〟」と彼女は言った。「講演はどうだったの?」

「それをきみに話したかったんだ。南北戦争時代の切手の話だったんだけど、それってもちろんアメリカ合衆国と——」

「アメリカ連合国との戦争。きみ、きみ、それぐらいわたしも知ってるから」

「ああ、そうだよな。いずれにしろ、おれはその分野の切手は集めてないから、展示してあった資料にはそれほど興味は持てなかった。集めてたら、ちがってたかもしれないけど。それでも、話はすごく面白かった。これまで知らなかったことをあれこれ教えてもらったよ。一八六一年に何があったか知ってるかい？」

「ええ、わかるような気がする」と彼女は言った。「これといった理由もないのに、あなたたちヤンキーがろくでもない戦争を始めた年よ」

「それ以外にもある」とケラーは言った。「南部の州の郵便局が切手を大量に持っていることにワシントンの誰かが気づいた年でもあるんだ」

「だから？　その切手で手紙を出すことはできなかったんでしょ？　その頃にはもう南部と北部はちがう国だったんだから。ワシントンの誰ひとりそれを認めようとしなくても」

「きみって」と彼は言った。「普段より南部人の血が濃くなることがあるよね。それはともかく、そのワシントンの誰かは北軍にとってその切手が危険材料になるんじゃないかと憂慮した。南軍のスパイが切手をこっそり北部に持ち出して、不埒な連中に値引きして売ったりしないかと。そんなことになれば、それは分離論者の運動資金になると同時に、アメリカの郵便制度の信頼を損なうことにもなる」

「そうなの？」

「どうしてそうなるのかはおれにもわからないけど。でも、いいかい、これはあくまで切手の話だ。で、とにかくそんな企みをつぼみのうちに摘み取っておくために、郵政省はそのとき出まわっていた切手をすべて回収して、まったく新しい切手を慌ててつくりはじめたんだ。その結果、のちに切手蒐集家しか興味を持たないような問題が際限なく起こった。しかもそれにかかった費用は、実際にいたかどうかもわからない南部の密売者が切手で儲けていたかもしれない額の十倍もかかった」

「まったく、ヤンキーときたら」と彼女は言った。「講演をしたのは南部の人だったの？」

「いや、実のところ、ミルウォーキーから来た男だった」

「きっとお祖父ちゃんが北部に引っ越したのね」と彼女は言った。「そのお祖父ちゃんがどうしてそんなことをしたがったのか、それはわたしの理解を超えてるけど。でも、わかってると思うけど、わたしがこんなふうになるのはただ面白がってるだけだからね」

「ああ、わかってるよ」

「いずれにしろ、あなたはその会で愉しいひとときを過ごしたのね。会費はすごく高いの？」

「一年に二百ドル」

「あら、安いじゃないの。いくらになる？　一週間に四ドル？」

「ほかの州の会員はさらにもっと安いんだ。よかったら会員に推薦するって言われたよ」

「誰に？　ミスター・アスペルガーに？」

「フェルズパーだ。信用照会状も要るみたいだけど、これまで取引きをしたディーラーがけっこういるからね。それにおれはアメリカ郵趣協会の会員だし」

「今度のその会にはあなたもはいるべきよ」

「まあ、考えてみるよ。いつまたニューヨークに戻ることになるかなんて誰にもわからない」

「いずれにしろ、そっちは問題ないわけね？」

「だいたいのところは」ジュリアはそもそもケラーがニューヨークに行くことになった仕事については何も訊いてこなかった。ケラーのほうも何も言い出さなかった。「でも、家に帰るのが待ち遠しいよ」

「わたしもあなたが帰ってくるのが待ち遠しい。明日の夜って言ったわよね？　空港まで迎えにいくわ」

「ジェニーの寝る時間よりかなり遅い時間になる。それに、長期駐車場にピックアップトラックを停めたままだし」

「だったら、わたしは何をすればいい？」

「家の明かりをつけておいてくれ」

「わかった。ポットに淹れ立てのコーヒーも用意しておくわね。そっちにはチコリ入りのコーヒーなんてないでしょ？」

「ないね」

「だから」と彼女は言った。「あなたは家に帰るのをすごく待ち遠しく思ってるのね」

19

通りから階段を半階分上がったところが、もともとは建物のロビーのようなところで、今は〈コノッサーズ〉のオフィスと郵趣関連書籍を豊富にそろえた図書室になっていた。定例会の会場は二階で、料理と飲みものは通りに面した部屋のテーブルに並べられ、展示と講演は奥の部屋でおこなわれることになっていた。ケラーは薄めのデュワーズ・アンド・ソーダを自分でつくり、チーズ・アンド・クラッカーと塩味のナッツをつまんだ。フェルズパーはさまざまなメンバーに彼を紹介した。その全員がいかにも嬉しそうに彼を受け入れてくれた。

「きみは世界じゅうの切手を手広く集めるジェネラル・コレクターなんだね」とあるメンバーが言った。ケラーはその男の名前を〈リンズ・スタンプ・ニュース〉の記事で見かけたことがあった。「そういう蒐集家のなによりいいところは常に買いたい切手があるところだね。そして、それがまたなにより困ったところでもある——常に買いたい切手があるというのは」

いいジョークだ、覚えておこう。ケラーはそう思った。が、最初のうちは相手の話があまり頭にはいらなかった。なぜなら、このクラブから〈テサロニケ館〉にもぐり込めないかどうか、そのことばかり考えていたからだ。階段を使えば、さらに階上《うえ》に上がれそうだが、ヴェルヴェットのロープが立入禁止であることを示していた。それでも、定例会がお開きになったときにトイレに身を隠すことができれば、そんなロープは大した障害にはならない。すんなり最上階まで上がれるだろう。そこまで行ければ、屋上にも出られるはずだ。

それからどうする？　このブロックにある建物がすべて低所得者向けの安アパートだったら、たぶん互いにくっつき合って建っているはずで、向こう見ずな男なら、屋上から屋上へ跳び移ることもできるだろう。しかし、それも建物同士が同じ高さの場合にのみうまくいく話で、見たところ、修道院のほうが一階分高そうだった。それにここは安アパートなど一度も建てられたことのないマリー・ヒルの一画だ。だから、クラブとオハーリヒーの根城の間隔は、ニジンスキー（一八九〇～一九五〇。ロシアの舞踏家）でさえまず跳べそうもないほどあった。

それでも、どうにかして修道院の屋上にたどり着けたとしよう。それからどうする？

駄目だ、屋上のことは忘れよう。この建物には裏庭があるはずだ。出入口のある中二階からは無理でも、地下室からならそこに出ることができるはずだ。全員が帰ってしまうまでのあいだにうまく身を隠すことができれば、試してみてもいいかもしれない。たぶん裏口には鍵が掛けられているだろうが、内側から開けられるように消防法で義務づけられている。修道院にも裏口があり、そこをなんとか開けることができて、向こうの地下室にはいれたとしよう。しかし、そこでは修道士たちが寝起きしている。だからそんな彼らに不審に思われ、取り囲まれることだろう――いったいこの男は何者だ？　ここでいったい何をしている？

正規の定例会が始まるまでにケラーが行けたのはそこまでだった。パワーポイントを駆使したゲストの講演が始まると、ケラーはその話に心を奪われるという幸運に恵まれた。そのおかげで、ポール・ヴィンセント・オハーリヒー神父と、その身の安全を守っている難攻不落の要塞のことなどいっさい忘れていられた。少なくともしばらくのあいだは。

木曜日の朝早く眼が覚め、シャワーを浴びていると、ケラーは気が楽になっているのに気づいた。なぜだろうと考え、仕事をしくじったという事実を昨夜のうちに多少なりとも受け容れることができたからだろうと結論づけた。それと、家に帰れることが単純に嬉しいのだろう、と。

昨日と同じ屋台を見つけて、昨日と同じクロワッサンとコーヒーという朝食を注文した。そして、自分に言い聞かせた、これでまた三十ドル以上の節約だ。なんと、昨日一日の食費は朝食の数ドルだけですんでいた。昼食は〈ピーチピット〉で出されたコーヒーとサンドウィッチで充分で、〈コノッサーズ〉で料理と酒を愉しんだあとは夕食を抜いたのだから。そして、今もつつましい朝食を引き締まった体にあてがうだけで、充分満足できている。一方、でっぷりと肥って威厳たっぷりのオハーリヒー神父のほうは、今頃はもう今日最初の一杯を咽喉に流し込み、同時に昨日の酒を抜こうと――

ちょっと待て。

彼は食べかけのクロワッサンをゴミ箱に捨てた。次いで飲みかけのコーヒーも。ぐずぐずしてはいられなかった。やるべきことがいくつかあった。会うべき相手が何人かいた。

アルファベット・シティは、ケラーが最後に訪れた頃からすっかり様変わりしていた。当時建ち並んでいた小汚いアパートはどこも改装され、若い富裕層向けの住まいに姿を変えていた。掃き溜めと呼ばれていた往時を思い起こすことさえ今ではむずかしくなっていた。それでも、見るべきものを見る眼を持ち、適切な態度の取り方を心得ていれば、相変わらずドラッグが買えるところだとわかって、ケラーは安堵した。アヴェニューCとアヴェニューDのあいだの東五丁目通りで取引きの様子をしばらく観察してから、演じるべき役を自分に振り、交渉すべき相手を選んで接触した。

「了解」とその男は言った。「道具込みで欲しいってわけね？　だけど、ほんとにそれでいいんだね？　だって、こいつを打つやつなんていないもん。このダウン系のブツはコークともヘロともちがうんだから。それに注射器なんか使ったら、腫れものができるあの病気にだってなっちゃうぞ」

「おれじゃない。ダチがやるんだ」とケラーはその男に言った。

「とびきりの最高級品でございます」その男は恭《うやうや》しくそう言った。「最初に申し上げておきますが、これはシングルモルトではありません。特別蒸留のシングルモルトの中にも、これぐらいのお値段になるものはございます。しかし、こちらの品は数種のモルトウィスキーをブレンドしたものでして、しかも熟成年数は驚きの六十年です」

「それで五百ドルもするわけだ」

「一本のスコッチにしては驚くほどのお値段です」と男も認めて言った。グレーのスリーピース・スーツのヴェストにズボン、純白のシャツ、ネクタイは、ケラーにははっきりとはわからなかったが、たぶんレジメンタルストライプというやつだ。髪は流行《はや》りのスタイルに整えられ、口ひげもきちんと手入れされており、マディソン・アヴェニューに店を構える高級ワインと蒸留酒《スピリッツ》専門店のカウンターの中に立つという役割に、まさにふさわしい風体だった。

「確かにこのお値段は」と男は続けた。「数多くある絶品スコッチの十倍はします。しかし、このお値段もワインと比較すればまっとうなものと言えるでしょう。このお値段の三倍も四倍もするワインなどいくらもあるのですから。その中には文字どおり青天井のものもいくつかございます。ラトゥールの当たり年のものとか、ラフィット・ロートシルトなどです。ですが、そういったワインのコルクを抜くということは、すなわちそれをすぐに飲み干すということです。一時間か二時間で空けてしまいます。その一方で、スコッチは一杯で極上の夢の時間を満喫できますし、一リットル入りのボトルともなれば数ヵ月、あるいは何年も愉しむことができます。加えて、贈られた方は一口飲むたびに贈り手の気前のよさを思い出すということにもなります」

「見た目からして、いかにも高そうだね」とケラーは言った。

「少なくとも、中身に見合った外見になっております。栓をご覧ください。コルクで栓をして、その上から鉛で封がしてあります。ボトルを収めている木箱にしても、真鍮の枠で補強されておりまして、小さな真鍮の鍵もついています。このように、高そうに見えるだけでなく、つくりも特別なものになっております。一目見れば、贈られた方はお客さまがどれほどその方を敬愛なさっているか、お気づきになることまちがいなしです」

ブンゼンバーナーが必要だ、とケラーは思った。ここが高校の化学室だったなら使うことができただろう。が、彼がいるのは〈サヴォヤード〉の一室だった。だから、かわりにろうそくで間に合わせるしかなかった。

十五錠ある紫色と黄色のツートーンのカプセルはもう全部開けてあり、それでカプセルの中身はスティール製のサーバースプーンほぼ一杯分になった。スプーンは奉献用の小さなろうそくと一緒に家庭用品店で買ったものだ。スプーンにはサーバーフォークがペアになっていたが、そちらはホテルに戻る途中で捨てた。ろうそくはガラス製の小さい容器にはいっており、紙のラベルには、ユダヤ教徒の追悼用のろうそくであることを示す、ヘブライ語のレタリングがあった。

ケラーは粉末に水道水を数滴垂らすと、スプーンをろうそくの火の上にかざした。粉末はすぐに液化した。ブンゼンバーナーがなくても問題はなかった。できた液体はほぼすべて皮下注射器で吸い上げることができた。

次は壜だ。鉛の封を剝がす？　いや、剝がしてしまったら、元通りにはできない。封とその下のコルクに針をまっすぐ突き刺すほうが簡単だ。届くだろうか？　問題なく届いた。ケラーはプランジャーを目一杯押した。

スプーンと注射器を洗いおえると、壜を見た。鉛の封に小さい穴が開いているのが見えた。このままにしておいてもいいが、ふさぐことはできないだろうか？

壜の口から二インチほど下まで封がされていた。ケラーは封の一番下の部分を小さく削り取り、そのかけらをスプーンとろうそくを使って溶かし、溶けた鉛で封のてっぺんをふさいだ。穴はなくなった。

立派な木箱に壜を戻して小さな鍵をかけ、ケラーは包装紙に手を伸ばした。

20

親愛なるオハーリヒー神父

まず初めに、あなたの人生に無理やり立ち入ったことをお詫びしなければなりません。あなたを煩わせたりするべきではありませんでした。しかもこんな大変なときに。私は正しく覚えているつもりだったのですが、あなたのおかげで記憶ちがいだとわかりました。そして、気づくとこんなことを考えていました、こうしたまちがった記憶のせいで、理不尽な中傷を受けている人というのは、いったいどれほどいるのだろうかと。

いずれにしろ、私の場合はあなたのおかげで記憶の曇りが取れました。今の私には実際には何があったのかということがきちんとわかっています。そのこと自体、立ち直る一歩になります。すでにもうだいぶ気持ちがよくなっています。

お詫びと感謝のしるしとして、この贈り物を受け取ってください。私同様、あなたにとってもこれが幕引きとなること、祈っています。

神のしもべ

ティモシー・マイケル・ハナン

ケラーはホテルに備え付けの便箋に自分で書いた文章全体をざっと見直し、三番目の文に出てくる〝記憶〟のところにクォーテーションマークをつけ加え、最後の一行に眉をひそめた。幕引き？　確かに気の利いたことばではあるが、ここで気の利いたことばが要るだろうか？　彼は線を引いて消し、しばらくほかのことばを考えてから一行まるごと消した。感謝のことばのあとに何か要る？　まあ、何も要らないだろう。

買っておいたカードの表には〝ありがとう！〟と書かれており、その文字をなんの花かわからない花が囲んでいた。ケラーはカードの内側にさきほどの文章の訂正版を書き写した。自分の筆跡とはできるだけ変えて。文字は小さく丁寧に書いた。これでハナン少年に与えた態度や声と釣り合うだろう。

終わり近くになって、手が止まった。神のしもべ。これはやりすぎか？

ふん、どうでもいいことだ。ケラーはそのことばは残した。

おろしたてのボタンダウンの半袖のシャツ姿で買物袋を持ち、ケラーは〈サヴォヤード〉のドアマンが手を上げてタクシーを呼ぶのを待った。タクシーに乗ると、袋の中に入れておいた無地の紺色のネクタイをしめ、バックミラーを見て、結び目を直した。

紙袋の中にはほかに、贈答用にラッピングしたスコッチの壜と、シャツと同じブルーのつば付きの帽子がはいっていた。この帽子を売った店員はギリシアの漁師帽だと言っていたが、ケラーにはメッセンジャーがかぶっているのと同じように見えたのだ。

三十六丁目通りとマディソン・アヴェニューの角でタクシーを降りると、車が走り去るのを待って帽子をかぶった。包みを小脇に抱え、要らなくなった紙袋はゴミ箱に捨てた。まっすぐ〈テサロニケ館〉に向かった。やっと真鍮のノッカーを使うチャンスが訪れた。悪くなかった。もう一度叩こうかと思ったところでようやくドアが開き、薄茶色の法衣をまとった、肥った小柄な修道士が現われた。

「速配便です」ティモシー・ハナンの声でケラーは言った。「ポール・オハーリヒー神父宛てです。ご本人にすぐに渡してもらえますか？」

修道院から二ブロック離れたところで、ケラーはギリシアの漁師帽を捨ててタクシーを拾い、ホテルに戻った。手早くシャワーを浴び、清潔なシャツを身につけて荷造りをすませると、階下《した》に降りてチェックアウトした。タクシーを呼ぼうとするドアマンに首を振り、〈ピーチピット〉のオフィスまで歩いた。オークションが始まるまえにサンドウィッチとコーヒーを愉しむ時間はたっぷりあった。

オークションが始まるまえに彼はトイレに行き、個室にはいって鍵をかけた。ここならマネーベルトの現金を数えられる。一万二千ドルちょっとあった。それは全部使いきってもかまわない金だった。

ケネディ空港には出発時刻の何時間もまえに着いた。ケラーはそこでようやくジェニーにウサギのぬいぐるみを買うことを思い出した。ジェニーは彼が切手を集めるのと同じくらい熱心に、動物のぬいぐるみを集めていた。ケラーは鞄を預け――ウサギはその中に居心地よく収まっていた――搭乗券を受け取ると、テレビで地元のニュース番組を流しているバーを見つけ、ダイエットコークを注文した。三つ目のニュースは糖分ゼロのソフトドリンクと癌《がん》の新たな関連性に関するものだった、もちろん。女性バーテンダーの耳にもまちがいなくこのニュースが届いていたらしく、ケラーが彼女のほうを見ていると、彼女も彼をちらりと見た。

どちらともひとことも言う必要がなかった。バーテンダーはケラーのグラスを取り上げると、中身を捨てて水でゆすぎ、改めて問いかけるような眼を彼に向けた。ケラーはビールのボトルを指差した。バーテンダーは栓を開け、グラスと一緒に彼のまえに置いた。ケラーは財布に手を伸ばした。するとバーテンダーはただ首を横に振って、ほかの客に応対するために彼のまえから離れた。

ケラーはそのビールを飲むのに一時間近くかけた。あるニュースが流れるのを待っていた。そのニュースが聞けることを本気で期待していたわけではない。が、それでもやはり最後にはがっかりした気分になった。

待つのは常に一番辛い仕事だ。

七時半前後になって、ケラーはサンドウィッチと一個分は丸々食べなかったクロワッサンでは、一日分の食事に足りないことに気づき、カウンターの席から近くのテーブル席に移って、エビのグリル入りシーザーサラダと二本目のビールを注文した。サラダは悪くなかった。ビールも悪くなかった。が、半分で充分だった。

今坐っている席からも、カウンターに置かれたテレビは見られ、音も聞こえた。スポーツ、天気、いくつかの火事に交通事故といったニュースをさらにひととおり見た。ほかには何もなかった。

搭乗案内がそろそろ始まるという頃になり、ケラーは携帯電話を取り出すと、ドットにかけて言った。「家に帰るよ」

「そう。そう言われても驚いたとは言えないわね。そもそもなぜあなたを行かせたりしたのか、自分でもわからない。お金は送り返すことにするわ」

「いや、送り返さないでくれ」

「送り返さない？」

「今はまだ」ケラーは言った。「あと三日待って、様子を見よう」

「三日？」

「もしかしたら四日」

「四日ね。それぐらいなら問題ないわ。だって依頼人はあなたが家に帰ろうとしてるなんて知らないんだから」

　電話を切ると、男性用トイレに向かった。この携帯電話を持っているのは危険だろうか。危険でないにしても、もう必要ないのではないか？　彼は携帯電話をばらばらにしてシムカードを半分に折った。ほかにもあれこれやって電話を使えないようにし、それぞれ別々の部品を別々のゴミ箱に捨て、乗る飛行機の搭乗口に向かった。


「ジェニーは絶対気に入るはずよ」とジュリアはウサギのぬいぐるみを掲げて言った。「ふわふわしていて、すばらしく柔らかいだけじゃなくて、パパからのお土産なんだもの。ジェニーの枕元に置いてきたら？　眼が覚めたら見つけられるように」

　眠っているジェニーより美しいものがこの世にあるだろうか、とケラーはウサギをジェニーの枕元に置きながら思った。が、キッチンに戻って妻を見ると、その疑問の答がわかった。

「おれはどうしようもない夫だな」とケラーは言った。「きみに何も買ってこなかった」

「でも、ちゃんと五体満足で帰ってきてくれた」とジュリアは言った。「それだけで充分よ。わたしを興奮させるような土産話はないの?」

「まだなんとも」

ジュリアは訝しげな顔をしたものの、それ以上訊いてはこなかった。「それで全然かまわない。だって今夜はお話なんて必要ないもの。離れ離れになってるとなんとかってね。まあ、募るのは愛しい気持ちだけじゃないけど」


「ほら、これがパパが欲しかった切手だ」ケラーはそう言いながら、切手用ピンセットでガボンの四十八番をつまんだ。「ちょっと見ただけなら、きみはここにある切手と同じ切手と思うかもしれない。額面も同じ五フランだし、色も同じで絵柄も同じだ。これはファン族(赤道ギニアおよびガボン北部の森林に住むバンツー語系の民族)の女性の絵なんだよ。可愛い《プリティ》だろ?」

「残念《ピティ》」とジェニーも同意して言った。

「パパが子供だった頃、こういう切手を何枚か持ってた。そう、これと同じような切手をね。でも、それは価値の低い切手だった。この切手を見てごらん。戦士の絵が描いてある。これもファン族だ。この人は男の人だ。とても強そうだね。でも、パパはこのきれいな髪飾りを見て、ずっと女の人だと思ってたんだ。おかしい、だろ?」

「おかしい」

「でも、この切手のちがうところは」ケラーはカットしておいたマウントにのせながら言った。「銘版だ。これには〝フランス領コンゴ《コンゴ・フランセ》〟と書かれてるけど、別の切手には〝赤道アフリカ《アフリック・エクアトリアル》〟と書かれてるんだよ。つまり、この切手は二枚セットのうちの一枚目なんだ。このページの最後の空白に収まる切手だ。パパはこの空白を埋めたくて埋めたくて、何年も探してたんだよ。これでよし、きれいだろ？」

「きれいなタンプ」

「西アフリカにあるガボンはフランスの植民地で」とケラーは娘に教えた。「フランス領赤道アフリカに統合される一九三四年まで切手を発行してたんだ。もちろん、今では独立した国だけど、パパのコレクションは一九四〇年までだから、ガボンの切手は一九三三年でおしまいだ」

「そのうちパパがいつかわたしたちをガボンに連れていってくれるんじゃないかな」とジュリアが言った。「わたしたちは何を買うべきなのかわかる？　地球儀よ。地球儀があれば、こういう国が全部どこにあるのか、ジェニーに見せてあげられる。でも、あなたが戦士を女性と思っていたのも無理はないわね。とはいえ彼が槍を二本持ってることに、気づいてもおかしくはないけど」

「猛々しい女だって思ったんだよ」とケラーは言った。「でも、地球儀というのはいい考えだ。ウサギのぬいぐるみじゃなくて、地球儀を買ってくるべきだったな」

「地球儀を買うべきだったかどうかはともかく、ウサギをジェニーから取り上げないでね。そんなことをしたら、ジェニーに腕を引っこ抜かれちゃうわよ」

「ウサギ」とジェニーが言った。

「ウサギさんだ」とケラーは相槌を打った。「きみが上手に言えることばのひとつだね。ほら、こっちの切手は面白いぞ。すごくきれいというわけじゃないが、切手にまつわるすばらしい物語があるんだ。見てごらん、これはドイツ領東アフリカの切手だ。第一次世界大戦以前はドイツ領だった国だ」

「まえにパパがあなたに教えてくれたクーチュー、、、と同じね。ただ、ママでさえ東アフリカの場所ならわかるというところはクーチューとはちがうけど」

「膠州《こうしゅう》だ」

「今、くしゃみをしたの？　お大事に《ゲズントハイト》。でも、クーチューも惜しかったでしょ？」

「ああ」とケラーは言った。「それより話を聞いてくれないか？　戦時中、ドイツ領東アフリカの郵便局は、母国から切手を入手できなかった。だから、彼らはウガにある福音教会にこの切手を刷らせたんだ」

「ウガ」とジェニーが真似て言った。

「ほらね、ジェニー？　今度はパパがジェニーみたいなことばを話してる」

「――ところが、その切手が必要になるまえに、新しい切手がドイツから届いた。その後、イギリス軍が侵攻してきたんで、郵便局はウガの切手を全部埋めてしまったんだ」

「ウガ、ウガ」

「――イギリス軍に奪われないようにね。でも、切手だぞ。どうして彼らは敵に切手を奪われることをそんなに心配したんだろう？　植民地全体が奪われようとしているときに。まったく」

「そんなことを思いついたのは誰？　北部の侵略戦争のときにあなたたちヤンキーの郵便局を運営してたのと同じお利口さん？」

「きみがそう思うのも無理はない」と彼は言った。「でも、戦争が終わって、植民地がドイツから取り上げられてイギリスとベルギーに分割統治されるまえに、ドイツ人は埋めた切手を掘り起こしたんだ。そのほとんどが埋められていたせいでひどく傷んでいて、廃棄せざるをえなくて、それに残りの切手も完璧な状態じゃなかったんだけど。それでも、彼らはそんな切手を国に持ち帰って競売にかけた」

「そして、あなたはその切手をシート丸ごと持ってる」

「そうだ、七・五ヘラー（昔のドイツの通貨単位）の切手シートをね。これは三つある額面のうちもっとも小さな額面だ。それでも、実際に切り離されていないシートなわけで、まあ、これを欲しがったのはおれひとりじゃなかったとだけは言っておくよ」

実際には、オークション会場にいた参加者は誰もその切手のためには彼と争わなかった。

が、インターネットで競り参加していた者がいて、また、電話で入札してくる競り手もおり、その競り手がなかなかあきらめなかったのだ。とはいえ、彼は今こうして、大きなビニールのマウントを切って大きさを調整し、それを収めるアルバムのページを用意しているわけだった。

シートは破れやすく、彼は細心の注意を払って扱った。そうでなくとも注意は払っただろうが、一財産はたいたあとではよけいに慎重になった。

払った分の金は取り戻せるだろうか？　そう思って、朝食のときにケラーはテレビをつけてCNNにチャンネルを合わせていた。それはなんとも彼らしくない行動で、ジュリアは訝しげに片方の眉を吊り上げた。だからといって、疑問を口にすることはなかったが。彼はある特別なニュースがニューヨークから届くことを期待していた。空港のバーにいたときに期待していたのと同じニュースが届くのを。

が、幸運には恵まれなかった。うまくいかない要素は大いにあったが、一番考えられるのは、オハーリヒーがその上等な酒を特別な機会に取っておこうとするか、あるいは、司教にその酒を贈ってご機嫌を取ろうとするか、だ。真鍮枠のその箱が教会のヒエラルキーをのぼって、ついにはローマ法王にたどり着き、法王の命を奪う。ケラーの心にはそんなおぞましい光景も浮かんだ。

アルバムのページに特別な切手シートを貼りながら、ケラーはあれやこれや考えた。そのそばでは、ジェニーが辛抱強く立ったまま、父親がしていることについてもっと説明してくれるのを待っていた。彼は娘に教えてやった。ドイツ領東アフリカから分割されたベルギー領はルアンダ・ウルンディとして知られていたが、のちに独立して、ルワンダとブルンジというふたつの国に分かれた、と。

「ワンダ」とジェニーは言った。「ルンジ」

21

「ドットよ」

ケラーは顔を起こした。切手は驚くほど見事に彼を異次元に連れ去っていた。彼はジュリアが部屋を出ていったことにさえ気づいていなかった。また、彼の耳には電話が鳴る音も、彼女がまた部屋に戻ってきた音も届いていなかった。今、彼女は立って、電話を彼に差し出していた。

「おめでとう」ケラーが電話に出ると、ドットは言った。「あなたの賭けた馬が勝ったわ。そして、いい配当がついた」

「ほう？」

「それこそ分刻みで伝えてくれるインターネットのニュース速報があるんだけど」とドットは言った。「たった今、その速報がはいったの。高名な宗教指導者がかくかくしかじかで、過度のストレスがかくかくしかじかで、重要な証言をすることになっていてかくかくしかじかでっていう速報よ」

「ほとんどかくかくしかじかみたいだけど」

「まあ、いつもだいたいそんなもんじゃない、ケラー？　なんでもだいたいがかくかくしかじかですませられるようなことでしょうが。要するに、可哀そうな男が上等なウィスキーをもらって、それがあまりにおいしくて、普段飲む量よりちょっと多く飲みすぎちゃったってわけ」

「普段飲む量でも」とケラーは言った。「彼なら戦艦を浮かべられそうだ」

「あら、これは面白そう。予備検死の結果、バルビツール酸塩と一緒に飲んだせいでアルコールが悪く作用してしまった可能性が指摘されてる。つまり、その男は睡眠薬をお酒で胃に流し込んでしまったのね。それって、ちっともいい考えじゃない、でしょ？」

「ああ」

「事故死ね」と彼女は言った。「でも、わたしとしては、どうやってあなたが彼に薬を飲ませたんだろうって思わずにはいられないんだけど。推測するなら、ウィスキーに溶かして混ぜたってところかしら。それだと、都合がいいわね」

「どうして？」

「どうしてって、鑑識がウィスキーの残りにちょっと魔法をかければ、実際に何が起きたのかすぐにわかるからよ。そうなれば、こっちは依頼主に、まるきりの偶然で起きたことには報酬を払いたくないなんて駄々をこねられずにすむでしょ。そんなことを言われても、依頼主にはちゃんとお金を払ってもらうけど。でも、揉めごとなんて誰に要る？」

「おれたちには要らない」

「そのとおり。まあ、これでわたしはお金を返す必要がなくなったし、彼らは余分にお金を送ってこなくちゃならなくなった。満足してる？」

「とても」

「で、ニューヨークは問題なかったの？」

「ああ、問題なかった」

「切手もいくつか買ってきたんでしょ。だとしたら、それで遊びたくてしかたがないわよね。そろそろ解放してあげる。ジェニーを電話に出してくれる？　ドットおばさんの特大のキスがあの子に届くように」

「ほらね？」とケラーは言った。「特に面白い話じゃないって言っただろ」

「今回は問題があったのね」とジュリアは言った。「厄介な問題が。それで、あなたはいろいろと策を試して、最後の最後にようやく解決法を見つけた。それのどこが面白くないっていうの？」

「まあ……」

「ひょっとして、アクションがなかったから？　どたばたの冒険劇じゃなかったから？　知的生活の話も充分面白いわよ。少なくともそういう生活を送ってるわたしたちみたいな人間にとっては」

すでに夜になっており、ジェニーはもうベッドにはいっていた。新しいウサギをしっかりと抱いて。ジュリアとケラーはキッチンのテーブルについて坐り、チコリ入りのコーヒーを飲んでいた。

「うまくいくかどうかわからなかった」と彼は言った。

「でも、とにかく家に帰ってきた」

「まあね。うまくいかなかったら、おれはどうするつもりだったんだろう？　ほかに試す方法はなかった」そう言って、彼はしばらく考えた。「それに、家に帰る準備はできていた。おれには家で待ってるきみとジェニーがいた」

「いなかったら、向こうにとどまってた」

「たぶん。でも、そんなことをしても実際には意味がなかっただろう」

「コーヒーのおかわりは？」

「いや、もういい。彼が神父だったことは気になる？」

「いいえ。どうして？」

「まあ、きみと同じ教会だから」

「そんなのは表面だけのことよ。わたしは堕落したカソリック教徒の子供だもの。洗礼は受けたわ――それが両親にとってわたしを育てる上での唯一の譲歩だった。わたし自身と教会との関わりはほとんどその程度のものよ」

「ジェニーに洗礼を受けさせたいかどうか、まだきみに訊いたことがなかったね」

「訊かれたら、何か言ってたはずよ。ちがう？　そもそも、洗礼はなんのためにやるものか、あなた、知ってる？」

「カソリック教徒になるためのものじゃないのかい？」

「ちがうわ、ダーリン。罪の意識が人をカソリック教徒にするのよ。洗礼は原罪を取り除くためのものよ。でも、わたしたちの娘が罪の重荷に押しつぶされそうになってるなんて思う？」

「近頃は何をもって原罪とすればいいのかもおれにはわからない」

「他人の腎臓を売ることは充分にその条件を満たしてるでしょうね。でも、そう、わたしがどこかの肥った呑んだくれ神父の何を気にするっていうの？　自分の罪は厳に異性愛に関することだけだなんてご立派に自慢してる神父なんかの。ねえ、何がわくわくするか知りたい？」

「なんだい？」

「あなたがこういうことを全部話してくれること。こうやって一緒に坐ってコーヒーを飲みながら――」

「ついでに言えば、最高にうまいコーヒーだ」

「――それで、お互いにどんなことでもなんでも話せること。そういうことができてる人が世間にどれくらいいる？　ああ、でも、ほんとによかった。あなたが家に帰ってきてくれて」

「おれもよかったよ」とケラーは言った。

海辺のケラー　KELLER AT SEA

22

ジュリアとジェニーが保育園から帰ってきたとき、ケラーは〈全米切手ディーラー＆コレクター〉を開いてキッチンでコーヒーを飲んでいた。電話を切ったあと雑誌を手に取ったものの、読んでいる内容に集中できなかった。そわそわして落ち着かず、あちこちに心が飛んだ。だから、妻と娘が帰ってくると、彼は喜んで雑誌をテーブルに置き、その朝学校で何を学んだのか娘に尋ねた。

といっても、学校ではなかったが。その保育園を経営している悩み多き女は、園児に多くを教えようとせず、子供たちがお互いを叩いたり大声で叫んだりするのをやめさせることができていればそれでよしとしていた。それでも、ジュリアが言うには、ジェニーは保育園を学校と呼び、そこでの活動全般をいたって真剣にとらえていた。本人としては、保育園にはいろいろなことを学びにいっているのであり、そこでことばの読み方を教えてくれないことがひどく不満なようだった。

それでジュリアが探してきたフォニックス（音声から初心者に単語の綴りと発音を教える語学教授法）の本で、今は単語を読んで声に出す方法を学んでいた。まだうまく発音できないことばがあるので、聞いていても彼女の言っていることがすべてわかるわけではなかったが、だからといって、本人が単語を読んでいないとは絶対に言えなかった。

昼食を終えると、ジェニーは自分の部屋で昼寝をした。ケラーはジュリアにクルーズに行きたくないかと尋ねた。

「クルーズ？」とジュリアは訊き返した。「船旅のこと？　もちろんそうよね、クルーズと言ったら。クルーズなんて、最高の響きね。いつ行くことを考えてるの？　冬？」

「実はもう少し早い時期を考えてる」

「秋の終わり頃とか？」

「もっと早い」

「あら、仕事は休めるの？」

「仕事なんてないからね」とケラーは言った。「休みを取るなんて問題にもならない。ドニーが今朝申しわけなさそうに電話してきたんだよ。スライデル（ルイジアナ州南東部の町）に拠点を置く業者から個人的に仕事を請け負ったそうだ。報酬はよくないけど、ずっとテレビのまえに坐って貯金を食いつぶすのはもううんざりだって言ってた。これで少なくとも彼にはやることができて、金もいくらかはいってくることになったわけだ」

「そこのところはよかったわね。でも、彼としてはそれをひどく申しわけなく思ってることでしょうね」

ドニー・ウォーリングズというのは、ケラーがジュリアの家に転がり込んだとき彼に最初に仕事を世話してくれた男で、ケラーは気づいたときにはもう、中古住宅を買い取ってリフォームし、転売するという彼の事業の共同経営者になっていた。その事業も、ハリケーン・カトリーナがニューオーリンズを襲ってからしばらくはうまくいっていたが、その後、経済が落ち込み、住宅リフォームローンにまわす金も住宅販売を促す金も世の中からなくなった。そんなふうにして彼らの仕事もなくなったのだった。

「おれたちのことを心配してたよ」とケラーは言った。「でも、こっちは大丈夫だって言っておいた」

「大丈夫なの？　もちろん、わたしたちが大丈夫なのはわかってるけど。でも、荷造りをしてクルーズ旅行に行けるほどの余裕はあるの？　もし行けるなら、それこそ最高の休暇になるでしょうけど。ジェニーが喜ぶのはまちがいないし。ニューオーリンズから出てるクルーズはいっぱいあるし、港までだって歩いていける。わたしたちの乗る船がポーランド・アヴェニューの埠頭から出るのでなければ。でも、そこにしたって車で何分？　十分ぐらいの距離じゃない？」

「船はフォート・ローダーデールから出る」とケラーは言った。

「フロリダの？」そう言ってジュリアはまじまじと彼を見た。「もう心に決めたクルーズがあるのね。今朝、誰か電話してきたのね？　ドニーのほかに」

その電話はケラーがちょうどドニーとの電話を切ったところにかかってきた。また受話器を取ると、ドットが言った。「ケラー、わたしには、あなたが休暇を必要としてるような気がしてならないんだけど。でも、その話をするまえに、訊かなきゃならないことがある。あなた、船酔いはする？」

「船酔い？」

「ほら、手すりに駆け寄って、胃の中のクッキーを吐き出して、魚に餌づけするやつ。船酔いよ、ケラー。海に出ると、あなた、どうなる？」

「わからない」

「船に乗ったことがないの？　といっても、スタテン島フェリー（ニューヨークのマンハッタンとスタテン島を結ぶフェリー）を数に含めちゃ駄目よ」

「メキシコ湾なら行ったことがある」と彼は言った。「それは数にはいるかな。ジュリアの友達がいて、その人と彼の奥さんは、今ではおれたち夫婦の共通の友人なんだけど――」

「そこのくだりはわたしも知る必要のあることかしら、ケラー？」

「たぶんないな。メキシコ湾には何度か行ったことがある。釣りにね。白状すると、一匹も釣れなかったけど」

「でも、船酔いはしなかった？　波はなかったの？」

「メキシコ湾だから」とケラーは言った。「波はあっただろうね。でも、ひっくり返るほどじゃなかった。ちょっとぐらついたときもあったけど、ほとんど気づかない程度だった」

「じゃあ、あなたは優秀な船乗りなのよ、ケラー。それに、クルーズ船には揺れ防止装置《スタビライザー》がついてるし、酔い止め《ドラマミン》だっていつでも飲める。あなたならきっとうまくやれるわ。あれ、ケラー？　どこに行っちゃったの？」

「ここにいるよ。きみがなんの話か説明してくれるのを待ってるところだ」

「あら」と彼女は言った。「そんなの、もうわかってると思ってた。あなた、これからクルーズに行くのよ」

「土曜日」とジュリアは言った。「月、火、水、木、金、土。なんでそんな顔でわたしを見てるの？」

「もしきみがジェニーだったら」とケラーは言った。「曜日を正しく言えたことで誉めてあげるところだ」

「わたしが言いたいのは、あまり時間がないってことよ」

「わかってる」

「あっちには金曜日に飛行機で行かなきゃいけないんじゃない？」

「船は夕方近くまで出航しない。だから、土曜日の朝のフライトに乗れば、充分間に合うだろう」

「船はフォート・ローダーデールから出て、フォート・ローダーデールに帰ってくる。だから、出発地点に戻るわけよね。なんだか無意味な感じね。でも、その無意味さが妙に興味を惹かれるところね」

「そう？」

「その一方で」と彼女は言った。「完全に無意味というわけじゃない、でしょ？　あなたは仕事をする」

「ああ。そこがおれとしてもきみが納得しないかもしれないと思ってるところだ。おれにはやらなきゃならないことがある」

「あなたにはやらなくちゃならないことがある。クルーズの思いがけない結末を迎える乗客がいる。そういうときには今でもまだ遺体を海に沈めたりしてるのかしら？」

「どうかな」

「そんなことをすると、きっとエコを大切にしてる人たちから反論が出てくるわね。どうして反対するのか、その理由はわたしにはわからないけど。だって、人間も生物分解されて自然に還るわけでしょ？」そう言うと、ジュリアはケラーのうしろにまわって、両手で彼の肩を揉みはじめた。「すごく凝ってる。気持ちいい？」

「とても」

「あなたのしてることはもう知ってる」と彼女は言った。「そのことを自分がどう思ってるのかは、自分でもはっきりとはわからないけど。でも、気にしてないような気がする。ほんとよ」

「ああ」

「でも、わたしはそのときその場にはいない、でしょ？　ある意味では今回も。そのときわたしは部屋にはいない。つまり――なんて言うの？　その段になったときには？」

「いざというときには」とケラーは言った。

「そう。いざというときには。わたしは部屋にはいない。キャビンっていうのかもしれないけど。それともステートルーム？　そもそもキャビンとステートルームにちがいはあるの？」

「どうだろう」

「あなたがわたしを連れていこうと考えてるってこと、ドットは知ってるの？」

「彼女が提案したんだ」

「嘘でしょ」

「ニューヨークの仕事から帰ってきてまだあまり時間が経ってないことを謝ってた。おれもこんなに早くまたきみと離れなきゃならなくなるのは気が進まないって言ったんだ。そしたら、〝キャビンは広くて素敵よ〟ってドットは言った。〝ふたりでも充分使えるわ〟って。それに、連れがいたほうがずっと人目につきにくいとも」

「それは言えるわね」

「おれもそう思う」

「〝見て、あのハンサムな男の人。ひとりぼっちじゃない、どういう事情なのかしら〟。でも、わたしを連れていれば、あなたはずっとつまらない男になる。一緒に行きたいわ」

「おれをつまらない男にするために？」

「それもある。それに、クルーズには行ったことがないから。それに、あなたが島めぐりをしてるときにニューオーリンズの家にいたくないから。それに、怖いから」

「なら、どうして――」

「〝恐れることをせよ〟。どこかで読んだの。どこでとは訊かないでね」

「ああ」

「でも、ジェニーを連れていくことに関しては――」

「駄目だ」

「ジェニーを連れていくのがいい考えだと思うほど、わたしの頭がいかれてたとしても、そもそもパスポートを用意する時間がない。パスポートは必要でしょ？」

「そんなことは関係ない。だって、おれたちはふたりともジェニーを連れていくほど馬鹿じゃないんだから。でも、そう、パスポートは持っていかなきゃならない」

「最近じゃ、州境を越えるのにもパスポートが要るんだから。それじゃあ、ジェニーにも自分の休暇を愉しんでもらいましょう」そう言うと、ジュリアは電話のところに行って、調べなくてもわかる番号に電話をかけた。「クローディア？　ジュリア・エドワーズよ。元気？　ニコラスから、ドニーの新しい仕事が決まったって聞いたんだけど、よかったわね。それを言いたくて電話したのよ。もちろん、彼だってどうしてもやらなくちゃいけないわけじゃないでしょうけど、仕事ができるというのはいいことよ。わたしたちのほうは大丈夫だってことは、ニコラスからもうドニーに伝わってると思うけど、わたしからも一応あなたに伝えておきたくて……」

その会話がどこに向かっているのか、ケラーにはわかっており、聞く必要は感じなかった。で、雑誌に手を伸ばし、南北戦争のヴィックスバーグの包囲戦で死亡した、ペンバートン軍所属、ミシシッピ州出身の若者の手紙が最近発見されたという記事をしばらく熟読した。しばらくしてまた意識の中に電話の声が戻ってきた。ジュリアがクローディアに、厚かましいお願いだから遠慮なく断わってくれてかまわない、と言っているのが聞こえた。ケラーはまた、戦争が終わったあとの壮大な計画について書かれた若者の手紙に意識を戻した。その手紙は一八六三年三月七日付けになっており、その時点で手紙の書き手の命はあと三ヵ月しか残されていなかった。

「……どんなにお礼を言っても言い足りないわ」とジュリアが言っているのがケラーの耳に届いた。ジュリアはそれでもなんとか謝意を尽くそうとしていた。ニューオーリンズの電話はほかのたいていのところより長いように思われる。両方の電話口に女性がいるときにはなおさら。ケラーはまた電話から意識をそらし、雑誌に集中した。

ジュリアがテーブルに戻ってきて言った。「これで準備が整ったわ。クローディアとドニーにとって、ジェニーに一週間家に来てもらえるより嬉しいことはほかに何もないみたいだった。もちろん、あそこの子供たちもきっと大喜びよ。みんなジェニーのことを末っ子とペットの中間くらいに思ってるから。ジェニーもあそこに行くのは大好きだし。彼女にとってはいつもよりちょっと長い滞在になるだけね」

ケラーは立ち上がって言った。「飛行機の便を予約するよ」

「旦那さまは簡単な仕事を取るってわけね。わたしのほうは何を持っていくか考えなくちゃ」

23

フォート・ローダーデールから出るクルーズ船は、空港からタクシーで六マイルほど行ったエヴァーグレーズ港に停泊していた。ケラーが運賃を払うと、タクシーの運転手は〝ブエン・ビアッヘ〟とスペイン語で声をかけてきた。その発音はケラーがその意味を理解できるほどには充分〝ボン・ヴォヤージュ〟に近かった。

荷造りがジュリアにとって大変な試練だったとしても、彼女は持っていくものを絞り込み、どうにか中型のスーツケースひとつにまとめていた。ケラーの荷物はそれより小さかった。彼は自分の鞄を片手に持ち、ジュリアのスーツケースを転がして、クルーズ・ターミナル内の通路を抜けて、すでに乗船が始まっている自分たちの船に向かった。

ふたりが乗る船〈ケアフリー・ナイツ〉号はケラーにはとても大きく見えたが、その両隣りに停泊していた二隻の巨船を見たあとではそうでもなくなった。客室甲板は五階分を占めており、彼らの客室は二階にあった。いったん入室したあと、ケラーはジュリアに断わると客室を出てターミナルに戻った。

ニューヨーク・ヤンキースの野球帽をかぶり、アロハシャツを着た男にはすでに眼をつけていた。その男も明らかにケラーに眼をつけていた。ふたりは最初に見かけたときに、互いに視線を交わして、うなずき合ってさえいた。ケラーは今、ターミナルに戻ってその男を見つけると、不必要にも思えたが、一応所定の儀式を試みた。

「ミスター・ギャラガー？」

「そうだ」と男は言った。「ミスター・シーン？」

「そうだ（『ミスター・ギャラガー&ミスター・シーン』。一九二〇年代に流行したコメディソング）」

「ドットのやつ」と男は言った。ケラーの名前がシーンでないのと同じく、その男の名前もギャラガーではなかった。「あの女は絶対にテレビの見すぎだよ。これじゃ、まるでおれたちは自分たちだけじゃ、お互いを見つけられないみたいじゃないか」男は帽子を脱ぎ、椅子の下の地面に置いて続けた。「帽子が似合うやつもいれば、似合わないやつもいる。おれがふたりのうちどっちなのかはおれたちふたりともわかってる（同名のコメディソングを歌っていたギャラガーとシーンは互いに異なる帽子をかぶっていた）。でもって、このいまいましいシャツ」そう言うと、男はケラーが着ているシャツに眼を向けた。「それもドットの考えなんだろ？」

　濃紺に赤の細かいボーダーがはいったポロシャツはケラーのお気に入りだった。ケラーはなんと答えていいかわからず、黙っていた。それが充分、答になっていた。

「でも」とギャラガーは言った。「そのシャツは悪くないよ。まあ、坐ってくれ。おれもあんたに、船旅を愉しんでくれって言えればいいんだが。仕事はこっちがちゃんとやるからって。実際、おれ以外のやつはみんな愉しむわけだが」

「船は得意じゃないみたいだね」

「こんなふうに言わせてくれ、シーン。おれはシャワーをいっぱい浴びる。なぜだかわかるか？」

ケラーには予測がついた――罪悪感のせいだ。近い過去に起きた出来事を消し去る必要があるからだ。が、答はそうではなかった。

「なぜって、おれはバスタブにはいるのさえ嫌だからだ。テレビで『ポセイドン・アドベンチャー』をやってたら、おれはすぐにチャンネルを変えるよ。リモコンが壊れてたら、テレビまでわざわざ歩いていってでも変える」

ケラーはもうこの男をギャラガーとしか思えなくなっていたが、ギャラガーはきっとほんとうのことを言っているのだろうとも思った。

「おれが好きなのは」とギャラガーは言った。「ロングショットだ。といっても、博打《ばくち》のことじゃないぜ、シーン（ロングショットには〝大穴〟の意がある）。射撃のことだ。おれはロスアンジェルスで育ったんだけど、銃なんて一度も触ったことがなかった。でも、兵役で射撃場に連れていかれたら、いっさい的をはずさなかった。最初から特級射手として認められたんだ。で、気づくと、狙撃訓練学校にはいってた。そのあと陸軍に入隊して、そこでこの商売のしかたを身につけたってわけだ」

海軍にはいっていたら──とケラーは思った──また別の話になっていたのだろう。

「いずれにしろ、電話がかかってきた、獲物はハランデールの自宅に閉じこもってるって。ハランデールというのはここからちょっと南に行ったところだ。ちょっと手間がかかったけど、隠れるのにちょうどいい場所が見つかって、ドアから出てきたら、獲物はもうおれのものというところまでいった」

「ところが、獲物は出てこなかった」

「なんだ、ドットから聞いたのか？　いや、獲物は出てきてたのかもしれないし、出てきてなかったのかもしれない。それはわからない。だって、おれに見えたのは、窓ガラス全面にスモークフィルムの貼られた黒のレクサスだけだったんだから。そのくそレクサスは家に隣接するガレージから出入りしてたんだけど、あいつはそのレクサスに乗ってたのかどうか。もしかしたら乗ってたのかもしれないし、もしかしたら乗ってなかったのかもしれない。家にいるとしたら、あいつは大きなはめ殺しの窓のそばに立たなかったかどうか。もしかしたら立ったのかもしれないし、もしかしたら立たなかったのかもしれない。ずっとカーテンが閉められっぱなしだったんだ。二週間、おれはずっとあの家を見張ってたけど、あのクソ野郎の姿は一度も拝めなかった。銃で狙いをつけることはおろか。訊かせてもらうが、シーン、あんたならどうしてた？」

「わからない。家への侵入を試みるとか」

ギャラガーは首を振って言った。「まだ言ってなかったけど、あっちは見張りを立ててたんだ。通りをはさんで向かいに二十四時間体制で車が停まっててね。三交代制で、一回のシフトに常時ふたりの男が見張ってて、宅配便《UPS》が来ると、その車からひとりがひょっこり現われて、宅配便の運転手を呼び止めて荷物を受け取る。でもって、自分でドアまで持っていくのさ。新聞配達の坊主も心得たものだった。ポーチに新聞を投げ入れることさえしない。まっすぐ見張りのその車のところまで行って新聞を渡して、彼らに届けさせるんだ。家には誰も近づけない。中に侵入するなど言うに及ばず」

ケラーは〈テサロニケ館〉のことを思い出した。爆破予告の電話、スチームサウナでの面会のことを思い出して言った。「だったら、おびき出すしかない」

「どうやって？」ケラーとしても答があるわけではなかった。それを見て、ギャラガーは続けた。「そういうことだよ。いずれにしろ、そのあと言われたわけだ、クルーズ旅行まで予約しちまったって、そこまで警備に自信を持ってるって。でもって、その船にはおれ用のキャビンもあるって言われて、そう、そこであんたの出番と相成ったわけだ」

「彼、船酔いするのよ」とドットは言った。「そんなこと、誰にわかる？　それに、もしわかってたとしても、誰にも訊かれなかった。なのに依頼人は勝手に話を進めちゃったのよ。

無料クルーズという餌でターゲットを釣り上げたの」

「どうやって?」

「〃親愛なるヌケ作さま、あなたはこのたび、素敵なロリポップ号で西インド諸島をまわる無料クルーズに当選されました〃って」

「で、それに引っかかった?」

「ケラー、よく知られた事件の容疑者相手に警察がどれくらい〃お知らせ〃を出してきたと思う? 〃フラットパネルのプラズマテレビが当たりました! どこどこの場所にい、つ、い、つの時間に来ていただければ、商品はあなたのものです!〃って。指名手配犯を相手によ、ケラー。普通、テレビが欲しいのなら、そんなやつらは自分でどこかに出かけていって盗むじゃないかって思うところよ。でも、来る年も来る年も警察はこんなパーティを開いて、来る年も来る年もお馬鹿たちはそのパーティにのこのこ顔を出してるのよ」

「たとえそうだとしても、だ」

「ええ、わかる。もしかしたら、ターゲットはずっと同じ場所に閉じこもってて、二十四時間体制で護衛されてるせいで、気が変になってたのかもしれない。あるいは、自分の存在を主張したくなってたのかも。〃確かにおれはあんたらの警護を必要としているが、それでもおれはおれで自分の人生を生きなきゃならない〃なんてね。それともうひとつ、彼がほんとうに船に乗るかどうかなんて誰にわかる? 土曜が来るまえに正気に戻っちゃうかもしれない。でも、そうならないことを祈りましょう。だって、海の上のほうがずっと攻略しやすいターゲットになるでしょ？　もちろん、それはあなたが自分の部屋に閉じこもって胃の中身をからっぽにしてなければの話だけど」

「船に乗るなんてありえない」とギャラガーは言った。「ここに坐ってるのが船に近づけるおれの限界だな。乾いたコンクリートの地面の上だけど、ここにいても揺れが感じられそうなくらいだ、ほんとに。だからそのときは思ったんだ。大丈夫、まだ日にちはあるって。あいつを撃つチャンスはあるって。そうとも。そう思って、おれはどうしたくなったか、わかるかい？　ガレージの扉が開いて、黒のレクサスが出てきたら、そのろくでもないものに向かってライフルの弾倉を空《から》にする。それがおれのやりたかったことだ」

「うまくいったかもしれない」とケラーは認めて言った。

「ターゲットが車の中にいればな。でもって、車が完璧には補強されてなくて、防弾仕様になってなければな。でもって、つきに恵まれたらな。だけど、シーン、つきに恵まれるってのはおれのやり方じゃない。おれのやり方は照準を定めて、獲物を一発で仕留めて、過去の存在として永久に葬り去ることだ」

最後の言いまわしは気が利いている、とケラーは思った。ギャラガーはきっと自分のものにするまえにどこかでその台詞を聞いたのだろう。

「でも、特に不満はないんだ」とギャラガーは言った。「前金はもらってるし。まあ、最後まで仕事ができれば、それに越したことはないけど、報酬はちゃんと受け取ったし、これで家に帰れる。それもそんなに悪いことじゃない。今日はやつらも隙を見せるかなと思ったけど、レクサスはいつもとおんなじようにガレージから出てきたんで、おれとしても引き金に指をかけるチャンスはなかった。で、車に飛び乗って、やつらが着くまえにここに来たわけだ。あんたも来てれば、指で差してそいつがどいつか教えてやれたんだけど、あんたの特徴に当てはまる人物はどこにもいないし、誰もミスター・ギャラガーを探してこっちに歩いてもこなかったんでね」

「空港からまっすぐ来たんだが」

「それでこの椅子を見つけて」とギャラガーは言った。「ここに坐ったんだ。ここに坐ってりゃ、よく見えるからね。それから二十分が経って、三十分が経って、四十分が経った。やつはどこだ？　もうさきに通り過ぎちまったんだろうか？　あんたはここにいなかったんで、やつを見つけても指で指し示してやれる相手がおれにはいなかったわけだが、乗船するやつの姿がなかったら、やつの気が変わったってことになる。その場合、おれの仕事はまだ終わってないことになる。話についてきてるかい？」

「ああ」

「そしたらやつが現われたんだ。こんなネエちゃんと一緒に」そう言ってギャラガーは両手をお椀の形にして自分の胸にあてた。「バッコーン、バッコーン！　たぶん投票できるくらいの歳にはなってるんだろうけど、その歳を超えてたとしてもちょっとだろう。たぶんラテン系だな。いや、そうじゃないかもしれないけど、その女が何人種であろうと、それにどんなちがいがある？　とびきりいい女だった」そう言うと、ギャラガーはため息をついた。

「あのクソ野郎、彼女より三十五か四十は歳を食ってるよな。あの女もずっと家の中にいたのかな？　これまで姿を見かけたことはなかったが、それを言えば、やつだって同じだ。通りの反対側で車の中で待機してる男たちを除けば、おれは誰の姿も見かけなかったんだから。ここで四十分も待たされたのはたぶんそのせいだ。車で女を拾いにいってたんだよ。女が荷造りをしたり、化粧をしたりするのを待ってたんだろう。女たちが時間をかけてやるあれやこれやが終わるのを」そう言って、彼は首を振った。「おれ、しゃべりすぎてるな。すまん。二週間ずっと坐りっぱなしで、ターゲットもなんにも見ることもできなくて、大したことは何もせず、唯一の会話と言えば、テレビの天気予報の兄ちゃん相手に〝へえ、それが最高の日和だってか。くそったれ。こっちはくそみたいに暑いんだよ〟なんて話しかけてたくらいのものだったんでね」

「なるほど」とケラーは言った。

「よし、これが送られてきたターゲットの写真だ。写真が撮られてから、顎ひげを剃ったらしい。ひげは残しておいたほうがよかったと思うけど。まあ、それを除けば、見た目はほとんど変わらない。やつがどんな名前を使ってるかは訊かないでくれ」

「彼らは本名で部屋を予約してる」とケラーは言った。

「カーモディか？」

「マイケル・カーモディ。乗客名簿を確かめておくよ。最上階《サンデッキ》のプレミアム・キャビンを予約してる。プレミアム・キャビンは四つしかないから、見つけるのはそうむずかしくないだろう」

「頼むから」とギャラガーは片手を腹にあてて言った。「船の専門用語を使うのはやめてくれ、いいかい？　三時間前に昼飯を食ったばかりでね」

「それは悪かった」

「おれはずっとここに坐って」とギャラガーは言った。「あそこの出入口からずっと眼を離さないようにしてたんだが、やつらはまだ戻ってきてない」

「やつらというのは彼とガールフレンドのこと？」

「なんでやつらが戻ってくるんだよ？　船に乗るつもりがないなら、そもそもこんなところに来ちゃいないだろうが。ちがうよ、おれが言ってるのは用心棒《マッスル》のことだ」

「用心棒《マッスル》」

「番犬、ボディガード、なんでもいいけど。スーツを着た二人組の男がドアを抜けて、チケットを見せる場所までターゲットと女を連れていったんだ。乗客が乗る船をまちがえてないかスタッフが確認する場所まで」

「護衛《エスコート》がついてた」

「ああ。そういう言い方もあるな。でも、それだと別の意味にも取れる。たとえば、おれなんかもこのまえの晩にはエスコートがいた。電話帳で見かけた番号に電話して見つけたエスコートだ。二百五十ドルだったかな。その女、ずっと時計を気にしてたっけ。いいおっぱいをしてたんだけどな。それは認めないわけにはいかない。そういうのって、いくらかは意味のあることだよ。だろ?」

「もちろん。彼の護衛だが——」

「フリックとフラック（スイス出身の往年のスケートコンビ。ここでは二人組を単に揶揄する言いまわし）。ふたりは彼を部屋まで連れていって、身のまわりの基本的なチェックをしたんだろう。でも、まだ戻ってきてない。その二人組まで騙されてるとはとても思えない。クルーズ旅行に当選したなんてな。あんたはどう思う?」

ケラーは時計を見た。船の出航時刻までまだ一時間あった。が、護衛がこんな時間まで船に乗っているとすれば、おそらくクルーズのあいだもずっと乗っているのだろう。ターゲットの世話役には、彼を説得してクルーズ旅行をやめさせることができなかった。だから護衛ふたりの部屋も予約した。ドットのような一般市民にケラーを船に乗せることができたのなら、彼ら——法の効力を完全に自分たちのために使える彼ら——に同じことができないわけがない。

　ケラーはギャラガーに護衛の特徴を尋ねた。

「フットボールは見るかい？　ひとりはタイトエンドみたいな体つき、もうひとりはランニングバックって感じかな。それでイメージできる？」

「なんとなく」

「とりあえず、スーツ姿の二人組を探してくれ。そんなやつはクルーズなんかにはそうそう乗ってない、だろ？　でも、あんたが今から言いそうなことはわかるよ」

「ええ？」

「〝もし服を着替えてたら？〟。確かに着替えてるかもしれない。その場合はカジュアルな服を着たのは二十年ぶりっていう顔をしてる二人組を探せばいい。なあ、すぐに見つかるよ、シーン。あいつら、二本の親指みたいにひどくめだつだろうから」

24

六時すぎ、〈ケアフリー・ナイツ〉号はバハマに向けて出航した。クラブ・ラウンジでは、旅の安全を祈るカクテルパーティが開かれ、ケラーとジュリアも参加した。食堂のスタッフが飲みものをトレーにのせて会場内を歩きまわっていた。ケラーはマルガリータのグラスをふたつ取り、自分のグラスにはほとんど口をつけず、ジュリアが自分の分を飲みおえると、彼女に自分のグラスを渡した。が、ジュリアも一杯で充分なようだった。

そのあとジュリアのほうは年嵩《としかさ》の女性と話しはじめた。その女性がモービル（アラバマ州南西部の都市）出身だとわかると、ふたりは互いの知り合いを言い合うゲームを大いに愉しみはじめた。ケラーとその女性の夫はスポーツや株式市場のことを話したが、その夫はあまりおしゃべりなタイプではなかった。顔の具合と歩き方から見て、脳卒中の後遺症がまだ残っているらしく、女性ふたりの会話を聞いているだけで、あるいはただ黙っているだけで、満足しているように見えた。ケラーのほうもそれで満足だった。部屋を見渡して別のことに多くの注意を払うのに忙しかったので。

マイケル・アンソニー・カーモディ――彼の写真は今ではケラーの尻ポケットにはいっていた――の姿はまだ見ていなかった。それに、スーツを着た男たちの姿も。そういうことを言えば、タイトエンドであれ、ランニングバックであれ、フットボール選手のような体格をした男はどこにもいなかった。船の乗務員を除けば、フロアにいるほとんどが会員証をどこにしまい込んだのかももう覚えていないほど、全米退職者協会《AARP》に長く在籍していそうな人たちだった。だからカーモディはめだたなくても、付き人はめだつはずだった。

「親指みたいに」とケラーは言った。ジュリアと彼女の新しい友達が振り向いた。彼は自分がそのことばをつい声に出してしまったことに気づいた。「なんでもない」と彼は言った。「考えごとが口に出てしまったんだ」

「あら、わたしはこの七日間はいっさい考えごとをする予定はないわ」とモービル出身の女性は言った。「口に出しても出さなくてもね。考えごとなら、家で充分してるもの。わたしが予定してるのは、飲んで食べて、お日さまの下で寝ることだけよ」

「それに買いものも」と彼女の夫が言った。彼もしゃべれるわけだ。そのことがようやく証明された。

「そうね、それもたぶん少しは」と彼女は言った。「単に習慣を崩さないためにもね」

避難訓練が終わると、ケラーは乗客の名前と部屋の割り当てが掲示されている場所に向かった。カーモディの名前はなかった。が、ケラーは驚かなかった。正式な身分証明書を持ってさえいれば、偽名を名簿に載せるのは、世界一むずかしいトリックというわけでもなんでもない。むしろ著名人はみなそうしているのではないだろうか？　カーモディの命を守ろうとしている連中はそれだけの影響力を充分すぎるほど持っているのではないか？

ケラーはリスト全体に眼を通した。サンデッキの四つのキャビンはすべて埋まっていたが、どの名前も彼にはどんな意味もなさなかった。

エレヴェーターがあった——乗客の平均年齢を考えれば、それも当然だ——が、ケラーは階段を使ってサンデッキに行った。そこにはプールがあった。海の真ん中にわざわざプールを持ってくるという発想はケラーにはなかったので、これにはいささか驚いた。プールのまわりにはラウンジチェアが並べられていて、ランニング・マシン数台とユニバーサル・マシン一台が置かれたスポーツジムのようなスペースもあった。客室は船の後方に配置されていた。

船尾《スターン》。彼は思った。船の後方が船尾。前方は船首《バウ》。左側と右側は左舷《ポート》に右舷《スターボード》。

岸を離れた途端、どうしてまったく新たな語彙《ごい》を使わなければならないのか。そんなことを思っていると、船の振動が感じられた。船の振動にはそれまであまり注意を払っていなかった。気にもとめていなかった。左右、前後、上下を表わす新しい名前同様。上は甲板《トップサイド》、下は船内《ビロウ》。いやはや。

船酔いはまったくしなかったが、それでも気づくと、彼はギャラガーに親近感を覚えていた。

夕食の席では、ふたりはほかの三組の夫婦と同じテーブルについた。が、どの夫婦についても詳しく知ることはなかった。というのも、会話はほとんどがほかの船や過去に行ったクルーズ旅行のことで、ケラーとジュリアはその点ではあまり話題に貢献できなかったからだ。同時に、聞き手としては大いに役に立つ存在になり、ほかの夫婦はみなどの船はやめておいたほうがいいとか、どの船はきっと気に入るにちがいないとか、とうとうと話すことができ、いろいろな情報が際限なく提供された。ケラーとしては、思慮深くうなずくか、あるいはその情報を必ず今後の参考にする、という顔をしてさえいればよかった。

カーモディの姿はどこにも見かけなかった。カーモディの娘と同じくらい若い女、あるいはギャラガーが手をお椀の形にしてなにやら言った女も見あたらなかった。〃バッコーン、バッコーン〃？

〈ケアフリー・ナイツ〉号のほかの乗客同様、カーモディも望めばもちろん自分の部屋で夕食をとることができた。彼の連れがほんとうに〃バッコーン、バッコーン〃タイプで、しかもこのクルーズがふたりにとっての処女航海なら、彼が少なくとも初日か二日目までは部屋を出たがらなくても不思議はなかった。さらにこういうことも考え——

「あらま」とジュリアがつぶやいた。

ケラーは顔を上げて彼女が見ているほうを見た。食堂にいる半数の人間が同じ方向を見ているのがわかった。

バッコーン、バッコーン！

「こんなふうになるとは思わなかったわね」とジュリアは言った。

「何が？　船のこと？　おれたちの部屋のこと？」

ふたりは自分たちの部屋に戻っていた。食堂じゅうの会話を一瞬にして止めた、赤みがかったブロンドの美女について、ようやく自由に話ができた。

ジュリアは首を振って言った。「彼をまえもって見ておくことがよ。ねえ、とぼけないで。彼だったんでしょ？　歳の差カップルのミス五月の相手役を演じてたミスター十二月？　といっても、若くて可愛い女の子のほうの歳は、五月というよりやっと四月に手が届いた感じだったけど。法定強姦罪（同意年齢未満の女性との性交）は公海では合法なのかしら？」

「誰かが彼を逮捕するとは思えないな」

「でも、彼があなたの仕事のターゲットなんでしょ？　あの素敵なカップルに付き添ってたふたりの屈強そうな若者を見た？　四人で仲良くテーブルなんか囲んじゃって、みんなで一緒に来て、一緒に帰っていった。あのふたり、絶対に銃を持ってたわね」

「そのふたりというのは若いふたりの男のことだね？」

彼女はケラーをちらりと見て言った。「ねえ、ちゃんと言って、わたしは根も葉もないところから手の込んだ話をつくり上げてるわけじゃない、でしょ？　彼なんでしょ、そうなんでしょ？」

「こういう話をするつもりはなかったんだがね」

「ええ。わたしだってあなたからうまく話を聞き出そうなんて思ってなかった。なぜなら、ほんとうにわたしは知りたいのかどうか自分でもわからなかったから。そりゃ、わたしも女の人全員と仲良くなりすぎないように注意するのは大変かもしれないけど。だってその人の夫こそわたしの夫が――遠まわしに言ったほうがいいかしら？――消しに？　排除しに？　きてる相手ともかぎらないわけだから」

「ここにはおれたちふたりしかいないよ」とケラーは言った。

「そうね。わたしの夫が殺しにきてる相手かもしれないんだから。でも、結局、あなたが殺すことにはならないと思う。彼女がかわりにやってくれるわよ」

「若いから？」

「ダーリン、あなた、見たでしょ？　見てないとは言わせないわよ。だって、船に乗ってる男全員が見たんだから。ゲイの給仕でさえ。彼女の若さは理由の一部にすぎない。あの子からはセックスがにじみ出てた。したたり落ちるくらいに。気づかなかったって言いたい？」

「まあ――」

「もちろん、気づいたわよ。気づかないわけがないでしょうが。あなた、今だってできれば彼女とベッドにはいりたいんじゃないの？　否定しなくていいわ。だって、誰だって思うわよ。もう一回言うけど、ゲイの給仕でさえ。わたしは女にはそそられないタイプだけど、ダーリン、わたしだって彼女とは寝たいもの」

「ほんとに？」

「文字どおり寝たいわけじゃないけど。でも、あのぽってりした唇とあのセクシーな体とあの迷子になったような眼を思い浮かべたら、涎《よだれ》が出ちゃう。あなたも出ない？」

彼女は答を待たずに言った。「でも、彼女はここにいない」そう言って続けた。「だから、わたしたちはふたりとも今夜は彼女をものにできない。でも、わたしたちは今こんなに素敵な部屋にいる。ふたつのベッドのあいだには隙間があるけど、わたしにはベッドがふたつ要る理由がわからない。少なくともこれから一時間かそこらは。船には小さな動きがあるから――それって、揺れ《スウェル》っていうんだと思うけど――その揺れが趣向を添えてくれるかもしれない。そう思わない？　ふくらみ《スウェル》と言えば、これは何かしら？　うん？」

しばらくして彼女は言った。「もう頭が真っ白。この壁ってどれくらい厚いのかしら。わたしの声、聞こえたと思う？」

「聞こえたのは西半球の人だけだよ」

「わたしの声、そんなに大きかった？」

「きみは完璧な南部の淑女だった」

「あの若くて可愛い女の子が話のきっかけだったけど、あのあと彼女は消えて、完全にわたしたちふたりだけの世界になった。ねえ、最高じゃなかった？　わたし、考えてたの。あの子、売春婦だと思う？　それともただの才能豊かな素人？」

「その中間。おれの推測を言えばそれだな。このクルーズのあいだは彼の恋人になる。で、フォート・ローダーデールの港に着いたら、プレゼントが待っている」

「プレゼントというのは――」

「現金、だろうな」

「でも、事前に値段は決められていない」

「ああ。値段じゃないからね。彼女にとっては、最後にプレゼントがついている一週間分の太陽と海ということなんだろう。プレゼントはもちろん彼女も期待してるだろうし、彼としても期待されてることを知っている。そういうことだ」

「プレゼントはどれくらいのものかしら？」

「さあ。少なくとも千ドル。いや、それだとちょっと少ないか。たぶん二千か三千か」

「もしかしたらそれ以上かも」

「ああ。でも、それよりずっと多いってことはないと思うよ。多くても五千といったところじゃないかな——彼が金持ちで、しかも金を湯水のようにつかうのが好きな男でも。なんだい？」

「何も言ってないけど」

「ああ、でも、何か言おうとした」

「ええ」と彼女は言った。「プレゼントは旅の最後に渡される。でしょ？」

「だから？」

「だから、ちょっと思ったの」と彼女は言った。「わたしたちの立場から見てすべてがうまくいったら、彼女は実質的に一杯食わされることになる。でしょ？」

25

船のエンジンが止まり、ケラーは眼を覚ました。時刻は朝の六時半。ナッソーに着いたということが窓の外の景色でわかった。あるいは、窓ではなく舷窓と呼ぶべきか？　その窓は大きくて四角く、よくある小さな丸窓ではなかった。それなら、普通に窓と呼んでいいはずだ。窓は船の右舷側《スターボード》にあった――そのことはすでに調べてわかっていた。右舷側にあっても、その窓は〝舷窓《ポートホール》〟と呼べるのだろうか？（〝ポートサイド〟で〝左舷〟の意）

ジュリアはぐっすり眠っていた。彼はシャワーを浴び、着替えをして食堂に行った。食堂には朝食のビュッフェが用意されており、笑みを浮かべたシェフが乗客の好みのオムレツを焼こうと待ちかまえていた。

ケラーには自分が人との接触をすごく望んでいるとも思えなかったので、ふたり用のテーブルについてひとりで坐り、給仕がオレンジジュースを勧めるのにうなずいて応じ、コーヒーを勧めるのにもうなずいて応じた。そして、ビュッフェから食事を一皿分取ってきた。勧められるままにコーヒーをおかわりしようとしていると、カーモディの二人組のボディガードが現われた。

ただ、ボディガードだとわかるのには少し時間がかかった。というのも、彼らもついにカジュアルな服に着替えていたからだ。夕食の席では、スーツから青のブレザーと〈ドッカーズ〉のチノパンツに着替えていたが、今朝はさらに花柄の半袖シャツにドレスダウンしていた。そんな彼らの態度にはどこかその服装に満足していないところがあった。いや、とケラーは思った。ただのおれの思いすごしか。

二人組のことはずっと考えていた。昨夜、眠りに落ちるまえにも彼らについてどうしようか考えていた。今朝シャワーを浴びているときにも、頭の中にあるのは彼らのことだった。なぜなら、まちがいなく彼らは厄介な存在になるからだ。彼らがいれば、カーモディに近づくのがむずかしくなり、さらにはその目的のために偵察行動を取るのもむずかしくなる。とはいえ、時間の猶予は一週間あり、カーモディはすでに四六時中ずっと自分の部屋に閉じこもっているわけではないことを自ら証明している。船がエヴァーグレーズ港に戻るまえに、いずれ機会が訪れるだろう。ケラーはそう踏んでいた。

ある種の事故に見せかけることもできなくはない。が、ボディガードふたりが近くにいても事故で通るだろうか？　いや、通りそうもない。警護の対象者を守れなかった場合、ボディガードはどう考えてもダメージコントロールをはかるだろう。船を引っくり返してでもカーモディを殺した犯人を探そうとするだろう。彼らの投げた網がケラーに引っかからなくても、彼らのダメージコントロールはケラーの人生をよりシンプルにも、そのあとのクルーズをより快適にもしてくれない。

ケラーは席を立ち、ナプキンを皿の横に置いた。そして、近くを通りかかった給仕に言った。「すぐ戻る。テーブルは片づけないでくれ」

客室に戻ると、ジュリアが眼を開けた。「忘れものをした」と彼は言った。「まだ眠っていていいよ」バッグの中に手を突っ込んで探していたものを見つけると、彼は急いで食堂に戻った。

テーブルはケラーが席を立ったときのままになっており、給仕は彼のカップにコーヒーを注ぎ足してくれていた。さらに重要なこととして、カーモディの用心棒たちはまだテーブルについていた。実際、ふたりはフットボール選手のような体格をしていた。プロになるには少々小ぶりだったが。カレッジ・フットボール、とケラーは思った。全米大学体育協会《NCAA》が設定する一番上のリーグではなく、そのひとつ下のリーグ。アパラチアン州立大学か、デラウェア大学——といったところか。

食欲もフットボール選手並みだといいが、とケラーは思った。ふたりとも今は料理ののった皿を眼のまえに置いて、テーブルについて坐っていた。ケラーにとって絶好のチャンスは、彼らがコーヒーを頼んでビュッフェに食べものを取りにいったすぐあとだっただろうが、彼としてはどうしてもさきに部屋に戻る必要があったのだ。

クルーズの荷造りをするのに、彼は小さなバッグひとつに荷物をまとめていたが、服以外のものを入れるスペースもいくらか確保できていた。船上では、チェーンのドラッグストアも最寄りの工具店もスラムの仲介者も利用できない。だから、必要になりそうなものは全部一緒に持ってきていて、洗面道具の中には通常のアスピリンのほかに特殊な薬や粉もはいっていた。ニューヨークに行った際に自分でつくって、結局捨てた即席の絞殺具の類いもぐるぐる巻きにして、予備の靴の爪先に押し込んであった。日曜大工《ハンディマン》道具店で売っている旅行者用工具一式——ジュリアの父親のもの——も荷物に詰めて持ってきていた。耐久性のあるスイス・アーミー・ナイフのようなものだ。ケラーには必要とは思えない道具も中にはあったが。誰かの膝反射を確かめるのなら役に立ちそうな、クロムめっきされた小さな金槌やラジオペンチやベルトポンチ。ただ、充分に実用的な長さのあるナイフもあった。

ケラーはコーヒーを飲むと、めだたないようにふたりの男の観察を始めた。給仕がふたりに近づき、カップにコーヒーを注ぎ足した。ランニングバックは一口すると、カップをテーブルに置いて立ち上がり、皿を手に取った。が、そこでどうやら、おかわりをするときには毎回新しい皿を使うものだとタイトエンドに言われたらしい。皿をテーブルに戻すと、ビュッフェに向かった。

給仕がすぐにテーブルに近づき、使いおえた皿をさげた。タイトエンドはテーブルについたままコーヒーを飲んでいた。

さあ、おまえも行け、とケラーは心の中でタイトエンドに念を送った。ベーコンはかりかりに焼けてるし、ソーセージも旨いぞ。何をしてる、さあ、シェフにオムレツを焼いてもらえ。

一瞬、ケラーは自分の念力が通じたのかと思った。タイトエンドが自分の重い体を支えて立ち上がる準備をするかのように、両手を椅子の肘掛けに置いたのだ。が、そのろくでなしはその場から動かず、肘掛けに置かれた手がそのあとしたことと言えば、コーヒーカップを取ることだけだった。

ランニングバックはたっぷり時間をかけて、ふたり分でも充分なほど山盛りの料理を取って戻ってきた。タイトエンドにもどうやらそれがとても旨そうに見えたらしい。相方がまだ皿にフォークをつけもしないうちから、また両手を椅子の肘掛けに持っていった。そして、今回はそこでやめず、立ち上がると、皿を手に取った。今度はランニングバックのほうが、おかわりをするときには新しい皿を使うものだと言う番だった。タイトエンドは笑い声をあげると、皿をテーブルに戻した。

まあ、彼らはとびきり頭が切れるわけでもないらしい、とケラーは思った。いい兆候だ。

しかし、頭が切れようと切れまいと、彼らのうちひとりは必ずテーブルに残っているようだった。これ以上待てば、ふたりともテーブルを離れてしまい、ケラーとしては翌日の朝食までチャンスはなくなる。そうなれば——明日の朝には四人掛けのテーブルで、カーモディと彼の情婦と一緒に椅子に坐っているふたりの姿を見ることにならないともかぎらない。

ケラーはポケットから薬のはいった小瓶を取り出すと、蓋を開けて瓶を振り、白い錠剤を手のひらに二錠取り出した。その動作を誰か見ていた人間がいたら、薬は口に放り込まれ、水で流し込まれるものと思っただろう。が、実際には、薬は彼の手の中に残された。

船は埠頭にすでに停泊しており、九時には乗客も下船できるようになり、午前中はナッソーで過ごせるようになっていた。ケラーの計画は下で海がうねっている航行中のほうがうまくいく。そのほうが真実味が増す。が、同時に、彼のほうは難易度が増す。

ここに賭けるしかなかった。ケラーはいちかばちかやってみることにした。

席を立つと、通路を歩いてランニングバックが熱心にフォークを動かしているテーブルに向かった。足元の床は完全に安定していた。〈ケアフリー・ナイツ〉号が錨《いかり》を下ろして停泊していることを考えれば、当然のことながら。それでも、ケラーは地上でもバランスを取るのがむずかしい人のように、少しふらつきながら移動した。

やりすぎないように注意した。狙いは〝足腰の弱った人〟に思われることだ。彼らのテーブルに近づくと、大きくバランスを崩してみせ、ランニングバックの椅子にがくんと倒れ込み、体を支えるためにランニングバックの肩をつかんだ。

相手が反応している隙に左手を伸ばして、錠剤を一錠その男のコーヒーの中に落とした。

「おい！　あんた、大丈夫か？　ほら、手を貸そう」

「ああ、すまない、船が揺れてたときは大丈夫だったんだが、今は駄目だ――おっと！」

そう言うと、彼はもう一度大きく倒れかかった。今度は立ち上がっているランニングバックの体に向けて。ケラーはもうすっかり、どんな動きをするかわからない危険人物になっていたので、今はランニングバックも一生懸命自分のバランスを取ろうとしていた。ふたりともどうにかこうにか立っている状態で、その隙にふたつ目の錠剤がもうひとつのコーヒーカップまでたどり着いた。

ケラーは詫びを言い、ランニングバックは気にするなと応じた。ケラーは来たほうに戻り、さらに自分のテーブルも通り過ぎると、あっちでよろめきし、こっちでよろめきしながら、ようやく食堂を出た。


ケラーが見るかぎり、ナッソーにいる人間は全員、港に群がっているクルーズ船のどれかから降りてきたばかりの人のように思えた。それ以外の人もいるにちがいないが、そういう人には港に近寄らないだけの分別があるのだろう。彼はそう思った。

「Tシャツだらけだけど、いったい誰が買うのかしら？」とジュリアが言った。「〝お祖父ちゃんとお祖母ちゃん、ナッソーに行ったんだけど、そのお土産がこんなしょぼいTシャツだけだなんて〟。気絶しちゃうくらいオリジナリティにあふれてるわね。こういうTシャツを売ってない観光地って、この地球上のどこかにはあるのかしら？」

「アウシュビッツとか」とケラーは言った。

「ここにはまえに来たことがある？」

「ナッソーのこと？　いや、初めてだ。きみは？」

「一度だけ」と彼女は言った。「不倫相手と過ごす週末《ダーティ・ウィークエンド》に。そんなことばはそれまで一度も聞いたことがなかったけど、きっとイギリス英語ね」

「相手はイギリス人だったんだ？」

「正確には彼はウェールズ人で、彼の奥さんがイングランド人だった」

「ほう」

「嫉妬しちゃう？」

「おれたちが会うまえのことだろ？」

「そう、何年もまえのこと」

「それなら、ノーだ」とケラーは言った。「嫉妬しないよ」

ショーウィンドウに彼女の眼を惹くものがあり、ふたりはそれについて数分話した。ケラーは話しながらもあたりを見まわしてフットボール選手のような二人組がいないか確認した。注意はまえからしていたが、ふたりのうちどちらも船から降りるところは見ていなかった。カーモディと女が一緒にしろ、別にしろ。

しばらくして、ジュリアが沈黙を破って言った。「ほんとはちがうの」

「何がちがうんだい？」

「既婚者のイングランド人のこと」

「ウェールズ人だ」と彼は言った。「奥さんのほうがイングランド人」

「それにどんなちがいがある？　わたしは、ほんとはちがうって言ったのよ。ふたりはどちらも実在しない人よ。ナッソーに来るのはわたしもこれが初めて」

「ほう」

「ほんとうに嫉妬しなかった？」

「したと言ったら嬉しい？」

「いいえ、馬鹿ね。ただあなたが妬くかどうかわからなくて、それを知りたかっただけ。だって、あなたは何をしでかすかわからない変人だから。ニコラス・エドワーズという人は」

「おれが変人？　イングランド人の変なやつとの不倫を妄想したのはきみだったと思うけど」

「ウェールズ人よ」と彼女は言った。「奥さんのほうがイングランド人」

船に向かって歩いていると、サイレンの音が聞こえた。大きな音で、ケラーはその音をヨーロッパが舞台になった映画の中で耳にしたことがあった。長い高音のあとに一オクターブ低い音が続く、〝ピーポーピーポー〟という音だ。救急車が轟音を立てて彼らの横を通り過ぎた。箱型の古いタイプの車両のようだったが、救急車にまちがいなかった。

自分たちの船に向かっているのだろうかとジュリアは訝り、そうであってほしいとケラーは思った。

昼食は船上で食べた。インディアナ州クローフォーズヴィルから来たふたりの女性――どちらも引退した学校教師――と、ノースダコタかサウスダコタかはっきりしないが、そこからフロリダに隠居した株式仲介人とその妻、そんな四人と同じテーブルだった。救急車と救急隊のおかげで、話題には困らなかった。

「でも、あのふたりにはどちらにも会ってないと思う」と学校教師のひとりが言った。「わたしがちゃんと名前を覚えてたらの話だけど、ひとりはミスター・ウェスティンで、もうひとりはミスター・スミスだったはずよ」

「スミスとウェッソンならぴったりだったのに」と株式仲介人が言った。「聞いたところじゃ、病院に搬送されたあと、客室担当の乗務員が彼らの荷物をまとめたようだが、彼らの荷物はちょっとした武器庫みたいだったそうだ。銃が二丁とその銃の弾薬が見つかったらしい」

「まあ。クルーズ旅行にそんなものを?」

「男と銃」ともうひとりの教師が言った。彼女のほうが連れより背が高く、でっぷりした体型をしていた。タイトエンドと大差なかった。あるいは、ラインバッカーと。「銃がないと裸でいるような気分になる男の人がいるのは知ってるけど。でも、わたしたちは、彼らがひどく具合が悪くなった原因も知らないまま、ここで食事してるわけよね」

「彼らは何も食べちゃいないよ」と株式仲介人が言った。「なんらかの薬に対するアレルギー反応だそうだ。強壮剤《アナレプティック》ショックとかいうんじゃなかったかな」

「アナフィラキシー・ショック(過敏体質の人が起こすショック症状)」と最初の教師が訂正した。

「銃と薬」と株式仲介人の妻が言った。「疑問が浮かぶわね、そうじゃない? 一緒に旅行するふたりの男。一緒の部屋に泊まってるふたりの男」

それはどういう意味かと彼女の夫が尋ねた。すると妻は答えた——考えに入れてもいいことよ。

部屋に戻ると、ジュリアが言った。「まだわからないんだけど。あの奥さんは彼らがゲイだって言いたかったの? でも、そのこととふたりが同時に具合が悪くなったことにどんな関係があるの?」

ケラーは肩をすくめて言った。「さあ。エイズとか?」

「そうかも。〝一緒の部屋に泊まってるふたりの男〟。そう言ったときの彼女の顔を見た?

でも、教師のご婦人方にしてみれば、そういう言い方をされるのはあまり気持ちのいいものじゃなかったでしょうね。彼女たち自身が一緒の部屋に泊まってる〝ふたりの女〟であることを考えると」

「レズビアンだから気分を害した？」

「あるいは、レズビアンじゃないから気分を害した。当てこすりを言われて」

「世の中というのはなんとも厄介な場所だ」とケラーは言った。

26

　ケラーが選んだラウンジチェアからは四つの客室がよく見渡せた。その客室のひとつがカーモディと赤みがかったブロンドの女が泊まっている部屋だった。ケラーは腰をおろし、足を椅子の上にのせて日焼け止めクリームを塗る作業に取りかかった。その日焼け止めクリームは高いSPF値を売りにしていたが、ケラーは気づくと、そもそも日焼け止めクリームを塗るという作業に意味はあるのだろうかと考えていた。初めから日焼け止めクリームなど塗らず、部屋に閉じこもっていたほうが話は早くないか？　結果はほとんど同じではないのか？

　プールに来るまえに乗客名簿はチェックしてあった。だから、ミスター・アルドレッジ・スミスとミスター・ジョン・ウェスティンがひとつ下の階の部屋を使っていることはすでに知っていた。その点はつきがなかった。なぜなら、彼らがナッソーの病院に移ったことでサンデッキの客室がひとつ空けば、ケラーはその部屋を作戦の拠点として使うこともできたからだ。

　この船旅に水着を持ってこようとは考えもしなかったが、船内の売店の店員がいかにも嬉しそうに一着売ってくれた。水着は黒で、布の面積もそれほど小さくはなかったが、それでもケラーはそれを穿くと、やけに自分がめだってしまっているように感じられた。もっとも、長ズボンとシャツを着てラウンジチェアに寝転がっているほうがよけいめだつだろうが。日光は気持ちよかった。船は昼食のあとすぐにヴァージン・ゴルダ島に向けて――それがどこであれ――出港していたが、船の揺れも心地よく感じられた。あとは寝転がってくつろぎ、眼を開けてさえいればよかった。

が、結局のところ、三番目の条件をクリアするのは無理だとわかった。瞼が閉じている、とケラーはある時点で気づいた。何か手を打たなければ、と自分に言い聞かせた。しかし、もう手遅れだった。彼の脳はすでに秘密の回廊を進み、夢の世界へ……

いきなり眼が覚めた。といっても、突然物音がしたわけでも、誰かが彼の寝ているラウンジチェアにぶつかったわけでも、彼の椅子の横を通って太陽の光をさえぎったわけでもなかった。あとになって彼は思った。無意識のうちに彼女の登場に気づいたせいかもしれない、と。眼を開けると、彼女が彼から十ヤードも離れていないところにいた。ミズ・〝バッコーン、バッコーン〟その人がラウンジチェアに横向きに坐っていた。ココナツの香りのする日焼け止めオイルを深紅色のビキニに覆《おお》われていない体の部分に塗りつけていた。

つまりほぼ全身に。

彼女はじっくり時間をかけて、こんがりと小麦色に焼けた肌にオイルを塗っていた。ケラーの眼には、それが太陽から肌を守る行為であると同時に、自分の肌を愛撫する行為にも見えた。凝視したくはなかったが、どうしても眼をそらすことができなかった。気づくと、彼女も彼を見ていた。

ケラーは視線をそらしたが、眼をどこに向けても、彼女が視界にはいってくるような気がした。また視線を戻すと、彼女はまだ彼を見ていた。完全な笑みとは言えないが、まちがいなく笑みに向かう表情を浮かべて。

やがて、彼女はケラーから視線をそらし、足を地面からラウンジチェアの上にのせた。そして、ボタンを操作して椅子の背が水平になるまで低くした。上半身はまだ起こしたままで、ケラーが見ていると、両手を背中にまわし、ビキニ・トップのひもを解いて完全に取り払った。

彼女が胸を彼に披露したのはせいぜい二秒ほどのことだっただろう。が、それはたいていの二秒より長い二秒だった。彼女はビキニ・トップを脱ぐと、ラウンジチェアにうつぶせになった。

ケラーは思った。おれが見たものを誰かほかにも見ていた者がいただろうか？　あたりを見まわしたが、そのパフォーマンスに眼を奪われたことを如実に物語っているようなご仁はひとりもいなかった。わざわざおれのためにやってくれたのだろうか？　あるいは、おれはただ自由奔放な女があまりよく考えずに自分の魅力を振りまいたときに、偶然その場に居合わせたのにすぎないのか?

彼女は横を向き、顔を自分の腕の上にのせていた。ケラーのほうを向く恰好になっていた。眼は閉じていた。が、顔は笑っていた。

自分の部屋に戻ろうか、とケラーは思った。それとも、一杯ひっかけにバーに行くか、ラウンジにコーヒーを飲みに行くか? あるいは、図書室に行って、読む本を適当に見つくろってこようか?

それとも、彼女が太陽に見切りをつけて部屋に戻るのを待つか? そうすれば、どの部屋が彼らの部屋かわかる。

ケラーは眼を閉じて、そのことについてしばらく考えた。そうしているうちに、またもや太陽と波の相乗効果で夢の世界に誘《いざな》われた。といっても、それほど長くまどろんでいたわけではなかったが。眼を開けると、ラウンジチェアで彼女が体勢を変えているのがわかった。今では仰向けに寝転がり、またビキニ・トップを着けていた。

そして、もうひとりではなかった。彼女の向こう側のラウンジチェアに、膝丈のバミューダパンツを穿いて、ヤシの木の柄のゆったりとしたシャツを着たカーモディその人が坐っていた。足は裸足で——ピンク色のビーチサンダルが椅子の下に転がっていた——膝から下は魚の腹みたいに白かった。一方、膝から上はほとんど見えず、シャツとズボンとサングラスとこれまたピンク色のコットンの日よけ帽で、ほぼ全身が覆われていた。

ふたりの対比は食堂でも充分劇的だったが、太陽の下ではさらにすさまじかった。食堂では、カーモディは彼女の父親か伯父くらいに見えたが、今は死んだ祖父の役を割り当てたほうが自然に見えた。

彼女は今もラウンジチェアに横になっていた。カーモディのラウンジチェアは、航空会社の言う〝完全なもとの位置〟に戻したポジションになっており、彼はそこに坐っていた。自分の番号が呼ばれるのを待つ人のように。しばらくすると、伸ばした手を連れの肩の上に置いた。ケラーはそれを愛情のこもった所作と受け取った。肩に置いた手が下へ移動し、ビキニのカップの中にすべり込むまでは。

ケラーは眼をそらした。そして、心の中でそのスケベ爺《じじい》に、ちょっかいを出すんじゃないと念じた。視線を戻すと、カーモディ本人もそう自分に命令を下したようだった。彼の両手は、今は自分のラウンジチェアの肘掛けの上にのっていた。

そう、それでいい、とケラーは思った。とはいえ、もう少しふたりがべたべたしていれば、ラウンジチェアから起き上がって自分たちの部屋に戻ってくれるかもしれない。そうすれば、彼らの部屋の番号をメモすることができる。ケラーとしては、なるべくなら早くそのときが来ればいいと思った。というのも、彼が浴びられる陽射しの量には限界があったので。

しかし、カーモディもどれくらい陽射しに耐えられるのだろう？　あの生白い脚でそんなに長く耐えられるとは思えない。だから……

まったく。カーモディを見ると、タオルを取って、慎重に自分の両足と膝から下の脚の部分にかけていた。日光を浴びない日光浴。すばらしい。

そろそろあきらめて日のあたらないところに避難しようか？　いや、待て。カーモディが何やらしゃべっている。

「カリーナ？　あんまり陽射しを浴びすぎないほうがいいよ、ハニー」

「すごく気持ちがいいの」と彼女は言った。その声はあまりに小さくてほとんど聞き取れなかったが。

「気持ちがいいことならほかにも思いつく。そろそろ中にはいろうか、カリーナ」

「あと数分だけちょうだい、ミッキー。さきに行ってて。あなたがシャワーを浴びおえる頃には戻るから」

「きみと太陽」とカーモディは言った。

「太陽を浴びると、体が暖かくなる。暖かいあたしって、あなた、好きでしょ、ミッキー？」

カーモディは身を乗り出してもう一度さりげなく女の体を触った。カリーナは触られた喜びをラウンジチェアの上で少し体をくねらせることで示してみせた。カーモディはビーチサンダルを履くと、カリーナにあまり遅くなりすぎないようにと改めて注意して、ラウンジ

FUTAMI BUNKO
http://www.futami.co.jp/

チェアから立ち上がった。

ケラーはカーモディをさきに行かせた。彼自身も立ち上がったが、そのとき、彼のほうを見るカリーナの姿が眼の端に映ったような気がした。が、振り返ってそれを確かめようとは思わなかった。そのままカーモディのあとを追った。

カーモディのあとについてプールをまわり、四つの客室があるブロックに向かった。カーモディは、彼の部屋が向こう側にあるふたつの部屋のどちらかだとわかるところまでケラーを案内した。だから、もしその場で足を止めていれば、ケラーとしては、可能性を四つから二つに絞れていただけだっただろう。が、今や彼はカーモディの五歩か六歩うしろにいた。ターゲットがカードキーを使って五〇一号室にはいるのが見えた。

ドアが閉まると、ケラーはドアのまえまで進んだ。今やっているのは偵察活動のひとつで、その活動はすでに成果を挙げていた。が、ここでやめる必要があるだろうか？　ノックすれば、カーモディはドアを開ける。そして、ドアを開ければ、彼はそこで終わりだ。

ケラーの水着にはポケットがあったが、中にはいっているのは自分の部屋のカードキーだけだった。絞殺具も、ハンディマンの工具一式も、薬も粉もなかった。あるのは自分の両手だけだった。が、マイケル・カーモディを始末するのにそれ以上のものが必要というなら、そもそも彼はこの仕事に向いていないことになる。

左右に眼を配ったが、誰もいなかった。連れの女はあとどれくらいで戻ってくるだろう？

カーモディを片づけて、彼女が姿を現わすまえに部屋から退散することは可能だろうか？

もし可能でないなら、全員にとって不幸な結果に終わることになる。彼女にとっては特に。その種の状況はケラーとしても避けたかったが、ときには避けられないこともある。しかし、過去の経験からケラーは必要なことをする術を学んでいた。

ドアをノックして、足音に耳をすました。

が、足音らしい音は聞こえなかった。もちろん、聞こえるわけがなかった。あのクソ野郎はシャワーを浴びているのだから。ケラーがノックする音など聞こえるわけがない。聞こえたとしても、シャワーを早めに切り上げて訪問者が誰か確かめる必要性など感じないだろう。

もう一度ノックするべきだろうか？　ケラーはそうしようとした。が、そのとき、人の姿が眼にはいった。掃除係がサーヴィス・カートを押していた。その女は通り過ぎたが、次は誰か別の人間が来ないともかぎらない。遅かれ早かれ、あの娘も姿を現わすだろう。ケラーとしてはもっといい機会を待つしかなかった。

そろそろ図書室に行って読む本がないか探す？　いや、まずはこっちもシャワーだ。ミッキーか、と彼は胸につぶやいた。ミッキーとカリーナ。まあ、午後をまるまる無駄にしたわけでもなかったようだ。彼らがどの部屋を使っているのかわかったのだから。それに、何かの役に立つとも思えなかったが、ふたりがお互いをどう呼び合っているのかも。

27

ジュリアのほうはその午後、新しい友達をつくっていた。夕食時、彼女はうまく手筈を整えて、二組の夫婦が四人掛けのテーブルに一緒に坐れるようにした。相手の夫婦は中西部で生まれ育った人たちで、今はアトランタに住んでいた。その席で、夫のロイが自分は最高の仕事をしていると言った。保険会社に勤めているのだが、商品を売りさばくこともなく、保険金の支払いから巧みに逃れることもなく、机に向かって複雑な計算をすることもないのだ、と。そのかわり、国じゅうを飛びまわって保険外交員たちに会い、なぜ競争相手ではなく自分の会社の商品を客に売り込んだほうがいいのか、その理由を説明しているということだった。

「ピザやドーナツの差し入れをして、最新のジョークは常に仕入れるようにしてる。私が行けばみんな喜んでくれてね。誓って言うけど、働いてるっていう気がほんとにしないんだ」

「夫はほんとうは働き者なのよ」と妻が言った。彼女はマートと呼ばれていた。ケラーはマートルの省略形だろうと思った。「いつも飛行機に乗ったり降りたりなの」

「飛行機は問題ないんだけど」とロイは言った。「問題なのはいまいましい空港だ。でも、そのことについちゃ、私に話を始めさせないでくれ」

誰もそうしなかった。話題は下船したふたりの男に移った。二人組の男のことは今では誰もが〝スミス・アンド・ウェッソン〟と呼ぶようになっていて、きわめて危険な人物だと推測されていた。マフィアの殺し屋——それが大方の総意のようで、乗客のひとりか、あるいは乗務員の誰かを殺すために派遣されたのにまちがいないと思われていた。

「その誰かは誰であってもおかしくないわね」とマートが声を低くして言った。「船長はいたってまともに見えるけど、もしかしたらギャンブルの借金があるとかね」

「〝狙われたのは誰だ〟ゲームか?」と夫が言った。「それなら、私の予想は〝フォクシー・グランパ(二十世紀初頭の新聞漫画の主人公)〟だ。まあ、誰のことかはわかるよね。赤毛のセクシーな女を連れたスケベ爺」

「それもギャンブルの借金のせい、ロイ?」

「動機なんて要るかい? 私だって彼女とお近づきになれるなら、自分の手であいつを殺すね」

「まあ、ロイったら」マートはそう言うと、ナプキンで夫をぴしゃりと叩いた。「首輪をつけとかなきゃ駄目かしら?」

「ワンワン」とロイは言った。

「ほんと、男ってどうしようもない生きものね。でも、今回のクルーズは前回より面白いってことは認めなくちゃね」

「あのときも愉しんでたじゃないか」

「そう、愉しんでた。でも、あのときの会話と言ったら！　切手の目打ちだとか、逆下地印刷だとか――」

「逆加刷だ」とロイは訂正した。

「それがなんなの、ロイ？　切手蒐集家たちのクルーズにわたしを連れていくなんて。ねえ、想像できる？　港に着くたびに、妻たちは買いものに出かけ、男たちは大挙して最寄りの郵便局に押しかけるんだから」

その物言いにはちょっと語弊があるとロイは言ったが、マートはほとんどまちがっていないと言い返した。ロイは、切手を集めていたのはたったの三十人かそこらで、乗客全体で見れば、ほんの一部にすぎないと説明した。マートはそのとおりだと認めながらも、夕食のときにテーブルを囲むのは毎回そのメンバーだったと言い、そこでようやくケラーにも彼らの会話に口をはさむことができた。

「ということは、あんたも切手を集めてるんだね」と彼は言った。

「告発のとおり有罪だよ。でも、自分からその話を持ち出したりはしないよ。だって、他人の趣味ほど興味を惹かれないものもこの世にないからね」

そうだろうか？——とケラーは思った。彼自身はそうは思わなかった。たいていの人間が自分の趣味や道楽のことを話しているときが一番生き生きとする。そういうものだ。しかし、実際にはこう返した。「いや、退屈しないよ。私も切手蒐集家《フィラテリスト》でね」

「そうであってもおかしくないね。切手蒐集家《フィラテリスト》ってちゃんと発音できてる以上。マートなんか今だってちゃんと発音できないんだからね。あんたは何を集めてるんだい、ニック？」

ケラーは説明した。ロイは礼儀正しくうなずきながら言った。「世界のクラシックか。感心するね。私のほうは、まあ、それほど野心に燃えてるわけでもないな。それでも、コレクションはいくつかある。中でも興味があるのはトルコの切手だ。理由は訊かないでくれ。トルコに先祖がいるわけでもないし、トルコになんらかのつながりがあるわけでもない。だいたいトルコには行ったこともないし、いつか行ってみようとも思ってない。ただ、あそこの切手が好きなんだ。どういうわけか」

ケラーには完璧に納得がいった。

「でもって、もちろんトルコに加えて、トルコとつながりのあった昔の国の切手も集めてる。ハタイやラタキアなんかの」

「それに東ルメリアも」とケラーはつけ加えた。

「そのとおり。あと、そうだな、トルコのほかにトピカル・コレクション（題材別に集める切手コレクション）もある。魚を集めてるんだ」

「切手の魚のことよ」そう言わないと、夫が本物の魚を集めているとジュリアに誤解されるとでも思ったのか、マートが横から口をはさんだ。

「でも、魚は好きだな」とロイは言った。「といっても、毎晩食卓に出てきてほしいとは思わないけど。子供の頃、家に水槽があってね。魚を眺めるのが好きだったんだ。でも、最後には全部死んでしまって、水槽を空《から》にして母親に渡すと、母親はその水槽でシダを育てたっけ。釣りもしたことがあるけど、人生で数えるくらいだな。だから、釣りみたいなもので二度と時間を無駄にできなくても、一向にかまわない。それでも、魚の切手は好きでね。見た目が好きなんだよ。いろんな種類の魚を見られるのが」

これまたケラーにはすんなり納得できた。

ケラーは大の字になって自分のベッドに寝ていた。カードキーが差し込まれる音がして振り向くと、ジュリアが部屋にはいってきた。彼女はプラスティックの四角い物体を高く掲げていた。敵の頭から剝ぎ取った頭皮を見せびらかす平原《プレーンズ》インディアンみたいに。

「五〇一号室の鍵？」

彼女は首を振って言った。「この部屋のスペアキーよ。これを使って今はいってきたのよ」

「ほう」

「まぬけよね。鍵を置いたまま部屋を出ちゃうなんて。すぐ返してくるわ」そう言って、彼女は親指の爪でカードキーを叩いた。「受付の子がカーモディの部屋の鍵を渡してくれるわけがないでしょうが。もらうには身分証明書とサインが必要なんだから。でも、鍵が保管されてる場所はわかったわ。どういうふうに並べられてるのかも。だから、誰かが一、二分、受付の子をその場から離れさせられれば、別の誰かが五〇一号室の鍵をこっそり取ってくることはできる」

「前回あそこを通ったときには」とケラーは言った。「女の子がふたりいたが。コピーしたみたいにそっくりな女の子だったけど、確かにふたりだった」

「一回のシフトにつきふたりなのよね」とジュリアも同意して言った。「朝の八時から午後四時までがふたり、午後四時から零時までもふたり」

「零時以降はひとり？」

「今週は夜勤がないって言って、ピラルはすごく喜んでた。先週は夜勤だったんですって。ひとりだとやっぱり心細いみたい」

「受付の子と親しくなったんだ」

「親しくしても困らないでしょ」と彼女は言った。「彼女、フィリピン人ですって」

「全員そうなんじゃないかな」

「ええ、食堂のスタッフと客室係と受付にいる子はね。クルーズ・ディレクターとその部下は、一部の例外を除けば、みんなアメリカ人でしょうけど。乗組員で小さな国連ができそうね。東欧のスタッフも大勢いるし。シェフはスイス人でしょ？　でも、ピラルはウクライナ人が好きじゃないみたいだった」

「どうして？」

「感じがよくないって言ってた。わたし、考えてたんだけど、一時まで待つのはどうかしら。で、一時になったら、あなたがどうにか方法を見つけて、係の子を受付からおびき出すの。そうすれば、ほんの数分でわたしが彼らの部屋の鍵を取ってこられる」

「きみがおびき出す役をしたほうがいいんじゃないか」

「駄目よ」と彼女は言った。「だって、わたしは鍵が置いてある場所を見てるもの。あなたが演じたほうがいいわ、頼りなくて、助けを必要としてる困った男を。それに、もし誰かに受付にいるところを見られても、あなたよりわたしのほうが不審に思われにくいはずよ」

「きみのほうがフィリピン人っぽいから？」

「わたしが女だからよ、馬鹿ね。女のほうが危険そうに見えないでしょ。どうしてそんなことがわからないの？」

　ケラーは何も言わなかった。すると、彼女は何か気になることでもあるのかと彼に尋ねた。

「ちょっと思ったんだ」と彼は言った。「これはほんとうにきみがやりたいことなのかって」

「鍵があれば役に立つ。ちがう？」

「ちがわない。まちがっても、困ったことにはならない」

「なら」と彼女は言った。「わたしも役に立ちたい」

ケラーはジュリアの計画に一点だけ変更を加えて、開始時間を一時間遅らせた。そうして受付の女の子に孤独を堪能する時間を少しだけ余分に与えた。二時を少し過ぎたところで、彼が受付のカウンターに近づくと、受付係の女の子は満面に笑みを浮かべて彼を迎えた。

「ちょっと手を貸してもらえないかと思ったんだが」と彼は言った。「ただ、きみがそこを離れても大丈夫なものかどうか」

「今はラッシュアワーの時間でもないですから」と彼女は言った。「どういうご用件でしょう？」

掲示板に意味のわからない説明があるのだと彼は話し、通路を歩いて、掲示板まで彼女を連れていくと、あらかじめ確かめておいた案内表示を指差した。そこに書かれていたのは、船内で火災が起きたり船が難破したりしたときの避難方法に関するどうでもいいような文言で、言っていることはきわめて明白だった。が、彼女はケラーが認知低下の初期段階にあり、溺死を心配しているのだろうと自ら進んで信じてくれたようだった。まことに丁寧に、かつわかりやすく説明してくれた。

ケラーは船舶火災というのは頻繁に起きるものなのかと尋ねた。そして、受付係に安心させられると、次に海賊の話を持ち出した。それはほとんどがインド洋にかぎられた話で、近頃のカリブ海の本物の海賊と言えば、お土産店を営んでいる海賊だけです、と受付係は言った。彼はそれを聞いて笑い、お返しに自分もジョークを探して言った。彼女は彼のそのジョークを面白がるふりをしてくれるほどには礼儀正しかった。

そうして受付係は自分の持ち場に戻り、ケラーは自分の部屋に戻った。ジュリアがカードキーを見せて言った。「だから言ったでしょ？　どうってことないって」

朝になって、彼らはロイとマートと一緒に船を降りた。彼らの苗字はハイセンダールだった。妻たちには買いものがあり、ロイは郵便局に行こうとケラーに提案した。「あんたにはなんの収穫もないだろうけど」とロイは言った。「コレクションに一九四〇年というしばりがあるんじゃね。もっとも、私のほうも何も見つからないかもしれないが」

「トルコの切手は少なそうだね」とケラーは言った。

「少なそうじゃなくて、ありそうもない、だろ？　でも、魚の切手は少しあるかもしれない。人気のあるトピックだし、そういう切手はアフリカのどこかの内陸の独裁国家より、カリブ海の島のほうに置いてあって全然不思議じゃない。二年に一回、三滴しか雨粒が落ちてこないような国より」

その郵便局には切手蒐集家のための特別な窓口があり、どの切手が現在も購入可能なのかがわかるディスプレーがあった。そこに、六枚つづりの記念シートと一緒に、色鮮やかなサンゴ礁の魚を描いた、眼を惹く切手セットがあった。それは発売されたばかりで、ロイは、シートも含めて四セット買った。「ひとつは自分用で、あとはこれを欲しがるのがわかってる連中用だ。新切手専門のディーラーから買うより郵便局で買ったほうが安いからね」

船に戻ると、ジュリアは買ったブラウスを見せて言った。「これを着ることがあるかわからないけど。でも、安かったし、マートが買ってたから。だから、わたしも女の結束を示すためにひとつ買ったってわけ。あなたのほうは買いたいと思うような切手があった？」

彼は自分が買ったふたつの記念切手シートをジュリアに見せた。ひとつは魚が描かれたもので、もうひとつは英領ヴァージン諸島を構成するさまざまな島が描かれたものだった。

「記念切手シートだ」と彼は言った。「だから、おれも記念にと思ってね」

「それと、男の結束を示そうと思って？」

「まあね。彼はつきあいやすいやつだよ」

「マートは四人での夕食《ディネ・ア・キャトル》を定例行事にするべきだって思ってる。でも、毎晩彼らと一緒に食事するのはどう、あなた？　いつもわたしたち四人で食事するのに耐えられる？」

「新しいメンバーに話すことを考える手間が省ける」

「わたしもそう思った。英領ヴァージン諸島《ブリティッシュ・ヴァージンズ》か。イギリスの乙女《ブリティッシュ・ヴァージン》って誰のことか知ってる？　兄弟たちより走るのが速い十歳の女の子のこと。いいえ、これはケイジャン（米国南部に住む白人・黒人・アメリカ先住民の混血民族）をネタにした古いジョークね。でも、これをイギリス人に置き換えても通じるかどうかは疑問ね。イギリス人は走るのが速いことで有名でもなんでもないから」

「それどころか逆だ」と彼は言った。「〝死んでた？　なんてこった、ムッシュー、彼女はイギリス人だと思ったんです！（英国人女性のベッドの上でのしとやかさをからかったジョーク）〟」

「あら、そのジョーク、ずいぶん昔に聞いたことがあるけど」とジュリアは言った。「今聞いてもひどいジョークね」

28

その夜、ケラーは自分が夕食のメインディッシュを食べおえるまで待った。料理はおいしく、ほんの数時間前まで泳いでいた魚が調理されていた。切手に描かれた魚だったら――とケラーは思った――ロイに奪い取られていたかもしれない。

フォークを置くと、彼はポケットを叩いて言った。「しまった」そして席を立ち、「忘れものをした」とみんなに告げた。「デザートは要らない、よかったらみんなで食べててくれ。コーヒーに間に合えばあとで合流するよ」

エレヴェーターのほうが早かったかもしれない。が、最初の階段をのぼりきってふたつ目の階段をのぼりはじめるまで、そのことはケラーの頭に思い浮かびもしなかった。サンデッキに着くと、息が上がっていたが、カーモディの部屋のドアにカードキーを差し込む頃には呼吸も落ち着いていた。錠が開いた。彼は中にはいった。

清掃はすべての客室で夕食の時間にすまされることになっていた。そのあいだに、ベッドのシーツが折り返され、明かりがつけられ、カーテンが閉められ、枕元にはアルミホイルに包まれたチョコレートが置かれることに。サンデッキの客室は基本的に二部屋続きのスイートだった。ケラーはその中を歩きまわり、あちこちに眼をやり、いったい自分はここで何をしているのかと自問した。部屋にはいったことで、おのずと相手を待ち伏せする恰好になっていた。しかし、待ち伏せ攻撃がうまくいくのはカーモディがひとりで部屋にはいってきたときだけだ。実際、カーモディがひとりで部屋にはいってくる可能性は充分にあった。膀胱と前立腺に長年負担をかけているせいで、今夜コメディアンとセンチメンタルなラヴ・ソングを歌う歌手のショーが予定されているラウンジで愛しのカリーナと落ち合うまえに、さっさと用を足しておく必要性を彼が感じることは大いに考えられた。

とはいえ、ふたりが一緒に戻ってくる可能性もそれと同じくらいあった。ケラーは思った。その場合はどうする？　こっちには奇襲の利があり、ふたりの素人――ひとりはよぼよぼの爺さんで、もうひとりは女――に対してこっちは熟練したプロだ。ふたりとも始末できる自信はあった。どちらかが大声をあげて人の注意を惹くまえに始末できるだろう。それに、大声を出したからといって、だからなんなのか。彼女が大声をあげたら、それは演技のよがり声に聞こえ、彼が大声を出したら、自称ターザンが胸を叩いて勝利の雄叫びをあげているように聞こえることだろう。

これが自分ひとりだけなら、それが彼の望むやり方だった。女を巻き添えにするのだ。ひとり分の料金でもふたりを始末するほうがより安全で、より簡単だ。それに、カリーナは母なる自然がインスピレーションを得たらどういうものを創造するかというういい見本だったが、将来癌《がん》の特効薬を発明しそうにもなければ、永続的な平和を中東にもたらしそうにもなかった。彼女としても、カーモディのような男と同じ部屋に泊まるのに同意した時点で、ある程度のリスクは覚悟していたはずだ。運が悪かったら、それはただ運が悪かったということだ。彼女を殺せば、しばらくはそのことに悩まされるだろう。が、その種のことに対処する術は心得ている。すぐに気にならなくなるだろう。

しかし、それはあくまで自分ひとりならの話だ。今はひとりではない。ジュリアがいる。ふたりはおろか、そもそも彼女が人ひとりの死をどう受け止めるか、ケラーとしてもまだ予測がついていなかった。ケラーのターゲットにはときに女も含まれることはジュリアも知っていた——ドットは一度ならず彼のことを機会均等主義の殺し屋と呼んでいた——が、今回はその女を間近に見ているわけで、その場合、事情がちがってくる。

まあ——とケラーは思った。今回はおれもカリーナもつきに恵まれて、カーモディはひとりきりで部屋に戻ってくるかもしれない。で、どうなる？　そのあと遅かれ早かれカリーナも部屋に戻ってきて、死体を見つけることになる。どれくらい大きな騒ぎになるかは、自然死に見せかけられるかどうかにかかっている。見せかけられなかったら、次の寄港先でお巡りが船に乗り込んでくることになる。下船して姿をくらますチャンスが訪れるまで、警察の尋問を切り抜けることくらいはおそらくできるだろう。いや、駄目だ。ひとりじゃないんだから。ジュリアがいるんだから。

彼は部屋じゅうを歩きまわっていた――サンデッキの客室は歩きまわるのに充分な広さがあった。そのあいだも彼の頭は働きつづけて、打つ手を探していた。そして、しばらくして足を止めた。考えるのをやめ、その場に凍りついた。

ドアにキーが差し込まれる音がしたのだ。こんなに早く？　もう夕食を終わらせたのか？　そう思って、ケラーは身構えた。カーモディであってくれ。ドアが勢いよく開いた。

カリーナだった。

彼はすでに手をまえに出していて、彼女が驚いて叫び声をあげるのを封じる準備をしていた。しかし、彼女は叫び声をあげなかった。それどころか、少しも驚いているふうには見えなかった。

「ああ、よかった！」と彼女は言った。

ええ？

「あなたのあたしを見る眼」そう言うと、彼女はケラーに近寄り、ドアを足で蹴って閉めた。「あたしも視線を返したけど、あなたにもわかったでしょ？　でも、あなたからは全然近づいてきてくれなかった。あなたが食堂を出るところを見て、もしかしたらあたしの部屋に行くんじゃないかって思って。で、ちょっと言いわけをして――」

彼女はまさにすこぶるつきの美人だった。

「でも、時間がないの。今は駄目。今すぐにも彼が帰ってくるかもしれないから。ああ、あなたとふたりきりになりたい！　どうしよう？」

「ええと……」

「今夜、あとで」と彼女は言った。「一時。駄目、一時半。その頃には彼も確実に寝てるから。二番デッキで会いましょう、後部甲板で」

「ええと、左舷側？　右舷側？」

「一番うしろよ」と彼女は言った。「図書室の裏。手すりのところに一時半ね。来られる？　ねえ、来てくれたら嬉しい。ああ、もう時間がないわ。でも、キスして。キスくらいしてくれなくちゃ駄目」

　そう言って、彼女はケラーの唇に自分の唇を押しつけた。

「わからない」と彼はジュリアに言った。「何が望みなんだ？」

「あなたのきれいな白い体じゃないかしら。あえて推測するなら」

「彼女がおれをハリウッドの配役担当者とでも思ってないかぎりありえない」とケラーは言った。「でも、配役担当者じゃなくてよかったよ。彼女は役はもらえないだろうから。彼女はそれほどいい女優じゃないから」

「彼女は演技してたって言うの？」

「〝あなたとふたりきりになりたい！　どうしよう？〟。ああ、あれは演技だね」

「どうかしら」とジュリアは言った。「わたしもしょっちゅうあなたとふたりきりになりたいと思うけど。〝どうしよう〟っていつも自分に問いかけてるけど」

「で、きみはだいたい何かしら答を思いつく」

「あなたが戻ってくるまえもちょうど自分に問いかけてたんだけど、わたしが思いついた答は、ドニーとクローディアに電話する、だった。まだ早いから、彼らも起きてるでしょう。うまくすれば、ジェニーも起きてるかもしれない」

ウォーリングズ家ではまだみんな起きていた。みんながみんなと話した。最後にドニー・ウォーリングズが電話に出てこう言った。「これじゃ、そっちの電話代がかかってしまうね。そっちも愉しんでるようだし、ジェニーも愉しんでる。だから、そろそろ切るよ」

電話が終わると、ジュリアは言った。「あの子はすばらしい時間を過ごしてるみたい」

「それはよかった」

「永遠にあそこにいたいって思うんじゃないかしら。新しい家族と一緒にいたいって。古い家族よりずっと気に入ってるみたいだから」

「あの子の部屋を間貸ししてもいいかもしれない」

「なんでも言ってちょうだい。そうやって母親の涙を笑ってちょうだい。あなたは愉しめた？　興奮した？」

「彼女とのキスよ。興奮したに決まってるわね。だって、あの子、地球温暖化の大きな原因のひとつみたいな子じゃないの」

「あれはただの……いや、なんだろう。馬鹿だったよ」

「馬鹿だった？」

「あれが演技だってことはわかってた。彼女が何か企んでるってことはね。でも、たとえあれが演技じゃなかったとしても、あそこにはいたくなかった」

「可哀そうな坊や。でも、彼女、少なくともキスはうまかった？　舌も入れてきた？」

「ジュリア――」

「胸も押しつけてきた？　ごめん。わたし、あなたのこと困らせてる、でしょ？」

「どうだろう。まあ、そうかな」

「あなたの体が目的でないとしたら――」

「体は目的じゃない。あれは演技だった。ピュアでシンプルな」

「ピュア？　シンプル？」

「つまり、それは――」

「彼女の狙いはなんだと思う？」

「数時間後にわかる」

「興奮？」

「そうね。一時半って言った？」彼女はさらに何か言おうとしたが、そこで口をつぐんだ。

「何？」

「いや、なんでもない。わたしが言おうとしたのは、そのまえにちょっとふたりでお愉しみができないかなってことよ。あなたのプレッシャーをいくらか取り除くために。でも、あなたはそんな気分じゃない。でしょ？」

「ああ。あんまりそういう気分じゃないな」

「わたしったら、あの子と同じくらい悪い女ね。このことをセックスにからめるなんて。セックスとは全然関係ないことなのに。でしょ？　わたしにももっと分別があっていいのに。何か読む本はない？　ひとりにしてあげる」


一時を少し過ぎたところで、ケラーは自分たちの部屋を出た。乗客のほとんどがもう部屋に引き上げていた。バーやラウンジにはまだ何人か居残り組がいたが、彼らは数的劣勢を声のヴォリュームで補っていた。デッキにも何人かいて、手すりのそばで星を眺めたりもの思いにふけったりしていた。

ケラーは待ち合わせに指定された場所には言われた時刻の少なくとも十分前に着き、その近くに見通しのいい場所を見つけた。そこからだと、カリーナが近づいてくるのが見え、誰かが彼女のあとについてきていないかどうかも確かめられた。黒っぽい服に着替えて出てきていたが、さらに身を隠せる暗い場所を見つけた。それでほとんど透明人間になるのに成功した。数フィートも離れていないところを通りかかった一組のカップルが立ち止まり、驚くほど情熱的なキスをしてまた歩き去ったのだが、手を伸ばせば触れられそうな距離にケラーがいたことに、ふたりともまるで気づかなかった。

一時半になり、そのまま過ぎた。ケラーはその場から動かなかった。そのときにはもう彼女に約束をすっぽかされることを半ば期待していた。すると——彼の時計では約束の時刻を七分過ぎた頃、彼女が慌ててやってきた。が、彼の姿には気づかず、横を素通りして手すりのそばに立つと、心底不安そうにあたりを見まわした。

「ここだ」とケラーは小さな声で言うと、彼女に見える位置に立った。

「ああ、よかった。来てくれないんじゃないかと思った。来たとしても、あたしがここにいなかったんで、もう帰っちゃったんじゃないかって。彼が眠るまで待たなくちゃならなかったのよ。でも、来て。さあ、キスして」

そう言って、彼女はケラーのほうに歩きだした。が、彼が片手を上げたのを見て足を止めた。「キスはなしだ」と彼は言った。「きみは何か企んでる。それがなんなのか知りたい」

「企んでる？」

「何が望みなんだ」

「望みって、あなたと同じだけど」と彼女は言った。「こっちを見てたでしょ」

「多くの男がきみを見てた」

「ええ、女もね。でも、あなたがあたしを見る眼はちがってた」そう言うと、彼女は顔をしかめた。初めて見せる、演技ではない自然な表情だった。「あなた、あたしとやりたくないの?」

「きみは若くてとても魅力的な女性だ」と彼は言った。「でも、おれは結婚してる。そして、そう、きみとはセックスしたくない」

彼女はケラーには理解できない言語でなにやら言い、また顔をしかめ、顔を起こして彼と眼を合わせた。その眼が状況を理解したことを示していた。「だったら、あたしの部屋で何をしてたの?」

彼は脇に下ろしていた両手を腰の高さまで上げた。あたりには誰もいなかった。あとはもう彼女の首の骨を折って船の外へ死体を放り捨てればいいだけだった。さきに叫び声をあげられたとしても、船から落ちるときにあげる悲鳴に聞こえるはずだ。

「もしかしたら、あたしたちの望みは一緒かもしれない」と彼女は言った。

ほう?「だったらきみの望みは?」

「あたしの望み?」彼女はまた外国のことばを口にした。「なんだと思う?　あなたに夫を殺してもらうこと、それがあたしの望みよ」

29

一時にはまだ起きていて、そのとき読んでいた本を〝マグノリアの花と異人種間結婚の小説〟と言ったジュリアも、ケラーが部屋に戻ったときにはぐっすり眠っていた。自分は眠れないだろうとケラーは思っていたのだが、熱いシャワーが緊張をいくらか洗い流してくれたのだろう、すぐに寝入った。

翌朝、彼はジュリアにことのいきさつを話した。「どうやら彼らは結婚してるらしい。だから土曜日の午後、港に来るのにあれほど時間がかかったんだ。まず急ごしらえの結婚式をすませてから来たんだ」

「でも、どうして？　クルーズ会社を喜ばせるため？」

彼は首を振って言った。「クルーズ会社じゃない。政府の証人保護プログラムだ。法廷で証言したあと、彼は西部のどこかの小さな町に移されることになってるんだが、彼の妻にならないかぎり、彼女はその取引きに加われない。彼は彼で、イースト・フロッグスキンだかなんだか、そんな西部の田舎町の田舎娘が自分の眼鏡に適うとは思えなかったんだろう。で、思いきって彼女にプロポーズした」

「ロマンティックなこと。でも、どうして彼女は一緒についていかなくちゃいけないの？ しかもそのあと心変わりして、彼に死んでほしいだなんて、どうしてなの？」

「そのふたつの質問の答はひとつ」

「お金？」

彼はうなずいて言った。「彼には大金がある。あるいは、少なくとも彼女はそう思ってる。やっぱり彼女はおれたちが思ったとおりの暮らしをしてる女だった。デートに出かけてプレゼントを受け取る暮らしだ。でも、そういう暮らしなんてそんなにすばらしいものじゃないし、それはプレゼントもまたしかり。それに彼女としてもここ数年がピークだろうし」

「まだまだ若いじゃないの」

「それでも、このさきどうなるかは本人もわかってる。そんな彼女の眼のまえにいたのが彼女と結婚したがってる金持ちの男というわけだ」

「でも、結婚するとなると――あなた、さっきなんて言った？――イースト・フロッグスキンだかなんだかに？ でも、そんなところに住むというのは、彼女がサインした契約には含まれていなかった？」

「いや、実際のところ」とケラーは言った。「それこそ彼女がサインした契約の内容そのものだったんじゃないかな。ただ、それは彼女がよくよく考えるまえのことだった」

「でも、今になって契約を反故《ほご》にしたくなった。離婚はできないの？　婚姻の無効手続きを取るとか。ああ、でも、お金が欲しいのね」

「彼女自身、彼に死んでもらいたいと思ってる」

「あら、個人的な理由でもあるの？」

「彼はバイアグラを大量に飲んで」とケラーは言った。「彼にはベッドでの特別な趣味があって、彼女はそれを望んでいない」

「どんな趣味？」

「詳しくは教えてくれなかった」

「思わせぶりな女ね。どんな趣味かは絶対想像できるけど。彼女を椅子に坐らせて教えてあげたいわ。一度慣れれば、すごく愉しくなるのにって。あら、あなた、赤くなってる？」

「いや。それに彼の好みの問題だけじゃない。結婚した今、彼のすべてが気に障るそうだ」

「そんな彼が死んでくれれば、自分は金持ちの未亡人になれる」

「彼女は用心棒のひとりにも接近してた。二人組の背の低いほうに」

「ランニングバックに」

「そう。彼女に迫られて、あの男が彼女を袖にしたとはとても思えない」

「奥さんは連れてきてなかったみたいだし」

「もしかしたら、あの男は彼女の話には乗らなかったのかもしれない。もしかしたら、彼女は夫の身に何か起こりさえすれば永遠に一緒にいられるなんてことまで言ったのかもしれない。そのあたりのことはなんとも言えないけど、あのランニングバックだっていくらなんでもそんなことを実行に移したりはしなかっただろう。でも、いずれにしろ、彼女のその計画は彼がタイトエンドと一緒に救急車で運ばれた時点で台なしになった」

「そのときからあなたに色目を使いはじめたのね」

「ビキニの下に隠したものをちらりと見せたりして」

「そして、その作戦はうまくいったと思った。部屋に戻ってみたら、あなたが中で彼女を待ってたから。でも、それが自分の思いちがいだってわかると、今度は別の作戦で行くことにした。でも、それって同じ作戦じゃない、ちがう？　ただ、ご褒美は彼女の体じゃなくて別のものになった。だったらあの子、いったい何を差し出すつもりなの？　あとはもうお金ぐらいしかないわよね」

「遺産が整理されたあとに支払われる額のわからない金」

「あら、そんな条件で誰が慌てて殺人なんか犯す？」

「おれが肉欲に眼がくらんだという考えは彼女も捨てたようだけど、今でも明らかにおれのことをとんだヌケ作だと思っている。で、彼女の提案に同意して、まずおれが言ったのが、おれたちはふたりではもう会えないということだ。密会は二度となし。キスもなし、長く見つめ合うのもなし。おれたちが今やることは何もしないことだと言っておいた。クルーズの最終日の夜までは何もしないと」

「そうすれば、彼が発見される頃にはわたしたちはもう船を降りていられる」

「ほかの乗客全員も。彼女が眠りから起こそうとしてもカーモディは眼を覚まさず、フォート・ローダーデールの病院に運ばれ、そこで死亡が確認される。そして、遺言書の検認手続きが終わったら、感謝してもしきれない未亡人から惜しみない額の謝礼金がおれに支払われるというわけだ」

「それで次は？」

「朝食だ」と彼は言った。「腹がへって死にそうだよ」

「わたしが言ったのは――」

「きみが言ったことはわかってるよ。次はない。フォート・ローダーデールに着くまえの夜までは。今からそのときまでおれたちがやらなきゃならないのは、ひたすらクルーズを愉しむことだ」

「ワオ」と彼女は言った。「素敵」

「もうひとつささやかなコレクションがあってね」とロイが言った。「使用済みのお悔やみ《モーニング・》用封筒《カヴァー》だ。どんなものか知ってると思うけど」

「黒い帯付きの封筒？」

「そう。そういう封筒は切手と同じくらいの歴史があって、十九世紀の中頃に生まれたものだ。文房具店が黒い帯を印刷した封筒を売り出して、客はお悔やみの手紙を書くときにそれを買った。おもにヨーロッパとアメリカで広く使われてたんだが、その風習も一九四〇年頃になるとほぼ廃れてしまった。皮肉な話だよ。戦争が始まってそれまで以上に人がどんどん死にはじめたことを考えると」

「蒐集の対象としては面白い」とケラーは言った。

「病的って意味でだろ？　マートはそう言うんだ。でも、私にとって死というテーマは、ほかのコレクションのテーマがトルコと魚であるのと同じ意味しかないんだけどね」

「面白いと言ったのはヴァラエティに富んでるからだ。ちがう切手にちがう消印にちがう国」

「それに、ときには封筒の中に手紙が残ってることもある」とロイは言った。「故人のことはほとんど書かれてないけど。近況を報告する愉しい手紙さ。誰々が結婚する、誰々に赤ちゃんが生まれた、誰々が転職したなんてね。でもって、そう言えばこのたびはご愁傷さまでしたという具合になるんだよ。面白いとは思わない？」

「とても面白い」

「まあ、今とはちがう時代の話だ。今なら何を送る？　携帯メール？　〝N8（携帯電話の機種名）が死んだって聞いたけど。最悪《バマー》。おまえ《R U》大丈夫か？〟なんてね」そう言って彼はため息をついた。「カヴァーは二百近く持ってるはずだ。優先度が高いわけじゃないんだけど、ちょっと変わったものや気に入ったものを見つけるとどうしても手が出てしまう。でも、こいつをどうしたものか、考えなきゃならなくてね。トルコの切手にはスコットの専用アルバムを使ってるし、魚用にも用紙を印刷して使ってるけど、モーニング・カヴァーについては今のところ、箱の中に入れることしかできてないんだ。だから、たまに箱から出して眺めちゃ、また箱の中に戻すといった按配なんだよ」

ほかにも集めている郵趣品はあるのか、それとも切手だけなのかと訊かれ、ケラーは答えた――実はマルティニーク島（西インド諸島にあるフランスの海外県）で投函された封筒を集めはじめていてね。興味をそそられる面白い手頃な価格のカヴァーがあれば買ってる。特にマルティニーク島が専門というわけじゃないんだが、そこの切手は一九四〇年のものまで全部そろってる。それで、珍しい変種も集めはじめたんだ。そうしたら、ある人がカヴァーをくれて、それから――

「そのさきは言わないでくれ、ニック。私も買う切手がなくなったときにトルコで同じことになるのは眼に見えてるから。あっ、女性陣のお出ましだ。さて、今度の買いものでは何を見つけてきたのかな」

何かをしなければならない必要がなくなって、ふたりは純粋にクルーズ旅行を愉しんだ。

ハイセンダール夫妻とはそのあとも行動をともにした。ふたりとも一緒にいて愉しい人たちだった。岸への立ち寄りも、妻たちにとっては買いもの、ケラーとロイにとっては郵便局めぐりに限定されたものではなくなって、みんなで岸辺を散策するツアーに二度参加し、野生生物を観察したり、滝壺で泳いだり、あるいは少なくとも滝を見物したりもした。

初日の夜にケラーが気づいたとおり、クルーズ船の船客の主な活動のひとつはやはり過去に乗ったクルーズ船の話題を提供することだった。クルーズ旅行についてなど、ケラーはこれまで深く考えたことはなかったが、彼らの話を聞くうち、クルーズ旅行が広げてくれる世界というものが徐々にわかってきた。

ただ、小さな船のほうがいい、と思った。〈ケアフリー・ナイツ〉号も充分快適で豪華だが、そういう船のクルーズは海に浮かんだ巨大なホテルの宿泊客になるようなものだ。ある港では百人ちょっとの乗客を乗せた帆船の隣りに停泊した。その船にはエンジンもついており、必要とあらばスピードを上げることができ、風が凪《な》いで動けなくなる心配は要らなさそうだったが、それでも、帆が風にはためいて《フライング》いるときが一番美しかった。帆がしていることが〝フライング〟であれなんであれ。

行程が面白ければさらにいい、とケラーは思った。バルト海や南太平洋をめぐるクルーズはどうだろう——異国情緒あふれるルートもあれこれあるはずだ。そういう船に乗れば、見たい場所に連れていってくれる。

そこにはジェニーも連れていきたい。船上での生活はきっとあの子も気に入るはずだ。ジュリアとふたりきりの時間が欲しければ、子供たち向けのアクティヴィティも豊富に用意されていることだろう。

考えることはたくさんあった。そういうことで頭を忙しくしているほうが、〈ケアフリー・ナイツ〉号での最後の数時間のことを考えるよりはるかによかった。最後の数時間が気苦労のない《ケアフリー》時間になる見込みはあまりなかったので。

30

クルーズ旅行最後の夜、夕食のメニューの魚料理は、軽くグリルしたカジキのブラウンバターソース添えだった。女性ふたりはそれを注文し、ロイもそれに倣った。ケラーはフィレステーキをミディアムレアで注文した。

「あれ、どういう風の吹きまわしだね」とロイが言った。「魚以外のものをあんたが注文するのはこれが初めてじゃないか？　魚の切手を集めてるのはあんたのほうじゃないかって思いはじめてたところだったんだけど」

魚を注文すれば、給仕は通常の食卓用ナイフをさげて、奇妙な形をした魚用のナイフを持ってくる。実際にそんなものを使う人間はいなくても。フォークの側面で切れない魚というのは、それはその人があまり食べたくない魚だろう。

一方、ステーキを注文すれば、給仕はステーキナイフを持ってくる。

午前一時半。ケラーはサンデッキを見渡した。あたりに人の姿はなく、水を打ったように静かだった。夕食時に乗客は午前三時までに荷物をすべて廊下に出しておくよう指示されていた。下船のまえに船の乗組員があらかじめまとめておけるように。サンデッキにある四つの部屋の宿泊客は全員、すでにその指示に従っていた。

ケラーは五〇一号室のドアのまえに立った。足元の右側に荷物が数個置かれていた。音楽が流れているのが部屋の中から聞こえた。重いドア越しに辛うじて聞き取れる程度だったが。〝起こさないでください〟と書かれた札がドアノブにぶら下げられていた。

ポケットにはジュリアに取ってきてもらった鍵がはいっていたが、彼はそれをポケットにしまったままドアをノックした。カリーナがすぐにドアを開けた。彼女は薄い黄色のネグリジェを着ていた。ケラーには〝すけすけ〟ということばがしっくりくるような代物だった。彼女は手を伸ばして彼に抱きつこうとしたが、自分がしかけた行為はもはや台本にないことに気づくと、すぐに動きを止めた。彼女の香水のにおいがかすかにした。それと彼女の体温のようなものも感じられた。

彼女はケラーに抱きつくかわりに明らかなことを口にした。「来たのね」

そう、彼は来ていた。そして、そこにはカーモディもいた。ベッドの上で手足を伸ばして仰向けに寝ていた。身につけているのはボクサーパンツと人目を惹くばかりの体毛だけで、ほぼ裸だった。口をあんぐりと開け、その口でゆっくりと荒い息をしていた。部屋にはドア越しに聞こえた音楽がまだ低音量で流れていた。ソフトジャズだった。ケラーはその曲を知っていたが、曲名は思い出せなかった。

「寝酒に粉を入れたら」と彼女は言った。「彼、それをちゃんと飲んだの」

言わなくてもわかってる、とケラーは内心思った。

「あたしとファックしたがってたんだけど」と彼女は続けた。「だけど、そのまえに気絶しちゃった。あの粉がもっと欲しければ、どこで手に入れればいいか。それはあなたが知ってる」

粉とはカプセルふたつ分の粉で、ケラーはカプセルを砕いて、その中身を紙切れに出して折りたたみ、打ち合わせどおり、その日の午後、カリーナに会って渡したのだった。そのとき、粉の使用法も彼女に説明していた。それよりまえに渡していれば、彼女はきっとことを急ごうとしていただろう。それはケラーが望むところではなかった。

「もうバタンキューよ」と彼女は言った。「見て。猿みたいに毛深いの、この人。わたし、もう少しでやりそうになっちゃった。何をやりそうになったかわかる？」

「なんだい？」

「顔の上に枕を置きそうになったの。起きたらどうしようって思ったのよ。でも、もう起きないわね。死んだように眠ってる。顔の上に枕を置いとけば、きっとずっとそのままよ。そしたら、あなたは手間が省ける。ちがう？」

『サテンドール』だ、とケラーは思った。デューク・エリントンと彼のオーケストラの『サテンドール』――今流れている曲はそれだ。

彼は言った。「自制してくれてよかった」

「どうして？　それでもあたしはあなたに同じ額を払ったわ。魔法の粉をくれたのはあなたなんだから」

「きみは自然死に見せかけたいんだろ？」

「だから？　呼吸は止まってて、心臓も止まってて、彼は死んでる。それ以上に自然な死なんてある？」

「眼球に点状出血が残るかもしれない」

「眼から血が出てるからって、なんなの？　死んでたら、そんなもの、痛くも痒くもないんじゃない？」

「警察が見つける」と彼は辛抱強く言った。「それで、彼が窒息死させられたことがすぐにばれる」

「うわっ。最悪」と彼女は言った。「『ＣＳＩ』みたいに？」

「まあ、そんなところだ。警察は誰に疑いをかけると思う？」

「うわっ。最悪。やらなくてよかった」

「おれもそう思う」

「じゃあ」と彼女は言った。「どうやって自然な死に見せかけるの？」

彼はすばやくベッドの脇に移動し、ポケットからステーキナイフを取り出した。そして、マイケル・カーモディの二本の肋骨のあいだにナイフを沈め、心臓をひと突きした。ベッドの上で体が一瞬びくっと震え、両手が一インチほど浮き上がった。が、すぐに動かなくなった。

「うわっ、何するの！」

「まあ」とケラーは言った。

「あなた、殺しちゃったじゃないの。いとも簡単に」

「これできみは金持ちの未亡人だ。それがきみの望んだことだ、だろ？」

「でも、刺し殺すなんて！　ナイフの柄がそこ、彼の体に立ってる！」

「いい指摘だ」ケラーはそう言ってナイフを引き抜いた。刃にはほとんど血はついていなかった。

「でも、警察がこの傷に気がつかないとでも思うの？　これがどうやったら自然死に見えるのよ？」

「ああ、それはいい質問だ」ケラーはそう言うと、彼女に手を伸ばした。

31

船は朝食のまえにエヴァーグレーズ港に到着し、乗客は九時から下船を許された。ケラーとジュリアはクルーズ・ターミナルで自分たちの荷物を引き取って、タクシーに乗った。空港には飛行機の出発時刻の三時間前に着いた。

コーヒーを飲む場所を見つけると、ジュリアが言った。「あなたは何も言ってないし、わたしも何も訊いてない。でも、今訊くわね。終わったのよね?」

「ああ、終わった」

「話を聞きたい気持ちもあるけど、今は聞きたくない。いい?」

「ああ」

「ジェニーに会いたいわ。頭がおかしくなりそうなくらい会いたい。そういう気持ちをしばらくわざと隅っこに追いやってたような感じだったけど、会いたくてたまらない。でも、今はもう船から降りていて、数時間後には家に帰れるわけだから、会いたいって意識しても大丈夫よね。ほんと、会いたくてたまらない」

「おれもだ」

「いい人たちだったわね。ロイとマート」

「とてもいい人たちだった」

「ロイには切手だけじゃなくていろんな面があった。もちろん、それがきっかけで仲良くなったけど、彼はほかの面でも面白い人よ。でしょ？」

「そのとおりだ」

「また会いたいわね。いつか会えるかしら」

「彼らのEメールアドレスはわかってる」

「彼らもわたしたちのEメールアドレスを知ってる。でも、昨日の夜、みんながアドレスを交換し合ってるのを見た？　あの中で何人が実際に連絡を取ると思う？」

「おれたちはちゃんと連絡を取るようにしよう」と彼は言った。「いつかまた一緒にクルーズ旅行に行くのも悪くない」

「そのときはジェニーも連れて」

「もちろん」

「それに、今度は――」

「仕事はなしだ。もちろん」

「愉しい旅になりそう。さて。わたしは今から新聞を読むわね。新聞には何も載ってないわよね？　もちろん載ってるわけがない。まだ早すぎるものね。ハニー？　この話はまたあとで」

「わかった」

「わたしの心の準備ができたら」

「ああ」

ケラーはニューオーリンズの空港がまえから好きだったが、ルイ・アームストロング（〝ルイ・アームストロング・ニューオーリンズ国際空港〟が正式名）の名前がつけられていることがその主な理由だった。オヘア（シカゴの空港の名前）が誰なのか知らないが、その人物が傑出したトランペット奏者とも思えない（オヘア空港の名は第二次世界大戦で武勲を上げた海軍のパイロット、エドワード・オヘアに因む）。そういうことを言えば、ケネディも、ラガーディア（米国の政治家。第九十九代ニューヨーク市長）も。カリフォルニアのオレンジ郡にはジョン・ウエインに因んで名づけられた空港があり、これは悪くない。カリフォルニアにはバーバンクにボブ・ホープという名前の空港もある。それでも、ニューオーリンズが一番だとケラーは思う。

彼らは空港からウォーリングズ家に車で直行した。ドニーはまだ仕事から帰ってきていなかったが、クローディアと子供たちは家にいた。娘の姿を見た瞬間、ケラーの中で何かが解けた。きつく巻かれていたとは自分でも気づいていなかった何かが。彼はジェニーを抱き上げ、彼女の口から矢継ぎ早に繰り出されることばを聞きながら、満足げにうなずいた。実際、そのことばのいくつかは理解することができた。

クローディアはコーヒーをいれると、クッキーを皿にのせて出してくれた。ジュリアはバッグを開け、昔の喜劇によく出てくる気前のいいおばさん役を演じて、みんなにプレゼントを配った。クローディアはブラウスを受け取り、絶対に大事にすると言った。ドニーへのお土産には、ジュリアは無人島を描いたアロハ風のスポーツシャツを用意していた。

「着てもらえるかどうかわからないけど」

クローディアは言った。「冗談でしょ？ 気に入るに決まってるじゃない。それでいて自分では絶対に選んで買わないような服よ。むしろ脱がせるのに苦労するかもしれない」

子供たちにもそれぞれお土産が行き渡り、みんな満足しているように見えた。ケラーたちは相手に無礼にならない程度に急いでジェニーの身支度を整え、家路についた。

ドットにはフォート・ローダーデールの空港で時間を見つけて連絡してあった。ひとつかふたつのあいまいなセンテンスで、仕事がうまくいったことを伝え、祝いのことばを受けたら電話を切った。家に帰ると、一週間分の郵便物の整理が大変だった。彼がひいきにしているディーラーのひとりから新しいリストが届いていた。そのリストでは十ページにわたってポルトガルとその植民地の切手が紹介されていた。およそ優先度の高い郵便物とは言えなかったが、ケラーとしては切手から一週間も離れていたわけで、それには抵抗できなかった。一八九九年にロレンソ・マルケス（モザンビークの首都、マルトの旧称）で発行された四枚組の加刷切手を丸で囲んでいると、ジュリアが部屋にはいってきた。彼は視線を上げ、彼女の顔を見た。

「ネットで記事を見つけたわ」

「それで？」

「単純明快な話だった。アメリカ人の夫婦、マイケル・カーモディ氏とその妻が船内の部屋で遺体で発見された。二件の殺人事件。彼は刃物で一回刺され、彼女のほうは複数回刺されていた。室内には荒らされた跡があって、強盗が目的だったと見られる。犯人はその部屋のスペアキーを現場に残していた。そして、カードキーがひとつ、フロントからなくなっていた」

ケラーはうなずいた。当然、警察はそう考えるだろう。

「凶器も現場に残されてた。ステーキナイフで、そのことから厨房か食堂のスタッフが犯人であることが推測される」

「彼らがそう考えるのは自然なことだ」

「ええ」彼女は腰をおろしており、両手を体のまえの机の上に置いてゆるく握り、じっとその手を見ていた。「あなたがそんなふうにやらなくちゃいけないのはわかってた。でも、それはナイフのことじゃないわ。やり方なんて考えもしなかった。でも、ふたりとも殺すことはわかってた」

「実際のところ、おれに選択の余地はあまりなかった」

「ええ」

「おれがいる部屋に彼女がはいってきた瞬間にほぼ決まってた。真夜中に甲板で会ったとき――」

「午前二時？」

「そんなところだ。彼女が自分の望みを言ってきたとき、おれはその場ですぐに彼女を片づけようかと思った。さっと息の根を止めて船の外に投げ捨てようかと」

「彼はあとで始末しようと？」

「方法が見つかればね。でも、おれが決めたのは、最後の夜まで待つのが最善策だということだった」

「そうしてふたり一緒に片づける」

「そうだ」

ジュリアはそのことについて少し考えてから言った。「彼女が思ってたとおりのことをあなたがやったとしたら、つまり、彼の死を心臓発作に見せかけてたとしたら――それも可能だった？」

「とりあえずやってみることはできただろう。でも、優秀な検視官の眼はごまかせなかっただろう。それに、被害者は法廷で重要証人になる男で、しかも、船が出航した初日にボディガードふたりも倒れてるわけだからね」

「そのうちのひとりは死んじゃったし」

「それは知らなかったな」

「記事に載ってたわ。もうひとりはまだナッソーの病院に入院してるみたいだけど。単なる偶然の一致——初期の報道に関するかぎりでは、ただ単に不運なクルーズだったことを示す証拠ということになってる。警察にはふたりの男の身に起きたこととカーモディ夫妻殺害事件との関連はわかっていないから」

「そのうちわかるだろう」

「彼が死んで、彼女が死んでなかったらね。その場合、彼女は尋問されることになる」

「ああ」

「そして、泣き崩れて自供することになる」

「そうなるのには二時間もかからないだろうね。おれの意見を言えば」

「もし心臓発作で通ったとしても——でも、通らない。でしょ？」

「もしそれが正真正銘の心臓発作だったとしても」と彼は言った。「彼女は結婚したての若妻で、セミプロの娼婦と言ってもいい女だ。警察は徹底的に彼女を尋問するだろう」

「ええ、当然よね。そして、彼女はあっというまにあなたの名前を自供する。だから、疑問の余地はない。あなたはふたりとも始末せざるをえなかった。でも、複数回の刺し傷というのは？」

「一回目の傷で彼女は死んだ」と彼は言った。「ほかのはただの見せかけだ」彼女は顔を上げて言った。「そのことにどんな意味があるにしろ」彼女は顔を上げて言った。「ああ、わたしったら何をごちゃごちゃ言ってるのかしら？　彼女は骨の髄まで腐ってて、自分の夫を殺してもらおうとした女よ。なのに、なんで彼女の死に悩まされなくちゃいけないの？　彼女が女だから？　女だと状況が変わるの？　わたしったらもう」

彼は何も言わなかった。

「彼らはふたりともろくな人間じゃなかったし、ボディガードのふたりも残忍な悪党だった。わたしは彼らの何を気にしてるのかしら？　あなた、わかる？」

「きみ自身、そこにいたことを気にしてるのさ」

「そのとおり。わたしはそこにいた。もし家にいて、あなただけが飛行機でどこかに行って戻ってきて話を聞くのだったら、あなたとベッドにはいるのが待ちきれなくなってるところよ。でも、現実のわたしは少し吐き気がしてる。わたしはその場にいただけじゃないのよ、ダーリン。それに関わりもしたのよ。あなたにカードキーを渡したんだから」

「確かにそうだ」

「それって共犯になる？　もちろん、なるわよね。法的に、という意味じゃなくても。そんなことは気にしてないから。ただ感じ方の問題よ。何か解決法はある？　この気持ちを消す方法は」

「シャワーを浴びることだ」

「真面目に言ってる?」

「真面目に言ってる」

彼女は部屋を出てシャワーを浴びにいった。ケラーはまた価格表に眼を戻したが、なかなか集中できなかった。彼女が髪を白いタオルに包み、バスローブを着て部屋に戻ってきたときもまだそこに坐っていた。

彼女は言った。「シャワーがなんの役に立つのかわからなかったけど、確かに少し気分がよくなった。あなたも起きたことを忘れるために、仕事のあとでやることがあるんじゃなかった?」

そのエクササイズは昨日の夜、眠りにつくまえにすでにすませていた。彼は今、そのやり方を彼女に説明した。殺した相手のイメージを思い浮かべて、そのイメージに精神を集中させ、あとは心の〈フォトショップ〉に仕事を委ねる——画像を小さくして色を消し、遠いところへ追いやる。そうすれば、やがて不明瞭な灰色の点になり、最後にはすっかり消えてなくなる。

「むずかしいわね」と彼女は言った。

「練習すれば簡単にできるようになる」

「そう。だったらやってみるわ。それと、この一週間はいつもよりたくさんシャワーを浴びるようにする。でも、こんなことは二度とごめんだわ」

「ああ」

「あの場にいたことは後悔してないの。これはあなたの仕事だし、あなたがそれをやってるぶんには平気よ。正直に言えば、嫌というよりどちらかと言えばむしろ好きだし。それに、その仕事がどんなものか、どんなふうに感じるものなのかは知っておいたほうがいいとも思う。今まではわからなかったことがこれでわかった」

「でも、一回で充分だ」

「一回でたくさん。あら、価格表を見てるの？　〝ポルトガルとその植民地〟。欲しい切手は見つかった？」

「いくつかね」

「それはよかったわ」と彼女は言った。「ロレンソ・マルケスって何？　どこにあるの？」

「モザンビーク」

「へえ、そんなところにあるの。オリジナルの切手が発行されてるの？」

「一九二〇年以降は発行されてないけど」

「何事も永遠には続かないのね。今からわたしがしようと思ってること、何かわかる？　心のイメージを小さくして灰色にすること以外に。マート・ハイセンダールにメールしようと思うの。連絡を途絶えさせないように。小型船で行くトルコのリヴィエラのクルーズなんてどう？　ジェニーは気に入るかしら？」

「当ててみよう、それってマートが言ってたことだろ」

「そうかも。でも、わたしとあなたは気に入ると思うし、ロイは自分が集めてる切手がどこから来たのかその場所を見ることができる。ねえ、わたし、大丈夫みたい」

「そのようだね」とケラーは言った。

ケラーの副業　*KELLER'S SIDELINE*

32

「気がかりなことがあるのよ」とドットは言った。「先週末、デンヴァーに出かけたんだけど」

「デンヴァーがどうかしたのか？」

「どうもしないわ」と彼女は答えた。「〈ブラウン・パレス〉の文句のつけようのないすばらしい部屋を取ったのに、その部屋では寝なかったことを除くと」

「不眠症にかかった？」

「不眠症にかかったことなんて、わたしは一度もないわ、ケラー。わたしの睡眠を妨げるものなんてこの世に何ひとつないの。それって罪のない生活を送る利点のひとつね。ちゃんと眠ったわよ。予約したホテルの部屋ではないところで。お願いだから、それ以上は訊かないで」

「だったら訊かないよ」

「淫らな週末《ダーティ・ウィークエンド》を過ごしたってわけ。デンヴァーまで行って見ず知らずの男と寝たのよ」

「ほう」

「それだけ？　〝ほう〟だけ？　この話に関してあなたが言いたいのはたったそれだけ？」

「〝訊かないで〟と言ったのはきみだろうが」

「それはことばの綾《あや》ってものよ、ケラー。もしほんとうに訊かれたくなかったら、そもそもこの話を持ち出したりしないわ」

「まあ、そうだろうな」

「ほんとうはこの話の一部始終を訊きたくてうずうずしてるくせに。ちがう？　わかった。わたしと彼は〈ジェイ・デート〉で知り合ったの。〈ジェイ・デート〉ってなんだか知ってる？」

「聞いたことはある」と彼は言った。「インターネットの出会い系サイトだろ？　でも、それってユダヤ人向けのサイトじゃなかったっけ？」

「だから？」

「きみがユダヤ人だったとは知らなかった」

「こんなふうに考えてちょうだい、ケラー」と彼女は言った。「スチュアート・リヒトブラウが六十二歳だっていうより、わたしがユダヤ人だっていったほうがよほど信憑性がある」

「なるほど」

「男やもめなのよ」と彼女は言った。「奥さんを亡くしたのは六十一歳のときみたいだけど、それって十五年前の出来事にちがいないわね。そのあと数ヵ月は喪に服して、さらに数ヵ月かけて代わりを探したんだけど、独身でいるほうが愉しいことに気づいたのね。それ以来、彼はセックス三昧の老後を過ごしてるってわけ」

今度はケラーも〝ほう〟とは言えなかった。しかし、ほかになんと言えばいい？　彼はかわりに愉しかったのかと尋ねた。

「イエスともノーとも言えるわね」と彼女は言った。「彼はもう引退してるんだけど、以前はチェーン店のレコード屋を経営してたそうよ。人々がまだレコードを買ってた時代にレコードを売ってたのね。今はオーロラ（コロラド州デンヴァー付近の都市）に住んでる。壁に囲まれたコミュニティの中のタウンハウスに。でもって、テニスコートサイズのベッドを持ってるわけ。賭けてもいいけど、あなたが切手にかける以上のお金をつかって、彼はバイアグラを買ってる。わたしの知らない技巧をいくつか教えてくれたけれど、それを知ったからといって、わたしの人生がさらに豊かになったとも思えない。食事もおいしかったし、ワインも値の張るものだったし、それに彼はわたしを淑女のように扱ってくれた。それなのに、わたしは何を考えてたと思う？　早く家に帰りたくてしかたなかった」

ケラーは少し考えてから言った。「で、気がかりなことというのは？」

「気がかりなこと？」

「先週末、デンヴァーに行ったら気がかりなことがあった。そう言ったのはきみだったと思うけど……」

「そう、そうだったわね。わたしがデンヴァーにいるときに片づけることもできた。ただそれって言うまでもなく、あなたの仕事であって、わたしの仕事じゃない。でも、なんだか皮肉じゃない。わたしがデンヴァーに行って帰ってきたと思ったら、今度はあなたがデンヴァーに行かなくちゃならないなんて。まあ、それはあなたがこの仕事を引き受ける気になったらの話だけど」

「仕事があるのか」

「ええ、もちろんそうよ」と彼女は言った。「それ以外の理由でどうしてあなたに電話するの？　ユダヤ人のセクシーなお爺ちゃんとベッドをともにしたことを報告するために、わざわざあなたに電話したりすると思う？」

電話をかけると、女が出た。ケラーは言った。「ミセス・ソダリングですか？　私はニューオーリンズのニコラス・エドワーズです。先週、お話をさせてもらった者です」

「ええ、覚えてますとも、ミスター・エドワーズ」

「まだ切手がお手元にあるといいんですが」

「もちろん、ありますとも。あなたのほうこそまだこちらの切手にご興味をお持ちだといいのだけれど。お会いできるのは来月の中頃でしたよね」

「それがその予定を前倒しすることはできないかと思いまして」と彼は言った。「来週の初めにお宅のある地域の近くまで行くことになったんで、お宅にお伺いするのを今週の金曜日に早められないかと思って。そちらのご都合さえよければ」

彼はそれから二、三分、話を聞きながらメモを取り、最後に別れの挨拶を交わして電話を切った。ジュリアはキッチンにいた。旨そうなにおいのする鍋の中身を掻きまわしていた。

「今週の金曜でも大丈夫だった」と彼はジュリアに言った。「彼女の夫のコレクションはまだ手つかずのままだそうだ。おれがまだ関心を持ってることを知って喜んでたよ」

「彼女はデンヴァーに住んでるの？」

「シャイアン（ワイオミング州の南東部にある州都）だ。正確にはシャイアンの郊外。家までの行き方を教えてくれた。まあ、レンタカーにもカーナビはついてるだろうが」

「デンヴァーまで飛行機で行って、そこから車でシャイアンに向かうわけね」

ケラーは首を横に振った。「いや、飛行機でシャイアンまで行く。もっとも、たぶんデンヴァーで飛行機を乗り換えなきゃならないが。シャイアンからは車でデンヴァーにいったん戻り、また車でシャイアンに戻る。そこから飛行機に乗って家路につく」

「デンヴァーでまた飛行機を乗り換えなくちゃならないけど」

「そうだね」

「誰かに訊かれたら、飛行機でシャイアンに行って切手のコレクションを買い、シャイアンから飛行機に乗ってまっすぐ家に戻ってきたって答えられるために。デンヴァーについては？　デンヴァーでは飛行機を乗り換えただけだって言えるために」

「そういうことだ」

「そんなところまでわざわざ出かけていくほど価値のあるコレクションなの？」

「それは見てみないとわからない」と彼は言った。「でも、せっかくの機会だからね。まえから行ってみようとは思ってたんだ」

「ドットが電話を寄こすまえから」

彼はうなずいて言った。「ミセス・ソダリングの夫は何十年も切手を集めていた。切手の専門雑誌を何冊か定期購読してもいたし、アメリカ郵趣協会の終身会員でもあった。心臓発作で亡くなったときには、ソファに坐って〈リンズ・スタンプ・ニュース〉の最新号を読んでいたそうだ」

「そんなふうにあの世に逝くのも悪くないわね」

「ミセス・ソダリングは夫が亡くなるのを見ていた。そこのところはあまり愉しくなかっただろうが。いずれにしろ、夫を埋葬してから、彼女のところに手紙が届くようになった。〝悲しみに暮れておられるときに大変無礼なことを申し上げるようですが、私どもにはあなたのご主人さまの切手をできるだけ高く売る手配をして差し上げることができます〟」

「ハゲタカ」とジュリアは言った。

「最初の手紙が届いたときには嬉しかったそうだ。自分ひとりでもそういう相手と取引きはできるだろうし、それで終わりになると思ったからだ。でも、次々とひっきりなしに手紙が届くようになると、まちがってあくどい切手ディーラーと取引きしてしまわないかと心配になった。みんながみんな彼女の家に慌ててバイヤーを送り込もうとしたせいで、少しばかり疑い深くもなった」

「だから連絡してこなかった人を選んだのね」

「それがおれだ」と彼は言った。「ミセス・リックスを覚えてる?」

「オーデュボン・パークの近くに住んでる人?」

「そうだ」

「シャイアンのその人はミセス・リックスの友人なの?」

「いや、会ったことは一度もないそうだ」

「でも、ニューオーリンズ出身ではあるのね?」

「ニューオーリンズに来たことさえない」

「だったらどうして——」

「伝言ゲームという子供の遊びを知ってるかい? 部屋にいる子供が次々と伝言をまわしていくと、途中で話がこんがらがってしまう」

「子供の頃、よく遊んだわ」と彼女は言った。「でも、確か、思ったような結果には決してならなかった。話がこんがらがることはなかった。部屋の端から端まで伝わっても話はまったく変わらなかった」

「まあ、そうだな」と彼は言った。「ミセス・リックスの伝言でも同じことが起こった。で、その伝言は、切手を買ってくれる、ニューオーリンズ在住のその青年は全面的に信用できるというものだった」

「思い出した」とジュリアは言った。「あなたはミセス・リックスの切手を買った。でも、その切手はあなたが思ってた以上に価値のあるものだった。で、あなたは高く売れた分を小切手で彼女に払った。彼女にしてみたら、それはもう思いがけないことだった」

「そのときにはそうすることが正しいことに思えたんだよ」と彼は言った。「でも、そのことを彼女がみんなに触れまわってるとは夢にも思わなかったな」

「これが価値あるものだということはわかっています」とエディス・リックスは言った。そう言って、はしごの形をした背もたれのある椅子に浅く腰かけ、澄んだ青い眼をケラーに向けた。ふたりのあいだにはコーヒーテーブルがあり、そこには未使用の切手シートを収める専用のアルバムが三冊置かれていた。

テーブルの上には二客のボーンチャイナのカップに注いだコーヒーと、それとそろいの皿に盛ったショートブレッド・クッキーもあった。コーヒーは濃く、チコリの香りがした。

クッキーは彼女の手製のものにちがいなかった。

「主人が子供の頃」と彼女は言った。「主人の父親がこれはまちがえようのない安全な投資法だと気づいたそうです。仲介者に手数料を払わなくてもいいし、投資したお金は守られているし。なんといっても政府が保証してるんですから」

ケラーにはすでに話の方向が見えていた。「ご主人は切手を郵便局で買ったんですね」

「そうなんです！　シートごと買って、それをそのまま完璧な状態に保てる特別な紙にはさんでこのアルバムに収めていたんです」

グラシン紙のあいだにはさんで、とケラーは思った。

「――そうやってアルバムをきちんと保管していました。何年も定期的に郵便局にかよっては買っていました。そのあとその趣味はやめてしまったんですが、折りにふれてわたしにも切手を見せてくれました。古くは一九四八年の切手にまでさかのぼれます。主人の父親が切手の蒐集を始めたのがその年なんです」

それはつまり、とケラーは思った。第二次世界大戦が終わってから数年後、国じゅうの人々がアメリカの未使用切手は絶対に損をしない投資だと思った年だ。

「でも、今はもう主人も亡くなってしまいました」と彼女は言った。

「改めてお悔やみ申し上げます」

「亡くなってからもう五年近くになります」と彼女は言った。「切手のことはずっとどうしようか考えてたんです。わたしたちに子供がいたら、今になって切手を売ろうなんて思いもしなかったでしょう。子供に譲ればいいんですから」

「それは理想的ですね」とケラーは言った。

「わたしは子供をひとり亡くしたあとはひとりも授からなかったんです。姪がひとりに甥が何人かいるけれど、それほど親しくしているわけじゃありません。わたしもお金がどうしても必要なわけじゃない。でも、このまま何もしなかったら、わたしに何かあったときに切手はいったいどうなってしまうのか」

時計が鳴った。ふたりはオーデュボン・パーク東のハースト・ストリートに面した大きな三階建ての家にいた。ケラーは眼のまえのアルバムを手に取って開くこともできた。が、そうするように勧められるまで待ったほうがよさそうに思った。それに取り立てて急ぐ必要もなかった。そこにどんな切手があるのかも、そのあとどんな話になるのかも、ケラーには容易に想像できた。

「切手を売買することを商売にしている人がいることは知っています」と彼女は言った。「一度イエローページで調べたんです。でも、それ以上のことはしませんでした。だって、どういう人を信用すればいいのか、そういう判断ってむずかしいでしょ?」

「ご主人は切手ディーラーと取引きしたことは一度もなかったんですか?」

「ええ、ありません。主人も主人の父親も切手はもっぱら郵便局で買ってたんです。だからどうすれば騙されずにすむか、ほんとうにわからなくて。そんなときに友達と話していて、ルサード家のお嬢さんが、古い切手のコレクションを買うことに興味を持っている青年と結婚したと誰かが言ってたって、教えてくれたんです。それで……」

彼女は何年もまえに亡くなったジュリアの母の同級生だった。それだけのつながりしかなくても、ケラーのことを自宅に招いてコーヒーとクッキーをごちそうしてもいい類いの人物だと思ったらしい。行儀がよく、ことばづかいもおだやかで、彼女の遺産をかすめ取ろうなどとはつゆ思わない男だと。

実際、そのとおりだったが、彼としてはこのあと彼女を落胆させるようなことを告げなければならなかった。

33

切手を商売にすることを提案したのはジュリアだった。

その日、ケラーは一日じゅう建築工事の現場で働いて家に戻った。石膏板を十時間も組み立てていたせいで、筋肉が悲鳴をあげていた。おまけに仕事仲間のラジカセから流れてくるサルサ音楽を十時間も聞かされたせいで、頭もずきずきしていた。夕方に現金でもらったその日の賃金の二十ドル札三枚と五ドル札一枚をキッチンのテーブルの上に置くと、彼はそこに突っ立って稼いできた金をじっと見つめた。

「バスルームまで連れていってあげる」とジュリアは言った。「あなたはもうくたくたでしょうから」

風呂にはいると、いくらか疲れはとれた。キッチンに戻ると、四枚の札はまだテーブルの上に置かれたままだったが、ありがたいことにそこにコーヒーが添えられていた。「体が鈍《なま》ってしまってるんだね」と彼はジュリアに言った。「昔はドニーと一緒に日が昇ってから沈むまで働いてもなんともなかったのに。まあ、さすがに働きづめの長い一日のあとは疲れたけれど、こんなふうにくたくたになることはなかった」

「体が慣れてなかったからよ」

「そのとおりだ」彼はしばらく考えてから言った。「それに事情も変わった。あのときは自分たちのビジネスのために働いてた。だから、何かしら達成感のようなものがあった。でも、今は一時間に六ドル五十セント稼ぐために働いてるだけだ」

「そもそもあなたはそんなことをする必要なんてないのに」

「ドニーがおれも雇うように口を利いてくれたんだ。どうやって断わればいいのかおれにはわからなかった。ドニーは親切でそうしてくれてるのに、それをむげに断わるような真似はできない」

「何かしら方法はあるはずよ」と彼女は言った。「こんなことをいつまでも続けたくはないでしょ？　それともこのままでいいの？」

「もう少し続ければ体も慣れるだろうが。でも、こんなことをする意味があるんだろうか？　金に困ってるわけじゃないのに」

「そうね」

「それに体が慣れても、頭はどうだか。現場にいるのはほとんどがヒスパニック系なんだ。それはかまわない。もっとも、会話をする機会はかぎられるけれど。それでも、彼らが好きな音楽とその音量には――」

「わかるわ」

「ドニーになんと言えばいい？　〝ありがたいけれど、おれには外国の銀行に預金がうなるほどあるんだよ〟とでも」

「そんなこと言えやしない」

「〝それに仕事の依頼の電話が時々かかってきて……〟。そう、これも彼に言えるわけがない」

ふたりはそのあともどうすればいいのか話し合った。次の日の午後、ケラーが切手の作業をしていると、ジェニーのあとからジュリアも部屋にはいってきて、ケラーがマウントを切っているあいだはずっと黙って立っていた。が、彼が顔を起こすと、彼女は言った。「考えたんだけど」

「何を？」

「あなたには仕事が必要なわけよね」

「そうなのかい？」

「何かあればいい」と彼女は言った。「あなたはハンマーを振りまわさなくてもいいことをドニーが納得してくれるような仕事が何かあればいいわけよ」

「それはそのとおりだ」と彼は同意して言った。「ドニーだけじゃない。おれが何をしてるのか疑問に思う連中はほかにも大勢いるだろうから」

「この市《まち》にはそれほどいないけど。ニューオーリンズというのは、何もしていないように見える人の多い市《まち》だから。でも、わかりやすい収入源があるというのは悪くない」

「おれもそう思って考えてみたんだが」と彼は言った。「仕事にするほど詳しく知っていることなんておれには何もない」

「あなたは切手についてはすごく詳しい、でしょ？」

「だから、切手なら商売にできる？」ケラーはしばらく考えてから顔をしかめて言った。「おれの知ってる切手ディーラーはいつも休みなく働いてる。それに定期的にちょっとしたセールをしたり、注文に応じたりしてる。そんな細々《こまごま》としたことを全部やってるわけだ。おれにそんなことがうまくやれるとは思えない。おれは切手を買うのは好きだが、切手を商売にするとなると、切手を売るのも愉しいことに思えなきゃいけなくなる」

「切手を買うのが好きなのなら、それを仕事にすることはできない？」

彼は手を伸ばし、眼のまえの机の上に置かれたアルバムを最初に指差し、それからその指を本棚の二段の棚にぎっしり並んだアルバムに向けて言った。「それならもうやってる。そういうことに手間も時間もだいぶかけてるけれど、だからといって、それをビジネスとはとうてい呼べない」

「あなたはわたしの友達のシーリア・カトロンに会ったことはなかったかしら？彼女はウルスラ高校でわたしより一年下で、あの頃は痩せっぽちだったけど、今じゃずいぶんと肥ったわね。そうそう、あなた、会ったことがあるわ。彼女、ドニーとクローディアのバーベキュー・パーティに来てたもの」

「きみがそう言うなら」

「彼女は大きな老犬を連れてきていて、あなたは彼女と犬の話をした」

ケラーも思い出した。行儀よくしつけられたグレート・ピレネーを連れてきていた、眼の大きな丸顔の女性だ。彼女と話しながら、彼はニューヨークにいた頃、しばらく飼っていたオーストラリアン・キャトル・ドッグのネルソンのことを思い出していたのだった。散歩係が彼のもとを去ったときに一緒に連れていってしまった犬のことを。

「あのとき、切手の話はしなかった」と彼は言った。「それともしたのかな？」

「たぶんしてないでしょうね。彼女は切手蒐集家でもなんでもないもの」

「そうか」

「彼女はアンティークを売り買いする仕事をしてるんだけど、お店もないし、eBay《イーベイ》に商品リストを載せてるわけでもない。彼女はいわゆる〝ピッカー〟というやつよ」

そのことばは彼も聞いたことがあった。ガレージセールやリサイクルショップをまわって商品を集め、それを小売店に転売する。それが〝ピッカー〟だ。

「それならできるかもしれない」と彼は言った。「そう、そういう仕事なら、まずこの界隈の新聞に期間限定で広告を載せればいい。無料で配ってる新聞に」

「そういうのをタウン誌っていうのよ。そうそう、〈クレイグスリスト（地元の情報を交換するためのインターネットのコミュニティサイト）〉も忘れないで」

「〈クレイグスリスト〉も無料だっけ？　広告のことだけど。まあ、タウン誌に広告を載せてもべらぼうに高くつくわけでもないだろうが」

「そうすればあとは口コミで広がる」と彼女は言った。「〝ヘンリーが何年もまえから持ってた古い切手のコレクションがあったでしょう？　それが、親切な若者がやってきて、あの切手を高い値段で買い取ってくれたの〟」

「〝ルサード家の娘と結婚した男は、ヤンキーにしてはびっくりするほど礼儀正しい〟」

「口コミ」と彼女は言った。「まさにニューオーリンズのスタイルね。好きなだけ広告を載せてもいいけれど、その話を人々がするようになったら、あなたはもうその業界の人よ」

彼はしばらく考えた。店を開くのとはちがって準備費用はそれほどかからない。それでも……

「でも、どうだろう」と彼は言った。

「自分が愉しめるかどうか心配してるの？」

「いや、充分愉しめると思う。ただ、心配なのはどうすれば儲かるのかわからないことだ。誰も騙《だま》したくはない。でも、ディーラーに切手を売っても高額な値段はつけてもらえないだろう。時間をいくら注ぎ込んでも、それでもどうにかこうにか赤字にならない程度しか稼げないだろうな」

「いったい何に時間をいくらでも注ぎ込むの？」

「車で走りまわって、他人の切手を見てまわることに」と彼は言った。「そのあともその切手を何度か見て、どの切手を買うのか、その価値はどれほどなのか、それを誰に売るのが一番いいのか考えなきゃならない」

「そういったことを何時間もかけてするのに、その手間賃として目腐れ金しか稼げない」

「目腐れ金」と彼は言った。

「そんなふうに言うんじゃない？」

「いや、きみがそんなことばを口にすると、なんだか妙に聞こえる。でも、そうだ、目腐れ金という表現がぴったりだ。おそらくそれぐらいしか稼げないだろう」

「だから？」

ケラーは顔を上げて彼女を見た。即座に合点がいった。

「おれには金を稼ぐ必要はない」と彼は言った。「そういうことか？」

「そのとおり。お金ならもう充分あるんだから。それにドットから時々電話がかかってくるたびに、お金はさらに増えていくんだから」

「おれがやらなきゃならないことは」と彼は言った。「仕事をしているように人に思わせることだ。副業が必要だけど、それは必ずしも儲からなくてもいい。損をしたとしても、それはそれでかまわない。いや、実際に儲けがあろうとなかろうと、純利益があったことにして申告すればいい。いくらかの税金で、それでみんなが幸せになれる」

「ヤンキー精神の持ち主にしてはものわかりがいいのね」と彼女は言った。「男の人のそういうところって尊敬しちゃう」

34

ケラーはハースト・ストリートの家の応接間に腰を落ち着け、未使用の切手シートを収めたアルバムをできるだけ時間をかけて見た。中身は予想していたとおり、郵便局で販売された記念切手のシートだった。一九四八年のものから、ジェームズ・ホートン・リックスが郵便局に定期的にかようのをやめた一九六〇年代初めまでのものがあった。

それがコレクターの名前だということは、ケラーを自宅に招いた夫人の名前がエディス・ヴァス・リックスで、彼女の夫の名前は正式にはジェームズ・ホートン・リックス・ジュニアながら、父親と区別するためにホーティと呼ばれていたこととともに、夫人から教わった。ホーティには傲慢《ホーティ》なところはまったくなかったということも。

ミセス・リックスは表情豊かにおだやかに話す女性で、さほど注意して聞いていなくても、彼女のことばはすんなりと心地よく頭にはいった。見るかぎり、アルバムの中の切手は三セントの記念切手だけだった。封書の郵便料金は四セントに値上がりするまで、長いこと三セントだった。

「いい状態の切手です」と彼は言った。

「ずっとこの三つのアルバムに収められていて」と彼女は言った。「誰も一度も直接触れていませんから」

それはニューオーリンズの気候ではなんの保証にもならない。ケラーはそのことを知っていた。微生物や白かびはしっかり閉めた鞄の中にもはいり込む。未使用の切手シートが収められているグラシン紙のあいだにさえ。

「その時代にはそういう投資がいい考えに思えたんでしょう」彼は切手シートから眼を離さずにおだやかに言った。「でも、誰も気づいていないことがあった」

「ええ？」

「郵便局に切手を買い取ってもらうことはできません」と彼は言った。「切手はお金とはちがって手紙を出すことにしか利用できない」

ケラーは彼女を見つめた。幸せそうな顔はしていなかったが、まったく知らなかったという驚いた顔もしていなかった。彼はこれまでにも話したことのあるその仕組みを説明した。切手は確かに政府が発行しているが、通貨とはちがう。切手は政府がサーヴィスを提供するために発行した証紙だ。だから、その意味において期限が切れることはない。一九四八年に買った切手は六十年後も手紙を出すのに利用できる。

「もちろんインフレになって」と彼は言った。「郵便料金は値上がったけれど」

「毎年上がってるみたいだけど」

それほど頻繁ではないが、そんなふうに思えても不思議はなく、ケラーは同意して赤い切手シートを指差した。その切手には中央に青年の顔、その両側に星が並んだ旗が描かれていた。一方の旗の星は比較的まばらだったが、もう一方の旗はその数がかなり多かった。

「この人物はフランシス・スコット・キー（合衆国国歌の作詞者）」と彼は言った。「左の旗は、一八一二年から始まった米英戦争でのマクヘンリー砦の攻防戦のときに、砲撃を受けてもなお振られていた旗を描いたものです。そのことを詩にしたのがキーです」

「それが国歌になった」と彼女は言った。

「旗に星は十五しか描かれてなかった」と彼は言った。「その当時は十五州しかなかったから。もう一方の旗には四十八の星が描かれています。アラスカとハワイが州として認められて五十州になるのは一九五九年になってからのことです。それもまた一種のインフレかな。でも、この三セントの切手が発売されたときには、これ一枚で手紙が出せたけれど、今は十五枚は必要でしょうね」

「そんなに？」

ほんとうは十四枚だが、とケラーは内心思った。あと二セント切手が一枚要る。が、彼女の質問は答を求めている類いのものではなかった。

「だったら、封筒の表も裏も切手だらけになるわね」と彼女は言った。「それにそんなに切手を貼ったら重くなるから、また切手が必要になるんじゃありません？」

「確かに」

実は——と彼女は言った——切手の標準的な価値を知るために郵便局に行ったことがある、と。そのとき郵便局員もケラーとほぼ同じことを言った。が、あまりに無愛想だったので、彼女は列を早く進めるためにほんとうのことを隠しているのではないかと思ったそうだ。そんなふうに答えるのが郵便局の方針になっていて、ほかにどうすることもできなくなったら、最後には郵便局も切手を買い戻すのではないか、と。

が、そうではなかった。それが今、明らかになったわけだ。これらがすべてありふれた切手で、蒐集家の関心を惹かないものだとしたら、いったいどうすればいいのか。

「わたしはひと月に十通も手紙を出したりしません」と彼女は言った。「請求書を払ったり、誰かが亡くなったり赤ちゃんが産まれたりしたときには手紙を書くけど、あの小さな封筒に十五枚も切手は貼れないわ。もしそんなことをしたら、封筒はどんなふうになると思います？　郵便局が買い取ってくれないのなら、せめて今の切手と交換してくれないかしら？」

「残念ながら」

「切手を買ったら、それはすでにあなたのものなのだから、払い戻しも交換もいっさいなし。そういうこと？」

「それが郵便局の方針ということなんでしょうね」

「だったら価値はまったくないってことね。そういうことなんでしょう？　ゴミと一緒に捨てるしかない？」

そうでもない、と彼は言った。手紙を大量に出す会社は常にそのコストを削減したいと考えており、そういう会社に切手を額面の金額から十パーセント値引きして売るブローカーがいる、と説明した。ブローカーは、ミセス・リックスのように切手を保管している人から額面の七十パーセントか七十五パーセントで買い取り、在庫を補充する。そんなブローカーの連絡先をひとつかふたつ紹介するから、直接連絡してみるといい——

それとも、と彼は続け、彼女が望むなら自分が買い取ってもいいと申し出た。額面の半分の価格でしか買わないが、ブローカーと交渉する必要はなくなるし、切手を梱包して送る手間も省ける、と。

「切手を送りに郵便局に行ったら」と彼女はむっつりと言った。「切手代を払わなくちゃならないわけよね！」

「もしかしたら、あなたの知り合いに切手を集めるのが好きな人がいるかもしれない」と彼は言った。「教会の青年会は切手の寄付をいつでも受けつけてる。ほかにもボーイ・スカウトの団体とか——」

彼女はもう首を振っていた。「全部でいくら分の切手があって、あなたがいくら払ってくださるのか計算してください。わたしはこの切手をこの家から持っていってほしいんです」

切手の額面の合計金額は千八百三十八ドルだった。彼はそれを半分に割り、百ドル札九枚と二十ドル札一枚を渡した。彼女はそれでは一ドル多いということで、その分は返すと言い張った。彼はアルバムをまとめながら、ブローカーに送ったあと果たして儲けは出るのだろうかと思った。ミセス・リックスはほかにも買い取ってもらえるものはないのかと訊いてきた。売ってもいい本があり、そのうちの何冊かはとても古い本なのだけれど、興味はおありかしら？

切手だけです、と彼は答え、切手の貼ってある古い封筒があるなら、買い取れるかどうか、まず見せてもらって、判断させてもらうのは可能だと言った。

彼女はそこで指をぱちんと鳴らした。実際にはあまり見かけない仕種だ。「旅行鞄の中よ」と彼女は言った。「処分したいとずっと思ってたんです。屋根裏部屋にあります。屋根裏部屋なんて何か用事でもないかぎり、絶対に行かないでしょ？　でも、その鞄の中に手紙の束がはいってるんです。昔はみんな手紙を取っておいたものだけれど、それはホートンの家族も変わらなかった。戦争の頃の手紙もあるはずです」

彼女がどの戦争のことを言っているのか、言われなくてもケラーにはわかった。

「あの切手の中には」と彼女は言った。「価値のあるものもあるんじゃないかって何度か思って、封筒を水に浸さなくちゃならないだろうかって思ったんだけれど——」

「そんなことをしたら絶対に駄目です」

「そんな手間をかけなくてよかったのね、あなたの声の調子からするときっと！　でも、蒐集家ってそういうことをやってるんじゃないですか？」

「古い封筒にはそんなことはしません。そう、そういうことは絶対にしちゃいけません。封筒ごと集めている蒐集家がいるんです――彼らは封筒を〝カヴァー〟と呼んでます――手紙が中にはいってるものはよけい人気があります」

「屋根裏部屋にそういうものがあるんです、手紙のはいった封筒です。切手が貼られてないのも何通かあります。切手もないのにどうして届いたのか、わたしには想像もつかないけど。でも、あなたはそういうものにはご関心がないんでしょう？」

「いずれにしろ、階上《うえ》にあがったほうがよさそうですね」と彼は言った。


封筒は全部で四十一枚あり、かつては〈ガルシア・ベガ〉の葉巻が五十本はいっていた箱になんとも居心地よさそうに収まっていた。「値の張るような珍しいものはなさそうだけれど」とケラーはミセス・リックスに言った。「これなら千二百ドルで買い取ります」

「こんな古い手紙にそんなに払ってくださるの？」

「それだけ払っても損をすることはないと思いますから」と彼は言った。「損をするようなら、自分のコレクションに加えます」

もっとも、ケラーはアメリカの切手は集めていなかったが――そういうことを言えば、南部連合国の切手も。それでも、購入した封筒をどこに売ればいいのかはわかっていた。ダラスのオークションで知り合ったモンゴメリーから来たディーラー兼蒐集家の男が、南部連合国の郵便史コレクションを専門にしていた。家に帰ったら、彼からもらった名刺を探せばいい。

実際、自宅に戻ると、切手部屋の電話を使い、相手の番号を押して言った。「あんたが興味を持ちそうなものを持ってるんだが。言い値でいい。引き取ってくれるなら送ろうと思うんだが」

〝言い値〟は一万五千ドルの小切手になって戻ってきた。添えてあった手紙には、特別なカヴァーがひとつあり、それだけでもオークションではそれぐらいの値段がつきそうだと書かれていた。「でも、実際にそういうことになるかどうかはわからない」と男は書いていた。「そのカヴァーは私の個人的なコレクションの中に終《つい》の棲み家を見つけたから。こういうすばらしいものを見つけたときにはどこに送ればいいか。これであんたにもわかったよね？」

ケラーはその小切手を銀行に預けた。その数日後、さらにまたいくらか預けた。値引き価格で切手を売り買いしているコネティカット州の男が、ケラーが九百十九ドルで買った未使用切手を千二百八十六ドルで買い取ってくれたのだ。手間と配送にかかった費用を考えると、彼が思った以上の利益にはならなかったが、モンゴメリーの男から受け取った一万五千ドルを考えると――ありがたくはあったが――後味が悪かった。

彼は数日間そのことを考えてから電話をかけ、三千五百ドルの小切手を持ってハースト・ストリートにある家をまた訪ねて言った。「あのカヴァーは私が思ったより価値がありました。だから、あなたもその利益の一部を受け取って当然だと思ったもので」

ミセス・リックスは眼を丸くして、なにはともあれ、中にはいってコーヒーとクッキーでもどうかと勧めた。が、彼は次の約束があるからと言って断わり、家に帰った。「彼女があの金をどうしても必要としていたとも思えないけど」と彼はジュリアに言った。「それでも、やっぱり嬉しそうだったよ」

「それがお金というものよ」とジュリアは言った。「どこへ行っても歓迎されるのがお金よ。でも、あなたはそういうことをする必要はなかった」

「ああ」

「そのカヴァーを売ってあなたがいくら手に入れたのか、彼女には知る由もないんだから」

「ああ、もちろん」

「罪滅ぼしの献金（脱税者などが匿名でする献金のこと）」

「そうなのかな？　おれには、ただ——いや、よくわからないけれど、そうするのが適切なことに思えたのかな？」

「どういうことだったたか、わたしが教えてあげる。あなたはそんなふうには思ってなかったかもしれないけれど。きっとこれからそうなるはずよ」

「そうなるはず?」

「〝あなたのパンを水の上に投げよ〟よ」と彼女は言った。「〝ずっとあとの日になってあなたはそれを見いだそう〟って聖書に書いてある。だから待ってるといいわ」

そのあとひと月ばかり、小口の取引きがいくつかあったが、どれも大した儲けにはならなかった。メタリー（ニューオーリンズ郊外の町）に住む女性には、亡き夫の子供の頃の切手のコレクションは――それはケラーのコレクション同様、〈モダン・ポステージ・スタンプ・アルバム〉に収められていた――慈善事業に寄付するのが一番いいと助言した。配送料を節約するなら慈善事業には送らずに、教会のバザーに出すのも悪くない、とも。

住んでる住所に届けられた封筒――それはおそらく兵士が家に送った手紙と思われた――を持っている女性もいた。手紙自体はなくなっていて、その女性は封筒に書かれたその手紙の差出人も受取人も知らないと言った。彼女の夫がキッチンを改築して広げるために壁を壊したら、オイルクロスで丁重に包まれたその封筒が見つかったのだ。

数十枚ほどあるそれは、第二次戦争の終戦直後にドイツで投函されたもので、連合国軍事政府が発行した切手が貼られていた。切手自体はありふれたものだったが、ケラーはカヴァーに興味を惹かれて二十ドルで買い取ると申し出た。その女性もそれで了承した。ケラーはカヴァーを手広く扱っているｅＢａｙのディーラーにそのカヴァーの画像をメールで送った。すると、多く払いすぎてしまったことがわかった。男の付け値はカヴァー一枚につき一ドル五十セントで、ケラーが払った金額に二ドル足りなかった。さらにそれを売るとなると、梱包する手間もかかれば、ニューヨーク州北部に送る配送料も払わなければならない。

それでも彼は配送料を払って送り、損失を受け容れた。自分で持っていてもよかったのだが、売れば、その取引きを副業として申告できた。

水の上に自分のパンを投げれば、それはいつか自分に返ってくる。しかし、そんな気配すらなかった。さらに、電話もかかってこなくなったので、いつしかケラーもエディス・ヴァス・リックスのこと自体忘れてしまっていた。

そんなときにシャイアンに住む女から電話がかかってきたのだった。

35

ケラーは必要なものをすべてキャリーケースに詰め込んだ。飛行機の中に持ち込める手荷物の制限サイズよりだいぶ小さなケースだったが、それでもチェックインするときに預けた。仕事熱心な空港のセキュリティ係に切手用のピンセットを没収されたくなかったので。そんなことはありえないように思えるが、ケラーはありうるかもしれないことを知っていた。切手の展示会で出会った穿孔切手とプレキャンセル切手を集めている蒐集家が教えてくれたのだ。〈ホームランド・セキュリティ〉社の女警備員がその蒐集家が持っていたピンセットを、一九四七年式カラシニコフ自動小銃を見るような眼で睨みつけ、「これを見なさい」と言い、ピンセットをつかんで高々と掲げたのだ。「長さ六インチのピンセットが五本！　材質は鉄！　これを使えば相手の眼をくり抜くこともできるのよ！」

「私は思わず人差し指を伸ばしてた」と男はケラーに言った。「人差し指でもどれだけ簡単に彼女の眼ん玉をえぐり出せるか教えてやりたくなったんだ。でも、何かが私を思いとどまらせた」

「まあ、それでよかったんじゃないかな」

「ああ、そうとも。さもなければ、こうして話してる今はもう裁判を待つ身になってただろうよ。だけど、ピンセットを取り上げられるなんて想像できるかい？　そのピンセントは先がとがってもいなかったのに。それも言っておきたいね。先が丸くなっているやつだったのに。誤って自分を刺す心配のないような」

あるいはわざと刺す心配もないような、とケラーは思い、ピンセットを二本荷物に入れた（一本の先端は丸かったが、もう一本の先端は突き刺せるほどとがっていた）。それに拡大鏡をふたつと、もちろんカタログも。旅行鞄はシャイアンで受け取れるようにして、ノートパソコンを入れたパッド付きブリーフケースを持って、デンヴァー行きの飛行機に乗り込んだ。現金はマネーベルトに入れて腰に巻いてあった。

デンヴァー空港では〈ワイファイ〉に無料でつながったので、パソコンを起動し、Ｅメールをチェックした。ｅＢａｙのオークションに入札しており、確実に落札するためには入札額を上げたほうがいいと助言するメールが届いていた。当然のことながら、競争相手は入札時間が終わる直前まで待ってから、高値をつけて出し抜こうとしたのだろう、ケラーがその助言のメールを受け取ったときには、オークションはもう終わっていた。

といって、がっかりはしなかったが。彼はいつでも最初に最高入札額を提示し、それより高い値をつける者がいたら、その者のほうが彼よりもっとその商品を欲しがっていたのだ、と思うことにしていた。それをジュリアに話したことがある。彼女はその彼の態度はあまりに老成していると言った。皮肉を言われたのかどうか、ケラーは今もまだわからずにいる。

お気に入りサイトをいくつか見て時間をつぶそうかと思ったが、バッテリーを節約したほうがよさそうだと思い直した。パソコンの電源を切り、ブリーフケースを持ってトイレに向かった。トイレの個室の中にはいると、ドットが送ってきた封筒を取り出した。封筒にはピンクの罫線が引かれたインデックスカードがはいっていて、カードの表には何も書かれておらず、裏に名前と住所と電話番号が書かれていた。

その情報はもうすでに覚えており、覚えた時点でカードを破棄してしまおうかとも思ったのだが、それは馬鹿げていると思い直した。その情報をパソコンに入力しようかとも思ったが、それはさらに輪をかけて馬鹿げていることに気づいた。カードに名前が書かれた男は今はまだ生きてぴんぴんしている。ということは、ケラーの所持品にカードがあってもなんの問題もない。その男に何かあったときに、カードにも何か起こるのだ。そのときにはカードを捨てても、燃やしても、びりびりに破いても、あるいは歯でくちゃくちゃに噛んでから呑み込んでもいい。一方、コンピューターに入力してしまったら、それは永遠の命を持ってしまう。

封筒には小さな写真も二枚はいっていた。ケラーにわかるのは、どうやら同じ人物を写したものらしいということだけだった。一枚は通りを歩いているところを横から撮ったもので、背後に靴の修理屋が写っていた。もう一枚の写真は顔がはっきり見えており、かなり近くから写したもののようだった。というのも、フラッシュを焚いたらしく、写真の男はまぶしそうにまばたきしていたからだ。体格がよかったとしても、どちらの写真もその特徴をとらえてはいなかった。両方とも身分証に使えそうな写真ではなく、網にかかった異なる種類の魚を除外する程度にしか使えそうにない写真だった。

ケラーは便器を使ってはいなかったが、それでもリアリティを持たせるために水を流した。が、流れていく水を見ているうちに生理現象を刺激され、結局、便器を使い、また水を流した。それで状況が求める以上のリアリティを醸し出せた。それもかなり。そう思いながら、ケラーは個室から出た。が、どうやらトイレにいたのは彼ひとりだけのようだった。

ケラーは顔をしかめ、トイレを出た。

シャイアン行きの飛行機は地域航空会社のもので、機体は小さく、荷物の置き場所も最小限で、頭上の収納棚だけだった。そのため、普通サイズのキャリーバッグを持っていた大半の乗客はそれをゲートで預けなければならず、すでにバッグを預けていたケラーは、自分ひとりさきを行っている気分になった。

パイロットはフライト時間の大半をかけて気流が乱れていることを詫びつづけた。ケラーにはそれほど乱れているとは思えなかったが。着陸も特に問題はなく、スムーズだった。

バッグを取ってから〈ハーツ〉の窓口に行くと、車がすでに用意されていた。機動力のありそうなスレートブルーのトヨタの小型車で、カーナビがついていた。入力する住所はなかったので、標識に従って進み、ウェスト・リンカーンウェイに面してモーテルが建ち並んでいるあたり――嵐の中で身を寄せ合って踏ん張っている家畜さながら、十軒以上のモーテルがひしめき合っていた――まで走った。そして、特にこれといった理由もなく三軒を見送り、〈ラ・クィンタ〉の駐車場に車を乗り入れた。

つい最近も〈ラ・クィンタ〉に泊まったような気がしたが、それがどこの〈ラ・クィンタ〉だったのか、そこが気に入ったのかどうかまでは思い出せなかった。心の中でフレーズを試してみた――〝ああ、ラ・クィンタ、そこはとてもきれいで清潔だ。ああ、ラ・クィンタ、そこのカーペットはかびだらけ〟。どちらもありそうだった。しかし、だからなんなのか？　もしカーペットにかびが生えていて、テレビがちかちか点滅し、嫌なにおいがしたら、隣りのモーテルに行けばいいだけのことだ。

受付にいたフロント係の女は愛想がよく、モーテルも期待が持てそうな気がした。案の定、彼女にキーを渡された部屋にはなんの問題もなかった。荷解きをして、切手用のピンセットを取り出すと胸ポケットに入れた。

そして、携帯電話の電源を入れた。最初にジュリアに電話をかけ、数時間のフライトを無事に生き延びたことを報告した。ジュリアは電話口にジェニーを出そうかとは訊いてこなかった。ケラーも出してくれとは言わなかった。すでに仕事に取りかかっており、ニューオーリンズの生活は仕事が終わるまで封印だ。

次にディニア・ソダリングに電話をかけた。すると早速夕食に招待された。まだ夕食を食べていないのなら、二人分なら今からでも充分に用意できる、と彼女は言った。ケラーは疲れているからと断わった。それはほんとうだった。それに、仕事は朝になって心身をリフレッシュしてから取りかかるほうがいいと思っていた。彼女が教えてくれた道案内を書きとめ、明日の午前九時半から十時のあいだに訪ねることにした。

地元の人間が経営し、地元の人間が働いていることを謳い文句にしている、通りの反対側のファミリー・レストランで夕食をとった。バスケットにはいったエビ料理を食べたが、さほど地元らしさは見られなかった。小さなガーデンサラダとアイスティも注文した。メニューにはアイスティは飲み放題だと書かれていたが、一杯で充分だった。

モーテルの部屋に戻ると、シャワーを浴び、ひげは明日の朝まで剃らなくても大丈夫だろうと判断した。テレビは衛星放送も映り、チャンネルは無限大にあるように思えた。CNNをつけてから、ノートパソコンを起動し、メールを確認した。気にかけなければならないほどのメールはなく、気にかけなければならないほどのニュースもなかった。テレビもパソコンも消してベッドにはいった。

十時間後、通りを少し行ったところにある〈デニーズ〉で朝食を食べた。その一時間半後には切手を見つめていた。

36

ディニア・ソダリングに案内されて彼女の夫の部屋にはいって、ケラーが真っ先に思ったのは、切手蒐集家にとってこれよりすばらしい部屋は誰にもデザインできない、ということだった。壁材には節くれだったイトスギが使われ、正面がガラス張りのキャビネットには全部で六丁のライフルとショットガンが収められていた。また一方の壁には交差した二本の剣がかけられ、その右側の壁にはそろいの二丁の決闘用のピストルが飾られていた。ピクチャーウィンドウから、柵のある小さな放牧地《パドック》が見渡せ、そろいのピストルのようによく似た馬が二頭、朝の陽射しを享受していた。その窓は北側に面しており、太陽の光が射し込んで厄介なことを惹き起こす心配はなかった。ケラーはそのことをすぐに見て取った。

正面がガラス張りの本棚がふたつあって、そのうちのひとつには切手蒐集とは関係のない本が並んでいた。その大半は歴史書で、ほかには引用句辞典が一冊と詩集が何冊かあった。もうひとつの本棚はその持ち主のいわば切手に関する図書館だった。『スコット・カタログ』は全巻あり、どの巻も二、三年前に発行されたものだった。さらに『ミッヘル（ドイツの切手カタログ）』

や『イベール（フランスの切手カタログ）』や『ギボンズ（イギリスの切手カタログ）』。それ以外にもあった。棚には切手や切手から連想されるさまざまな話題を扱った本やパンフレットもぎっしりと並べられていた。その大半はヨーロッパの国々とその植民地に関するものだったが、一八六九年の十セントのカヴァーについてマイケル・ローレンス（リンズ・スタンプ・ニュースの元編集者）が書いた本を見つけ、ケラーは思わずその場で買ってしまおうかと思った。彼自身はアメリカの切手は集めておらず、さほど興味もないのに。J・S・ソダリングもおそらくケラーと同じ衝動に駆られてその本を手に入れたのだろう。

ケラーが次に思ったのは、飛行機のチェックインのときにキャリーバッグを預けなくてもよかったということだった。部屋を見まわし、何があるのかわかった時点でそのことに気づいた。このような部屋に自分のピンセットを持ち込んだのは、まったくもって無駄なことだった。

切手のアルバムが並んだ本棚の扉を開けて、その思いの正しさがはっきりと裏づけられた。そこには切手の作業用のさまざまな道具が置かれた棚があり、ソダリングは足りないものなど何ひとつないと思わせるほどそろえていた。拡大鏡、透かし模様を確認する道具、先がギロチンの形をした切手用マウントカッター、それに驚くことではないが、ピンセットが十本以上あった。先のとがったもの、太くなっているもの、スペードの形をしたもの、丸くなっているものなどなど。先が斜めになったものもあり、おそらくそれでないとつかみづらい切手があるのだろう。ピンセットの腕が真ん中で曲がっているのもあって、何か特別な目的のためにつくられたものなのだろうが、ケラーにはその目的までは想像がつかなかった。

そして、切手。アルバムが本棚にずらりと並んでいた。フランスとその植民地、ポルトガルとその植民地、イタリアとその植民地、ドイツとその植民地、ロシア、東欧諸国。アメリカの切手はなく、大英帝国とラテンアメリカの国々のものもなかった。ヨーロッパの植民地を除くと、アジアとアフリカの国々のものもなかった。一方、ヨーロッパ大陸に関してはアイスランドからデンマーク、さらにはロシアやトルコ帝国にいたる国々まですべて網羅されていた。そんなアルバムがふたつの大きな本棚にぎっしり詰まっていた。その大半は『スコット・カタログ』専用シリーズのアルバムだったが、革表紙のストックブックや表紙に何も書かれていないアルバムもあった。

「圧倒されるでしょう」ディニア・ソダリングの声がいきなり聞こえた。ケラーはむしろ彼女が同じ部屋にいたことに驚いた。一緒に部屋にはいったものの、部屋そのものとそこに置かれていたものに心を奪われ、彼女がいたことをそれまですっかり忘れていたのだ。が、彼女はずっとそこにいた。ディニア・ソダリングは背が高くほっそりしていて、黒い髪に少しばかり灰色の交じった女性だった。

「すばらしい部屋ですね」とケラーは言った。

「ジェブはこの部屋を愛していました。机に向かって切手の作業をしていないときには、その革張りの椅子に足を投げ出して坐り、三十年戦争（一六一八年から四八年にヨーロッパの中部で起きた宗教戦争）のどこかの戦場の話を読んでいました。それとも百年戦争だったかしら。きちんと覚えられたためしがなくて」

「そのうちひとつはもうひとつより長く続いた」

「戦争が三十年も続いたら」と彼女は言った。「残りの七十年も大して変わらないような気がするけれど。ジェブが亡くなってから何度この部屋に来たのかわからないわ。この部屋に来ずにはいられないの。なのに、数分のあいだしかいられない。わたしの言いたいこと、わかります？」

ケラーは黙ってうなずいた。

「切手を調べようとはしたんです。彼が切手をどう処分するのかわたしに書き残してるんじゃないかとも思ったんだけれど、何も見つからなかった。それからもちろん、ありとあらゆるディーラーから山ほど手紙が届きました。その数にはもう唖然とするばかり」

「でしょうね」

「あなたはこれから切手をお調べになるのよね？　でも、わたしに肩越しにのぞき込まれたくはない。正直なところ、わたしも必要以上にこの部屋にいたくないんです。だから、一時間ほど馬に乗ってきます。毎日乗るようにしてるの。わたしにとってそれが体だけでなく心にもいいように思えるから。馬にとってもいいことだし」

ケラーは同意のことばを口にした。が、何に同意したのか自分でもよくわかっていなかった。意味がはっきりとわからないうちから、彼女のことばに呑み込まれ、つい返事をしていた。それでも馬にとっては明らかにいいことのようだったので、同意するのが無難に思えたのだろう。

彼はポルトガルとその植民地の最初の巻を本棚から引き抜き、机に置いて開いた。

途中でドアが開いた。とはいっても、ケラーにその音は聞こえなかったのだが、気づくと、彼女がすぐ横に立っていて、コーヒーを持ってきたと言った。ブラックだけど、クリームと砂糖が必要なら――

彼はブラックでけっこうだと言った。彼女は昼の休憩を取るときには声をかけてくれと言い、彼はそうすると答えた。

コーヒーを置くと、彼女は部屋から出ていった。コーヒーの置かれた場所は、手が届くほど近く、それでいてひっくり返す心配はないほど離れていた。おそらく、彼女はケラーと同じようなことをしていた夫にもコーヒーを持ってきたことが何度もあるのだろう。カップをどこに置けばいいのか考える時間はたっぷりあったことだろう。

いずれにしろ、コーヒーはありがたかった。コーヒーを飲みながらでも作業はできる。簡単なことだ。

とはいえ、そのまえにまずこれを見て――

ケラーが手を伸ばしたときには、コーヒーはすでに冷たくなっていた。

「サンドウィッチのおかわりはほんとうに要らない、ミスター・エドワーズ？」

「ええ、もうけっこうです」と彼は答えた。

彼女は家の裏のパティオに置かれたガラスの天板のテーブルに彼をつかせ、昼食を出してくれた。そこからだと切手部屋の窓と同じ景色が眺められた。二頭の馬はパドックに仲よく並んで立っていた。二頭とも栗色の去勢馬で、性格はやさしくおだやかだと彼女は言い、額に白い斑毛のある馬に一時間ほど乗ったと言いさした。ひょっとしてあなたも馬に乗ったりします？

彼は首を振った。「切手に手間も時間も取られているもので」

「ジェブも切手に手間と時間を取られていたわ」と彼女は言った。「でも、時間をたっぷりかけて馬に乗る《イン・ザ・サドル》ことも好きだったけれど」意味がふたとおりに取れるあいまいな言いまわし（〝イン・ザ・サドル〟には〝セックスをする〟という意もある）を使ったのはどうやらわざとではないようだった。彼女は自分の言ったことに気づくと、顔を赤らめた。ケラーは自分のことをニコラスと呼んでくれ、とこの場で言おうと思っていたのだが、当面のあいだはミスター・エドワーズとミセス・ソダリングにしておいたほうがよさそうだと考え直した。

「切手のことですが」

「ええ」

「どれくらいの額で売ろうと考えてます？」

「そうね、できるだけ高く」

「もちろん、そうでしょうが」

「ジェブは切手のコレクションに大枚を注ぎ込んでいました。彼のような仕事は浮き沈みが激しいのだけれど。石油と家畜と不動産に投資してたの。だから、わたしたちはある日は大金持ちになり、その次の日には破産して、その次の日にまた大金持ちになるなんてことを繰り返していました。で、彼はお金に余裕ができると、そのお金を切手に注ぎ込んでいた。そして、金まわりが悪くなると、また景気が上向きになるのをじっと待っていた」

「ご主人は買ったものを記録していましたか？」

「記録しているようには見えなかったわね。彼の収入の大半は現金だったから、切手もできるだけ現金で買うようにしてたんです。税金のことも考えてそうしてたんだと思います」

　結果、税金は払われなかった、とケラーは思った。

「彼は切手は投資だと言ってました。いい切手は値打ちが上がるって。でも、株式市場とはちがうとも言っていました。切手を売っても、小売店で商品を売るようなわけにはいかないって。でも、一度だけ切手を売ろうかと思っていると言ったことがあったわね」

「ほう？」

「数年前に株式市場が暴落したときのことだけれど、〝切手を売るかもしれない〟って言われたことがあるの。〝そうすればしばらくのあいだは生活の不安がなくなるから〟って。でも、彼が本気で言ったとは思ってないわ。そんなことにはならなかった。いくらぐらいの価値があると思ってるかって、さっきお訊きになったわね。正確にはわからないけれど、それでも六桁くらいにはなるんじゃないかしら、ちがいます？」

ケラーは思案してから言った。「ここで電話をかけて、当座預金に金を移して二十五万ドルの小切手を書くこともできなくはありません。でも、それだと私がいささかリスクを背負うことになる。というのも、専門家に鑑定されていない珍しい切手があるからです。それらは本物かもしれないし、本物ではないかもしれない。こちらとしてはそのリスクを受け容れてもいいけれど、あなたにとってそれが一番いい取引きとも思えない」

「それ以上に価値があるかもしれないから」

「価値が一気に跳ね上がることも考えられる」と彼は言った。「私は一九四〇年までの切手しか集めてないんだけれど、ご主人は現在のものまで集めておられる。現在の切手は私の専門外なんです。それにご主人のコレクションの中には、特にロシアのものに特別な切手がたくさんあるんです。無目打などのエラー切手やほかにもさまざまな変種がね」

「彼はロシア人に用はなかったみたいだけれど」と彼女は言った。「ロシアの切手は気に入っていたようね」

「つまり」と彼は言った。「こういうことです。私としてはさっき言った申し出をしてもいい。でも、同時に、あなたはその私の申し出を断わったほうがいいとも思う。コレクションがもっと少なかったら、委託販売することにして、あなたに前金を払って切手を引き取り、ある程度の値段で売れたら、利益を分け合ってもいい。いや、それもいい考えとは思えないな」

グラスにはアイスティがまだ残っていた。ケラーはそれを飲んでから言った。「こうしたらどうかな。私があなたの代理人になって、あなたのご主人の切手をもっとも高く買ってくれそうな三人のディーラーに電話をする。そして、来週末までにそれぞれのディーラーの代理人をここに来させるようにする。できれば、一日ひとりずつにして三日続けて来させるようにする。そうしてそれぞれに封印入札をさせ、一番高い値をつけたディーラーがコレクションを手にする」

「ディーラーの方々にはあなたが指定した日に誰かをここに来させることができるのかしら？」

「できない場合は」と彼は言った。「リストに挙がった次のディーラーに連絡する」

「あなたはそのうちのひとりは二十五万ドルよりもずっと高い金額を払うと思ってるのね」

「そうです」

「どれくらい――」

「想像でしか言えない」

「わかりました。だったら、あなたの想像では少なくとも五十万ドルぐらいにはなるかしら?」

「たぶんそれよりも多いでしょう」

彼女はしばらく考えてから言った。「彼らのつけた値段があなたの計算よりずっと低かったら――」

「そういうことにはならないと思うけれど、そうなったら、私が二十五万ドル払って引き取ります」

「彼らがここに来るときにはあなたも来てくれるの?」

「ええ、あなたの利益を守るためにね」

「あなたの利益はなんなの、ミスター・エドワーズ? あなたはそのためにシャイアンに一週間も足止めされることになるのよ。わたしが受け取るお金のいくらかは当然、あなたのものだと思うけれど。でも、あなたはその額がどれぐらいになると思ってらっしゃるの?」

37

シャイアンからデンヴァーに行くのはごく簡単だった。インターステート二五号線で南に百マイルほど行けばよかった。土曜日の朝の比較的少ない車の流れに乗れれば、一時間半もかからない。ケラーは制限時速を四マイルか五マイル越えたスピードを保ってトヨタを走らせた。だから、ハイウェイパトロールの注意を惹くことはなかった。同じ道路を走っている運転手に嫌な顔もされなかった。

ケラーはピンクの罫線のあるインデックスカードに書いてあった住所をカーナビに入力した。インターステートを走っているあいだは、耳に心地いい淑女のようなカーナビの声も彼にほとんど何も言わなかった。が、デンヴァーに近づくと、にわかに活発にしゃべりだし、インターステート七六号線を南西に向かうと、インターステート七〇号線に合流するのだと道案内してきた。ケラーは彼女がしゃべるに任せ、複雑なクローバー形立体交差を抜け（もうじき左に曲がりますので、左車線にいてください……）ワーズワース・ブールヴァードを南にくだった。

そんなふうに指示に従って走り、やがてオーティス・ドライヴにはいった。彼女は「目的地に到着しました」と多少の自己満足が感じられなくもない声で言った。が、そうではなかった。まだ到着してはいなかった。縁石に都合よく書かれていた所番地によると、右手に見える家の住所は四一〇一番地だったが、彼がカーナビに入力した四一三二番地はさらに半ブロックほど行った左手にあった。

その家のまえには車が二台停まっていて、どちらも屋根の上で非常灯を回転させており、そのまわりに何人もの人々が立っていた。

ただ、家はというと、もうそこには建っていなかった。

「〝家が焼け落ちる〟なんて言い方があるよね」とケラーはドットに言った。「でも、おれはずっとそれはただのことばの綾だと思ってた。実際、そんなことにはならないからだ。燃えたとしても、まあ、建物が全焼したにしても、まだ壁が残ってたりするから」

「でも、今回はちがった？」

「土台まで燃えてた」と彼は言った。「地面の上一フィート半ほどしか残さず、きれいに燃えてた。ほんとうにそれしか残ってなかったんだ。どうしてそんなことになったのか。それは訊かないでくれ」

「ケラー、じゃあ、ほかに誰に訊けばいいのよ？」

彼とドットはお互いにやりとりをするときだけに使う専用の携帯電話を持っていた。それでも、電話をかけるときには怪しまれる場所に通話記録を残さないことを心がけていた。だからケラーは電話を持ってきてはいたが、かつて家が建っていたオーティス・ドライヴ四一三二番地から車で一マイルほど離れるまで電話はかけなかった。小さなショッピング・センターにはいり、その日の営業を終えて——永遠に営業を終えたのでなければ——店を閉めた家具屋のまえに車を停めてから、電話に登録したただひとつの番号にかけたのだった。彼女は二度目の呼び出し音の途中で出た。

ケラーは今、手の中の電話をまじまじと見つめていた。

「ケラー？　どっかに行っちゃった？」

「きみはおれがやったと思ったんだね」と彼は言った。

「まあね。だってあなたに名前と住所を渡したのはこのわたしなんだから」

「それに写真と電話番号も」

「とりあえず名前と住所だけってことにしておきましょう、いい？　わたしはあなたにそれを渡した。そうしたら、ゆうべのうちにその住所はもはや存在しなくなり、その名前の人物は病院に担ぎ込まれた」

「そうなったのはおれのせいだときみは思ってる」

「わたしの身になって考えてみて、ケラー。あなただったらどう考える？」

「でも、家を全焼させる？」

「わかってる。まるで高校生のときに全員が読まされたエッセイみたいよね。子豚を丸焼きにするのに家を火事にするってやつ。誰が書いたんだっけ？」

「チャールズ・ラム」

「なんでそんなことを知ってるの、ケラー？　いえ、言わないで。彼の切手があるのね、そうなんでしょ？　ねえ、別次元の宇宙には、チャールズ・ピッグがラムチョップについて書いた有名なエッセイがあったりするのかしら？」

「ふうむ……」

「気にしないで。あなたにしてはずいぶんと荒っぽい手口だと思ったわ。いつものあなたのやり方じゃないって。標的だけでなく、巻き添えを出すなんて。まあ、被害はもっとひどくなってたかもしれないけれど。子供たちふたりとも巻き添えになってたかもしれないんだから。まさに〝やれやれ、やっと金曜日〟ってことね」

「金曜日？」

「土曜日は学校がないから、子供たちはふたりとも金曜の夜にはよその家に泊まりに行ってた。ねえ、ケラー、あなたは事件の起こったデンヴァーにいるのに、わたしがインターネットで調べた情報をあなたに教えてるなんてね。いい？　すばらしいことを教えてあげる。新聞を読んで。それで、わたしについてこられるようになったら、もう一度電話して」

ケラーは〈デンヴァー・ポスト〉をコンヴィニエンスストアで買った。店員の女の子は彼が押し込み強盗をするのではないかと気を揉んでいるようだった。そうではないとわかると、明らかにほっとした顔をした。記事を見つけるのはそれほどむずかしくなかった。ケラーはその記事を最初から最後まで二度読んでから、ドットに電話をかけ直した。

「重傷のようだ。でも、とりあえず命には別条ないようだ」

「今のところは」とドットは言った。

「彼は魚を入れてた水槽をいくつか持ってた」と彼は言った。「アクエアリアム。いくつかあったわけだから、正確には複数形のアクエアリアか」

「わざわざ教えてくれてありがとう」

「もちろんそれも全部燃えてしまった。火事が起きたとき、彼の妻はそこにはいなかった」

「ジョアンのことね」

「そうだ、ジョアン・ヒユードポール。新聞によれば、彼女はひどく取り乱しているそうだ」

「あら、びっくり。家や水槽やそのほか一切合切をなくして、おまけに夫は足の指をチューブでつながれて病院で寝てる。そうなったら、あなたも取り乱すんじゃない？」

「たぶん」

「彼女がやったんだったら、話は別だけど」とドットは言った。「あなたはそうと思ってるんでしょ、ちがう？　わたしもそう思ってたかもしれない、あなたの仕業だって決めつけてなかったら。彼女は子供たちを車で外泊先まで送っていく途中だった。そうよね？」

「まず最初に息子を車から降ろした」と彼は言った。「次に娘の外泊先まで娘を送っていったら、その家の母親に寄っていくように誘われた。ほかにも母親がふたりいたんだ。お泊まり会に参加した女の子は四人だった」

「女の子の歳は？」

「それはわからない」と彼は言った。「でも、歳にどんな意味がある？」

「何も」と彼女は言った。「ただ、このあいだの夜、ケーブルテレビでやってた映画みたいに思えてきたものだから。テレビの女の子たちは大学生で、すごく恥知らずな子ばっかりだったけど。四人の母親は何をしてたの？　ジンのボトルでも開けて飲んでたの？」

「ワインだったと思う。彼女は途中で夫に電話した。だけど、夫は魚の世話で忙しいから好きなだけそっちにいればいいと言ったそうだ」

「きっと魚をアルバムに貼ってたのね」と彼女は言った。「あなたが切手を貼るように」

「彼女は帰るまえにも家に電話をかけた」と彼は言った。「でも、誰も出なかったので、夫はもう寝てしまったんだと思った。それから家に帰ったら、消防士が忙しく働いてる現場を見ることになった。夫はそのときにはすでに病院に担ぎ込まれてた」

「彼女には鉄壁のアリバイがあるってことね」

「そのようだな」

「何もかもがペア・シェイプ（本来、球形であるべきものが洋ナシのような形になって台なしになること）になったとき、彼女は家にいなくて運がよかったってわけね」

「ペア・シェイプ？」

「BBCでイギリスのミステリー番組を見てるんだけど」と彼女は言った。「時々、その番組に出てくる表現がわたしの話しことばにもはいり込んでくるみたい。いずれにしろ、彼女は家にいなかった。子供たちもいなかった。家にいたのは夫だけだった」

「それと魚だ」

「巻き添え被害」と彼女は言った。「罪なき傍観者ならぬ、罪なき傍泳者。彼女にとっては怖ろしいほど都合がよかった。ちがう？」

「ちがわない」

「彼女が実際にやらなくても誰かにやらせることはできる。警察もその可能性を考えてるんじゃないかな」

「おそらく」

「警察に尋問され、彼女はやがて破綻《はたん》する」

「素人はたいていそうなる」

「彼女が依頼人なのか、ドット？」

「彼女も誰かの顧客《クライアント》ではあるでしょうけど」とドットは言った。「でも、わたしたちの依頼人《クライアント》かどうかはわからない。仕事は仲介者からきて、仲介者はまた別の仲介者に頼まれた。いろんなレヴェルでいろんな人が介在してるから、それを端から端までたどるのは無理ね。彼女がわたしたちを指差すなんてありえない。あなたがそういうことを心配してるのなら言っとくけど」

「確かにそういうことも考えないではなかったよ」

「わたしたちは安全よ。でも、それってあたりまえじゃない？　あなたはやってないんだから」

「ああ」

「今のあなたにできることは」と彼女は言った。「次の飛行機に乗って、ジュリアとジェニーのもとに帰ることね。もしフィシュ・ウィスパラーが回復したら、手付け金は返さないけど、この仕事からはきれいさっぱり手を引かせてもらうって仲介者に言うわ」

「彼が死んだら」

「そのときは残りの報酬も請求する。なぜいけないの？　あなたがやってないって誰に証明できる？　あるいは誰かに代行させてないって？」

「要するに、おれがやらなきゃならないことは何もないということか？」

「いったい何をするって言うの？　白衣を着て聴診器を首にぶら下げるの？　それで病院のセキュリティの裏をかいて病室に侵入して、墓場への切符を切る？　家が炎に包まれたときに、もはや彼はわたしたちが片づけなくちゃならない問題じゃなくなったのよ」

「ああ、そうなんだろうな」

「もちろんそうよ。さあ、家に帰りなさいな、ケラー」

「それが」と彼は言った。「帰れないんだ。まだしばらくのあいだは」

〈ラ・クィンタ〉の部屋に戻ると、ケラーは時間をかけて熱いシャワーを浴びた。体を拭くと、シャワーブースの床にタオルを放った。

ホテルの部屋にあった小さなカードにはそうするように書いてあるものの、ケラーはなかなかそのことに慣れなかった。が、ラックにタオルを戻すと、そのタオルをもう一度使うという意味になる。だから、新しいタオルが欲しければ、使ったタオルは床に放り投げておかなければならないのだ。そうすれば水も節約でき、ひいては地球温暖化に歯止めをかけることにもなる、とホテルの経営者は説明していた。で、ケラーもそれが自分にできるせめてものことだと思うことにしたのだ。

それでも、タオルを床に放るたびに母親の顔が頭に浮かんだ。

彼はベッドにはいり、もう何年もまえに亡くなった母とのやりとりを頭に思い描いた。母がまだ生きているあいだ、ふたりはあまり会話をしたことがなく、ケラーは、自分の母親は精神病か精神障害を患っていたのではないかと疑っていた。とはいえ、ケラーにとっていい母親だったことにちがいはない。だから、そんな母とあまり話をしなかったことを悔やむことが時々あった。眠りに落ちるまでたまにこうして母と会話をするのはそのためだった。

まず彼はタオルのことを母に話し、なぜ床に投げ捨てたのか説明した。〝まあ、それが彼らの望みだというのなら〟と母は言った。〝しかたがないけれど、わたしはおまえをそんなふうには育てた覚えはありませんからね〟。

そのあと話題はディニア・ソダリングと彼女の夫の切手コレクションのことに移った。今週いっぱいシャイアンに滞在することになりそうだ、と彼は母に話した。三人の切手ディーラーと約束を取りつけ、それぞれのディーラーの代理人のバイヤーが三日続けてソダリングの家に来ることになっている。月曜日に最初のバイヤーが来るから、明日一日かけてアルバムを調べ、手数料として受け取ることになる切手をさきに選んでおかなければならない。

〝大変なことね、ジョニー。あなたは国をはるばる横断して、どことも知れない土地に行って、そこで一週間も過ごさなくちゃならないのね。そんな手間をかけたのに受け取るのは何枚かの切手だけなの？〟

彼は説明しようとした。が、母は聞く耳を持たなかった。〝もしわたしがあなたに市場で牛を売ってくるように命じたら〟と彼女は言った。〝あなたは手にいっぱいの魔法の豆を持って帰ってきたんでしょうね。まちがいなくそうだわ。この話を覚えてる？　あなたはこの話が大好きだった。わたしも聞かせてあげるのが好きだった。でも、あなたがそれを信じ込んでいたなんて、夢にも思わなかったわ〟。

ディニア・ソダリングはそうするのが実に理に適った解決法だと思ったようで、ドットさえ、なるほどと納得してくれた。もっとも、ドットのほうは彼がこのままルイジアナの家に帰っても喜んだだろうが。でも、どうして母はそのことをわかってくれないのだろう？　ケラーは自分の言い分を整理し、もう一度母に説明しようとした。が、いつのまにか眠りに落ちて、気づくと、もう朝になっていた。

38

私道にはいってくる車の音が聞こえたのにちがいない。ディニア・ソダリングはコーヒーを持って玄関で待っていた。「あなたはすぐに切手を調べたがるだろうと思ったので」と彼女は言った。

ケラーはメモ用紙と鉛筆、自前のピンセットと小さなグラシン紙の封筒のはいった箱を手の届くところに置いて、二階の切手部屋に腰を落ち着けた。『スコット・クラシック・カタログ』を持ってきていた。彼は値段を調べるときだけにそのカタログを使うのではなく、チェックリストとしても使っていて、新しい切手を買うたびに切手の番号に丸をつけていた。つまり、そのカタログは彼のコレクションの総目録にもなっていた。

アルバムがびっしり詰まった本棚には圧倒されたが、どこから手をつけるにしろ、とにもかくにも始めなければならない。最初にイタリアとその植民地のアルバムを手に取り、イタリア領エーゲ海諸島の切手のページを開いた。切手を蒐集してはいるものの、ケラーは一九一一年から一二年まで続いたイタリア王国とオスマントルコ帝国の戦争のことは何も知らなかった。イタリア王国はその戦争によって、リビアの三つの植民地州とエーゲ海の十三の島の支配権を手に入れた。その中で一番大きいのはロードス島で、その場所を地図で指し示すのはむずかしいが、その名前はほとんどの人が聞いて知っているはずだ。ほかの島はカルケラ、カリーノ、カソ、コウ、レロ、リッソ、それにニシロ、パトモ、ピスコピィ、スカラパント、シミ、スタンパリア。そんなふうに整理するだけでもずいぶんと時間がかかった。

トルコは一九二四年に結んだローザンヌ条約で正式に島々をイタリアに譲り渡した。しかし、それよりまえの一九一二年からイタリアはすでに島々で使う加刷切手をつくりはじめていた。それぞれの島はそれぞれ独自の切手を持っていたが、それらはよく似ていて、異なるのは加刷された部分だけだ。それでも、ケラーはその島々の切手が気に入っていた。初期の頃の切手のいくつかは数ドルの値打ちしかないが、見つけるのは事実上不可能な切手だ。

ジェブ・ソダリングのコレクションにはそんな切手の大半があった。ケラーはピンセットを片手に持って作業に没頭し、切手を選んではグラシン紙の封筒に入れ、カタログに載っている切手の番号と値段を書き出した。カルケラ五番、三ドル二十五セント、カリーノ四番と五番、六ドル五十セント、カソ四番と五番、六ドル五十セント。ソダリングはカソのガリバルディのセットも持っていた。それはケラーがまだ手に入れてなかった唯一のガリバルディのセットだった。カソ十七番から二十六番、未使用、少々ヒンジあり、百七十ドル。

そんなふうに作業を進めていった。

ディニア・ソダリングが同じ部屋にいる気配を感じた。が、顔を起こしたときには彼女の姿はすでになく、からっぽのカップはさげられ、新しいコーヒーを注いだカップが置かれていた。そのときにはフランスの植民地の切手まで作業を進めていた。それからガボンの初期の頃の加刷切手まで調べおえたところで、ディニア・ソダリングがまた部屋にはいってきて、昼の休憩は取るのかと訊いてきた。

「あと少ししたら取ります」彼は切手から眼を離さずに言った。それからほどなく彼女のことも昼食のこともすっかり忘れてしまった。しばらくしてドアが開いて閉じたような音が聞こえた。それが意識の隅に引っかかり、顔を上げると、机の上の向こうの隅にサンドウィッチとアイスティがのったトレーが置かれていた。

ケラーは休憩を取ることに決めて、サンドウィッチを食べ、アイスティを飲んだ。わずかなあいだだけでも切手の作業から離れて昼食を食べていると、南に百マイル離れたところに建っていた郊外の家――火事で焼け落ちた家――に心が引き戻された。朝食のまえにデンヴァーのニュース番組を見てから、朝食を食べながら朝刊も読んだのだが、わかったかぎり、状況は基本的には何も変わっていないようだった。リチャード・ヒュードポールは今もまだ重体だった。消防署のスポークスマンは、火が即座に燃え広がったのは、屋敷じゅうに計画的に燃焼促進剤がばら撒かれていたためと発表していた。ジョアン・ヒュードポールも弁護士を通してコメントを出していたが、事件のことについては黙秘しているようだった。

おれには関係のないことだ。ケラーはそう自分に言い聞かせた。考えずにはいられないが、できることは何もない。切手の作業に戻ったとたん、それは頭から消えていた。


作業をいつやめればいいのかわからなかった。ジェブ・ソダリングのコレクションには、ケラーの持っていない切手が山ほどあったが、イナゴが大麦畑を食い尽くすように選ぶつもりはなかった。ひたすらせっせとアルバムを調べ、メモを取りながら作業を進めた。

窓のほうにふと顔を向けて彼は驚いた。さっきまで昼だったのに、すっかり暗くなっていた。それまで腕時計は一度も見ておらず、今も見ようとは思わなかったが、彼は自分に言い聞かせた、そろそろこの部屋を出なければならない。ただ、そのまえに見ておかなければならないアルバムがあと一冊だけ……


切手部屋からようやく出たときには十時近くになっていた。〈デニーズ〉ならきっとまだ開いているだろう。食欲はあまりないが。

ダイニングルームのテーブルに二人分の食器が並んでいた。で、気づいたときにはもう、ディニア・ソダリングに案内されるまま椅子に坐り、ワインを注ぐよう頼まれていた。彼はカリフォルニアのカベルネ・ソーヴィニヨンのワインを開けてグラスに注いだ。彼女が料理をテーブルに運んできた。大きな木のボウルに盛ったトス・サラダと、鍋いっぱいのチリ。

彼は食欲がないことを詫びようとしたが、チリのにおいを嗅ぐと、詫びることは何もなくなった。ボウル一杯のチリをたいらげ、おかわりをしろと命じる心の声に従った。

「本来、チリに合うのはビールだってわかってるんだけど」と彼女は言った。「でも、夫はワインのほうが好きだったの。赤のフルボディはテキサス西部の安酒場の料理を三つ星レストランの料理に変えるだなんて、よく言ってたわ」

「ほんとうにおいしいチリだ」とケラーは言った。

「秘訣はクミンを使うことね」と彼女は言った。「もっとも、それって秘訣でもなんでもないけれど。だってクミンのにおいがするでしょ？　でも、秘訣はほかにもあるの。なんなのか教えましょうか？」

「ええ」

「コーヒーよ。飲み残しのコーヒー。まあ、飲み残しのコーヒーがなかったら、そのために淹《い》れてもいいけれど。コーヒーで豆を煮るの。コーヒーの味はしないけれど、それともあなたにはわかった？　わたしにはコーヒーの味はわからない。そこにはいってることがわかっていても。でも、はいってるのよ。それで味ががらりと変わるの」

コーヒー——チリにはいっているコーヒーではなく、磁器のカップにはいっているコーヒー——を飲みながら、彼は取引きの仲介をする手数料として受け取る切手を選びおえたと言った。彼が選んだ切手のおおよその市場価格は五万ドルになると見積もったが、カタログに載っている価格はもちろんそれよりもずっと上まわっていると話した。

選んだ切手は——と彼は言い足した——今朝、あなたに渡された靴箱にはいっています。私がニューオーリンズに持ち帰るまで、それは切手部屋に置いておきます。

「そう」と彼女は言った。「モーテルのあなたの部屋に置いておくより、そのほうが安全ね」

確かにそのとおりだ、とケラーは思ったが、言われるまではそんなふうに考えてはいなかった。切手はコレクションの残りの切手がつつがなく売れるまでは彼のものではないのだから。

「そうそう、それでもうひとつ訊いておきたいことを思い出したわ」と彼女は言った。「明日から三日続けて切手ディーラーが三人来るわけでしょう。彼らがふらりとやってきて、三十分ほどアルバムをばらばらめくってから、またふらりと立ち去るとは思えないんだけど」

ケラーはそのとおりだと言い、それぞれのディーラーが切手を調べるのは一日がかりになるだろうと言いさした。

「彼らがそうしているあいだ、あなたはここにいてくれるの？　わたしが何かされるかもしれないなんてことはないでしょうけれど、でも——」

「誰かが切手を調べているあいだは」と彼は言った。「私が同じ部屋にいて立ち会います」

「今日は日曜日。月曜、火曜、水曜まであなたはここにいて、木曜日にニューオーリンズに帰るわけね」

彼はうなずいた。三人のディーラーとそれぞれ約束を取りつけたあと、すぐに飛行機を予約してあった。

「ねえ、毎日、車でここに来て、また車でモーテルに戻るなんて面倒じゃない？　もちろんお金だって無駄になるわ。この家のゲストルームのベッドは少なくともモーテルのベッドと同じくらい快適だし、コーヒーはここのほうがおいしいわ。それに車が行き交う音がしないからゆっくり休めると思うの。今晩はもう遅いからここに泊まったら？　明日、モーテルに荷物を取りにいってチェックアウトすればいい。そのほうが合理的でしょ？」

39

〈ラ・クィンタ〉に戻ってシャワーを浴びて出ると、電話の鳴る音が聞こえた。が、呼び出し音が一度鳴っただけで切れてしまったので、ケラーはタオルを手に取って体を拭くと、バスルームを出て、ドレッサーの上に置いた携帯電話を手に取った。電源が切ってあったので、電源を入れて誰が電話をかけてきたのか確認した。誰もかけてきていなかった。かけてきていたとしても、電源が切ってあったのに、どうして電話が鳴る音が聞こえたのか。

彼は部屋の電話を取り上げてフロントに電話した。するとフロント係は彼の部屋に電話はかかってきていないと言った——自分には客に電話がなかったことを伝えることより、もっとほかにやることがあるのだと言わんばかりの声音で。ケラーは電話を切ると、なぜだろうとしばらく考え、もう一台携帯電話を持っていたことを思い出した。ドットと話すときにだけ使う電話だ。

しかし、その電話は自分からかけるときや、あるいはドットからかかってくることがわかっているとき以外、何週間もまったく使わずにいることがよくあるので、たいてい電源を切ってあった。それはともかく、その電話はどこにある？

見つかりそうにない気もしたが、そんなはずはないとすぐに思い直した。この狭い部屋のどこかにあることはわかっているのだから。さっきその音を聞いたばかりではないか。呼び出し音が一度鳴ったのだから、また鳴るかもしれない。いや、どうにかして鳴らすことはできないだろうか。それにはもう一台の電話でその電話の番号にかけさえすればいい。

しかし、それはできない。彼はいつも使っている電話を手に取って親指を番号の上に置いてそのことに気づいた。もちろん、電話番号など覚えていなかった。また、スピードダイアルに登録もしていなかった。どうしてその必要がある？　自分に電話したことは一度もない。誰かにその番号を教えたこともない。その電話ではドットとしか連絡しないことにしていて、それも他人に聞かれたくない話をするときにかぎるのだから。

簡単には見つからない。電話はあるのに、どこにあるのかわからない。呼び出し音が聞こえるほど近くにあるのに、そのクソ電話を鳴らすこともできない。できることと言えば、それをひたすら探すことだけだ。それがここにあるのがわかっていることにささやかな喜びを覚え、また鳴ってくれることを祈りながら探すしかない。

呼び出し音がまた鳴った。

それは、そう、もちろん机の上の彼からは見えないところにあった。モーテルの部屋に置いてあった〈シャイアン・ディス・ウィーク〉という雑誌の下に。ケラーはそれを手に取ってぺらぺらとめくってから、机の上に放り投げたのだった。それがどうやら電話の真上に落ちたらしい。ただ、雑誌はふくらんだところもなく平らで、その下に何かがあるようには見えなかったのだ。その錯覚が呼び出し音によって即座に打ち砕かれたわけだ。

「もしもし」と彼は言った。

「もしもし」とドットは言った。「ねえ、大丈夫？　なんだか三階まで駆け上がってきたような声をしてるわよ」

「大丈夫だ」

「あなたがそう言うのなら、パブロ」

　パブロ？

「あなたはまだそっちにいるんでしょ？　まだ切手を数えてるのよね」

「ああ、まだこっちにいるが、何も数えてないよ」

「自分の幸せすら数えてないの？　まあ、切手で何をしてるにしろ、それを舐めたりはしてないと思うけれど。今では誰もそんなことはしないわよね。郵便局は舐めたら貼れる《リック・アンド・スティック》方式から、なんと呼ぶのか知らないけど、新しいのに変えたんだから」

「セルフ粘着方式」

「人の心までくっつきそうな素敵な方式。ねえ、あなたが最後に切手を舐めたのはいつ、パブロ？」

　彼は手紙を出すときには今でもそうしていたが、安売りで買った切手の話までドットにする必要はなかった。「ここしばらくはしてないな。それはそうと、なぜさっきからおれのことをパブロって呼ぶんだ？」

「あなたの名前を呼ばないためよ」

「なるほど」

「反射的に口から出ちゃうから」と彼女は言った。「ほかの人がコンマを使うように、あなたのことを名前で呼んじゃう癖がついてるから。しかも新しい名前じゃなくて、古い名前をね。あなたの職業《キラー》と母音がひとつだけちがう名前を」

　はあ？

「その名前で呼ぶ人はもういない、でしょ？」

　ジュリアはその名前で呼ぶことがある。時々にしろ。彼が子供の墓からニコラス・エドワーズという名前を拝借するまえから、ジュリアは彼のことを知っており、それまでみんなに呼ばれていたとおり、ラストネームのケラーを呼び名にしていた。が、新しい名前になってからほかの人のまえでうっかり彼をケラーと呼んだことは一度もない。ジェニーもその名前を聞いたことは一度もないのではないだろうか。が、ジュリアが彼とベッドをともにするとき、またはベッドをともにする気になったときには、彼はまた一気にケラーに戻ることがある。

もっとも、それも近頃では少なくなっていたが。少しずつ少しずつ呼ばれる回数が減ってはいたが。ロマンスの分野においても、ニコラスがケラーに取って代わり、ケラーはベッドルームの端へ端へと追いやられ……

「だからパブロなのよ」とドットは言った。「その名前が気に入らないなら、ほかの名前を考えるわ。ただ、わたしは昔からその名前が好きだったけれど」

「パブロね」

「気に入らないのね、そうなんでしょ？」

「いや、そんなことはないよ。それで電話をかけてきたのか？　おれがパブロと呼ばれることをどう思うのかを訊くために？」

「ちがうわよ。あなたの様子を知りたかったの。相変わらず切手のことで忙しくしてるとは思ってたけど」

「かなり忙しい」

「でも、逃したものは何もないわよ。リチャード・ヒュードポールはまだ生きているし、彼ごと家を焼き払ったのは誰なのかまだわかってないんだから」

「彼の妻は何も言ってないのか？」

「言ってない」とドットは言った。「でも、彼女のことを責める気にはなれない。わたしとしてはそう言わざるをえないわね。ずっと彼女のことを考えてたのよ」

「ほう？」

「彼女がわたしたちの依頼人だと思う」

「このまえもそういう話にならなかったっけ？」

「でも、わたし、断定はしなかったでしょ？　だって、あのときは火事そのものが彼女の仕組んだことだと思ったわけだから。彼女は子供を連れて家を出て、計画が実行に移されたときには家にいないようにしたんだから」

「それで充分辻褄《つじつま》が合う」

「ええ、でしょ？」と彼女は言った。「でも、そうじゃなかったのよ。パブロ、彼女は服を一枚も持っていかなかったの」

「はあ？」

「いったいどんな女が服を全部残したまま、家を焼き払ってくれなんて誰かに頼むと思う？　ミスター・チャールズ・ラムならいい考えだと思ったかもしれないけれど、ミセス・ラムはきっとそんなふうには思わなかったはずよ。ミセス・ヒュードポールにしてみれば、いい知らせはご主人が亡くなりましたってこと。でも、悪い知らせは、五十足の靴がもはや過去のものになりましたってことだもの」

「彼女は靴を五十足も持ってたのか？」

「そうだとしてもよ、パブロ、今はそうじゃなくなった。おまけに夫も死んでないんだから」

　彼はそのことを考えてから言った。「わかった。彼女はわれわれを雇った。でも、おれがぐずぐずしてるあいだに、誰かが出向いて仕事をしたってことか。でも、いったい誰が？」

「その男のことは〝別の男〟って呼ぶことにしましょう」

「わかった。その〝別の男〟を雇ったのは誰なんだ？」

「わからない」と彼女は言った。「妻でないことだけはわかってるけど。彼女は腹を立ててるはずよ」

「腹を立ててる」

「相当腹を立ててるはずよ。わたしのところに誰かから電話があったのよ。その誰かはまた別の誰かからの電話を受けていて、その別の誰かは彼女から電話を受けた。わかってるわよ、これがつまらない歌みたいに聞こえるのは。でも、誰が家を焼き払ったにしろ、彼女にしてみれば、そいつは誰より頭が悪くて、いかれていて、素人くさいヌケ作野郎ってことになる」

「まあね」とケラーは言った。「その点についてだけは彼女に賛成と言わざるをえないな」

「どう、われらが友〝別の男〟の特徴をよく言い表わしていると思わない、でしょ？　だから、わたしたちの仕業じゃないって伝えたの。で、仲介者は少なくとも一本の電話を誰かにかけて――」

「あるいは彼女の望みを知っていた別の誰かがいるのかもしれない。彼女はどこかのバーで知り合った男に頼んだ。でも、その男にはできないと思い直して専門家に連絡を取った。そういうことは考えられないかな?」

ドットは黙った。

「にもかかわらず、その男がやってしまった。ただ、家をあんなふうに焼き払うには、別の専門知識が必要だ。そうは思わないか? おれだってどうすればあんなふうになるのか見当もつかない」

「そもそもあなたはあんなことしようなんて思わないものね」

「まあね、それはそうだ。でも、インターネットで知り合ってバーで打ち合わせしたタトゥーを入れた男がいかにもやりそうなことじゃないか?」

「あるいはバーで知り合って」と彼女は言った。「インターネットで打ち合わせしたとか。電話をいくつかかけてみたんだけど、パブロ、もっとかけてみるわ。でも、どうしてわたしたちが気にしなくちゃいけないのって思わなくもないのよ。だって、誰もわたしたちに手付け金を返してくれなんて言ってきてないし、残りの報酬を稼ぐ方法はもうなくなったわけなんだから。つまり、わたしたちにとって戦いは終わったわけよ。そうは思うんだけど、でも……」

「事実を知って損にはならない」

「そうなのよ」と彼女は認めた。「また連絡するわ。明日、あなたは切手未亡人のところにいるんでしょ？　携帯電話を近くに置いといてね」

40

最初の切手ディーラーが寄こしたバイヤーは十時半に来ることになっていた。ケラーはデンヴァーの新聞に載っていたヒュードポールの記事を読みながら、〈デニーズ〉で簡単な朝食をとると、ソダリングの家に向かい、十時少しまえに着いた。切手ディーラーより遅くならないように。

昨日の夜、ミセス・ソダリングが彼に、彼女の家に泊まり、次の日の朝にモーテルをチェックアウトすればいいと提案したとき、彼はそれがいい考えではない理由をでっち上げた。どうしてもその夜、コンピューターでやらなければならない仕事があると言ったのだ。今朝、彼はシャワーを浴びてひげを剃ったあと、荷物をまとめてバッグに入れると、トヨタのトランクに積んだ。

が、チェックアウトはしなかった。さらに、起こさないでくださいと書かれたカードをドアノブにぶら下げた。だから、清掃係のメイドは彼が朝早く出かけたとは思っていないだろう。選択肢を取っておくに越したことはない。

「朝早く眼が覚めたので」と彼はディニア・ソダリングに言った。「朝食はすませてきました」

「でも、コーヒーをあと一杯くらいなら飲めるでしょう」と彼女は言った。彼はそれなら大丈夫だと応じた。

戸外に置かれたテーブルにつくと、彼女はだしぬけにヒュードポールの事件のことを話しはじめた。あなたはこの事件を追いかけてた？　追いかけてはいなかった、とケラーは答えた。そのおかげで新聞に書いていないことをうっかり話してしまう心配はなくなったが、彼女が事件の詳しいあらましを一部始終話すのにつきあわされた。

「奥さんが可哀そう」と彼女は言った。「でも、運がよかったわね、一緒に死なずにすんで」

「もし奥さんも家にいたら――」

「そうなのよ！　子供たちも。警察は放火と思ってるみたいだけど、でも、ほんとにそうだったのかしら」

「あれこれ考えさせられる。そういうことかな？」

「夫は熱帯魚を飼っていたんでしょ？　だったら、なんらかの化学薬品のせいじゃないかしら。それが自然に発火したとか」

彼のカップにコーヒーを注ぎ足してポットをテーブルに置いた彼女の手がケラーの手に触れた。ただの偶然だったのだろう。ケラーは自分にそう言い聞かせた。オーティス・ドライヴの火事同様。

グリフィンだかグリフィスだかいう名前の切手のバイヤーは背の低い痩せた男で、赤と黒のストライプのヴェストに黒のピンストライプのスーツを着ていた。細面で、鼻がとがっており、顎はさらに鋭くとがっていた。赤褐色の髪はふさふさしていてつややかだった。あまりにふさふさでつややかなので、ケラーは自然の類推からかつらにちがいないと判断した。カジノでブラックジャックのディーラーをしているか、または競馬場で予想屋をしているのが似合っていそうな風体だった。スーツのジャケットを脱いで椅子の背に掛けると、その印象はますます強まった。見れば見るほど眼を惹きつけられる。男のヴェストはそんなヴェストだった。

そいつがジェブ・ソダリングの切手作業用の机について、緑色のアイシェードをつけると、その印象は動かしがたいものになった。ミセス・ソダリングがコーヒーを勧めると、そいつは要らないと断わり、さらにお茶や水も断わって、ヴェストの一方のポケットからピンセットを、もう一方のポケットから拡大鏡を取り出して言った。

「ヨーロッパを見せてもらえるかな」

舞台俳優だったら、客席の一列目にしか届かないようなか細い声だった。テーブルをはさんで男の真向かいに坐っていたケラーでさえ、注意していなければ、何を言っているのか聞き取れなかった。

「アイスランドからトルコまでということだね」とケラーは言った。

「実のところ」と男は言った。「アイスランドはほんとにヨーロッパの一部なのかという議論があるんだよね。アイスランドの真ん中を地質断層が横切っていて、その片側がヨーロッパでも、もう一方の側は北アメリカじゃないのかってわけ。切手の観点からすると、もちろんそこはスカンジナビアの国々に属していることになるけど。あんたの名前を忘れちまった」

「エドワーズ」

「エドワーズ。あんたはずっとそこに坐ってるつもり？　おれはいったん切手を調べはじめたら、口を利くつもりもなけりゃ、話しかけられるつもりもないんだよな。ひとこと言っておくと、おれがひとりでコレクションを調べることにはなんの問題もないから」

「私はここにいさせてもらう」とケラーは言った。

男はそれ以上何も言わなかった。ケラーも何も言わなかった。が、男のほうがさきに音を上げた。息を吸い、ため息をつくというより派手に吐いた。

「アイスランドの住民はおよそ三十万人だが」何をしゃべるにもその声はか細かった。「彼らはみんな五人のヴァイキングと四人のアイルランド人の女の子孫だ。そこに居坐るつもりなら、アルバムを取ってきてくれないか」

ケラーは立ち上がった。

「いや、ちがう、アイスランドじゃない」男はケラーが尋ねてもいない質問に答えて言った。「フランスだ。フランスから始める」


その朝、ケラーはモーテルを出るときに、ドットとやりとりするときだけに使う携帯電話――その電話のことはもう〝パブロのケータイ〟としか考えられなくなっていた――をバイブモードにセットしていた。その機能を使うのは初めてだったので、電話が実際にかかってきても、そのことに気づくのにしばらくかかった。大きなムカデが胸のポケットで踊っているような妙な感じがした。

彼は部屋の隅に言って電話を取り出し、応答ボタンを押した。が、彼のほうからは何も言わなかった。ドットも最初は黙っていたが、やがて口を開いた。「パブロ?」

「ああ」彼はできるだけ小さな声で返事した。

「そばに誰かいるのね」とドットは言った。

「ああ」

「危険人物? それともわたしたちのやりとりを聞く必要のない耳?」

「耳」

「だったら、わたしの声をスピーカーフォンで聞かないでね、わかった? 何人かの仲介者と話してわかったんだけど、タトゥーを入れたヌケ作のことはもう忘れてもいいわ。ミセス・ヒュードポールの父親が雑誌の販売業者で、ある人物を知っているある人物と取引きがあった。その父親は数年前に死んだんだけど、死ぬまえにある人物を娘に紹介して、厄介事を片づけたいときにはその人物に任せるといいとかなんとか、彼女に言ったわけ。彼女はその男に連絡した。わたしのことを覚えてる？　わたしはベニーの可愛い娘よ、とかなんとか。男は誰に電話して何を話せばいいのか彼女に教えた。彼女はそのとおりにした。パブロ、まだそこにいる？」

「ああ」

「切られちゃったかと思ったわ。話は理解できた？」

「ああ」

「あなたがどう思うのか訊きたいけど、〝ああ〟と〝耳〟しか言わない人から多くのことを訊き出すのは無理ね。でも、一方、彼女が〝別の男〟を見つけてきたわけじゃなかった場合は可能性はすごく広がることになる」

「万事に」と彼は言った。

「万事休すってこと？」

　こんなふうに話さなければならないのは、ケラーにしてももなんとももどかしかった。アイシェードをした小柄な男は眼のまえの作業に没頭しているようで、今はベネルックスの国々のページを調べていた。ケラーは思った、こいつはおれが電話していることに気づいているだろうか？　おれの電話のやりとりに耳を傾けているなどということがあるだろうか？彼はできるだけ小さな声で話していた。男は切手を夢中で調べていた。だからその可能性はなさそうだった。それでも、これほど小さな声で話す男なら、耳もかなりいいにちがいない。それにこれほどとがった鼻と顎をした男なら、コウモリのような耳を持っていても不思議はない。だから、確信などどうしてできる？

「パブロ、どこにいるの？」

「どうして？」

「どうして可能性が広がるのかを訊いてるの？　そんなのはわかりきったことじゃないの、ちがう？　でも、それがあなたの訊きたいことじゃない。どうして、どうして、どうして彼女は夫を殺してほしいなんて思ったのか？　そういうことよね？」

「ああ」

「いい質問だわ」と彼女は言った。「また電話する」

小柄な男の名前はグリフィンでもグリフィスでもなく、グリフィだった。E・J・グリフィ。彼はきっかり十時半にやってきて、十一時になるだいぶまえから切手部屋に腰を落ち着けて、アイスランドについてぶつぶつつぶやきはじめていた。ディニアが十二時半頃部屋にやってきて、昼食をとったらどうかと勧めると、朝食をたっぷり食べてきたのでこのまま作業を進めたいと丁重な口調で言った。そして、またアルバムのほうに向き直ると、小さなノートにメモを取りながら切手の点検を再開した。

ケラーは切手部屋にいつづけ、ディニアが持ってきてくれたサンドウィッチを食べた。二時少しまえ、グリフィは立ち上がって何か言った。ケラーには聞き取ることができなかった。訊き返すと、〝トイレ〟と言ったことがわかった。ケラーはドアまで一緒についていって、彼の行きたいところを指差した。グリフィはノートを持って切手部屋を出た。

ドアが閉まると、ケラーは携帯電話を取り出してドットにかけた。彼女が出ると、即座に言った。「きっと火事でふたりとも死ぬことになってたんだ。いや、もしかしたら家族全員死ぬことになってたのかもしれない。あるいは、金曜日の夜のお泊まり会のことは〝別の男〟も知っていたのかもしれないけれど、それが結局、子供じゃなくて、女子のお泊まり会になるとは思わなかった。〝別の男〟はミスター・Hもミセス・Hもやるつもりだった。で、彼女が家に戻る時間を余裕を持って計算し、燃焼促進物をばら撒き、タイマーをセットして作動させた」

「そうかも」

「きみはもう全部わかってたんだね」

「だいたいのところは。彼女はあなたを雇い、彼女ではない誰かが〝別の男〟を雇った。もしあなたのほうがさきにあの家に行っていたら、〝別の男〟はどうしたと思う?」

「おれだったら」と彼は言った。「家に帰るな。なあ、ドット、どうしておれたちはこんなに誰がどんな理由で何をしたなんてことを気にしなきゃならないんだ?」

「気にするべきじゃないのに」

「なのに気にしてる」と彼は言った。

「そのようね。ちょっと思ったことがあるんだけど、ケラー、いい――」

「あとにしてくれ」ケラーはそう言うと、電話を切った。グリフィがドアを開けた。


「封印入札ねえ」とE・J・グリフィは言って、彼が仕事をしているディーラーの名前と住所が左の上の隅に書かれた封筒をひらひらと振ってみせた。商業用カヴァーの蒐集家は封筒にそんなふうに印刷された差出人住所を〝コーナー・カード〟と呼ぶが、そのことばは切手蒐集家のあいだだけで通じる少々風変わりな表現だ。そういった表現は、泥棒の隠語のようにごくわずかな人にしか理解できない用語を使うことへのこだわり、とケラーは昔から思っていた。カヴァー、コーナー・カード……

「これはこちらからの提案になるけど」と小柄な男は続けた。その声には力がこもっていた。小さいことに変わりはなかったが。グリフィもケラーも今はディニア・ソダリングのいる応接間にいた。グラス三つに赤ワインが注がれていたが、誰もまだ手をつけていなかった。

「私が勧めたいのは、この封筒を今ここで開けることだ。そこに書いてある入札額を見たら、きっと満足してもらえるし、おそらくどのバイヤーがつけた入札額より上まわってるだろう。今、この場で封筒を開けて、その入札額で先買いさせてくれたら、梱包と配送の準備をすぐに始められるんで、あと十パーセント上乗せしてもいい」

彼はさらに持論を展開し、ケラーとディニア・ソダリングが疑問を投げかけてもそれをことごとく封じた。ほかのバイヤーががっかりする？　いや、こういうことはよくあることだよ。彼らもすぐに忘れるさ。

ケラーは彼から封筒を受け取ると、中身を判断するかのように手のひらでその重みを確かめて言った。「やっぱり最初に決めたとおりにしよう。三人に封印入札してもらって、それを同時に開け、一番高い値をつけた者にコレクションを売ることにするよ」

グリフィは異を唱えはじめたものの、すぐに方向転換した。「だったら好きにすればいい。結局、おれの入札額が一番高いことがわかるだけのことなんだから。それには自信があるね。そのときになって、あと十パーセント多くもらえたかもしれなかったことを思い出してくれればいい」

「今度はこっちが提案する番だ」とケラーは言い、グリフィの顔に驚きの表情が走ったのを見て、いささか満足した。「そっちの入札額を上げてくれ」

「なんだって？」

「あんたはそこに書いた入札額より十パーセント多く払ってもいいと言ったじゃないか。なかなかうまい手口だが、今回はうまくいかなかったね。よく考えることだ。実質的な最高入札額を書かなかったら、あんたはコレクションを失うかもしれない。そんなリスクを冒してもいいのかな?」

グリフィはケラーをしばらくじっと見つめた。その顔からはどうにか無表情でいようと努めていることが伝わってきた。そのあと、いきなりケラーの手から封筒をひったくるようにつかむと、大股で歩いて切手部屋に戻った。

しばらくして、封筒を握りしめて戻ってくると言った。「中におれの名刺もはいってる。ディーラーの入札額と一緒に。いいかい、思うに……いや、おれが思うことなんてどうでもいいか。封筒を全部開けるのは明後日だったね? そのとき、うちの入札額が一番高かったことがわかったら電話をくれ」

もしかしたら一番高くはないかもしれないが。ケラーは家の女主人がE・J・グリフィを玄関のドアまで送るのを見ながらそう思った。

41

ケラーにあてがわれた部屋は二階で、階段のすぐそばだった。グリフィのレンタカーの音が遠ざかり、やがて聞こえなくなると、ディニア・ソダリングに言われた、食事のまえにシャワーを浴びたければ、車から荷物を取ってきたらどうかしら、と。ケラーはとっさに思った。おれは荷物をまとめてモーテルから出てきたことを話してしまったのだろうか？　あるいは、彼女がただ推測しただけなのだろうか？

いずれにしろ、彼は今、ゲストルームにいた、大きな四柱式のベッドがあり、そこにパッチワークのベッドカヴァーが掛けられていた。四角い幾何学模様のベッドカヴァーはアーミッシュの工芸品のように見えた。もっとも、ケラーはパッチワークのことはよく知らなかったが。もしかしたら、E・J・グリフィのような男と比べると、切手のこともよくわかっていないのかもしれない。グリフィは十何冊ものアルバムをぱらぱらとめくり、数時間のうちに専門家としてその価値を判断したのだから。

一方、E・J・グリフィは絵画用のワイヤから絞殺具をつくるやり方など何も知らないだろうが。

シャワーを浴びて着替えたあと、ケラーは普段使っている携帯電話をスーツケースから取り出して、ジュリアにかけた。いつも話しているようなことを手短に話したが、ケラーはなぜか距離感を覚えた。ソダリングの家に泊まることにしたのを話すべきだったのだろうか？しかし、それはジュリアが知る必要のない情報だった。そもそもモーテルの名前さえ教えていなかった。それでも……

パブロのケータイでドットにも電話をかけたが、応答はなかった。呼び出し音が四回鳴ったところで、コンピューターの男の声に伝言を残すように言われた。そこで電話を切った。

「あなたたちふたりが切手部屋に閉じこもっているあいだ、わたしは何をすればいいのかわからなかった」とディニア・ソダリングは言った。「馬に乗ってもよかったんだけれど、なぜかここにいなければいけないと思ったの。でも、なぜそんなふうに思うのかわからなかったから、とにかく料理をしたのよ」

彼女は夕食にコック・オー・ヴァン（鶏肉を野菜とともに赤ワインで煮込み、黒コショウの風味を利かせたフランスの田舎料理）をつくっていて、この鶏《コック》は、と講釈をした——ここから一マイル半離れたところにある囲いのない養鶏場で、仲間と自由に歩きまわり、オーガニックな餌を愉しんで育ったのよ。ワイン《ヴァン》は、今飲んでいるのと同じポマールの赤ワインを使ったわ。ジェブはワインセラーを家に備え付けて、ニューヨークのマディソン・アヴェニューのワイン商からケース買いしてたの。

彼女は夕食のために着替えていた。ブラウスにスラックスという恰好ではなく、肩が少しばかり露わになったシンプルな黒いドレスをまとっていた。

それに香水もつけていた。彼女がうしろに立ってコーヒーを注いだときに、ケラーはそのことに気づいた。

「あのミスター・グリフィという人は」と彼女は言った。「体は小さいのに、なんだか威圧的なところのある人だったわね。わたしがひとりで応対していたら、きっと途方に暮れてたと思う。でも、あなたは見事に対処した。彼の顔を見るだけでそのことは明らかだった。あなたにまんまと裏をかかれて、どう反応すればいいのかわからないって顔をしてた。で、慌てて入札額を上げた」

「上げなかったかもしれない」とケラーは言った。「もしかしたら、彼は同じ封筒を持って戻ってきたのかもしれない。結局、その封筒の封は一度も開けなかった」

「そういうことだったの？」

ケラーは首を振って否定した。「彼が部屋を出ていくまえに親指の爪で封筒を引っ掻いておいたんだ。だけど、戻ってきたときに持っていた封筒にはその跡がなかった」

「でも、あなたはどうしてそんなことをしようと思ったの？」

「どうしてそんなことをしたのか、それは自分でもわからない」と彼は言った。「そんなことにどんな意味があるのかもね。それでも、彼が入札額を変えたのにはちがいなく、低くしたとは思えない。いくら上げたのかまではわからないけれど」

「ずばり彼の入札額はいくらだと思う?」

「見当もつかない」

「それでも二十五万ドル以上?」

彼はうなずいた。

「ということは、あなたは買わないってことね」

「残念ながら」

「封筒を開けたほうがいいのかしら? 蒸気をあてて開けて、それからまた封をすればいいんだから。そうしても誰にもわからない」

「鋏で切って開けてもいい」と彼は言った。「どのみち、われわれふたりしか入札額は見ないんだから。あなたの切手なんだから、あなたが決めればいい。私は計画どおりにするのがいいとは思うけれど」

「封筒を一度に全部開けるのね」と彼女は言った。「クリスマスにプレゼントをもらった子供みたいに。そうすればせっかくの愉しみを台なしにしなくてすむ、でしょ?」

彼は考えてから答えた。「それもあるかもしれない」と認めてから続けた。「でも、知らないほうが強気でいられるような気がする。その理由までは説明できないのだけれど、でも――」

「誰もわたしたちの頭の中は読めない」と彼女は言った。「頭の中に何もなければ。それでいいわ、ニコラス。わたしの直感よりあなたの直感に従うことにする」

ニコラス。

それから二言三言やりとりをし、ケラーはほとんど意見を述べるかのようにあえて彼女の名を言った。ミセス・ソダリング、と。

「ディニアよ」彼女はすぐに訂正した。「あなたは今やこの家のお客さまで、交渉のパートナーなんだから。なのにわたしをミセス・ソダリングといつまでも呼ぶわけにはいかないでしょ？」

「だったら、ディニア」

「変わった名前でしょう。それはわかってるの。でも、生まれたときにつけられた名前よりずっといい。そのときの名前はなんだったか当てられる？」

当てられなかった。

「ガーディニアよ（〝クチナシ〟の意）」と彼女は言った。「花の名前をつけるのはかまわない。でも、それなりにふさわしい名前というものがあると思う。たとえばローズとかアイリスとか。あるいは、パンジーとか、そう、フォーシシア（〝レンギョウ〟の意）とかより軽くていい」

「フォーシシアなんて名の知り合いはひとりも思いつかないが」

「わたしもよ。でも、ダリアという名前の女の子はいた。それはそんなに悪くなかった。わたしの母が〈ジャングル・ガーディニア〉というにおいのきつい香水をつけていて、父は内臓の奥までその影響を受けちゃったのね。母にその香水を半ガロンほども買ってきていて、おまけにそれをわたしの名前にしようなんて言い張ったんだから。わたしはその名前が大嫌いで、名前を変えられる歳になって、すぐに法律上の手続きを踏んで変えたの」

「ディニアに」

「そう、わたしはこの名前が気に入ってる。その由来を説明するのは面倒だけど。わたしの名前は香水と複雑な関係があるなんて。そんな香水、つける気にもならないし、においを嗅ぐと少し胸がむかむかする。でも、それは母のにおいでもあるわけよ。それって普通は温かさと居心地のよさを与えてくれるものでしょ、ちがう？」

「確かに複雑な関係だ」

「でしょ？」と彼女は言った。「それでも、どれだけ頻繁にそのにおいに出くわすと思う？一年に一度もないわね、ええ。だから、総じて言えば、それほど複雑に考えることもない。今はそう思ってるの、ニコラス」

　ほう？

「ワインのおかわりはいかが？　ワインを開けたら、わたしたち、一本空けるべきよ」

彼はグラスを手でふさいだ。「もうすでに眼を開けてるのがやっとでね。ミスター・E・J・グリフィの向かいに坐ってただけでやけに疲れた」

「わかる気がする」

「それに寝るまえに電話をかけなきゃならない」

「ニューオーリンズに？」

セドナだ。しかし、彼女がそれを知る必要はない。「さっきも電話で話したんだけれど、寝るまえにもう一度話しておきたいところがあって」

「彼は浮気をしてたのよ」とドットは言った。「どうして男の子って自分のパンツの中にちゃんと収めておくことを学ぼうとしないのかしら？」

ケラーはゲストルームのベッドの端に坐っていたのだが、顔が赤くなったのが自分でもわかった。

「パブロ？　そこにいるの？」

「いるよ」

「今、話せるの？」

「電話したのはおれのほうだ」と彼は言った。「依頼人の家にいるんだが、今はひとりだ」

「依頼人の家って――ああ、切手未亡人のことね。あっちのほうの依頼人じゃなくて」

「そっちの依頼人には家がない」

「今はもう。ともかく夫は浮気をしていて、可愛い子ちゃんがいて、離婚したがってたのね。それで子供の養育権の取り合いになって、彼女は過去の汚点をあれこれ蒸し返された。数年前には彼女のほうが浮気をしてたのよ。でも、そのことを後悔して、それはすでに過去の出来事になったと思ってた。なのに、夫は今になってそのことを言いだした。それで彼女はそんなろくでなしには死んでほしいと思って、父親に紹介された男のことを思い出したってわけ。まあ、あとはだいたいわたしたちの想像どおりよ」

「なんとね」と彼は言った。「きみはこれだけの情報をすべて仲介者から訊き出したのか？どちらかの仲介者から？」

「ちがうわよ、そうじゃないの。彼女はこの話を洗いざらいどこかの男にしゃべったりしなかった。しゃべったとしても、その男はわたしにそれをばらしたりはしなかった」

「だったら――」

「彼女本人がわたしに話してくれたのよ。まあ、そのことは置いといて、肝心なことを言っていい、パブロ？彼女は解消したがってる」

「彼女が依頼人だったわけだよな」

「ええ、そう」

「解消したがってるというのは――」

「もちろん契約をよ。彼女はわたしたちにあることをやらせたかった、覚えてるわよね？でも、気が変わったらしいの」

「何があったんだ？」

「病室でチューブにつながれて横たわる無力な夫の姿を見たからよ。ねえ、あなた、ほんとうにそのとき彼女の心に何がよぎったのか知りたい？」

「まあ――」

「わかった。彼女は病室にいて、彼は意識がなくてまわりには誰もいない。で、彼女は思ったわけ。自分ひとりでこの仕事を終わらせることもできるし、誰にもそれを知られることもないって。チューブをつまんで詰まらせてもいいし、引っこ抜いてもいいし、点滴に何かを注入してもいい――やり方はいくらでもある。でも、彼女は彼を愛してることに気づいて、生きていてほしいって思ったのよ。感情面の話は省略させてもらうけど。それって女子会だけの話題だから。要するに、彼女はまた夫を愛するようになった。だから生き延びて、また彼女のものになってほしいって思ったわけ」

「ドット――」

「ねえ、あなたがパブロでいるのと同じ理由で、わたしもほかの誰かでいたほうがよさそうな気がするんだけど。あなたはわたしほど名前を呼ぶことに熱心じゃないけど、でも、時々うっかり言っちゃう。ヒルダでどう？」

「ヒルダ？」

「わたしを何かの名前で呼びたいのなら、パブロ、ヒルダでいいってこと。いえ、考えてみるとあんまりよくないわね。今のわたしの正式な名前に近すぎる。フローラにしましょう、いい？」

「きみがそう言うなら。だけど、彼女はどうやってきみに連絡してきたんだ？」

「してきてないわ、パブロ。わたしのほうから彼女に連絡したのよ。どうやって？　電話を取り上げて彼女にかけたの」

「電話番号は誰から教えてもらった？」

「誰からも教えてもらってないわ。でも、いったい何人のジョアン・ヒュードポールがいるの？　彼女の携帯電話の番号は公開されてた。だからその番号にかけたのよ。彼女、最初の呼び出し音で出たわ。まるでわたしからの電話を待ってたんじゃないかって、そんなふうに思えるほどだった」

「きみの使った電話は――」

「落ち着いて、パブロ。新しい電話を現金で買ったの。登録はしていない。この電話同様。そっちの電話は彼女専用ね。彼女の番号はフラッグスタッフの〈キンコーズ〉のコンピューターを使ってグーグルで調べたから、痕跡は残ってないはずよ。紙にも電子の世界にもね。この件がすっかり片づいたら、ジョアン専用電話は下水溝行きになる」

「今すぐ捨てたほうがいいんじゃないか？」

「また彼女と話をしなきゃならないかもしれない」

ケラーは眉をひそめた。「どうして？」

「家を焼き払ったのはわたしたちじゃないって彼女は知って――」

「彼女はほかの誰かがやったことをすでに知ってた。そんなことは父親の友人に電話一本かければすぐにわかる」

「そのとおり」

「つまり彼女は〝別の男〟の存在を察知した。ほかの誰かが〝別の男〟を雇ったことを」

ケラーはしばらく考えてから言った。「夫の愛人？」

「かもしれない。あるいは愛人の嫉妬深い夫かも」

「愛人は結婚してた？」

「それはわからない。でも、その愛人がなんらかの形で関与してることはまちがいないわね」

「で、その愛人と〝別の男〟はゲームはまだ終わってないと思ってるかもしれない」

「そういうこと。またやるかもしれない。彼女は病院にいる夫を守るために警備員を雇った。退院しても雇いつづけるつもりみたい」

「最終的に彼が命を取り止めたら」と彼は言った。「でも、どうしておれたちがそんなことを気にかけなきゃならない？」

「パブロ、ちょっと冷たいんじゃない？　〝どうしておれたちがそんなことを気にかけなきゃならない？〟なんて。ひとりの男が生死の境をさまよっていて、彼の妻は危険にさらされてるのよ。それなのにそんなことを言うなんて」

「ということは、しばらく待てば」と彼は言った。「きみはおれのその疑問に答えてくれるわけだ」

「機会があれば」と彼女は言った。「その機会はもうすぐやってきそうな気がする。でも、パブロ、今は少し休みなさい。また連絡するわ」

42

その夜、ケラーはあまり眠れず、朝早くに眼が覚めた。階下《した》に降りていくと、すでにコーヒーがカップに注がれて、朝食の用意ができていた。ディニア・ソダリングが、ウェボス・ランチェーロス（トルティーヤの上に目玉焼きをのせて、トマトソースをかけたメキシコ料理）が好きだといいのだけれど、と言い、卵は昨日の夜の鶏料理にも使った、鶏を放し飼いにしてオーガニックの餌を与える養鶏場のものだとまた講釈を垂れた。

「なんでも屋」と彼女は言った。「わたしはメキシコ料理の朝食をそう呼んでるんだけど、ジェブは、葉巻一本とグラス一杯の水だなんて言っていた。そういうのも民族差別的なことばづかいということになるのかしら？　ロジータに聞いてみないと」

「ロジータ？」

「ああ、そうそう。あなたはまだ会ったことがなかったわね。いつも見えないところにいるから。こうしているあいだも彼女はあなたの部屋を掃除してるのよ。コーヒーのおかわりはいかが？」

今朝は香水はつけていなかった。肩が露わになったドレスも着ていなかった。昨日の夕食のときに何かしら誘いかけられたが、ケラーは相手を傷つけることなく断わる方法をすでに見つけていた。だから、これでもう安心と思える理由は山ほどあった。

いや、と彼は思った。おれが感じているのは安心だろうか？　必ずしもそうとは言えない。ゆうべは弾丸《たま》からすばやく身をかわすことができたが、今の彼が感じているのは、ダイエットしている者がデザートをパスするような、わずかな自己満足だけだった。

見るかぎり、マーティ・ランボーはこれまでデザートを一度もパスしたことがないような大柄な男だった。加えて、自己満足、あるいは自分の人生全般における満足度に水を差すものなど何ひとつ持ち合わせていないようで、豪快によく笑った。約束の時間の十時半より十五分もまえにやってくると言った。

「この家を見つけられないんじゃないかと心配したんですがね。そんなことにはならずにすみました。あなたの道案内はまちがえようのないほど正確でした。私が〈コリアード・アンド・ボーデン〉のバイヤーのマーティ・ランボーです。ルー・コリアードからは、くれぐれもあなたにお悔やみを申し上げるよう言われました。ルーはあなたのご主人と何度か会ったことがあるんです。それでとても大切なお客さまだと……」

話はまだ続いたが、ケラーは耳のスウィッチをすぐに切った。ほどなくふたりは切手部屋で顔をつき合わせて坐った。ランボーはコーヒーを勧められても断わらなかった。皿に盛ってコーヒーと一緒に出されたクッキーも断わらなかった。「手づくりですね」と彼は一口かじると言った。「あなたも一枚どうです？」

ここでもケラーはデザートをパスした。

ランボーが相手だとグリフィのときより時間が過ぎるのが早かった。大柄な男は暗号のようなメモを取りながら、すばやくアルバムを見ていき、そのあいだじゅうずっとしゃべっていた。切手を集めはじめたのは十歳のときで、複製切手を交換できる地元の切手クラブにはいり、アメリカの切手だけを集めると決め、切手の展示会に参加して手持ちの外国の切手を売った。ダウンタウンの切手専門店にあまりに足繁くかよったので、その店から仕事が与えられ、その後、趣味としても仕事としても切手業界に関わることになり、さまざまなことを見聞きしてきた。そうしたことのそのすべてを新しい友人のニコラスに熱心に教えたがっていた。それは明らかだった。

ケラーとしてはうんざりしてもおかしくなかった。が、ランボーが話しはじめてすぐに返事を求められていないことに気づいた。返事をすると、ランボーは会話のキャッチボールを愉しんだが、ケラーが黙っていても、そのことを気にしたふうもなく、ひとりでしゃべりつづけた。

実際のところ、ケラーは彼の話の大半に興味を抱いた。ためになる話とさえ思った。同時に、注意が話からそれてしまったときには、なんの気がねもなく心をどこかにさまよわせることができた。

携帯電話が振動した。ケラーはランボーに断わってから部屋の隅に行って、携帯電話を取り出した。ランボーはちょうど切手のアルバムを閉じ、次のアルバムに手を伸ばしたところだった。明らかに自分の仕事に没頭していた。

部屋から出ていったほうがいいのだろうか。いや、おそらくランボーには何も聞こえないだろう、とケラーは判断した。たとえ聞こえたとしても、どんな話をしているのかわかるわけがない。

彼は電話に出た。「もしもし」

「部屋に誰かいるのね」

「言うなれば」

「〝言うなれば〟部屋にいるなんて、そんな芸当、誰にできるの？　いえ、忘れて。あなたは自由に話ができなくて、わたしにはその理由を知る必要はない。手元に鉛筆はある？」

「ペンなら」

「それでいいわ。何か消したいことができたら、線を引いて消せばいいんだから。とにかくこれから言うことを書きとめてちょうだい」

ドットは住所を読みあげ、ケラーは指示に従ってそれをマーティ・ランボーの名刺の裏に書き取った。

「愛人の名前は」と彼女は続けた。「トリッシュ・ヒーニー。トリッシュというのはパトリシアを短くしたものだと思うわ。トリッシュの部分がってことだけど。ヒーニーの部分はどんな苗字の短縮形でもないと思うけど」

「ああ」

「でも、ヒーニアポプロスを短くしたってこともありうるわね。あんまりうけなかった？」

「ああ」

「その愛人には別の愛人がいた。わたしたちの知ってるチューブが刺さった愛人じゃない愛人よ。でも、そいつは元ボーイフレンド以上の存在だったみたい。女の子が困ったときに訪ねていく類いの。名前はタイラー・クロウ。ヒュードポールより若いわ。でも、刑務所というのは人を老け込ませるところだから、見た目はどうかしらね。いずれにしろ、そいつが何をしてコロラド州のキャノン・シティ刑務所に三年も入れられていたのか、あなたにはきっと想像もつかないでしょうね」

ケラーには容易に想像できた。が、あえてそれを口に出して言おうとは思わなかった。

「放火よ。これでこの話がどういう方向に向かっているのか、あなたにも見えてきたんじゃない、パブロ？」

グリフィ同様、マーティ・ランボーも昼食をとるために仕事を中断しようとはしなかった。それでも食事を断わりはせず、ディニアが出したサンドウィッチをきれいにたいらげた。

三時を少しまわると、彼は坐ったまま椅子をうしろに押しやり、ため息をついて言った。

「切手というのはただの小さな紙切れにすぎないけれど、それだけではすまない。そうは思いませんか?」

「ああ、そのとおりだ」

「あなたはミスター・ソダリングをご存知なかった?」

「ああ」

「私もです。でも、コレクションを見れば、その持ち主のことがよくわかる。ミスター・ソダリングはなんでもきちんと整理しておく几帳面な紳士だったが、ロマンスを好むご仁でもあった。いささかそういう癖があった。どうしてそれがわかるのか、説明はできないけれど。でも、私にはわかるんですよ」

「言いたいことはよくわかる」

「あなたはこのあたりの人じゃないんですよね」

「私と妻はニューオーリンズに住んでる」

ケラーはランボーがある種の結論に飛びつかないよう、〝妻〟ということばをあえて出した。そして、その意がランボーにもきちんと伝わったことを見て取った。「あなたはそもそも友人の友人ということでしたね」とランボーは言った。「で、あのご婦人がご主人の持ちものを処分するのに助言を与えるためにやってこられた」

「私も切手を少々売り買いしててね」とケラーは言った。「それで誰かが彼女に私を推薦してくれたんだ。でも、あの膨大なコレクションを見て――」

「あなたはもっと底の深いポケットが必要だと判断した。でも、あのご婦人から手間賃はもらえるんでしょう」

ことばの最後にクエスチョンマークはついていなかったが、彼は答を求めていた。が、ケラーは何も言わなかった。

「さしつかえなかったら、昨日来たのは誰なのか教えていただけませんか？　まずまちがいなくグリフだったと思うけれど。そうでしょ？」

「ミスター・グリフィのことを言ってるのなら――」

「そう、あの小男。彼と私とはこの国のあちこちで始終追いかけっこをしてるんです。でも、彼はロシア帝政時代の地方切手のことなんか、特にゼムストヴォのシリーズのことなんか、天王星《ウラヌス》に関する知識ぐらいしか持ち合わせていないんじゃないかな」そう言って、彼は自分で怪訝な顔をした。「惑星のウラヌスのことだけど。でも、ウラヌスなんて言ってもピンボケみたいな言い方になりますね。ここは木星《ジュピター》って言うべきだったな。そのほうが誤解されにくい」

「まあね」とケラーは言った。

「だから、彼はチェコとポーランドの何枚かの加刷切手には高い値段をつけても、おそらくロシアの切手は安く見積もってるはずです。それは自分には見破れない偽造切手があることを知っているからです。カスミア・バウスキ（カナダの有名な切手蒐集家兼切手ディーラー）が鑑定した切手も一、二枚含めて」

「ほう」

「ただの好奇心で訊くんですがね、グリフの提示した入札額はいくらでした？」

「彼は封印入札をした」

「だから？　教えていただけませんかね。まさか見なかったなんて言うんじゃないでしょうね？」

「見なかった」

「正々堂々とプレーするってわけですか？　テーブルにカードをすべて並べて。これはかなりのちょっとしたコレクションです。いや、〝ちょっとした〟なんてもんじゃない。私の報酬は私が雇い主に何を持ち帰れるのかにかかっています。だから、私とあなたのふたりでできることをして、ここはひとつ、私が持ち帰れるようにしませんか？」

ケラーはしばらく考えてから言った。「ひとつ言えることがあるとしたら」

「体じゅうを耳にして聞いています。言ってください」

いや、ちがう、とケラーは思った。体じゅうが耳なのはグリフィだ。耳をぱたぱた動かすことができたら、飛んでいたかもしれない。ランボーはというと——いや、どうでもいいことだ。

「このコレクションがあんたにとって最大限に見積もってどれほどの価値があるのか考えることだ」とケラーはランボーに言った。「それはつまり、あんたが最大限払える額で、しかもあんたの雇い主も幸せにできる額ということになるわけだが」

「で？」

「それがあんたの入札額だ」とケラーは言った。「それを書いて封筒に入れて封をする。その金額がほかのふたりより高かったら、あんたの勝ちだ」

　ドットが教えてくれた住所は、デンヴァーのダウンタウンの中のロドと呼ばれている地域にあるアラパホ・ストリートにあった。どうしてそこがロド（LoDo）という名で呼ばれるようになったのか、ケラーは知らなかったが、推測するなら、ロウワー・ダウンタウン（LOwer DOwntown）から来ているのだろう。ニューヨークのソーホー（SoHo）とノーホー（NoHo）がハウストン・ストリート（HOuston Street）のサウス（SOuth）とノース（NOrth）を縮めたのと同じように。

ケラーはその住所をカーナビに入力したあと、デンヴァーまでの道のりを半分走ったところで、ドットが言っていたことを思い出した。彼女はわざわざフラッグスタッフまで出かけ、〈キンコーズ〉のコンピューターを使って、登録されているジョアン・ヒュードポールの電話番号を調べた。なぜなら、自分のコンピューターを使ったら、決して消せない電子の痕跡が残ってしまうからだ。

だったら、この車のカーナビはどうなのか。彼は土台まで焼けたオーティス・ドライヴの家の正確な住所をすでに入力していた。そして、今また新しい住所を入力した。ロドにあるトリッシュ・ヒーニーの家のロフトの住所を。警察の注意を惹くのに家をすっかり焼くことはない。わざわざシャイアンまで飛行機で来て、そこからまた帰ることにして、シャイアンで借りたレンタカーはシャイアンに返すつもりなのに、その車のカーナビにはデンヴァーのどこに行ったのかまで正確に記録されているわけだ。

ケラーはインターステートの次の出口で降りて、車を停められるところを見つけると、改めてとくと考えてみた。その結果、一番簡単なのは、パブロのケータイを取り出してドットに電話をかけ、何もかも終わりにしたいと言うことだと思った。手付け金はもらったのだから、それだけでもけっこうな稼ぎだ。そうすれば、車をUターンさせて、ディニア・ソダリングとロマンティックな夕食を愉しむことができる。

「今夜のうちにデンヴァーに行かなきゃならなくてね」マーティ・ランボーが糊で封をした封筒を残して帰ったあと、ケラーはディニアにそう言っていた。

あなたの帰りを待ってから夕食にしてもいい、と彼女は言った。仕事が何時までかかるかわからない、とケラーは答えた。「これ、家の鍵」と彼女は言った。「すごく遅くなるようならこれを使って。わたしはきっと起きてると思うけれど。十時までに帰れるようなら、一緒に夕食を食べましょう」

それなのに今、帰ったら？　まだ日も暮れていないのに。それに急を要する仕事の会合のはずなのに、少しも時間がかからなかったことを説明しなくてはならない。まあ、理由はいろいろ考えられるが——相手が急病になったとか、飛行機がキャンセルになったとか。ケラーはそう思ってから心配しすぎだと自分に言い聞かせた。

アラパホ・ストリートの住所はカーナビから消すことはできる。それでも、その履歴がどこかに残るのではないだろうか？　かもしれない。カーナビの親切なレディに我慢強く道案内してもらうことはあきらめ、ひとりでトリッシュ・ヒーニーのロフトを見つけるという難題に挑めばよかったのだ。

ケラーはエンジンをかけ、また道路に戻った。「ルートを再検討します」とカーナビの声が言った。彼女の声はどこまでも辛抱強かったが、少しばかり非難めいた声にも聞こえた。彼は姿のない女性にルートからそれたことを心の中で謝り、ロドに着くまで彼女の指示に従った。

「目的地に到着しました」と彼女は言った。確かにそこは彼が目指していた住所だった。六階建てのずんぐりした形のレンガの建物で、工場のような大きな窓があった。

ケラーは自分が放火を計画していなくてよかったと思った。いかにも焼け落ちにくそうな構造の建物だった。

43

ケラーは車を停めたところから歩いてアラパホ・ストリートに戻りながら、自分は何もしなくてもいいことを改めて思い出した。自分はただの一市民で、ある女性の家を訪ねにきただけだ。その女性が家にいなかったら、あるいはその女性が家の中に入れてくれなかったら、またはしかるべき機会が生じなかったら、シャイアンに戻り、旨い夕食を食べればいい。

さきほど車で通り過ぎた建物――トリッシュ・ヒーニーの住む建物――のまえに戻った。窓のない赤いドアの横にボタンが並んでいた。親切なことにそれぞれのボタンの上に小さなカードがついていた。彼はヒーニーと書かれたボタンを押した。

そして、おれはただ待っているだけだ、何かしたわけじゃない、と自分に言い聞かせた。自分の身分を偽ってもいなければ、何か法律を破っているわけでもない。

「はい?」

ただの一市民がドアベルを鳴らしただけだ。

「なんか用? あんた、誰?」

「グリフィ捜査官です」と彼は言った。「警察です」

長い沈黙が流れた。

たった今、おれは法を破った、とケラーは思った。まあ、それでもシャイアンに戻るまでにそれほど長くはかからないだろう。カーナビはもう必要ない。とはいっても、カーナビを使ったほうが楽に戻れるだろうが。ソダリングの住所はすでに入力してあり、どこまでも辛抱強い、耳に心地よい女の声が家まで案内してくれるのだから、夕食に充分間に合う時間に戻れるだろう。それにディニアはまちがいなく料理上手だ。それに――

ブザーが鳴った。彼はドアを開け、建物の中にはいった。

エレヴェーターも工場用のものだったが、建物が工場から住居になったときに、自動式のエレヴェーターに換えられていた。ヒーニーと書かれたベルの横に4と書いてあったので、彼はそのボタンを押して四階にあがった。エレヴェーターのドアが開くと、眼のまえに彼女が立っていた。片手にグラス、もう一方の手に煙草を持って。

彼女はどんな女なのか、ケラーはあらかじめ思い描いたりはしなかったが、思い描いていたとしたら、もう少しまともな女を想像していただろう。背は五フィート四インチもなかったが、強烈な個性を放っていた。小麦色のジーンズを穿き、毛羽だったピンクのセーターを着ていた。ジーンズもセーターも体にぴったり密着していた。重い拒食症にでもかかっていないかぎり、誰が穿いてもきつすぎるようなジーンズだった。一方、そんなジーンズに脚を入れられるような女なら、普通セーターはだぶだぶになるはずだ。

眼のまえの女も以前はそうだったのかもしれない、とケラーは思った。どこかのお節介な美容整形外科医が彼女を美容整形とカントリー・ミュージックの女王、ドリー・パートンと競わせるまえは。そうだとしたら、その成果はなかなかのものと認めざるをえない。もっとも、逆立てたどぎつい赤毛のリアリティは胸ほどではなかったが。首に蝶のタトゥー、片方の手の甲には保険会社の〈ガイコ〉のマスコットのヤモリのタトゥーを入れ、金属探知機の調子を狂わせるのに充分なピアスをしていた。セーターとジーンズの中がどうなっているのかは神のみぞ知るだ。

「あんた、お巡りなんだ」と彼女は言った、「お巡りには見えないけど」

「あんたも幼稚園の先生には見えない」

「誰がそんなことを言って――」彼女は途中でことばを切り、顔をしかめて煙草を深々と吸った。「今のはジョークだよね？　身分証明書を見せてほしいんだけど？」

「見せてもいいが」と彼は言った。

あるいは、と彼は思った。さっさとするべきことをしてもいい。片手を彼女の顎にあてて、もう一方の手でモップのような赤い髪をつかむ。そうすれば彼女が気づくまえに終わりにすることができる。

「で？」

「でも、そうしたら」と彼は言った。「これは正式な捜査になる。あんたはほんとにそんなことを望んでるのかな？」

「あんたの言っている意味、わかんないんだけど」

「入院している男がいる。今も予断を許さない状態だ。名前は言わないが、その男がここの家賃を払わなかったら、あんたはここには住めなくなる」

「ここはあたしの家だよ」と彼女は言った。「契約書にはあたしの名前が書いてあるんだから。あんたが何を言ってるのか、まだわかんないんだけど」

これでうまくいくのだろうか？　なんとも言えなかった。煙草の煙がだんだん気になってきた。むせ返るような香水のにおいも。ムスクのまじった花のにおいだ。

彼は言った。「わかってるはずだ、トリッシュ。あんたはリチャード・ヒュードポールと妻を別れさせようとした。でも、離婚したら、ヒュードポールは文無しになってしまうことに気づいた。だから、こんなふうに考えた。彼はわざわざ離婚しなくてもいいのではないか？　それより妻と子供の身に何か起こったら？」

「子供はちがう」彼女はそう言ってから、慌てて片手で口を押さえた。

「結局、妻もちがった」とケラーは言った。「あんたの昔なじみのタイラーはめあての人物ではない人物がいた家を焼き払ってしまった」

「あの女が彼の車で出かけたからだよ」と彼女は言った。「タイラーは車しか見なかった。それと後部座席に坐ってた子供しか。で、あの女が運転してるとは思わなかったのさ。でも、あんたが盗聴器を隠してるなら、おあいにくさまだね。あんたはあたしの権利をまだ読み上げてないんだから」

「身分証明書も見せなかった」と彼は彼女に思い出させた。「なぜって、これは正式な捜査じゃないからだ。いいかい、トリッシュ、今度のことは全部タイラーのせいにするのが一番簡単だ。タイラーが関わってて、あんたも関わってるなら、あんたに権利を読み上げたってあんたの助けにはならない。だけど、あんたたちふたりとあの事件を関連づけられるのはおれだけだ。だからといって、あんたが刑務所に入れられるのをおれが見たがってると思うか？」

彼女は彼をまじまじと見ながら息を吸って吐いた。なんともひどい考えだ、とケラーは思った、こんなにおいの香水をつけるなんて。それが本能にどのような影響を及ぼすのかはわからないでもなかったが、あまりに鼻についた。あまりに不快な――

「あんたは何がしたいの？」

「あんたのボーイフレンドからプロの助けを借りたいんだよ、トリッシュ。おれは水の中に《アンダーウオーター》不動産を持っててね」

彼女は怪訝な顔をして言った。「水の中にあるものをどうやって燃やすの？」

「そういう言いまわしがあるんだよ」と彼は言った。

「不動産の実際の価値より多い金を銀行から借りてるということだ。銀行が担保権を行使したら――銀行にそんなことをされたら、おれの投資は煙のように消えてしまう」

「ただし――」

「ただし、不動産がさきに煙になったら事情は変わってくる。タイラーに電話をしてここに呼んでくれ。そうすればあんたらふたりに何ドルか稼がせてやる。それと、あんたとヒュードポールという名の男についておれがたまたま知ったことも忘れてやるよ。それはそうと、トリッシュ、あんたの家に銃はあるかい？」

「どうして？」

イエスと言ったも同然だった。「取ってきてくれないかな」とケラーは言った。

44

シャイアンまでのインターステートを半分ほど走ると、カントリースタイルのチェーン店のレストランの看板が眼にとまり、次の出口を降りたところでその店を見つけた。メニューはかなり風変わりだった――ガッシーお爺さんのクリスピー・ポテト、彼のボウィナイフで切ったハンドカット・ポテト。実際の料理はどこでも食べられるようなものだったが。彼はグリル・チーズ・サンドウィッチを半分食べ、アイスティを二、三口飲んであとは残した。〈ラ・クィンタ〉に立ち寄り、CBS系列のデンヴァーの放送局にチャンネルを合わせ、遅い時間の地元のニュース番組を見た。コールファックス・アヴェニューの宝石店が強盗に襲われていて、そうした犯行に手馴れた一味の犯行と思われると報じられていた。明日の天気も今日の天気とほぼ同じだということだった。それだけの情報を伝えるのに、女性アナウンサーは十分もかけた。

ヒユードポールもヒーニーもクロウの名前もいっさい出てこなかった。

一階の明かりがほとんど消えていたので、ケラーは最初、ディニアはもう寝てしまったのだろうと思った。彼女に渡された鍵を使ってドアを開け、家の中にはいると、足音を忍ばせて歩いた。

ダイニングルームの明かりも消えていて、テーブルの上はもう片づけられていた。絨毯が敷かれた床を静かに歩いて階段のほうに向かう途中、彼の名前を呼ぶディニアの声に足を止めた。振り返ると、ディニアは薄暗い居間の肘掛け椅子に坐っていた。ローブ姿で裸足だった。

「あなたのために今から何か温めてもかまわないけど」と彼女は言った。「でも、食事はすませてきたんでしょ？」

「会わなきゃならなかった相手が腹をすかせていたんで」と彼は言った。「それにつきあった」

「わたしは食欲が少しも湧かなかった」と彼女は言った。「だから、お酒を二杯飲んだだけで、お腹には何も入れずにベッドにはいったんだけど、結局、眠れなくて。まだ食欲は湧かないし、ベッドでじっとして眠くなるのを待ってることもできなくて。あなたもそんな夜を過ごすことはある？」

「時々は」

「これはジェブのローブなの。因みにジェブは彼の本名よ。J‐E‐B。短縮形じゃなくて。

ジェビディアを短くしたものと思ってる人も多いけれど。でも、ジェビディアなんて名前の知り合いなんてわたしにはいない。あなたにはいる？」

「聞いたことがないな」

「わたし、少し酔ってるのよ、ニコラス。ねえ、そこの椅子に坐らない？　あなたがよかったら少し話がしたいの。そう、話がしたいだけよ。でも、話したくてたまらないの。いいかしら？」

「いいとも」

「これは彼のにおいがする。これってローブのことだけど。彼の服は全部、慈善団体の〈グッドウィル〉に寄付するのがいいんでしょうけど。なのに、どうしてわたしは手元に残してるのかしら？　そう、わたしは彼の服のにおいを嗅ぐのが好きなのよ。彼のフランネルのシャツを抱きしめて寝るのも。時々そんなことをしてるの。それに、時々こんなふうに彼のローブを着てみたりもね」

　なんと返事をすればいいのかケラーにはわからなかった。

「未亡人なんて楽なものだ。そんなふうに言うのはあなたも聞いたことがあるでしょ、ニコラス」

「まあね」

「誰もが知ってることよ。わたしにはそれがほんとうかどうかよくわからないけれど。でも、みんながそんなふうに思ってること、あるいは、そうであってほしいと願ってることは知ってる。ニコラス、わたしはまあまあ魅力的な女だけど、映画スターやスーパーモデルのようにはいかない。だから、ジェブが生きていた頃には、男の人たちはわたしを振り返って見たりは絶対しなかった。ジェブの友人や、わたしの友人と結婚してる男の人は……」

彼女は首を振ってからグラスを掲げ、中身を舐めるようにして飲んでから言った。「でも、ジェブが亡くなって、それで通い路ができたわけよ。通い路だなんて妙な言い方だけど。で、そのことをことばでも体でも示してきた人がいた。結局、その通い路はできたと思ったら、すぐ逸《そ》れちゃったけど。どちらも気まずい思いをすることなく。わたしのほうがそんなに心惹かれなかったのよ」

「ああ」

「それでも、淋しくなることはあるわ。人との親密な関係が恋しくなることがある。肉体的にね」

「ああ」

「これはウィスキーよ」と彼女は言いながらグラスを揺らした。「たいていは一晩にグラス一杯か二杯のワインなんだけれど、今夜はウィスキーにしたの。酔いたかったから。で、実際そうなった。わたしが酔ってるのがわかる？」

「いや」

「呂律《ろれつ》がまわってないんじゃない？」

「いや」

「もしかしたら、大声でしゃべってない？　酔っぱらいがよくそうなるように」

「いや」

「ヴェガスで起こることはヴェガスだけのこと。この宣伝文句、もちろん知ってるでしょ？」

「ああ」

「わたしと主人はそれを人生哲学にしてたの。彼は仕事で定期的に旅に出なくちゃならなくて、そんなときに浮気をする機会に出くわしたら、迷わずそうしてた。家では誠実な夫だったけど。何マイルも離れたところでは、いわば自由契約選手だったわけ」

「そんなふうに理解し合ってるカップルはけっこういるんじゃないかな」

「わたしもそう思う。もう二階に戻るわね。眠れそうだから。少しだけでも話ができてよかったわ、でしょ、ニコラス？」

「ああ、こっちも愉しかった」

「明日が最後の日ね。明日、会うバイヤーの名前を忘れちゃった」

「確かミスター・ミンツだ」

「ミンスパイ（ドライフルーツのはいっているタルト）のミンツ？　わたしも恥を知るべきね。人の名前をジョークの種にするなんて。その人はきっともう何度も繰り返し言われてるでしょうに。いずれにしろ、その人が帰ったら、封筒を全部一度に開けるのね。あなた、そのあと夕食をうちで食べていけるわよね？」

「ああ、もちろん」

「ブッフ・ブルギニオン（牛肉を赤ワインで煮たフランスのブルゴーニュ地方の料理）をつくるわね。それにロースト・ポテトを少し添えて。あとサラダも。おやすみなさい、ニコラス。大丈夫よ。二階にはひとりであがれるから。もつれているのは舌だけだから。それだけのことよ。じゃあ、明日、朝食のときに」


ケラーはシャワーを浴びた。アラパホ・ストリートのロフトを出てからシャワーを浴びたくてしかたがなかった。タオルで体を拭いて歯を磨いた。

ジュリアに電話するにはもう遅すぎた。〈ラ・クィンタ〉で電話をかけようと思ったのだが、やめたのだ。いずれにしろ、今はもう遅すぎる。ドットにかけるのも遅すぎるだろうか。いや、まだ大丈夫だろう。しかし、ドットには電話をかけたい気分ではなかった。ドットのほうから電話をかけてきたか、かけようとした可能性はあった。が、ケラーは電話の電源を切ったきり、そのままにしていた。

ベッドにはいって明かりを消した。シャイアンで起こることはシャイアンだけのこと、と思いながら。

眠れる気がせず、ローブを羽織って階下《した》に行き、ウィスキーを飲もうかと思った。が、そのローブがなかった。それにウィスキーもそれほど好きではなかった。夜遅くにひとり淋しく酒を飲むのもあまりいい考えとは思えなかった。

家にはローブがあった。全体がえんじ色で、縁取りが銀色の立派なやつだ。それはもともとジュリアの父のものだった。ジュリアの父とは短いつきあいしかできなかったが、そのあいだ病気でずっと寝たきりだった。ミスター・ルサードはケラーをどう思えばいいのかわからないようだったが、それでも折り合いは悪くなかった。そうしているあいだにも病気は進行し、彼はこの世から去った。

ケラーはそのローブを一度誉めたことがあった。ジュリアはメキシコ湾に父親の遺灰を撒《ま》き、ローブをクリーニングに出したあと、そのローブはもうケラーのものだと言った。ケラーはローブが自分のものになったことを喜びはしたが、これまで一度も袖を通したことがなかった。老人のにおいもしないし、病室のにおいもしなかった。クリーニング屋はきちんと仕事をしていた。それでもローブは着られることなく、ケラーのクロゼットの中に置かれたままになっていた。ローブだけでなく、パジャマもスリッパも。そういったものが似合う男もいる、とケラーは思った。そうでない男もいる。おれは――

ローブやスリッパのことを考えているうちに、いつしか眠っていた。

45

〈タレーラン・スタンプ・アンド・コイン〉が寄こしたバイヤーは約束の時間より二十分遅れてやってきた。ドライヴウェイに黒のリンカーン・ナビゲーターが停まり、中からブリーフケースを持った男が出てきて、玄関に向かった。ケラーはそれをパティオで二杯目のコーヒーを飲みながら眺めた。それまでのふたりと同じようにかっちりとしたスーツを着て、ネクタイをしめていた。物腰も体つきもまえのふたりのちょうど中間といった男だった。

「ピアース・ネイラーです」彼は初めにケラーにそう言い、そのすぐあとにディニア・ソダリングにもそう言った。「ルー・ミンツが来られなくなったもので。私はこの三日間のうちにこの家に来た三人目の切手のバイヤーだと聞いています。奥さん、われわれのような種族にはもう飽き飽きされてることでしょう」

「わたしはそれほどでもありません」と彼女は言った。「ミスター・エドワーズのおかげでわたしはずっと舞台裏にいられましたから」

「それはよかった」と彼は言った。「切手のバイヤーなどと一緒にいる時間は短ければ短いほど、機嫌よくいられるというものだ。まあ、私もあなたのためにできるだけ手っ取り早く、それでいてお互い儲かるようにしたいと思ってます。私が聞いたことが正しければ、E・J・グリフィが一昨日、マーティ・ランボーが昨日と続けてきたんですよね。そのどちらかひとりでも五、六時間以内にこの家から帰っていったなら、驚きだ」

ケラーは答えかけた。が、ネイラーは返事を待たずに言った。「私はそんなに長くは時間を取らせない。それにこの家にあるものをすべて食べ尽くすつもりもない。マーティ・ランボーは何を差し置いてもそうしたんじゃないですか？　私は一時間もあれば充分だ」

ええ？

切手部屋に行くと、ケラーはグリフィとランボーが順番に坐った椅子を指差した。が、ネイラーはそこには坐らず、切手のアルバムが並んだ棚にまっすぐ向かうと、「スペイン」と声に出して言い、そのアルバムを机に持っていった。そして、立ったままアルバムを無造作に開き、そのページの切手を調べてから、ほかのページをぱらぱらめくり、それからアルバムを閉じて本棚に戻した。スウェーデンの切手のアルバムにはそれより少し時間をかけ、トルコの切手にはほとんど時間をかけなかった。

「よし」と彼はトルコの切手のアルバムを本棚のもとの場所に戻すと言った。「グリフィとランボー。第一走者のグリフィは先買いしようとしてちょっとした策略を仕掛けたものの、それは奏功しなかった。マーティはその策略に少しばかり砂糖をまぶした。グリフィの入札額より高値をつけられるよう、あんたにこっそり情報を求めてきたが、それもやはりうまくいかなかった。それが証拠に切手はまだここにある。それでまちがってないよね？」

まちがっていない、とケラーは答えた。

「グリフィはいったいいくらまで出すつもりだったんだね？　マーティはそれより高値をつけたのか？」

「私たちはまだ封筒を開けてない」

「冗談だろ？」とネイラーは言い、ケラーをまじまじと見た。「いや、ほんとうなんだ。そうか、それなら面白いじゃないか、ええ？　ミセス・ソダリングを呼んでくれ。提案したいことがある」

「わたしたちに封筒を開けてほしいとおっしゃるのね」と彼女は言った。「あなたの眼のまえで」

「そうです」

「それを見て、より高値をつけた額よりさらに二十パーセント多く払うっておっしゃってるのね」

「そうです」

「でも、あなたはほとんど切手を見てないんでしょう？　それなのにどうしてそれだけの価値があるってわかるの？」

「私はグリフィを知っていて」とネイラーは言った。「マーティ・ランボーも知ってるからです。彼らがこのコレクションには何ドルの価値があると言うなら、それだけの価値があり、実際にはそれを上まわる価値もあることがわかってるからです」

「それが二十パーセントということか」とケラーが横から言った。

「そういうことだ。三冊のアルバムを見たけれど、それだけ見れば、切手の状態とどれだけそろっているのかは充分確かめられる。実際、どれほどの価値があるのかはまえのふたりの見積もりを信じればいい。あのふたりが充分な利益が出るようにその分を差っ引いた値を入札していることもわかってる。そして、それは文字どおり充分な利益が出る値だ。だから、こっちとしては二十パーセント多く払っても、最後には得をすることになるというわけだ」

「あるいは、あんたは手を引くことになるかもしれない」

「はあ？」

「封筒を開けて」とケラーは言った。「一方の入札額がもう一方の入札額より三倍高かったら、あんたはそんなには払いたいとは思わないだろう。ましてや二十パーセント多く払うわけがない。〝私の雇い主にはそんな値は出せない〟とでもあんたは言うことだろう。その場合、私たちはどうすればいい？」

「何もできない」とネイラーは言った。「でも、だからなんなんだ？　それならグリフィにしろ、ランボーにしろ、どちらか高値をつけたほうに売ればいい。でも、どっちみちそれがあんたのすることだろうが、ええ？」

ネイラーの理屈にはどこかほころびがあるように思えた。が、それがどことまではケラーにはわからなかった。ディニアがネイラーの申し出の公正さに疑問を呈した——競争なのに、それではネイラーだけが有利な立場に立つことになるのではないか、と。

「私は最初から優位な立場にいるんですよ」と彼は言った。「このゲームに参加してる三人のプレイヤーの最後のひとりなんだから。私がさきに来て、もうここから立ち去っていたら、ふたりのうちのどちらかが最後にここに来て、私と同じような話をしてたでしょう。いいですか、奥さん、あなたは自分のために公平でいたいと思っている。そもそもこれだけ貴重な切手を集めたご主人のために正しいことをしたいと思っている。でも、それはつまるところ、一番高い値段で買い取らせることです。そのふたつの封筒を開けたら、それが今叶うわけです」

封筒を開けたときには正午近くなっていた。四時十分前には、大型のＳＵＶの荷台にびっしりと荷物が載せられていた。さらにシートベルトでしっかり固定されて助手席に置かれた箱もあった。箱は床にもひとつ置かれており、その中には二クォートはいる〈サーモス〉の魔法瓶と、サンドウィッチを入れた、チャック付きビニール袋が六つはいっていた。

「ここからセントルイスまでまっすぐ帰ります」とピアース・ネイラーは言った。「九百マイルぐらいあるけれど、ずっとインターステートで行けるし、サンドウィッチとコーヒーがあれば、車を降りなくてもすむ。ほんとうにありがとう、ミセス・ソダリング。魔法瓶は割れたりしないよう〈フェデックス〉で返しますね」

「それは予備の魔法瓶なの、ミスター・ネイラー。蓋が欠けてるし。だから返してくださらなくてもけっこうよ」

「ほんとうに？　送るぐらい手間でもなんでもないけど。それじゃ、ミスター・エドワーズ、ミセス・ソダリング。おふたりと取引きできてよかった」

ケラーとディニア・ソダリングはしばらく無言で佇み、ピアース・ネイラーの車が走り去るのを見送った。彼はセントルイスから飛行機でデンヴァーまで来て、フォード・リンカーン・ナビゲイターを借りたのだった。念のために、レンタカー会社が貸せる車の中で一番大きなSUVを。コレクションを手に入れられなかったら、デンヴァーまで車で戻り、そこから飛行機で帰る予定だった。が、落札できたのでセントルイスまで車で戻ることにしたのだった。レンタカー会社に乗り捨て料金を払い、帰りの飛行機のチケットを無駄にしても、私の雇い主はそれだけの価値はあったと思うはずだ——ネイラーはそう言った。

「驚くほど順調にいったよ。彼は彼を雇った切手ディーラーに電話し、そこの誰かが銀行に連絡して送金するように手配し、そのあとすぐミセス・ソダリングの銀行から彼女の口座に金が振り込まれたという知らせがあった」

「それぐらいあなたならやってのけるだろうとは思ってたけれど」とジュリアは言った。

「でも、それってわたしなんかには思いもよらないことね。で、彼女はその値段に満足してるの？」

「とてもね」

「あなたのもうひとつの仕事は？」

「そっちも片づいた。明日、家に帰るよ」

彼女はそこでジェニーに電話を代わった。ケラーはジェニーがたどたどしいことばで子犬の話をするのを笑みを浮かべて聞いた。犬を飼うのはまだ早すぎるだろうか？　自分にそう問いかけるのはそれが初めてではなかった。答はまだイエスだった。まだ早すぎる。でも、もうすぐだ。

彼は電話を切ると、別の電話でドットにかけた。「あなたは信じてくれないかもしれないけれど」と彼女は言った。「とんでもないことがデンヴァーのダウンタウンのアラパホ・ストリートで起こったの。キャノン・シティから出てまもない前科者が、昔のガールフレンドを探しあてて、痣だらけになるほど殴りつけたのよ。そうしたら、そのガールフレンドは銃を持ち出してきて、その男の胸に三発食らわせた。でも、きっと良心の呵責に苛まれたのね。

そのあとその銃を自分に向けたの」

「そういうことは起こるものだ」

「胸を撃ったの。男の人は自分に向けて撃つとき、頭だったり口だったりこめかみだったりするけれど、女ってそんなときでも自分を美しく見せたいのね」

「そう言うね」

「でも、それで何かが見つかったのよ。それが何かは訊かないで。とにかくその何かのために、警察は死んだその男と数日前に焼け落ちた家との関連を調べることになった」

「きっと財布の中に住所が書かれた何かがはいってたんだろう」

「煙と消えた家の住所が？　まあ、そうかもね。それが何にしろ、これで警察もこの件を終わりにできるはずよ。パブロもようやく家に帰れるわね」

「明日帰る」と彼は言った。「それで、われわれの報酬だが――」

「問題ないわ」

「夫が回復したら――」

「それも問題ないわ」

彼はドットのことばがすぐには理解できず、しばらく考えてから言った。「つまり、彼は――」

「死んだのよ、パブロ。夫は死んだの《エレ・スポソ・エズ・モルト》。それともエスタかしら？　いえ、エズのはずよ。

永続的な状態だから」

「彼女は警備員を雇ってたんじゃないのか」

「雇ってたわよ、アミーゴ。でも、王さまの馬でも、腎臓が彼を見放すのを止めることはできなかったってことね（マザーグースの『ハンプティ・ダンプティ』に〝王さまの馬と家来が全部かかっても、塀から落ちたハンプティをもとに戻せなかった〟というくだりがある）。急性腎不全。むしろ、病院としては彼がこれほど長く持ちこたえたことにびっくりしてるんじゃないかしら。これでようやく彼女も彼を赦して、また愛せるようになり、彼を死に追いやった人間には復讐できたってわけね。それに、これで彼がまた別の可愛い子ちゃんを見つけて、また苦しめられる心配もなくなった。遅かれ早かれそうなってたのは、わたしにもあなたにもわかってたことよ。つまるところ、彼女はうまくやり遂げたって言わざるをえないわね、パブロ。リトル・レディはお金を無駄にはしなかった。そういうことよ」

46

ブッフ・ブルギニオンはジューシーで旨かった。添えてあった小さなポテトは、外はかりっとしていて、中はふかふかだった。ワインはブルゴーニュの力強い味わいのフルボディで、料理によく合っていた。が、ふたりとも一杯しか飲めなかった。

食事中ずっと話をしたが、話題の大半は切手の取引きについてだった。二通の封筒を開けてみたところ、E・J・グリフィのほうがマーティ・ランボーよりかなり高い入札額をつけていた。そのことはケラーにもディニア・ソーダリングにも意外だった。

コーヒーを飲む段になって、彼女のほうからボーナスを払いたいと言ってきた。ケラーは報酬として選んだ切手だけでも、彼の時間の充分な埋め合わせになると言った。自分がこの旅を大いに愉しんで、三人の男がそれぞれ話すことを聞き、彼らの仕事のやり方を見て、大いに勉強になったとも言った。

「あなたは最初にわたしに持ちかけた」と彼女は言った。「二十五万ドルなら払うって。でも、すぐにそれを断わるように忠告した」

「で、断わってよかった、だろ?」

「結局、わたしはその五倍近くのお金を受け取ることになった」

「そうなるだろうと思ってた」

「あなたは正直な人ね」と彼女は言った。「それに道徳的な人でもある。でも、だからといって、ボーナスを受け取っちゃいけない理由にはならないわ。あなたには娘がいる。名前を教えてくれたけれど、忘れちゃった」

「ジェニー」

「きっと頭のいいお子さんね」

「母親に似て」と彼は言った。

「あら、あなたもいくらかは貢献してるはずよ。将来は大学にも進学するお子さん、でしょ?」

「ここ数年はそういうことはないだろうけど」

「それでも同じことよ」と彼女は言った。「わたしがこれからしようと思ってるのは、十万ドルを信託に預けて、娘さんが十八歳の誕生日になったときに受け取れるようにすることだから。その頃にはそこそこ増えているでしょうから、大学の費用はそれだけで賄《まかな》えるかもしれない。でも、これってあなたには反対できないことよ、ニコラス。あなたには関係のないことなんだから。これはわたしとジェニファーとのあいだのことなんだから」

「ジェニー」

「ジェニー。でも、出生証明書にはジェニファーって書いてあるんじゃないの？」

「いや、ただのジェニーだ」

「わたしの夫の名前がただのジェブだったように。みんなにはジェビディアを縮めたものと思われてるけど、そうではないのと同じね。彼の正式な名前は、ジェブ・スチュワート・ソダリング。彼の父親はスウェーデン系で、ノースダコタに住んでるんだけど、どうして南北戦争の将軍の名前に因んで命名したんでしょうね。しかも、ジェブ（ＪＥＢ）なんて頭文字をつなげた名前にするなんて。でしょ？」

「その将軍というのは、Ｊ・Ｅ・Ｂ・スチュワートのことだね。それがなんという名のイニシャルだったかは思い出せないけど」

「ジェームス・イーウェル・ブラウン・スチュワート。わたしは知っていてもおかしくはないわね。だって、その名に因んで名づけられた人と何年も結婚してたんだから。でも、それじゃいかにも長すぎる、でしょ？。だから、ジェブの両親がジェブにしたのはうなずける。でも、あなたの娘さんの場合はどうかしら？　かえって煩わしくはない？　だって、娘さんは人が彼女の本名はジェニファーと思うのを訂正して、人生の半分を過ごすことになるんだから」

その話はすでにジュリアとしていた。「娘はいつでも名前を変えられる」とケラーは言った。「でも、今はジェニー。逆子だったからだ」

「どういうこと？」

「骨盤位。私の娘は産道を逆さまに――」

「逆子の意味ぐらい知ってるわよ、ニコラス。わからないのは、なぜそのせいで娘さんがジェニファーではなくて、ジェニーになったのかっていうことよ」

彼はカップに手を伸ばし、コーヒーを飲んでから言った。「理解してもらえるかどうかわからないけど、逆子だとわかったとき、私も妻も娘は月並みな子供にはならないだろうと思った。それに、ジェニファーと名づけられる女の子は大勢いるだろうけど、どっちみち私も妻も娘をジェニファーとは呼ばないだろうとも。だから、ジェニーが出生証明書に載ってる名前になった」

「ジェニーはジェニファーを縮めた名前とはかぎらない」とディニアは言った。「『三文オペラ』には海賊ジェニーなんてのも出てくるし。でも、あなたの小さな海賊の名前はジェニー・エドワーズということね。彼女にミドルネームはあるの、ニコラス？　わたしは本気で彼女のために信託にお金を預けようと思ってるの。だから知りたいの」

「ルサード」と彼は言って綴りを教えた。「妻の旧姓だ」

47

「海賊ジェニー」とケラーは言った。「次のハロウィンはそれになるのがいいかもしれないね。眼帯をどこからか借りてきて、ママに段ボールで短剣をつくってもらって」

「パパがお家《うち》にいる」と未来の海賊はケラーの膝の上で嬉しそうに体を揺らして言った。

「パパがお家にいる！」

「パパがお家にいる」と彼も言った。「あと十五年くらい経ったら、家にずっといるのはパパで、よちよち歩きのおまえは大学に行くようになってるだろう」

「学費はすべて支払い済みの大学にね」とジュリアが言った。「彼女、ほんとうにそうしてくれると思う？　わたしたちの可愛い赤ちゃんに六桁の信託資金をほんとうに用意してくれると思う？」

「それはなんとも言えないが」と彼は言った。「でも、そもそも彼女が言いだしたことだ。こっちは思いとどまらせようとしたのにできなかった。だから、まあ、考え直すかもしれないけど、そうはならないような気がする」

「海賊はどこの大学に行くと思う？　母親に倣ってソフィ・ニューコム大学に行くかもしれない。でも、わたしが卒業したその学校はテューレーン大学に組み込まれちゃったのよ。だから今でも同じ学校なのかどうかはわからない。それに、それだけお金があったら、もっといい学校に行ったほうがいいかもしれない。ニューイングランドの名門私立校のどこかとか。あなたはどこに行ってほしい？」

「今はどこにも行かないでほしい。今から十五年後？　わからないな。男の子のいないどこかの学校、これでどうだい？」

「あなたも案外妄想癖があるのね。ヴァージニア州のスウィート・ブライヤー大学なんかどうかしら。あそこに行った子を知ってるんだけど、その子、学校で自分の馬を飼ってた。信じられる？」

「寮の中で？」

「厩舎に決まってるじゃないの、馬鹿なこと言わないで。ジェニー、あなたは馬上の海賊になるの。どう？」

「パパがお家にいる」とジェニーは言った。

「あら、あなたって何が大切なのかよくわかってるのね。そう、パパはお家にいる。わたしたちって運がいいわね、でしょ？」

ジェニーをベッドに寝かしつけてから、ケラーとジュリアもベッドに向かい、愛を交わした。そして、そのあとに続く心地よい静寂を分かち合った。ガーディニアという名前の知り合いはいないわね、とジュリアがだしぬけに言った。

「彼女のことをその名前で呼ぶ人はひとりもいないんじゃないかな」とケラーは言った。

「確か法的な手続きをして名前を変えたと言ってた」

「非合法に変えるよりいいわね。ジェブもジェニーもディニアも何かの短縮形のように見えて、実際はそうじゃない」

「そういうことだな」

「そう、彼女はきれいな人なの？」

「ディニア・ソダリングのこと？　まあ、魅力的な女性だったな」

「どうして彼女と寝なかったの？　それとも寝たの？　いえ、寝なかったのね。どうして思いとどまったの？」

「はあ？」彼は枕をふたつに折り、上半身を起こして枕に寄りかかった。「いったいそんな話がどこから出てくるんだ？　どうしてそんな可能性があったなんて思うんだ？」

「あら、だって」と彼女は言った。「孤独な美しい未亡人と謎めいたハンサムな見知らぬ男だったんじゃないの？　〝わたしの家のゲストルームに泊まって。古くて薄汚いモーテルよりもずっと快適だから〟とか言われたんじゃないの？　まあ、あなたにずっといてほしいと思ったら、ゲストルームを勧めたりはしなかったでしょうけど」

「おれに興味はあったのかもしれないが——」

「あなたはなかったの？」

彼は少し考えてから答えた。「昨日の夜、ジェニーの教育費のために信託資金を設定したいと彼女のほうから申し出てきたときに、ジェニーの名前の話になった。何かの名前を縮めたものじゃなくて、どうしてただのジェニーなのかという話に」

「そうすればお役人とかが書類に名前を書くときにまちがえないから」

「ああ。で、おれはジェニーが逆子だったことを話した」

「それですぐにわかってくれたの？　それとも説明しなきゃならなかった？」


ケラーはディニア・ソダリングにこんな話もできた。

「知ってるかな、有名なアメリカの航空便の郵便料金の切手があってね。一九一八年のもので、『スコット・カタログ』の番号はC３ａ。同じデザインの三枚の切手だ——六セントのオレンジ、六セントのグリーン、それと二十四セントのカーマインローズとブルー。どの切手にも〈カーティス〉社の複葉機が描かれていて、それはジェニーと呼ばれてる。カーティス社のＪＮシリーズの飛行機だからだ。

一番値段の高い二十四セントの切手は二色刷りで、それはつまり、その切手シートを印刷するにはふたつの過程を経なければならないということだ。二色それぞれの色を印刷するわけだから。そのどちらかの色を印刷するときにシートが逆さまになると、切手の図案も逆さまになる。そういう切手は〝逆刷〟と呼ばれてる。

二色刷りの切手を印刷するときには時々そんなことが起こるんだよ。で、品質管理が優先事項になってなかったり、こうしたエラーは金になることを学んだ商魂逞しい従業員がいる国では、ある程度の割合で逆刷切手が出まわる。一九〇一年、アメリカでも、バッファローで開催されたパンアメリカン博覧会の切手シリーズが発行されたとき――その博覧会はマッキンリー大統領が暗殺されたことでも知られてるけど――六枚のうち三枚が逆刷だった。切手自体はその値段によってさまざまな種類の乗りもの――蒸気船だったり蒸気機関車だったり電気自動車だったり――が描かれてるんだけれど、それが逆さに印刷されたわけだ。

その三枚の切手は当然のことながら稀少なもので、現在では五桁もの値段がついてる。でも、逆さに印刷された飛行機のジェニーのようには一般によく知られていない。ジェニーは最初の航空便用の切手で、当時、飛行機は目新しく、人々をわくわくさせた。で、その飛行機は切手の展示会でも曲芸飛行を披露するようになった。その切手は普通に印刷されていても状態のいいものなら――『スコット・カタログ』の番号はC3――だいたい百ドルの値段がついてる。でも、飛行機が逆さに印刷されたエラー切手を買おうとしたら、おそらく百万ドル以上払わなきゃならないだろう。

ジェニーは産道を逆さになって降りてきたんで、帝王切開をしなきゃならなかった。足が先で体があとという状態じゃ、普通に出産するのがむずかしいからね。でも、産科医がどうにかして彼女の体の上下を戻してくれたんで、実際には頭から先に産まれてこられたんだ。それでも、そのときにはもう私も妻もジェニーという名前にしようと決めていて、その名前がふたりとも気に入っていた。初めから候補の上のほうにあった名前だった。さらに、名目上、ジェニーは逆子だったわけで、よけいに動かしがたい名前になったというわけだ」

「彼女はきっとその話を気に入ったんじゃないかしら」とジュリアは言った。「そう思わない？　夫は切手蒐集家で、彼女にしても、切手とそれを取り巻く世界が好きになる理由が今回のことで百万ほども新しくできたわけだから」

「説明するのに時間がかかると思ってね。それに、そもそも彼女が知らなきゃならないことなんて何ひとつなかった。そういう相手にきちんと最後まで説明する気にはなれなかった。そういうことだな」

「あなたは彼女とベッドをともにしなかった。娘の名前の由来についても説明しなかった。あなたはただの泊まり客だった。家に帰れて嬉しい？」

「とても」

「くたくたに疲れてもいる、そうなんでしょ？　残りの話は明日でいいわ。それにあなたにはアルバムに収める切手があるんだから」
「魔法の豆がね」と彼は言った。
「それがどういう意味なのかは訊かないでおくわね」と彼女は言った。「おやすみ、ダーリン」

彼女は次の日の午後になると訊いてきた。そのときまでに、彼は溜まったメールを読み、さらにスライデルまで車を走らせて、〈メール・ボックス・エトセトラ〉で彼を待っていた封筒を取りにいった。その封筒の中には、ジョアン・ヒュードポールがフラッグスタッフのドットに送金した報酬の彼の取り分が現金ではいっていた。

家に戻って金を隠し場所に収めると、切手の作業を始めた。彼の切手部屋はジェブ・ソダリングの設備の整った立派な切手部屋には遠く及ばないが、それでも本人はいたって満足していた。坐り心地のいい椅子に高さも大きさもちょうどいい机、照明も明るくて眼を細めることなく本を読んだり切手を眺めたりすることができた。

ジェニーはいつものように彼の隣りの椅子に坐り、切手の作業のひとつひとつをじっと見ていた。彼は切手の解説をとぎれなく続けた。昼寝の時間が来ても、まだ作業に没頭していた。ジュリアがジェニーを連れにきて、そのあとまた戻ってくると、ジェニーが坐っていた切手の作業机のまえの椅子に腰をおろして言った。

「切手は教育的よね。本人じゃなくて、父親がそれを集めていたとしても。トルコとイタリアの戦争とローザンヌ条約について多少なりとも知ってる子供なんて、どこの保育園にもいないわよ」

「ローザンヌだ」

「あら、惜しかったわね。ローザンヌってスイスよね？　それともわたしはルツェルンと勘ちがいしてるのかしら？」

「両方ともスイスだ」

「両方とも？　それってまぎらわしくない？　いったいどっちに魔法の豆が詰まってるの？　わたしが何を言ってるのか、あなたにはさっぱりわからない、でしょ？　だったらこれでお相子ね。今のはあなたがゆうべ寝るまえに言ったことばよ。もしかしたら、そのときにはもう寝ちゃってたのかもしれないけど。魔法の豆っていったいなんのことか話してくれる？」

ケラーにはすぐにはわからなかった。が、思い出すと、亡くなった母親と空想の中でやりとりをしたことを話した。

「魔法の豆」とジュリアは言った。「まあ、あなたのお母さんは賛成してくれないかもしれないけど、手数料を切手で受け取るのは、わたしとしてはすごく納得できる。全部でいくらぐらいになるの？」

「『スコット・カタログ』に載ってる価格だと、十万ドルちょっとになる、でも、実際にこの手の切手が売買されてる価格は、カタログのだいたい六十パーセントから七十五パーセントのあいだだ。そんな金額を払うつもりはないが、手に入れたければそれぐらい払わなきゃならない」

「でも、あなたには何も払う必要がなかった。すばらしい」

「ああ、とてもね。彼女にとっても損な話じゃなかった。おれが選んでさきにもらった切手がアルバムに残されていたとしても、誰かの入札額が高くなったとは思えない」

「つまり、みんなが得をしたってこと？」

「ディニアが得をしたのはまちがいない」と彼は言った。「それにおれもね。〈タレーラン・スタンプ・アンド・コイン〉が買ったものの中にこの切手が含まれていたら、純利益があといくらかは増えていただろう。そう、確かに増えてはいただろうけど、含まれてなくても彼らは充分満足してると思う」

「そもそもそこに何があったのか知らなければ、何を逃したのかなんて知る由もない。あなたも切手で支払われたほうが都合がよかった。どのみちあなたはお金を切手につかうんだから。だから、あなたは魔法の豆で満足していて、しかもあなたの報酬はそれだけじゃなかったんだから。次にお母さんと話すときには、同時にちゃんと現金も稼いだ話をしてあげるといい」

「そうすれば、おふくろもきっと安心するかな」

「ねえ、現金の部についてはわたしにも話したい？　デンヴァーであなたは何をしたのか。そっちのほうの話もしたければ、ジェニーは少なくともあと三十分は寝てると思うけど」

48

「カーナビにはちょっと慌てたよ」とケラーはジュリアに言った。「事件が起きた二軒の家の住所を入力してしまってたものだから」

「焼け落ちた家とあとはどこ？　ええ、もちろん、あなたが仕事を終わらせにいったロフトね」

「電子の世界にはなんでも永遠に残る」

「それにもちろんあなたは本名で車を借りていた」

「レンタカーを借りたのもそうだし、そのほかのことも全部本名を使った。それはともかく、妙案をひとつ思いついたら、次から次と浮かんできた。たとえば、カーナビを取りはずしてハンマーで壊して橋から投げ捨てて、レンタカー会社には盗まれたと報告するとか」

「それでうまくいくんじゃない、ちがう？」

「まあ、そう思うところだけど」と彼は言った。「電子の世界でどこかのコンピューターにつながってたらどうなる？　カーナビを捨てても、そのことを誰かがメインコンピューターをチェックして、捨てられるまでどこにあったか突き止めるかもしれない。だから、カーナビを開けて、中から壊すことも考えた」

「プログラムを書き替えるってこと？　あなたにそんなことができるの？」

「できるはずがない。でも、機能を停止させる方法ならどうにか見つけられるかもしれないと思ったんだ。そのことをいちいちレンタカー会社に報告しようとは思わなかったけど。次にその車を借りた利用者がカーナビが動かないことに気づかないかぎり、そのことは誰にも知られない。それも次に車を借りた利用者がカーナビをわざわざ使おうと思った場合の話だ」

「で、そうしたの？」

彼は首を振った。「そのまま何もせずに車を返した。心配することは何もないと思ったんだ。おれを疑うなんらかの理由があるのなら、カーナビの記録は必要ない。疑わないのなら、わざわざカーナビの記録を確認したりはしない。どうしてそんなことをしなきゃならない？　警察の唯一の関心事は事件は片づいたということだ。リチャード・ヒュードポールには愛人がいて、その愛人に捨てられたまえの恋人が彼の家に放火したせいで死んだ」

「まさしくそのとおりじゃないの」

「まあ、ほぼそのとおりだ。そうではないと言いだす者は誰もいない。トリッシュ・ヒーニーとタイラー・クロウはふたりとも死んだんだから。『CSI』の科学捜査犯の連中がこの事件を調べたら、犯人が自殺したというシナリオにいくつかの疑問点を見つけるかもしれないが。でも、現実の警察はテレビよりもっと手っ取り早く事件を片づけるものだ。事件はもう片づいた。ほころびがあるとしたら、それはジョアンということになるだろうが、誰かにしゃべってしまうほど彼女の頭がいかれていたとしても、いったい彼女に何がしゃべれる？　彼女も登録されてない電話を持ってたわけだが、それはもう存在しない。また、彼女はある人物に金をいくらか送ったかもしれないが、そんな相手はそもそも最初から存在しなかった」

「つまり、これですべて終わったということね。でも、あなたは……」

「なんだい？」

「わからないけれど、そう、むっつりしてる？　満足してない？」

「かもしれない」

「あなたは今でもあの記憶のエクササイズをしてるの？　頭の中の映像を少しずつ小さくして、色も消していくってやつ？」

彼は首を振って言った。「でも、やったほうがいいのかもしれない。あのふたりのことは少しも考えなかったから、記憶から消そうとも思わなかった。トリッシュとタイラー。あのふたりがどんな顔をしていたのかさえほとんど覚えていない。ふたりとも外見にかなり特徴があったのに、今となっては思い出せない」

「どうしてなんでしょうね」

しばらくして彼は言った。「おれにとって重要なことは何ひとつなかったからだろう。おれが一番気にかけてたのは、ソダリングのコレクションにできるだけ高い値段をつけさせることだった。デンヴァーの仕事はひとまず脇に置いて、時間があるときに片づければよかった」

「ほんとうは逆じゃなくちゃいけなかったのに」

「とにかく切手のことばかり考えていた」と彼は言った。「だから、オーティス・ドライヴの家を見にいったのも、着いてから二日経ってからだった。おれがそのことをなにより優先させていたら、火事にはなっていなかっただろう。ヒュードポールはたぶん簡単な標的だったろうからね。彼は警戒を強めてもいなかっただろう。なのに、どれだけ手間がかかる？」

「あなたのように才能のある男にとっては」

「まあね」と彼は言った。「つまり、ようやく彼が住んでるところを見にいったときにはもう家はなかった。おれとしては何もすることがなくなった。で、北に向かって切手を売る仕事に戻った」

「あなたはもっぱらそのことに関心があったんだから」

「そうだ。だから、そのあとドットが予防措置を講じて、ミセス・ヒュードポールに連絡したときには、どうしてドットはそのまま放っておかなかったんだろうって思ったもんだ」

「何もしてないのに報酬の半分をすでに受け取ってたんだから」

「なのに、やらなきゃならないことができてしまった。で、それをやった。なんの問題もなくできた。まるで映画でも見ているみたいだった」

「あなたはそれほど熱心に関わったわけじゃないから」

「それでもその場に居合わせるようにはした」と彼は言った。「そりゃ、そうしなきゃならないだろう。善良な人間に災難が降りかかるかもしれないという考えが頭から離れなかった」

「というのも、あのふたりは善良な人間じゃなかったから」

「あのふたりはただ単に『全米警察二十四時』に出てきそうなタイプじゃなかった。自分が番組に出るようなことがあったら、その番組をちゃんと見るようにわざわざ友達に電話するようなやつらだった。女は見るからに身持ちの悪い女で、男は眼がとろんとした放火魔だった。おまけにふたりとも悪臭を放ってた」

「そうなの？」

「男はあまり風呂にはいってなかったんだろう。水に恨みでもあったのかもしれない。火事は水で消されるものだから。とにかく水にはできるだけ近づきたがらないようなやつだった。女のほうは体臭を隠すために香水を浴びるほどつけていた」

「素敵」

「あのふたりの姿を少しずつ小さくしてぼかしてから数時間が経つけど、そのときあの香水のにおいがした。ふたりの顔は頭の中から追い払えたけれど、香水のにおいは追い払えなかった。ああ、そうだ、きっとそうにちがいない」

「何が？」

「あれは〝ジャングル・ガーディニア〟だ。その香水を知ってるわけじゃないけど。そのにおいを実際に嗅いだことはないんだから。その話はしたよね？」

「あなたのガールフレンドがどうしてそんな名前になったかという話ね」

「彼女の母親がそのにおいの香水をつけてたんだ」とケラーは思い出して言った。「たぶん彼女の親父さんにはむらむらくるにおいだったんだろう」

「でも、あなたは切手の作業に戻りたいという気持ちにしかならなかった」

「そこからいなくなりたいという気持ちにしかね」と彼は言った。「記憶からにおいを消す方法があるといいんだがね。映像でできるのなら、においでもどうにかしてできないものかな」

「あなたならきっと何か考えつくはずよ」

「あるいは、自然とどこかに行ってくれるか。まあ、どうでもいいことだ。いずれにしろ、おれは仕事に意識をすべて集中させてなかった。そこから何か学ぶべきことがありそうだ」

「ふたつのことを一度にはやらないとか？」

「それもある」と彼は認めて言った。「もうひとつある。デンヴァーの仕事。おれにはもうこれ以上やれる気がしなくなった」

「やめるべき頃合いなのかも」

「実際、このところずっとそう思ってたんだよ。ドニーとおれがやってた家の修繕の仕事が軌道に乗ってるときには、もう終わりにしたと思ってた。でも、もとの仕事に戻らなくてはならない理由ができた。少なくともおれはそう思った。それにその仕事はすごく魅力的だった」

「簡単にお金を稼げる仕事だから」

「それに簡単に熱中できる。要は問題を解決することだからだ。それを考えることに没頭して、うまくいったときには達成感を味わえる。まあ、嫌な気持ちになるときもあるけれど、それは脇に押しやることができる。ただ、今回は少しも没頭できなかった。だから、大した達成感もなかった。といって、嫌な気持ちというわけでもないけれど。嫌なにおいだけがあとに残った」

「まだそのにおいがまとわりついてる」

「ドットにもう終わりにしたいと言おうと思う。それでももちろんわれわれは友達だけど、これで彼女も普通の電話を使えるようになる。パブロはもう要らなくなる」

「パブロ?」

「なんでもない。おれたちにはすでに充分な金がある。金は切手の仕事でも少しは稼げるだろう。そもそものために始めたことじゃなくても。あと、ほかにも気づいたことがある」

「何?」

「ディニア・ソダリングにジェニーの名前の由来を説明しなかったほんとうの理由だ。それは彼女とベッドをともにしなかった理由でもある」

「だらだら長く話さなくちゃならなくて、その挙句、彼女には理解できないかもしれないから」

「おれときみだけが分かちあっている何かに、誰か別の人間を引き込んでしまうかもしれなかったからだ。あのときにそう思ったわけじゃないけど。ただ、そんなことはしたくないことだけはわかった。彼女とは寝たくもなければ、彼女には説明したくもないってね。そう、要するに、そういうことだったんだよ」彼は息を吸った。「なんだかすごく馬鹿げて聞こえるのは自分でもよくわかってるけど」

「いいえ」と彼女は言った。「少なくともわたしにとっては全然馬鹿げてなんかいない」

「ドットに電話するよ」

彼女は彼の腕に手をかけて言った。「急ぐことじゃないでしょ? しばらく待ってからにしたら?」

ケラーの義務　KELLER'S OBLIGATION

49

「まあ、歩いていけるとは思いますけど」とベルボーイは言った。どこに行くにしろ、歩くこと自体が奇怪なことだとでも思っているかのような口調と表情だった。「そんなに遠くありませんから」それでも、自分が口にしたことに勇気づけられたかのようにベルボーイは続けた。「ドアを出て、左に折れてそのまま一、二、三ブロック歩いて、アレン・ストリートにはいって右に曲がって、パール・ストリートを越えたら着いたも同然です。見逃しっこありません。ええ、嘘じゃありません」

ケラーは教えてもらった道順を復唱した。ベルボーイは真剣な顔でそのひと言ひと言に耳を傾けた。まるでケラーではなく、自分がこれから〝Y〟に向かおうとしているかのように。「それで合ってます」ケラーが言いおえると、ベルボーイは言った。「一方通行の道がありますが、気にすることはありません。歩いていかれるのなら」

そこが歩くことのすばらしいところだ、とケラーは同意した。パーキングメーターに入れる二十五セント玉も要らない。しかし、どうしてそれがめあての建物だとわかるのか。

「見逃しっこありません」とベルボーイは繰り返した。「三階か四階建てだったと思いますけど、てっぺんに赤い字ででかでかと〝A〟と出てますから」

ケラーは高校生のときに『緋文字』を読んだことがある。というか、少なくとも読んだと思っている。ほんとうは『クラシック・コミック・ブック』版であらすじをなぞっただけなのかもしれなかったが。数年前には『ハックルベリー・フィンの冒険』を読んだ。それまでその本を高校のときに読んだと思っていたのだが、覚えていたよりずっと内容が深くて面白かった。また、ハックとジムがいかだに乗っている絵が記憶にはっきり残っていたのだが、それはマーク・トウェインの文章というより、漫画家の力強い筆使いのおかげだったことがわかった。だから、ホーソンを実際に読んだのか、あるいは読んでいないのかははっきりしなかったが、いずれにしろ、主人公の女の名前は覚えていた――ヘスター・プリン。そんな名前を忘れる者はいないだろう。それにその本になぜそんな題名がつけられたのかも覚えていた。緋文字で書かれた文字は〝A〟。主人公の女は姦通罪を犯した見せしめに、姦通罪《アダルテレス》を表わす〝A〟の文字を縫いつけた服を着なければならなかったのだ。

〝Y〟――YMCA――のビルも見逃しっこない。なぜならそのビルにはてっぺんに〝A〟と出ているから――

ベルボーイの道案内は正確だった。ケラーは迷うことなくその建物を見つけた。四階建てで、通りに面した側は昔ながらの石灰岩造り、そして、もちろんてっぺんに〝A〟の文字があった。その文字が哀れなヘスター・プリンが犯した罪の見せしめの残り火のように輝いていた。ケラーは通りをはさんで建物の斜めまえに立ち、しばらく玄関を眺めた。が、途中から自分が誰を見ているのか、あるいは何を見ているのかわからなくなった。通りを渡り、階段を上がって建物の中にはいった。受付にいたふっくらとした愛想のいい女が笑顔で切手クラブは三階にあると教えてくれた。「エレヴェーターを降りたら、左に行ってください」と彼女は言った。「階段で行くのなら、右側になります」

「陸路ならひとつ」とケラーは言った。

「海路ならふたつ。反対側の岸に私はいるだろう――あとは忘れちゃったわ。このさきはなんて続くんでしたっけ？　船に乗る用意をして、ミドルセックスじゅうのありとあらゆる村と農場に警告を伝えなさい（一七七五年の独立戦争の勃発時、アメリカの独立軍の伝令を務めたポール・リビアが、イギリス軍が真夜中に進軍してきたら、ランタンを掲げるように命じたことを、詩人のロングフェローが〝陸路ならランタンをひとつ、海路ならランタンをふたつ〟と脚色して詩にした）」

「忘れたんじゃなかったんだね」

「思い出したの。でも、どうしてミドルセックスなのかしら？　イギリスの州がポール・リビアとなんの関係があるの？　それじゃ、さっそく調べてみましょう」

彼女はキーボードを叩き、眼を細めてコンピューター画面を見て言った。「なるほど。ミドルセックスはイギリスの州じゃなくて、マサチューセッツ州で一番人口の多い郡で、一六四三年にアメリカで初めて郡に指定されたところみたい。町のリストが載ってる。コンコードもその中にあるのね」

「農夫がその地を守るために武器を持って立ち上がったところだ」気づいたときにはケラーはもうそう言っていた。

彼女はにっこり笑って言った。「一発の銃声が世界を変えた。そして、そのことをロングフェローやらラルフ・ワルド・エマーソンやらが詩にした。でしょ？　あら、この話は面白いわ。一九九七年以降、ミドルセックスは名ばかりの郡になった。というのも、郡政府がなくなって、州が政治的な機能を受け継いだから。でも、どこの郡でも同じようなことが起こってるみたいだから、この話、そんなに面白くなかったわね。ちがう？　なのにどうして面白いなんて思っちゃったのかしら」彼女はため息をついて言った。「グーグルとウィキペディアがあれば、なんでも調べられる。おまけに、その中には真実が交じってることもある。わたしったらあなたが会合に行くのを足止めしてる」

「かまわないよ」

「これって」と彼女はコンピューターの画面に向かって手を振りながら言った。「時間を最大限に節約できる発明品か、あるいは時間を最大限に無駄づかいさせる発明品かのどちらかね。コンピューターを使わずにミドルセックス郡について調べようとしてたら、どれぐらい時間がかかったと思う？」

「何時間も」

「もっとかかったかも。まず図書館に行って、棚の上から重い本を引っぱり出さなくちゃいけなかったでしょうから。それで、結局、知りたいことがわからなかったなんてことにもなりかねない。でも、そんな手間はわざわざかけなかったかもしれないわね。〝どうしてミドルセックスなの？〟って疑問には思ったかもしれないけれど、それからほかのことを考えはじめて、それでおしまいになってたかもしれない。時間の節約にもなれば時間の無駄づかいにもなるけれど、それでもよ。疑問に思ったことがあったら、このくだらない機械はいつでも答を教えてくれる」

ケラーは階段を使って三階まで上がると、右に進んだ。イーゼルが立っていて、そこに立てかけられたボードに、切手クラブの会合は廊下を半分ほどいったところにある部屋でおこなわれている、と書かれていた。その部屋にはいると、五人の男とひとりの女がテーブルの向こうに並んで坐っていた。それとは別に十数人の男女が白いプラスティック製の折りたたみ椅子——会合が終わったらたたんで積み重ねておけるような椅子——に腰かけていた。テーブルについているのは切手ディーラーだ。ケラーにはそれがわかった。彼らは〝ヴェスト・ポケット・ディーラー〟と呼ばれ、副業に切手ディーラーをしていて、趣味のための金を工面するために地元の展示会やクラブの会合で、手持ちの中から手放してもいい切手を売っている。折りたたみ椅子に坐っているのはおそらく蒐集家だろう。そのうちの何人かは切手の売買もたまにはしているかもしれない。ここに集まったディーラーの大半が、今夜稼げるかもしれない数ドルより、たまには自分のコレクションを気にしているのと同じように。部屋にいる誰もが正面にかけられたスクリーンを見ていた。か細い口ひげを生やした男がパワーポイントを使って、第一次大戦後にさまざまな地域でおこなわれた住民投票《プレビシット》について聴衆に説明していた。ケラーはいささか驚いた。大いに関心のある話題だったのだ。

第一次大戦が終わった直後、戦勝国はウッドロー・ウィルソン米大統領の呼びかけに応じ、国の自己決定権を重んじる原則に従ってヨーロッパの地図を書き替えた。それにともない、各地の紛争地域では住民投票がおこなわれ、自分たちの住む地域はどこの国の一部になるのか、住民たちが決めることになった。

投票がおこなわれるまで、それぞれの地域には独自の政府があり、独自の切手を発行していた。切手同様、当時の歴史も実に興味深かった。そんな地域のひとつの東プロイセン——ドイツ語ではアレンシュタイン、ポーランド語ではオルシュチン——は一九二〇年に十四枚の切手シリーズを二種類発行した。両方ともドイツの切手に加刷したもので、ケラーはそのセットを両方ともすでに手に入れていたが——値段が高いわけでもなく、見つけるのがむずかしいわけでもない切手だ——アレンシュタインのコレクションは『スコット・カタログ』とドに載っている二十八枚だけではない。色や色調《シェード》の変種があり、『スコット・カタログ』とドイツ語版の『ミッヘル・カタログ』に載っているのはその一部だ。ほかにドイツが発行した切手もあり、その最初のシリーズの中の五枚の切手と次のシリーズの中の一枚の切手は、ほかの切手同様、加刷されたものだが、郵便業務で実際に使われることはなかった。これらの不発行の切手は『スコット・カタログ』に値段をつけられて載っていて、ケラーはそのうちの二枚を持っていた。それでも、ほかの切手も手に入れられる機会があったら、喜んで手に入れていただろう。

そうなっていたら、新たなひとつ専門分野を持てたことになる――アレンシュタイン、あるいはプレビシット全般という専門分野だ。そのあとさらに、色調《シェード》のちがう変種を探すようになっていたかもしれない。普段は特に気にかけて集めているわけではないのだが。次いで郵便史コレクションにも手を広げていたかもしれない。アレンシュタイン、メーメル、シュレスウィヒ、マリーエンヴェルダー、それにシレジア北部と東部でやりとりされた封筒を集めていたかもしれない。

だいたい専門分野はそうやって決まる。ケラーの一番の専門分野はカリブ海にあるフランス領マルティニーク島で、ケラーはそこに行ったこともなく、行きたいとも思わないが、ほかの国の切手同様、特に意識もせずにマルティニーク島の切手を集めはじめたら、あと二枚の稀少な高額の切手を残して、いつのまにかすべてがそろうところまで来たのだった。そんなときにまとまった額の思いがけない収入が舞い込み、たまたまその二枚の切手がオークションに出された。ケラーはどちらの切手も落札した。かくして彼のマルティニーク島コレクションが完成したのだった。

いや、まだ完成はしてはいなかった。気づいたときにはもう、ケラーはそのコレクションにもっと加えようと思っていた。たとえば加刷されたときに、二重刷りになったり図案が逆さになったりしてしまった変種。『スコット・カタログ』の三十三番は一八九二年に発行された一サンチーム切手で、島の名前が赤字で印刷された、ことさら珍しいものではない。が、その変種があり、三十三a番はマルティニークの名前が青字で印刷されたものだ。カタログには六百五十ドルの値段がつけられているが、ケラーは状態のいい切手だったら、その二倍は払っても惜しくはなかった。しかし、今のところ、それを見つける幸運には恵まれていなかった。ほかにもマイナーな変種があり、そのうちのいくつかは持っていたが、ほかにもまだ探しているものがあった。それにカヴァー――マルティニークの切手が貼られた封筒。カヴァーは際限なく集めることができる。というのも、同じものはひとつとしてないからだ。日付がちがうし、封筒に貼られた切手もちがうし、差出人も受取人もちがうし、投函された場所もそれが届いた場所もちがうし、その封筒がたどった経路によって消印も糊の状態も刻印もちがうからだ。

アレンシュタインについてもそこまで手を広げたいのかどうか。ケラーは自分でもわからなかった。メーメルやほかの地域については言うに及ばず。といって、広げまいと腹をくくることもできないでいた。で、じっと椅子に坐り、おずおずとした口ひげを生やした紳士が熱弁を振るう話の中身に耳を傾けているのだった。

講演は三十分近く続き、そのあと質疑応答の時間になった。最初に手を上げたのは年配の男で、住民投票をした地域は最終的になぜ判で押したようにみんなドイツ領に戻るというほうに票を投じたのかと尋ねた。講演者はその質問には答えられなかった。すると、別の男が住民はポーランドの厳しい冬から逃れたかったのではないか、と意見を言った。

少年が手を上げた。その部屋には少年がふたりいて、どちらも十四歳くらいだった。ケラーは並んで坐っているその子たちのほうを時々見やっていた。質問したのはふたりのうちの背の低いほうで、講演者はその男の子を知っていた。「はい、マーク。どんな質問かな?」「アレンシュタインの不発行の加刷切手のことなんですけど」と少年は言った。「そのうちの二枚はドイツの切手で、シェードの変種ですよね。ドイツの五ペニヒ切手はブラウンかダークブラウンで、二十ペニヒのグリーンにはイエローグリーンとブルーグリーンもあります。シェードの変種は不発行加刷切手にもあるんですか?」

ケラーは感心した。マークの質問は驚くほど高度なもので、ケラーにもその答はわからなかったからだ。講演者も明らかにわからないようで、そんな変種があること自体知らないが、不発行の加刷切手の数はきわめて少ないので、おそらくないだろうと答えた。ただ、変種がある可能性も完全には否定できないが、と言い添えた。そして、どうしてそんなことに興味があるのかと逆に訊き返した。シェードの変種と思われる切手を持っているのか、と。

「そうだったらいいんですけど」とマークは言った。「持っているわけじゃありません。ただちょっと思っただけです」

50

電話が鳴ったとき、ケラーは机に向かって切手のコレクションの整理をしていた。ジュリアが家にいたら、電話は彼女に任せていただろうが、今はジェニーを公園に連れていき、ジェニーの砂場遊びの技術を向上させ、さらに彼女の社交術に磨きをかけさせていた。留守番電話に答えさせようかとも思ったが、三度目の呼び出し音が鳴ったところで受話器を取った。

「悪いとは思うんだけど《ロ・シエント・ムウチョ》」と聞き慣れた声が頼りない発音で言った。「話したいことがある《キエロ・アブラーラ・》の、パブロ《パブロ》。でも《ペロ》、番号を悪くしたかもしれないわね《ヨ・テンゴ・エル・ヌメロ・ウロンゴ》」

はあ？

彼が何か言うまえに電話は切れた。

「だんだん心配になってきちゃったのよ」とドットは言った。「あなたは〝ハロー〟しか言わないから。あなたの声のようにも聞こえたんだけど、電話番号をまちがえてたら？　そのあとは一時間経っても何も起きなかった。で、あと十分待とうって思ってたら、こうしてあなたからかかってきたわけ。どうしたの？　電話が見つからなかったの？」

「充電しなきゃならなかったんだ」

「わたし、どうしてそのことを思いつかなかったのかしら。そうに決まってるじゃないの。〝パブロのケータイ〟はわたしのほうも充電しなくちゃならなかったんだから。あなたがデンヴァーから帰ってきて、〝ノー・モア《ノ・マス》〟って言ってから使ってなかったのよ。今のはスペイン語で、その意味は——」

「知ってるよ。〝エル・ヌメロ・ウロンゴ〟ほどにも訳しにくいことばだ」

「あのあと調べたら」と彼女は言った。「わたしはほんとは〝エル・ヌメロ・エキボカド〟って言わなきゃならなかったのね。でも、わたしが言わんとしたことはあなたに伝わったみたいね。いい、わかってるのよ、あなたはこういうことはもうやらないということは」

「ああ、そうだ」

「それも悪くないってわたしは思ってる。誰にしろ、お祭りにだらだら長居するべきじゃないもの。切手の仕事はあなたに合ってるのかもしれない。合ってなかったとしても、遅かれ早かれ、建設業はまた景気がよくなる、そういうことでしょ？」

「たぶん」

「それでも、わたしのほうは切手でも家の修繕でも莫大な利益を引き寄せることはできない。だからわたしは美容院に行って髪を整え、女友達とお昼を食べて、仕事の依頼がきたら、それをやってもらう誰かを探す。そういう仕事の依頼がまた舞い込んできたのよ。それで、ともかくあなたに電話しようと思ったの。おれのことは忘れてくれってあなたに言われるだけでもいいからと思って」

「そうすればきみはほかの誰かを見つける」

「いいえ。わたしも忘れることにする」

そのことばにケラーは興味を覚えた。「どうして？」

「子供か」

「十四歳の子供。わたしが昔の写真を見たのか、あるいはその人が歳のわりに幼い顔をしてるのかのどちらかかもしれないけれど」

「おれは最初から」と彼は言った。「一線を引いていた。標的が誰なのかはどうでもいい。そいつのことを知らなければ、それだけ仕事がやりやすくなる。だけど、子供だけはやらないと決めていた」

「稀《まれ》にそういう依頼が来ることがあるけど」とドットは言った。「わたしもそんなときには仕事を断わってきた。そのたびにあなたにそのことを話したりはしなかったけれど、とにかくそういう依頼は断わって、それでおしまいだった」

「だったら今回はどうしてそうじゃないんだ？　ホラー映画に出てくる悪い種子のような子

供なのか?」

「いいえ、文句のつけようのないいい子供だと思う」

「だったら、よけいにわからないな」

「パブロ」と彼女は言った。「電話が鳴って依頼が舞い込んでから、わたしはフラッグスタッフまで車を走らせて、手付け金と指示書のはいった封筒を受け取った。そうしたら、封筒の中にはまさに『ビーバーちゃん(一九五七年～六三年まで続いたアメリカのホームコメディ。日本でも放映)』から抜け出してきたような子供の写真と名前と住所がはいってたってわけ。そのときはこう思った、ああ、よかった、お金を長いこと懐に入れてなくてって。だってそのほうがお金を返すのが少しは楽だから」

「でも、まだ返していない」

「返そうとしはしたのよ」と彼女は言った。「でも、そこで自問したの、なんて自問したのかわかる?」

「なんて自問したんだ?」

「それでどうなるのって」

「なるほど」

「そういうこと。これまでは、子供を殺してくれって依頼されたら、〝ありがとうございます、でも、お引き受けできません〟って答えてたわけだけど、どうして今の今までそういうことに気づかなかったのか、不思議なくらい。でも、今回は気づいたわけよ。結局のところ、わたしのこれまでの答は、ほかの誰かを探してくださいっていうのと変わらないことにね。実際、そのとおりになってる、言うまでもないけど。結局、依頼者は別の誰かを見つけるんだから。つまり、わたしたちが手を血に染めなくても、子供が死ぬことに変わりはないのよ」

「おれがよく自分に言い聞かせていたのは」と彼は言った。「どんな仕事にしろ、おれがやろうがやるまいが、標的は死ぬ、ということだ。誰かが金を払ってまで、そいつに死んでほしいと思ってるのなら、おれがやらなくても、別の誰かがやることになるってね」

「まさにそのとおりよ」

「おれたちが子供はやらないからといって、別の誰かもその仕事を断わるとはかぎらない」

「よくいる社会病質者なら」と彼女は言った。「できれば子供のほうがいいとさえ思うでしょうよ。強盗するなら、対象は弱々しい老婦人のほうがいいと思うのと同じ伝で」

「そのほうが危険が少ないし、簡単だ」

「だったら教えて、パブロ。わたしが助けたと思ってる一握りの子供たちは結局どうなったの？」

「まあ、考えても愉しくなるようなことにはなってないだろうな」

「全然愉しくないわよ。でも、要するにこういうことよ。電話の相手が子供のことを話してるんだと気づいたら、わたしの頭はそれからさきのことまで考えなくてもよかった。仕事を断わり、それで全然満足だった。フラナガン神父の子供の家にたっぷり寄付したときみたいに。さあ、たった今、子供たちの命を救ったドットことウィルマに盛大な拍手を！　あとは美容院にでも行ってたところよ」

「いったいどれほどきみは美容院に行くんだね？」

「週に一度。その必要があってもなくても。いずれにしろ、この子の写真を見て、この件にはいっさい関わりたくないって思った。それでも、この仕事を断わっても、それは結局、わたしがこの子を殺すのと同じことなのよ」

「正確にはちがうが」

「どのみちこの子は殺される」

「まあ、それは事実にしろ」

「わたしがやれば、少なくともできるだけ苦しまないようにしてあげることはできる。でも、わたしはやらない。あなたもやらない、でしょ、パブロ。この仕事を引き受けるのは、それを愉しみながらやるようなタイプの殺し屋よ。世の中にはそんな人間もいるのよ」

「それも大勢」

「わたしたちの仕事でも頭のいかれたやつがたまにいる」

彼はうなずいて言った。「ただ、一般論としてそういう連中はそう長続きはしない」

「でも、その短いキャリアの中で仕事をやりまくるわけよ、ちがう？　そういう連中は愉しんでやるから、仕事に時間をたっぷりかけて、自分の得たいことをできるだけたくさん得ようとする。それって標的が誰にしろ、胸がむかつくような話だけど、子供となると――」

ケラーにはドットの言いたいことはよくわかった。「将軍がなんか言ってなかったっけ？　国防省の誰かだったかもしれないけど。〝村を救うためには村を破壊しなければならなかった〟だっけ（発言者不詳。ヴェトナム戦争時に有名になったことば）」

「なんとなく覚えてる。いずれにしろ、わたしたちは子供を救うために子供を殺すことはない。ただ、仕事を引き受ければいいだけのことよ」

「で、実際にはやらない」

「予防措置も少々講じなきゃならないけれど。でしょ？」

「仕事はする」と彼は言った。「でも、子供を標的にはしない」

「そのとおり。殺しを依頼してきたやつを標的にする」

「それが誰なのかわかってるのか？」

「いいえ」

「どうすれば突き止められるかはわかってるのか？」

「答は同じく、いいえ、よ」

「きみはおれ以外の誰かを雇えるのか？」

「あなた以外の人は」と彼女は言った。「わたしにとって電話の声でしかない。彼らにとってのわたしもそうね。だから、わたしが今あなたに話したようなことを言ったら、彼らはわたしの頭が故障しちゃったとでも思うでしょうね。〝子供を殺したがってるやつがいるって？　だったらおれにやらせてくださいよ、マーム。何が問題なんです、ええ？〟」

「きみは〝マーム〟って呼ばれてるのか？」

ドットはため息をついて言った。「あなたがするべきことは、やらないってわたしに断わることよ。そうしたら、また切手と遊べるんだから。わたしはお金を返して、このことからきれいさっぱり手を洗う。それがなんとかさんのしたことじゃなかったっけ？」

「なんとかさん？」

「聖書に出てくる人。ほら、手を洗った人がいたでしょ？（新約聖書。ユダヤ総督のポンテオ・ピラトは、イエスに罪がないことを知りながら死刑の宣告を認め、手を洗って自分にその責任がないことを示した）そういうことをして有名になった人よ。いいから忘れて。男の子がどこに住んでるのかはもう話したかしら？　ニューヨーク州バッファロー。あなたがこれまでに行ったところかどうかは知らないけど」

「もう何年もまえのことだ。何ひとつ覚えていない。ナイアガラの滝以外は」

「ナイアガラには行ったの？」

「いや」と彼は言った。「でも、行こうと思えば行けた」

51

「いいかい」とケラーは言った。「私は不発行の加刷切手を二枚持ってる。それが五ペニへのブラウンだったか、二十ペニへのグリーンだったかはすぐには答えられないんだけど。でも、きみが質問したのはその切手のことじゃないかな？」

男の子はうなずいて言った。「発行された切手のいくつかにシェードがあって、そのために値段がすごくちがってくることがありますよね。普通のシェードは一ドルでも、変種のシェードだと二十ドルから三十ドルの値段がつくこともありますよね。それでも、どちらのセットも二・五マルク切手のライラック・ローズで、『スコット・カタログ』にはただ〝シェード〟としか書かれていません。でも、アレンシュタインにもドイツと同じようにブラウン・ライラックとマゼンタの切手もあると思うんです。どれもありふれた切手で、値段も安いでしょうけど」

それは理に適った推測だ、とケラーは言った。「きみはアレンシュタインについて詳しいんだね」

「それほどでもないです。でも、アレンシュタインがチュートン人の騎士によって建設された町だということは知っています。その話はちょっと面白いけど、でも、実際にどういう人たちだったのかは知りません」

「私も聞いたことがない。『スコット・カタログ』に載ってたのか？」

「いえ、ウィキペディアです。ぼくはそのマイナーな変種の切手のひとつを持っています。スコットの十一a番。一・二五マルクのブルーグリーンです。値段は九ドルだから大して高くはないけれど、ただのグリーンよりは珍しい切手です」

「きみはアレンシュタインが専門なんだね」

「もっと手広く集めています。ドイツ全般なんです」と男の子は言った。それからコレクションを収めるアルバムの話になり、彼のアルバム――一冊ではなく数冊――は祖母からのプレゼントなのだと言った。「ぼくはマークです。ミスター・ハッセルベンドがぼくを当てるときに名前を言ったから、もうご存知かもしれないけど。でも、あなたが覚えているとはかぎらないから」

ケラーは覚えていた。それはハッセルベンドが少年の名を呼んだからではなかった。「私はニック・エドワーズ」

「あなたは何を集めているんですか、ミスター・エドワーズ？」

「ニックと呼んでくれ」とケラーは言い、何を集めているのか話し、特にマルティニークを専門分野にしていると説明した。

「絶対に完成させられないやつですね」とマークは言った。「値段がものすごく高い稀少な切手が二枚ありますよね？　それともぼくはグアドループ島（カリブ海東部の島。フランスの海外県）の切手と勘ちがいしてるのかな？」

「完成させられないのはどちらも同じだ」とケラーは言った。「グアドループ島には不足料切手があって、その未使用のものは見つかっていない。使用済みのものでもめったにお目にかかれない。マルティニーク島のほうは、『スコット・カタログ』の十一番と十七番を手に入れようとしたら、五桁の値段を払わなきゃならない。それも見つけることができたらの話だ」

ケラーには見つけることができた。ただ自分のアルバムを開けばいいだけのことだ。思いがけない収入が舞い込んできたときに、同じオークションで二枚とも競り落としたのだ。だからといって、それをマークに話すことはない。

ふたりはしばらく話し込み、そのあとマークは複製切手を交換しにいった。交渉相手はいかにも温かそうな雰囲気の女性で、階下《した》の受付にいたグーグルのファンの女性と姉妹だとしてもおかしくなかった。マークもその女性も小さなストックブックと切手用のピンセットを持って並んでテーブルにつくと、古代の東地中海の商人のように和やかに交渉を始めた。

「今から行ってもまだ間に合うわよ」とドットは言った。「最後に聞いた情報によれば、滝はまだ流れてるそうよ。日曜日にバッファローに飛べば、滝を見にいく時間をどうにかつくれる」

「家にいることにするよ」

「そう言うと思った。もちろん、あなたを責めてるわけじゃないのよ」

「どうして子供を殺したいなんて思うんだろう？　金を払ってまで誰かに殺させようとするなんて」

「その子のお祖母《ばあ》さんが亡くなったのよ」と彼女は言った。「それで遺産は全部その子のものとして信託に預けられた。二十一歳になったら受け取れる信託にね」

「二十一歳になれたら」

「そういうこと。だから、ある意味ではこういう仕事をやるまでには七年の猶予があるわけだけど、依頼人にはそんなに長く待つつもりがないってことね」

彼は考えてから言った。「だったら、依頼人を突き止めるのはそんなにむずかしくないんじゃないか。子供がいなくなったら、誰が金を受け取るんだ？」

「分けることになってる。信託資金になった遺産の大半を相続するのは三人。その三人の誰かである可能性が高いってことね」

「あるいは三人全員か。『名作劇場』に出てくる話みたいに。でも、ドット、三人だろうと何人だろうと、おれにとってはそんなことは屁でもない」

「わかってる」

「そいつは卑劣なクソ野郎で、放火癖があって、動物を虐待して、おねしょをしてるやつだ、たぶん」

「誰がそいつを殺すにしろ、その誰かさんはこの世をちょこっとよくすることになる」

「たぶん。でも、どうして日曜に行かなきゃならないんだ？　月曜に何かあるのか？」

「月曜なら見つけやすいのよ」と彼女は言った。「毎週月曜の夕食のあと、その子はバスに乗ってダウンタウンに行って、切手クラブの会合に出るの」


ケラーはヴェスト・ポケット・ディーラーが出品している切手を見てまわったが、手に入れたいと思えるような切手はなかった。何人かと話もしたが、マークのときのように熱心に話し込むことはできなかった。近くのテーブルから話し声が聞こえてきた。もうひとりの男の子——マークよりも背が高くて体も大きな子——が沿ドニエストル共和国のワールドカップ記念切手セットを買おうかどうか、迷っていた。沿ドニエストル共和国はモルドバ共和国から分離した地域だ。モルドバ共和国自体、ソヴィエト連邦から独立した国で、沿ドニエストル共和国——その自治権はロシアしか認めていないが——はワールドカップには出場していない。そんな国の人々がサッカー・ファンなのかどうか、ケラーにはなんとも言えなかったが、そのことは切手を発行して蒐集家に売りつけることを政府に思いとどまらせる理由にはならなかったようだ。

会合の最後にオークションがおこなわれた。何人かのメンバーが競売品を出し、さして活気のない競りになった。一番高い落札額でも十ドル以下で、そのあとくじ引きがあり、マークと交渉していた女性が、ディーラーのひとりが寄付したセント・ヴィンセントおよびグレナディーンズ諸島の記念シートを引き当てた。

それで会合は終わった。ケラーはみんなが椅子を折りたたんで積み重ねている部屋の奥まで自分の椅子を持っていった。するとマークがわざわざやってきて、手を差し出して言った。

「あなたと話ができて愉しかったです、ニック。来週も来ますか？」

「残念だけど、来られないんだ。仕事でたまたまこの市《まち》にいるだけだから」

「今度来るときには複製切手を持ってきてくださいね。交換できるかもしれないから」

「そうしよう」とケラーは言った。「きみは切手にずいぶんと時間を注ぎ込んでるみたいだね？」

「できるかぎり注ぎ込んでいます。学校の成績は悪くないんで、宿題にそれほど時間がかからないんです。スポーツは苦手だから、そういうことには全然時間がかからないし」

「きみの友達はワールドカップの切手を集めてるんだね」

「彼はサッカーが好きだから。サッカーをするのも」

「自分の机で切手の作業をするほうが好きです。ものすごく退屈そうってたいていの人は思うでしょうけど」

「でも、きみはやらない」

「でも、この部屋にいる人たちはちがう」

「そう、そうなんです」と男の子は嬉しそうに言った。「ここに来ると、ぼくは場ちがいじゃないって思える。子供じゃないともね」彼はにっこり笑って続けた。「ここだとぼくはひとりの切手蒐集家になれる」

階下《した》に降りると、ケラーは玄関に向かった。が、気づいたときには受付で足を止めていた。そこにはさっきと同じ女性がいて、にっこり笑いかけてきた。見れば見るほどマーク少年の交渉相手によく似ていた。ケラーは尋ねた。「どうしてAなんだい?」

彼女はためらいもしなかった。おれの頭の中が読めるんだろうか、とケラーは思った。いや、そうじゃない。その質問をしたのはおれが初めてではないからだろう。今日もすでに誰かが訊いているかもしれない。

「昔はもちろん〝YMCA〟でした」と彼女は言った。

「トルネードが来るまえは?」

「比喩的にはそういうことになるのかも。YMCAは〝ヤング・メンズ・クリスチャン・アソシエーション〟の略語です」

「で？」

「一語一語がだんだん問題になっていったの。たとえば、クリスチャン？　それだとユダヤ人やイスラム教徒や怒りっぽい無神論者は敬遠するかもしれない。ドルイドの僧は言うまでもなく」

「ドルイド僧のことは何も言ってないけど」

「次に〝メンズ〟が問題になった。ここにはＹＷＣＡもあったんだけれど、しばらくまえにＹＭＣＡと合併したの。性差別の撤廃と費用を削減するために。あとに何が残ります？〝ヤング・アソシエーション〟？　それってなんだかまぬけな響きだし、どことなく年齢差別してるみたいでしょ？　それになにより正確でもない。ここは〝ヤング・アソシエーション〟というより〝シニア・センター〟みたいなんだから。こうしてほかの文字は全部はずされたってわけ」

「Ａを除いて。実際、ここはそんなふうに呼ばれてるのかい？〝Ａ〟と？」

「いいえ、もちろんちがうわ」と彼女は言った。「昔ながらの呼び方で〝Ｙ〟と呼ばれてます。面白いでしょ？　訊いてよかったと思いました？　でも、あなたよりわたしのほうが訊かれてよかったって思ってるわね。だってわたしは今、自分がすごく役に立てたように思ってるもの。たぶんグーグルでも見つけられない情報をあなたに教えることができて」

ケラーはホテルまで歩いて戻り、部屋にはいると、すぐにテレビをつけた。スペイン語放送局でサッカーをやっていた。その試合に自分の注意が少しも向かっていないことに気づいたところで、テレビを消した。その放送で唯一愉しめたのは——サブリミナル効果のようなものながら——音声だった。まったく理解できなかったので。

家に電話して、ジュリアと話した。「その子のことを好きにならなければいいと思ってたんだが」とケラーは言った。「ほんとうにいい子だった。それに切手にも真剣に取り組んでいた」

「つまり、あと何日かそっちにいるってことね」

「さっさと家に帰ることもできなくはない」と彼は言った。「ただ、おれにはそれができない」

次に別の電話でドットにかけて言った。「やるよ。こっちに来て、あの子に会って、やることに決めた」

「切手がそうさせるだろうとは思ってたけど」

「どのみちやってただろう。ほかにどんな選択肢がある？　これはおれの義務だ」

「義務ね。それって冗談になるのを待ってるようなことばだけど」と彼女は言った。「それには触れないでおくわ。道徳上の義務についてわたしたちにいったい何が語れる？　でも、そう、避けては通れないわね。まさにそういう問題なんだから」

彼はしばらく考えてから言った。「あの子が遺産を受け取れなかったら、代わりに受け取るやつが三人いる。そうだったね？」

「叔母さんふたりと叔父さんひとり。彼らはそれぞれ四分の一ずつ受け取るのよ。それだけでも相当なものよ。お祖母さんはとても裕福なご婦人だったのよ」

「三人がそれぞれ四分の一ずつ受け取る」

「男の子の母親が残りの四分の一を受け取るんだけど、でも――」

「でも、まあ、母親じゃないだろう」

「『名作劇場』に話が戻らないかぎり、彼女は典型的な〝もっとも犯人である可能性の低い人〟よ」

「順々に調べていけば、あたりを引き当てることもできるだろう。まず叔父から始めてみる」

彼はシャワーを浴びてからテレビをつけ、またすぐに消した。日曜日には出発せず、月曜日の朝――今朝――飛行機でやってきていた。ナイアガラの滝には行っておらず、これから行く予定もなかった。仕事をしないのであれば、ジュリアとジェニーも連れてきて、三人で旅行を愉しんでもよかった。そうしていたら黄色のレインコートを着て、〈霧の乙女〉号に乗って滝の真下を抜け、そのあと観光客がやることをひととおりしていただろう。

が、仕事をしないのなら、そもそもバッファローに来る可能性自体、どれだけあったのか。

叔母ふたりと叔父ひとり。一週間ほどここにいて、家に帰ることにしよう。依頼人は思い直すかもしれないし、仲介者がほかの誰かを探すように依頼人に言うかもしれない。そうすれば、叔父が（またはひとりの叔母が、あるいはもうひとりの叔母が）仕事をする誰かを見つけるまで七年かかるかもしれない。その頃にはもう仕事自体がなくなっている。

ケラーがするべきことは、叔父と叔母ふたりの三人を葬り去ることかもしれない。三人ともそうなるのが当然の報いなのかもしれない。三人のうちの誰かひとりが依頼人だったとしても、それはたまたま彼が（または彼女が、あるいはもうひとりの彼女が）甥を亡き者にすることを最初に思いついたからにすぎない。あるいは、どこに連絡すればいいのか知っていたからにすぎない。

この仕事からはすっぱりと足を洗う。ケラーはそう決めたのだった。なのに、彼を引き戻すには男の子がひとりいるだけで事足りた。ピンセットと拡大鏡を持ち、役に立たないアレンシュタインの情報を山ほど知っている男の子がひとりいるだけで（〝役に立たない〟はよけいか？　そもそも〝役に立つ〟アレンシュタインの情報などどこにある？）。

ケラーは自問した。おまえはこんなことを死ぬまで続けるつもりなのか？　荷物をまとめて家に帰ろうと思えば帰れるのに。

いいや、帰るわけにはいかない。マークはすばらしい少年ではないか。それに真剣に趣味に取り組んでいる。郵趣家にも次の世代が必要だ。たいまつは次に手渡されなければならない。〈リンズ・スタンプ・ニュース〉はどの号でも未来のたいまつの担い手の少なさを嘆いている。

心配することはない。ケラーは自分にそう言い聞かせた。きっと何か考えつくだろう。

訳者あとがき

〝殺し屋 最後の最後の仕事〟にして、ケラー・シリーズ最新作『殺し屋ケラーの帰郷』をお届けする。

本シリーズは前作『殺し屋 最後の仕事』で終わったかに見えた。自分たちのあいだに子供ができたことをジュリアがケラーに告げ、ケラーのほうは、自分たちは結婚すべきだと言って、ジュリアにプロポーズをするのが前作のラストシーン。いかにもハッピーエンドの幕引きを思わせたものだ。

ところがどっこい、本シリーズはまだ命脈を保っていた。時間もゆるやかに流れていて、前作でジュリアが身ごもった子供が片言を話す年頃になっているところから本作は始まる。が、そうなると誰にも気になる疑問が生まれる。よき夫にしてよきパパなどという殺し屋が存在しうるものだろうか。世間並みの幸せを得たケラーに果たして殺し屋稼業が務まるのだろうか。

当然、ケラーも逡巡する。いや、逡巡したことだろう。が、逡巡そのものについて紙幅は割かれない。一章では、ダラスにいて、切手ディーラーからめあての切手を買おうとしているケラーが描かれ、二章では、ドットからの仕事の依頼が舞い込むものの、ケラーは断わるのではないかと読者に思わせ、いや、やっぱりケラーは仕事を引き受けたんだということが三章でわかる段取りになっている。今さらながら、このあたりの話の運びが実に巧みだ。さすが大ヴェテラン作家、いかにも手馴れたものである。

逡巡はそのあとジュリアとのやりとりの中で明かされる。殺し屋稼業に復帰したことを妻に告げるべきや否や。結局、そのことを明かしたことから意外な事実がわかったりもして、むしろすんなりケラーは昔の仕事を再開させる。かくしてよき夫にしてよきパパでもある殺し屋の誕生と相成るわけだ。そんな殺し屋っているか、と首をひねる読者ももしかしたらおられるかもしれないが、そもそも本シリーズはそうしたリアリティを主眼に置いたものではないだろう。人殺しを生業《なりわい》とする男――われわれ一般読者にとってはどこまでも非日常の存在――がわれわれ同様、些事《さじ》に煩わされたり、どうでもいいことを思い悩んだりする、ありふれた日常のおかしさ。それが本書の読みどころである。このところは、ケラーとドットのコンビがますますバーニイ・シリーズのバーニイとキャロリン、スカダー・シリーズのスカダーとエレインのコンビに似てきて、どこにでもいそうなおじさんとおばさんの掛け合い漫才のようなやりとりもまた、ケラー・ファンの愉しみになっている。

中年男のかすかな心の揺れ。これまた本シリーズを通して描かれる読みどころだが、さすがに初期の短篇ほどの切れ味はなくとも、表題作『ケラーの帰郷』の冒頭で描かれる、ニューヨークのホテルに泊まったケラーの心理など、思わずにやりとさせられる。また、人間の心の動きの不思議さを巧みにとらえた言及も随所にあって、そういう個所では、いかにも、いかにもとうなずきたくなる。たとえば、狙っていた競売品を競り落とせなかったコレクターのこんな台詞――「そう、悔やんでも悔やみきれないね。降りたのが正しい判断だったことはわかってるんだ……もう何年も買うべきじゃないものまで買ってきた。中には金を注ぎ込みすぎたものもあるけど、そういう場合というのは、後悔したとしてもほんの一瞬だ。ほんとうにいたたまれなくなるのは、欲しいものを逃してしまったときのほうだ」降りたのは正しい判断だったことがわかりながら、降りたことを悔やむコレクター。正しいことをしながら、それが正しかったと自分に言い聞かせることができない矛盾した人の思い。何も切手のオークションにかぎらない。読者諸賢もどこかで経験されたことがあるのではないだろうか。

前作『殺し屋　最後の仕事』の解説で、作家の伊坂幸太郎氏が〝ケラー・シリーズは、エンジンを積まないグライダー〟と見事に言い当てておられるが、そんなグライダーの旅は本書でも存分に愉しめる。何かと慌ただしく忙しくめまぐるしい毎日をお過ごしの方には特にお勧めしたい。廉価にて、高級リゾートの肩の凝らないくつろぎのひとときが過ごせること請け合いである。

二年前の十月にブロック氏が来日したときの模様を遅ればせながら報告しておくと、こちらが企画したいささかハードなスケジュールのイヴェントの依頼——講演、テレビ出演、ファンの集いなど。『ミステリマガジン』二〇一三年二月号に一部掲載——にも快く応じてくださり、ブロック・ファンの伊坂氏との対談も『このミステリーがすごい！ ２０１３年版』誌上で実現した。やはりブロック・ファンの作家の堂場瞬一氏、書評家の杉江松恋氏によるインタヴューもおこなわれた。インタヴューは訳者も二度ばかりさせてもらったのだが、一番印象に残ったブロック氏のことばは何かというと、「アイ・ドント・ノウ」だ。こちらがなにより訊きたいことを尋ねたときには、ほぼ毎回この答が返ってきたと言ってもいい。それはほかのインタヴュアーの場合も同様だった。これを作家の韜晦《とうかい》癖と見る向きもあるかもしれないが、訳者にはブロック氏はいたって正直に答えているように思えた。むしろ、そここそ作家としてのブロック氏がはっきりと顔を出しているような気がした。伊坂氏の〝グライダー〟に対して、ブロック氏自身は自らの小説作法を〝熱気球〟に喩《たと》えていたが、すべては風任せ、というのが氏の一番正直なところなのではないだろうか。

というわけで、さすがに本書はシリーズ最終作のように見えはするが、本シリーズも風任せ、さきのことはわからない。〝ケラー、最後の最後の最後の仕事〟のあることをファンとしては祈りたいものである。

末筆ながら――本書には切手に関連した記述が随所に出てくるが（切手蒐集はブロック氏自身の趣味で、専門に集めているのもケラーと同じ第二次大戦前のものだそうだ）門外漢にはちんぷんかんぷんの個所も少なくなかった。そうした点に関しては三鷹郵趣会顧問の渡邊英祐氏に得がたい教示を賜った。氏のご親切に心から謝意を表しておきたい。もちろん、そうした教示を受けながらも、それでもなお訳文に瑕疵が残ったとすれば、それはあげて訳者の責任である。

二〇一四年九月

解説

杉江松恋

現在、アメリカ犯罪小説界の東西横綱を決めるとすれば、ローレンス・ブロックとカール・ハイアセンの二人を措いて他には考えられない。両者ともシリアスとギャグの両方がいけるのがなんといっても強い。違いを挙げるとすれば、ハイアセンはスラップスティックの味が強いが、ブロックはどちらかといえばペーソスを漂わせた笑いが多いということだ。そしてハイアセンはホットだがブロックはクール、という違いもある。

そのブロックには私立探偵マット・スカダーや泥棒バーニイといった名主人公がいるが、彼らに勝るとも劣らないのが『殺し屋ケラーの帰郷』の主役ジョン・ポール・ケラーだ。その職業は殺し屋である。殺し屋が主人公のユーモア・ミステリーなんて魅力的じゃありませんか。

本シリーズが初めて日本語に訳されたのは「ハヤカワ・ミステリマガジン」一九九二年四月号に「名前はソルジャー」が掲載されたときではないかと記憶している。それを読んだときの第一印象を率直に書くならば、「ついにローレンス・ブロックがハメット直系の犯罪小説に挑戦した」という感じだった。

「名前はソルジャー」では後の作品のようにケラーの考えがつまびらかに明かされることはなく、誰かに何かを話しかけられたときの反応が書かれるのみだ。それが「内面のない人間」を描こうとしている試みに見え、「ハメット直系」という感想につながったわけである。描写は刈り込まれたように簡潔で、暴力描写にも徹底している。ケラーはこの作品の中で標的の男を絞殺するのだが、そこに一切余計な言葉が使われていない。描かれるのは「まえにかがみ込むのを待って、ケラーはポケットから輪にした針金を取り出」し「首に巻きつけ」るという動作のみだ。一般的な犯罪小説と違うのは、その後が具体的に描写されず「すばやく、静かで、完璧な手口であった」と結果だけが書かれることで、決定的な瞬間は回避される。このやり方は続篇でも継承されて、シリーズの定番になった。

内面描写がなくて、人が殺されるという事実だけが淡々と描かれる。そうしたパターンから私は作者が「非情さ」を志向していると考えたのだ。もう少し詳しく言うと、内面を書かないからこそ殺人という行為が淡々と書かれるのであり、だからこそ非情さが際立つのだ、という論理である。初期作品だけ見ればこうした判断はそう的外れでもなかったと思うがシリーズは次第に、私の予想とは違う方向へと変化していった。

誤読の言い訳をしているようで恥ずかしいのだが、以下、作品を順々に見ていくことでシリーズの変遷を追ってみたい。それぞれの作品にはケラーがどこで「仕事」をしたのか（あるいはしそこねたのか）のメモもつけておく。まずは第一短篇集からだ。

『殺し屋』Hitman（1998）

①「名前はソルジャー」オレゴン州ローズバーグ　②「ケラー、馬に乗る」ワイオミング州マーティンゲイル　③「ケラーの治療法」アリゾナ州トゥーソン／ペンシルベニア州フィラデルフィア／ミズーリ州セントルイス　④「犬の散歩と鉢植えの世話、引き受けます」ネブラスカ州オマハ　⑤「ケラーのカルマ」ミズーリ州セントルイス／オクラホマ州タルサ　⑥「ケラー、光輝く鎧を着る」アイオワ州マスカティーン　⑦「ケラーの選択」オハイオ州シンシナティ　⑧「ケラーの責任」テキサス州ダラス　⑨「ケラーの最後の逃げ場」ワシントンDC／フロリダ州ポンパノ・ビーチ／ワシントン州シアトル／コロラド州オーロラ　⑩「ケラーの引退」ルイジアナ州ニューオーリンズ

①でケラーが初登場したとき、ニューヨーク州南東部の都市ホワイトプレーンズに住む殺し屋の元締から依頼を受け、地方に飛行機で出張していく、という設定はほぼできあがっていた。ホワイトプレーンズの男はとある理由で舞台から退場し、次作以降はその秘書役だった女性のドット（ドロシア・ハービソン）が跡を引き継ぐことになる。

①で出てくるオレゴン州ローズバーグという町の名前は後にシリーズ中で再三言及される。

殺し屋として訪れたはずのケラーが「きれいな町でね、人も親切だった。そのまま住みたくなったくらいだ」とローズバーグを気に入るためであり、ドットから「あなたはどこかへ行くたびに、そこに住みたくなる」とひやかされる場面がある。この作品はケラーがポケットに入れたままになっていたローズバーグの地図を発見して「みなずっと昔のことに思われた。ずっと昔のことに、ずっと遠くのことに思われた」と振り返るという一文で締めくくられており、彼にとってもその記憶が過去のものとして遠ざけられていること、そういう旅を何度もしてきたであろうということが暗示されている。

この「どこにも執着しない」感じを私は主人公が非情であることのサインとして受け取ったのだが、連作の中でケラーには違った性格づけが準備されることになる。「趣味を求める男」がそれだ。本名がジョン・ポール・ケラーであり、ファミリーネームのスペル(Keller)が職業のそれ(Killer)と母音一つ違いであることについて初めて言及される③では、彼は精神分析医にかかる。また④ではオーストラリアン・キャトル・ドッグのネルスンを飼い始め、その散歩役としてアンドリアという女性も雇う。アンドリアはケラーと次第にいい仲になって、ついには同棲するに至るのだが、⑦で彼女はネルソンを連れて唐突に出て行ってしまい、永久にケラーの前から消え失せる。

こうした展開からわかるのは、作者がケラーに殺し屋としての職業人の顔と一般人としての顔を併せ持たせようとしていたということだ。そういう意味では職業人に徹して私人としての顔をまったく見せようとしない〈悪党パーカー〉（リチャード・スターク創作の強盗ヒーロー）よりも〈怪盗ニック・ヴェルヴェット〉（エドワード・D・ホック創作の、価値のないものしか盗もうとしない泥棒）にケラーは近い。

この第一短篇集で多く用いられているのは、ケラーが依頼された殺しの内容と現地の実際の状況との違いに困惑し、事態を調べるうちに正解を見つけて任務を遂行する、というプロットである。依頼人探しの趣向がある⑧がそのパターンの秀作だ。この作品にはケラーが溺れかけた子供を思わず助けてしまうという場面があり、生粋《きっすい》の殺し屋でありながらその中に善なるものが潜んでいる（かもしれない）という彼の複雑な性格がよく表現されている。また、⑨はケラーが国家機関の代表を名乗る男から格安で仕事を請け負わされるという話で、「利用されるケラー」というパターンが初めて出てきた作品である。

最後の⑩でケラーはついに「切手」という趣味に出会う。以降の作品では切手蒐集にこだわったためにまずい選択してしまう場面さえあり、彼にとってはそれが生きる意味にさえなっていくのだ。切手はケラーというキャラクターの単なる小道具ではなく、彼が人間であり続けるために必要不可欠のものであった、ということが本書を読むとわかるはずである。

『殺しのリスト』Hit List（2000）

殺しを終えてケラーがニューヨークに帰って来るものの、その仕事の中で感じた違和がどうしても気になってしまう、という展開から始まる。仕事を重ねていくうちにその感覚は増大していくのだが、決してケラーの気のせいなどではなく、やがて大問題が発生する。

長篇ではあるが、そうした内容で殺しの依頼も数多く引き受けるため、ケラーはこの作品でもアメリカの各地を転々とすることになる。ざっと挙げておくと、ケンタッキー州ルイヴィル↓ニューヨーク州ニューヨーク（ブルックリン）↓フロリダ州タンパ↓マサチューセッツ州ボストン↓精神分析への言及↓イリノイ州レイク・フォレスト↓ニューメキシコ州アルバカーキー↓カリフォルニア州オレンジ郡↓ミズーリ州セントルイス↓メリーランド州ボルティモア↓フロリダ州ジャクソンヴィルという流れである（まさに『殺しのリスト』）。

同書の訳者あとがきでも触れられているが、本書の中盤の「仕事」は独立した短篇としても発表されたことがあり、その意味ではオムニバス形式の連作短篇集と見ることもできる。

ここで重要なのは、後の作品でも特徴的になった過去の仕事への言及が、ケラーとドットの間で頻繁におこなわれるようになることである。たとえば第七章では第一作の⑥と⑨でやった仕事について二人が回顧している。これらの言及で作者は、単に過去の作品を読者に振り返らせようとしているのではない。そうした経験の積み重ねのうえに、ケラーとドットというチームが成立しているということを意識させようとしているのである。つまり、キャラクターの歴史を作り始めたということだ。

本書ではケラーのニューヨーク市民としての日常が描かれる。後の作品で言及されたこともある、ケラーが陪審員を務める場面は本書に出てくる。また、この作品でケラーは初めて、殺人の記憶を脳裏から「消す」やり方があることを表明している。第一作ではまったく出てこなかった「夢」を見るのもこの作品からだ。「記憶の消去」はケラーの武器の一つだし、不快な「夢」には何度も悩まされることになる。キャラクターの内面描写がこの作品から始まったのである。

『殺しのパレード』Hit Parade（2006）

第三作は再び短篇集の形式で刊行されたが、第二作と内容に決定的な違いがあるわけではない。本書の中でもエピソードごとに意味上の連関はあり、かつ時間の流れが意識されるような書かれ方になっているからだ。まずは題名を列記しておく。

①「ケラーの指名打者」メリーランド州ボルティモア他　②「鼻差のケラー」ニューヨーク州ロングアイランド　③「ケラーの適応能力」フロリダ州マイアミ／アリゾナ州フェニックス&スコッツデール）／カリフォルニア州サンタバーバラ　④「先を見越したケラー」ミシガン州デトロイト　⑤「ケラー・ザ・ドッグキラー」ニューヨーク州ニューヨーク　⑥「ケラーのダブルドリブル」インディアナ州インディアナポリス　⑦「ケラーの平生の起き伏し」カリフォルニア州サンフランシスコ　⑧「ケラーの遺産」ニューメキシコ州アルバカーキ　⑨「ケラーとうさぎ」？

①の都市名が「他」となっているのは、ケラーが標的に付き合ってアメリカ中を転々とするからであり、⑨が「?」なのは珍しく具体的な都市名が書かれてないからだ。⑨はごく短い掌篇であり、実際には⑧が終章といっていい。

本書の中でもっとも重要な作品はその⑧と③だろう。⑧で初めてケラーは自身の死ということについて意識するようになったと告白する。それも「切手だけあとに残るんだと思うと、それが頭から離れなくなった」という形で。「内面のない男」だと思っていた主人公が、切手という趣味を持ったがために人間らしく死を恐れるようになったのである。

③ではケラーが9・11の同時多発テロの後で飛行機に乗れなくなったという話や、グラウンド・ゼロで炊き出しのボランティアに参加するというエピソードが描かれる。前作で陪審員に参加したことからもわかるとおり、殺し屋ではないもう一つの顔のケラーはまっとうな市民なのである。この作品の中では過去の出来事であるはずのいなくなった犬・ネルソンをケラーが懐かしむ場面がある。なんとぬいぐるみの犬を買いさえするのだ。そして彼の口からついに「自分は話し相手を欲しがっている」という言葉が出てくる。

つまり『殺しのパレード』という短篇集は、殺し屋ケラーが限りなく普通の人間に近づきつつある状況を描いたものとしても読めるのである(⑥では、ケラーが母親について初めて言及する)。そうやって見ると、機械的に決められたことをすればいい場面でケラーの判断にブレが生じたために、本来は必要なかったはずのことをしなければならなくなる、という展開が多いことにも気づかされる（①で各地を転々としたのもその一つ）。そうした揺れは、職業人としての「弱さ」だと言ってもいいだろう。そこにつけこむかのようにケラーに対抗する者が出現する。③と⑧に登場する「アル」がその人だ。初めは単なる脇役だったはずの彼は、次の作品で大きな障壁となってケラーの前に立ちふさがることになる。

『殺し屋　最後の仕事』Hit and Run（2008）

「利用されるケラー」は『殺し屋』の⑨以来何度か繰り返されてきたパターンだったが、ついにこの作品でケラーは絶体絶命の危機に陥ってしまう。出てくる都市は「アイオワ州デモインからいろいろあってオレゴン州ポートランド」である。「いろいろあって」の部分を細かく書くと展開を明かしてしまうことになるので書けない。このシリーズは各巻で完結しているのでどの作品から読んでも基本的に問題ないが、解説で伊坂幸太郎氏が書いているように、本書ばかりは「過去のケラー物を一冊でも読んでおいたほうがいい」。それも、『殺しのパレード』がいい。本書で死地を彷徨《さまよ》うケラーは、『殺し屋』のころの超然とした人物ではなく、夢を見、家族のことを思い出し、自分の家に帰りたいと心から望む、弱いケラーだからである。

こうやって書くと非常に緊迫した話のように見えるが（そしてそのとおりだが）、途中の物語は『殺しのパレード』とあまり変わらずにオフビートな雰囲気である。特にケラーが間抜けな帽子をかぶってアメリカ中を旅する前半の展開、真の敵と対決することになる終盤などは、え、これユーモア・ミステリーじゃん、と我に返ったときに思ってしまうほどに可笑しい。そう、可笑しいのである。可笑しいのに切ないのだ。そこがこの長篇のすごいところなのである。さらにいえば、決着のつけ方の非情さにも胸を打たれる。

『殺し屋ケラーの帰郷』Hit Me（2013）

さあ、というわけで第五作、本書だ。前作の最後でケラーは殺し屋稼業から足を洗った。これまでの作品でも毎回のように引退を口にしてきたわけだが、前作の引退宣言だけは本当だろうと思わせるものがあった。「いろいろあって」の部分は書かないが、それぞれニューヨーク州ニューヨーク（一番街四十丁目界隈に建つアールデコ風のアパートメント・ハウス）と同ホワイトプレーンズに住んでいたケラーとドットが、ルイジアナ州ニューオーリンズとアリゾナ州セドナにそれぞれ移住してしまったほどの大変化があったのである。北部人《ヤンキー》が南部と西部に移動してしまうというのは、並大抵のことではない。さらにケラーには、引越しだけでは済まないほどの変化が起きている。そう、いろいろあったのである、いろいろと。

収録作は五篇。最初の①「ケラー・イン・ダラス」は題名通りテキサス州ダラスで請け負った仕事についての話だが、ケラーが復帰した理由がサブプライムローン問題が発生したために現在就いている仕事が開店休業状態になり、切手の取引が自由にできなくなったためであることが明かされる。またしても切手だ。そして本書では、これまでの四冊とは比べものにならないほどに切手の薀蓄《うんちく》が語られる。ほとんど切手ミステリーであると言っていいほどである。二〇一二年に来日した際ブロックは「私もケラーと同じで切手を蒐集している。ただしケラーほど金持ちではないから、あんなに自由には買い漁れないけどね」とトークショーで言って観客を笑わせていたが、その自身の趣味を存分に開放した形だ。この①ではブランクがあったためケラーが仕事を「おれにやれるだろうか」と自問自答する場面さえある。『殺し屋』からここまで遠く来たものではないか。

　続く②「ケラーの帰郷」は、元の本拠地であるニューヨークを訪れて仕事をする話だ。殺しの内容もさることながら、すっかりニューヨーカーではなくなったケラーが異邦人の目でかつての懐かしい場所を見る場面が印象的である。その次の③「海辺のケラー」では、フロリダ州フォート・ローダーデールを出航したクルーズ船の上でケラーが仕事をする。ギャグの具合やケラーがプロフェッショナルに徹した態度を見せる点など、本書収録の中ではもっとも過去作に近い内容といえるだろう。

　その次の④「ケラーの副業」がシリーズとしての幕引き作と言っていい。舞台となるのはコロラド州デンヴァーとワイオミング州シャイアンである。なんとケラーは、切手の仕事を副業にすることを思いつき、殺しの依頼と並行して、とあるコレクターの遺品を処分する作業も進めていくのである。この④と前出の②が呼応した内容になっており（タイトルにも注目していただきたい）、ケラーがある結論を導き出したところで物語は終わる。

最後の⑤「ケラーの義務」は、ニューヨーク州バッファローに依頼を受けたケラーがやってくるところから始まる。『殺しのパレード』の⑧と同じ掌篇だが単なるおまけではない。かつて『殺しのパレード』の④で、ケラーとドットの間には二つの回避すべき事項があると明かされたことがある。一つは自分たちの正体を知っている相手を殺す仕事を受けないこと、もう一つは住んでいる場所の近くで仕事をしないことだ。本作ではもう一つの禁忌事項が問題になる。つまり「子供を殺さないこと」である。思い出していただきたいが、『殺し屋』の⑧でケラーは溺れかけた子供の命を救ったことがある。つまり「子供のような抵抗できない相手」はケラーの殺し屋としての顔ではなく、まっとうな市民の顔が対処すべき存在なのだ。それが殺しの仕事の対象となったときにいったいどうすべきか、という問いがつきつけられるのである。④のあとにこの⑤を持ってきたことで、作者はケラーというキャラクターを描き切った感触を得たのではないか。シリーズの後日譚のような印象だ。

もちろんこの続篇を書くことは不可能ではない。無許可の探偵だったはずのマット・スカダーがライセンスを取得し、家族を得てまっとうな市民となったように、専業の泥棒だったバーニー・ローデンバーが古書店主という職を得て次第に仕事の比重を移していったように、ブロックはこれまでも元アウトローで現まっとうな市民という主人公を何度も描き、かつ彼らを幾度も現役復帰させてきたからである。一人再生工場というか、引退しかけた主人公を復帰させる名人なのだ。

さすがに書けないはずだ。だが、まさか、という作品を書いてしまうのもブロックなのである。予想だにしない形でこの続きを書いてしまうかもしれない。もしそうなったとすると、続篇はとんでもなく複雑な人物を主人公とすることになる。書かないだろうけど。でも、書いてくれないかな、とちょっとだけ期待している自分がいることも事実なのである。

（二〇一四年九月、ミステリー評論家・書評家）

23 ザ・ミステリ・コレクション

殺《ころ》し屋《や》ケラーの帰郷《ききょう》

著者　ローレンス・ブロック
訳者　田口俊樹《たぐちとしき》

発行所　株式会社　二見書房
東京都千代田区三崎町2-18-11
電話　03(3515)2311［営業］
03(3515)2313［編集］
振替　00170-4-2639

印刷　株式会社　堀内印刷所
製本　株式会社　関川製本所

落丁・乱丁本はお取り替えいたします。
定価は、カバーに表示してあります。

ISBN978-4-576-14140-4
http://www.futami.co.jp/

殺し屋
ローレンス・ブロック
田口俊樹［訳］【殺し屋ケラー シリーズ】

他人の人生に幕を下ろすため、孤独な男ケラーは今日も旅立つ……。ＭＷＡ賞受賞作をはじめ、孤独な殺し屋の冒険の数々を絶妙の筆致で描く連作短篇集！

殺しのパレード
ローレンス・ブロック
田口俊樹［訳］【殺し屋ケラー シリーズ】

依頼された標的を始末するため、殺し屋ケラーは新たな旅へ。殺しの計画のずれに揺れる孤独な仕事人の微妙な心を描く、巨匠ブロックの筆が冴え渡る連作短篇集

殺し屋　最後の仕事
ローレンス・ブロック
田口俊樹［訳］【殺し屋ケラー シリーズ】

引退を考えていたケラーに殺しの依頼が。最後の仕事にしようと引き受けるが、それは彼を陥れるための罠だった…ケラーの必死の逃亡が始まる！（解説・伊坂幸太郎）

マンハッタン物語
ローレンス・ブロック［編著］
田口俊樹／高山真由美［訳］

巨大な街はマンハッタンを舞台に、日常からわずかにはずれた人間模様の織りなす光と闇を、Ｊ・ディーヴァーはじめ十五人の作家がそれぞれのスタイルで描く短篇集

過去からの弔鐘
ローレンス・ブロック
田口俊樹［訳］【マット・スカダー シリーズ】

スカダーへの依頼は、ヴィレッジのアパートで殺された娘の過去を探ること。犯人は逮捕後、独房で自殺していた。調査を進めていくうちに意外な真相が…

冬を怖れた女
ローレンス・ブロック
田口俊樹［訳］【マット・スカダー シリーズ】

警察内部の腐敗を暴露し同僚たちの憎悪の的となった刑事は、娼婦からも告訴される。身の潔白を主張し調査を依頼するが、娼婦は殺害され刑事に嫌疑が…

二見文庫　ザ・ミステリ・コレクション

一ドル銀貨の遺言
ローレンス・ブロック
田口俊樹〔訳〕【マット・スカダー シリーズ】

タレ込み屋が殺された！ 残された手紙には、彼がゆすった三人のうちの誰かに命を狙われていると書かれていた。自らも恐喝者を装い犯人に近づくが…

慈悲深い死
ローレンス・ブロック
田口俊樹〔訳〕【マット・スカダー シリーズ】

酒を断ったスカダーは、安ホテルとアル中自主治療の集会とを往復する日々。そんななか、女優志願の娘がニューヨークで失踪し、調査を依頼されるが…

倒錯の舞踏
ローレンス・ブロック
田口俊樹〔訳〕【マット・スカダー シリーズ】

レンタルビデオに猟奇殺人の一部始終が収録されていた！ スカダーはビデオに映る犯人らしき男を偶然目撃するが……MWA最優秀長篇賞に輝く傑作！

獣たちの墓
ローレンス・ブロック
田口俊樹〔訳〕【マット・スカダー シリーズ】

麻薬密売人の若妻が誘拐された。要求に応じて大金を払うが、彼女は無惨なバラバラ死体となって送り返された。依頼を受けたスカダーは常軌を逸した残虐な犯人を追う……

死者との誓い
ローレンス・ブロック
田口俊樹〔訳〕【マット・スカダー シリーズ】

弁護士ホルツマンがマンハッタンの路上で殺害された。その直後ホームレスの男が逮捕され、事件は解決したかに見えたが意外な真相が…PWA最優秀長編賞受賞作！

死者の長い列
ローレンス・ブロック
田口俊樹〔訳〕【マット・スカダー シリーズ】

年に一度、秘密の会を催す男たち。メンバーの半数が謎の死をとげていた。不審を抱いた会員の依頼を受け、スカダーは意外な事実に直面していく。(解説・法月綸太郎)

処刑宣告

ローレンス・ブロック
田口俊樹［訳］
【マット・スカダーシリーズ】

法では裁けぬ『悪人』たちを処刑する、と新聞に犯行を予告する姿なき殺人鬼。次の犠牲者は誰だ？　NYを震撼させる連続予告殺人の謎にマット・スカダーが挑む！

皆殺し

ローレンス・ブロック
田口俊樹［訳］
【マット・スカダーシリーズ】

友人ミックの手下が殺され、犯人探しを請け負ったスカダー。ところが抗争に巻き込まれた周囲の人間も次々に殺され、スカダーとミックはしだいに追いつめられて…

死への祈り

ローレンス・ブロック
田口俊樹［訳］
【マット・スカダーシリーズ】

NYに住む弁護士夫妻が惨殺された数日後、犯人たちも他殺体で発見された。被害者の姪に気がかりな話を聞いたスカダーは、事件の背後に潜む闇に足を踏み入れていく…

すべては死にゆく【単行本】

ローレンス・ブロック
田口俊樹［訳］
【マット・スカダーシリーズ】

4年前、凄惨な連続殺人を起こした〝あの男〟が戻ってきた。完璧な犯行計画を打ち崩したスカダーに復讐の鉄槌をくだすべく…『死への祈り』から連なる、おそるべき完結篇

償いの報酬

ローレンス・ブロック
田口俊樹［訳］
【マット・スカダーシリーズ】

AAの集会で幼なじみのジャックに会ったスカダー。犯罪常習者のジャックは過去の罪を償う〝埋め合わせ〟を実践しているというが、その矢先、何者かに射殺されてしまう！

中国軍を阻止せよ！（上・下）

ラリー・ボンド／ジム・デフエリス
伏見威蕃［訳］

中国が東シナ海制圧に動いた！　日本は関係諸国と中国の作戦を阻止するため「沿岸同盟」を設立するが……アジアの危機」をリアルに描いた、近未来戦争小説の傑作！

雪の狼（上・下）
グレン・ミード
戸田裕之［訳］

四十数年の歳月を経て今なお機密扱いされる合衆国の極秘作戦〈スノウ・ウルフ〉とは？ 世界の命運を懸け、孤高の暗殺者スランスキーと薄幸の美女アンナが不可能に挑む！

ブランデンブルクの誓約（上・下）
グレン・ミード
戸田裕之［訳］

南米とヨーロッパを結ぶ非情な死の連鎖。遠い過去が招く恐るべき密謀とは？『雪の狼』で世界の注目を浴びた英国の俊英が史実をもとに織り上げた壮大な冒険サスペンス！

熱砂の絆（上・下）
グレン・ミード
戸田裕之［訳］

大戦が引き裂いた青年たちの友情、愛…。非情な運命に翻弄されて決死の逃亡と追跡を繰り広げる三人を待つものは？ 俊英が放つ興奮と感動の冒険アクション巨編！

亡国のゲーム（上・下）
グレン・ミード
戸田裕之［訳］

致死性ガスが米国の首都に！ 要求は中東からの米軍の撤退と世界各国に囚われている仲間の釈放だった！ 五十万人の死か、犯行の阻止か？ 刻々と迫るデッドライン!!

すべてが罠（上・下）
グレン・ミード
戸田裕之［訳］

アルプスで氷漬けの死体が⁉ 急遽スイスに飛んだジェファニーを待ち受ける偽りの連鎖！ 事件の背後に隠されている秘密とは？ 冒険小説の旗手が放つ究極のサスペンス！

地獄の使徒（上・下）
グレン・ミード
戸田裕之［訳］

処刑されたはずの男が甦った…⁉ 約三十人を残虐な手口で殺した犯人の処刑後も相次ぐ連続殺人。模倣犯か、それとも…？ ＦＢＩ捜査官ケイトは捜査に乗りだすが…

二見文庫 ザ・ミステリ・コレクション

千年紀の墓標
トム・クランシー
棚橋志行［訳］

千年紀到来を祝うマンハッタン。大群衆のカウントダウン・セレモニーで無差別テロ事件が発生。容疑者はロシア政府の要人、私設特殊部隊〈剣《ソード》〉に出動命令が下った！

南シナ海緊急出撃
トム・クランシー
棚橋志行［訳］

海賊による貨物船の拿捕と巨大企業の乗っ取り。ふたつの事件の背後には日米、ＡＳＥＡＮ諸国を結ぶ闇の勢力の陰謀があった。〈剣《ソード》〉にアジアへの出動指令が下った！

謀略のパルス
トム・クランシー
棚橋志行［訳］

スペースシャトル打ち上げ六秒前、突然エンジンが火を噴き炎に呑み込まれた！　原因の調査中、宇宙ステーション製造施設が謎の武装集団に襲撃され…〈剣《ソード》〉シリーズ第三弾！

細菌テロを討て！（上・下）
トム・クランシー
棚橋志行［訳］

恐怖のウィルスが巨大企業アップリンク社に放たれる！　最新の遺伝子工学が生んだスーパー病原体…暗躍するテロリストの真の狙いとは⁉〈剣《ソード》〉が出動を開始する！

死の極寒戦線
トム・クランシー
棚橋志行［訳］

酷寒の南極で火星探査車が突如消息不明に。同じ頃、スコットランドで連続殺人が起き、スイスでは絵画贋作組織が暗躍。事件が絡み合う恐るべき国際陰謀の全容とは⁉

謀殺プログラム
トム・クランシー
棚橋志行［訳］

巨大企業アップリンク社は、アフリカ全土をめぐる高速通信網の完成を目指していた。だが、計画を阻止せんと罠が仕掛けられ……。謎の男〈悪霊〉が狙う標的とは⁉